樓蘭情咒

新銳歷史小說家・劇作家
吳蔚
作品集08

好讀出版

樓蘭情咒

目錄

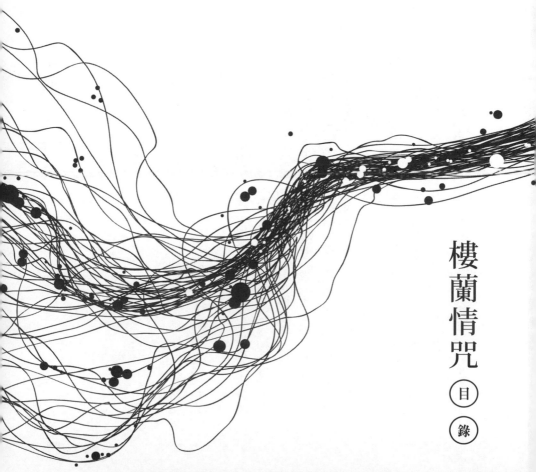

引子

黃帝血咒

在很久很久以前的遠古時代，混沌始開，宇宙初成，天地之間只有伏羲和女媧兄妹二人，結伴住在崑崙山下。傳說崑崙山是世界的中心，也是百神之所在，氣魄傲人。其山尾陵之地高出日月之上，山有九層，每層相去萬里，有雲色，從下仰望如城闕之象，四面有風，群仙常駕龍乘鶴遊戲其間。

因為天下尚未有其他人類，伏羲兄妹二人商議結為夫妻，以求繁衍後代，但又自覺羞恥。為了擺脫兩難境地，伏羲和女媧歷經千辛萬苦登上了神山崑崙，在山上對蒼天祈禱道：「上天如果同意我兄妹二人結為夫妻，請將天上的雲都合成一團；不然，就讓雲散開。」結果，天上的雲立刻合成了一團。伏羲和女媧認為這是天意，於是結為夫妻。此後，中原大地開始有了人類，生生不息，形成大大小小的氏族和部落。伏羲教人類結網，從事漁獵畜牧，致嫁娶，以儷皮為禮，創八卦，造書契，以代結繩之政，中華文明開始發源，伏羲也因此成為天下最早的共主。伏羲之後，女媧成為天下共主，她發明了笙、簧等樂器，是音樂的開始，從此，人類學會了在音樂中翩翩起舞。

當時，塵世還處在洪荒時代，天下的河流遠比土地要多，河流經常氾濫，對人類的生存造成了不小的威脅。剛好這個時候，水神共工和火神祝融因故吵架，繼而大打出手，祝融最後終於打敗了共工。共工羞憤之下，向西方的不周山撞去；不周山是撐天的柱子，被共工撞倒後，天塌下半邊，出現一個大窟窿。大地也出現了一道道大裂紋，山林燒起大火，洪水從地底下噴湧出來，一些龍蛇猛獸也趁機溜出來吞食人類，人類面臨著空前的大災難。女媧目睹如此奇禍，決心終止這場災難。

她找來各種各樣的五色石子，用火將它們熔化，然後用這種五色石漿補上了天的窟窿。隨後又斬下一隻大鼇的四腳，當做四根柱子，將倒塌的半邊天重新支撐起來。又收集了大量蘆草，把它們燒成灰，止住了滔滔洪水。女媧還擒殺了殘食人類的黑龍，剎住了猛獸的囂張氣焰。經過女媧一番辛苦的整治後，人類又重新過著安樂的生活。不過，這場大災難還是留下了不少痕跡——天向西北傾斜，因而日月星辰都很自然地歸向西方；而地則向東南傾斜，因而一切江河都匯流東南；而當雨後天晴後，用以補天的五色石子便會重現煥發光彩，於是天空中便出現了彩虹。

伏羲帝和女媧帝直系的第七十七帝為少典，娶有蟜氏為妻，生下炎帝。炎帝號「神農氏」，長於姜水，他發明農耕和醫藥，造福蒼生，成為天下共主。又創造了五弦琴，開始蜡祭和市場。自炎帝開始，中原進入了農耕社會。由於伏羲、女媧、炎帝是中華文明起源的代表，因而被後人尊稱為「三皇」。

隨著人類慾望的滋長，各部落開始互相攻擊，戰亂不已，生靈塗炭，炎帝雖然為天下共主，對此也無可奈何。當時，南方有個九黎族，善於冶煉之術，是當時大地上唯一懂得冶煉銅和鐵的部落，製造了刀、戟、弓、弩各種各樣的兵器，這些銳利的兵器在當時非常罕見，威力無比。九黎族首領名叫「蚩尤」，野心勃勃，十分強悍；他還有八十一個兄弟，他們全是猛獸的身體，銅頭鐵額，吃的是沙石，凶猛無比。蚩尤一心想兼併諸侯，統一天下，因此開始大肆侵擾別的部落。有一次，蚩尤向北進軍，侵占了炎帝的地方。炎帝起兵抵抗，但蚩尤武器精良，炎帝根本不是對手，被蚩尤殺得一敗塗地。炎帝走投無路，只好逃去涿鹿，向同父異母的親兄弟黃帝請求幫助。

黃帝姓公孫，因長於姬水，後改姓姬。由於居住在軒轅之丘，號「軒轅氏」；又因建國於有熊[1]，所以也稱「有熊氏」；又因有土德之瑞，又號稱「黃帝」。他天生異相，出生幾十天就會說話，少年時思維敏捷，青年時敦厚能幹，成年後聰明堅毅。黃帝的部落最早位在西北的姬水附近，後來搬到中原涿鹿一帶定居，開始發展畜牧業和農業。黃帝妻妾眾多，有四妃十嬪[2]。四個妃子分別以元、二、三、四稱呼。其中元妃為西陵氏，名叫「嫘祖」，她是炎帝和黃帝的表妹。二妃方雷氏，名女節。三妃彤魚氏。四妃嫫母，長相醜陋，但因德行高尚，深受黃帝敬重。黃帝共有二十五個兒子，只有其中十四個兒子得姓，並根據封地所在各取「姬、酉、祁、己、滕、葴、任、荀、僖、姞、儇、衣」十二個姓；當時以德授姓，僅兩個兒子因從其德，得以跟隨黃帝姓姬。

而元妃嫘祖生有兩個兒子，長子玄囂，又名青陽，降居江水；次子昌意，降居弱水。嫘祖本人聰明異常，本來當時蠶只有野生的，世人都不知道蠶的用處，嫘祖偶然發現煮熟的蠶繭能夠抽絲，於是開始栽桑養蠶，教民紡織，中原從那個時候開始便有了絲和帛。後世為紀念嫘祖這一功績，尊稱她為「先蠶娘娘」。黃帝還有一個史官名叫倉頡，是他手下最博學的官員，創制了古代文字。中原的文字當時都是記載在龜殼上，這是因為大荒時期洪水氾濫，遍地都是烏龜，龜殼唾手可得，也就是後世所說的甲骨文。倉頡還有個兄弟叫倉生，是黃帝手下最勇猛的將領。

黃帝正日益興盛，聽了炎帝的訴說後，決定對抗蚩尤，肩負起安定天下的責任。他聯合各部落人馬，準備在涿鹿的原野上與蚩尤展開一場大決戰。而關於這次大戰，流傳著許多驚心動魄的故事。蚩尤知道這次大戰是他能否統一天下的關鍵，因此特意製造了多種兵器，用來攻擊黃帝。黃帝也派了手下最得力的勇士應龍和倉生到原野攻打蚩尤。這場涿鹿大戰是一場原始的平原大戰，由於這是場誰終將能統一天下的關鍵之戰，雙方的戰士都英勇無畏，戰鬥十分激烈，幾乎全都肉身相搏，完全要憑勇猛和力氣取勝。蚩尤勇猛無敵，又有鐵銅製作的兵器，而當時黃帝的軍隊所用兵器除了黃帝本人的軒轅劍，其他武器都是由木頭和石頭所製，實力懸殊之下，黃帝的軍隊開始節節敗退。幸好嫘祖平時幫助黃帝馴養了熊、羆、貔、貅、貙[3]、虎六種野獸，正當黃帝一方的軍隊開始後退時，嫘祖便把這些猛獸放出來助戰。蚩尤的兵士雖然凶猛，武器銳利，但是遇到這一群猛虎凶獸也抵擋不住，紛紛敗逃。

蚩尤被趕出涿鹿之後，黃帝帶領兵士乘勝追殺。忽然天昏地黑，濃霧迷漫，狂風大作，雷電交加，使黃帝的兵士無法追趕。原來，蚩尤請來了風伯、雨師助戰。黃帝也不甘示弱，請天女幫助。天女施展法力驅散風雨，剎那間，風止雨停，晴空萬里，蚩尤終於完全被打敗了。蚩尤逃到中冀後，最終被黃帝擒住。黃帝下令殺死蚩尤，並砍下他的頭。蚩尤頭顱被砍下的地方後人稱之為「解」，他的頭和身子分別被埋在不同的地方。最神奇的是，鎖過蚩尤的枷被丟棄在山上後，竟然化作一棵楓樹。九黎族中懂得冶煉兵器之術者被強行併入黃帝的部落，其他人則被趕往西北蠻荒之地，任其自生自滅。

各部落看到黃帝打敗了蚩尤，都開始擁戴黃帝。但炎帝卻心有不甘，因此與黃帝發生了衝突。兩個親兄弟各率人馬大打了一架，結果炎帝失敗。從此，黃帝取代炎帝成為天下共主，並與之後的顓頊、帝嚳、唐堯、虞舜[4]合稱「五帝」，與之前的「三皇」相提並論。不久，天下又出現騷亂，黃帝知道蚩尤的聲威還在，於是畫了蚩尤的肖像到處懸掛。天下的人都以為蚩尤未死，只是被黃帝降服，於是有更多部落前來歸附黃帝。後來，蚩尤被尊為戰神。而炎帝雖然被蚩尤打敗，實力尚存，他不滿黃帝成為天下共主，企圖奪回失去的地位，終於起兵反抗。炎、黃二帝發生火併，決戰在阪泉之野進行。經過三場惡戰後，黃帝終於取得了決定性勝利。炎帝見大勢已去，服斷腸草自殺。炎帝的部落被併入黃帝的部落，從此融合成華夏民族，這就是中華民族素自稱為「炎黃子孫」的來歷。黃帝的天下共主地位最終確立，並號令天下，凡是不順從的部落，他都以天子身分前去加以討伐。

而當會盟結束的黃帝興高采烈地回到涿鹿之時，卻發現自己最重要的左右手倉頡和倉生都失蹤了，同時失蹤的還有嫘祖。原來，倉氏兄弟一直暗戀著聰慧美麗的嫘祖，但黃帝卻毫不知情。一些人趁機中傷三人之間的關係，黃帝大怒，派應龍四處搜捕，卻一無所獲。惱羞成怒的黃帝命人將夔雷鼓[5]抬到軒轅臺上，親自舉槌擂響，以自己的鮮血向上天禱告，詛咒嫘祖和倉頡兄弟的命運。黃帝不久後病死，嫘祖的兒子昌意即位。昌意娶蜀山氏昌僕為妻，生下的兒子韓流卻生著長長的腦袋、小小的耳、人的面孔、豬的長嘴、麒麟的身子、羅圈著雙腿、小豬的蹄子。於是，在靠近軒轅臺的地方，射手們都不敢舉箭西射，只因敬畏軒轅臺上黃帝憤怒的威靈……

而其實這個時候，倉氏兄弟正在幫助嫘祖安葬其表兄炎帝。三人聽說黃帝已經派人追捕他們，要對他們格殺勿論，不得不往西而逃。三人歷盡千辛萬苦，穿過了廣瀚的戈壁和沙漠，終於徹底逃離黃帝的勢力範圍。他們來到一個名叫「牢蘭海」的大湖，這裡是孔雀河、塔里木河以及車爾臣河的終點，一望無垠，湖面霧氣茫茫，岸邊蒹葭蒼蒼，半空水鳥翱翔。三人被眼前美景所震撼，於是決定在這裡定居下來。他們因此建立了王國，並根據湖名牢蘭海，為這個王國取了一個少女般美麗的名字——「樓蘭」。

聰明的嫘祖為了維護倉氏兄弟的情意，沒有跟他們之中任何一個人結婚，三人因此結拜為異姓兄妹。在倉氏兄弟的幫助下，嫘祖成為樓蘭的女王。他們還建立了巨大的神殿，感謝上蒼能讓他們三人找到這樣一個地方定居。這時候，天女出現了。天女告訴他們，他們三人的不幸因其終未結合而意外避免，但由於他們的命運被黃帝以最尊貴的鮮血詛咒，在將來的某一天，孔雀河和蒲昌海將會水乾，胡楊不見新芽，樓蘭將會徹底被風沙湮沒，而能夠破解這個詛咒的只有樓蘭新娘……沒有人明白天女的意思。但為了避免給後代帶來災難，嫘祖和倉氏兄弟幾乎摒棄了中原的一切特徵如語言、文字、服飾、生活習慣等等。而儘管樓蘭歷代國王虔誠地供奉神殿，但天女卻再也沒有出現過。

星轉斗移，歲月滄桑，幾千年過去了，牢蘭海已經改名成蒲昌海，意思是「多水匯集之湖」。樓蘭成了西域大國，做為東西方的交會點，樓蘭文明盛極一時。而倉氏兄弟的後人早已散布在西域各地，並衍生建立了幾十個新的部落和國家。只是伴隨著血緣的淡化，為了權力、利益，後人早已忘記曾經義結金蘭開創新天地的先人們昔日的情意。天女神祕的預言、樓蘭與中原之間的淵源只在樓蘭一代代的國王之間相傳，但這個天大的祕密幾乎已經快要被忘記……

故事就要從這裡開始了，這是一個史詩般悲壯的故事，它講述的是，在正義與邪惡、光明與黑暗的衝突中，處於弱勢的人們所表現出的信念與勇氣、團結與力量。他們在面對世界沉淪的命運時，不可避免地要承擔責任，而責任就意味著犧牲；面對愛情與親情時，他們必須要做出抉擇，而抉擇就意味著割捨……

1 有熊：今河南新鄭一帶。

2 上古時，君王之妻只稱為元妃，到後來才稱王后。商代之前，天子的配偶都稱妃。

3 羆：讀作「皮」，體大，肩部隆起，能爬樹、游水，亦稱「棕熊」「馬熊」「人熊」。貔：讀作「皮」，似熊的一種野獸。貅：讀作「休」，似虎的一種野獸；貙：讀作「出」，一種似狸的龐大猛獸。

4 顓頊：讀作「專旭」，號高陽，昌意之子。帝嚳：讀作「庫」，名高辛，黃帝與嫘祖長子玄囂之孫。唐堯：名放勳，帝嚳次子，最初封在唐國為諸侯。虞舜：虞族貴族，姓姚，傳說目有雙瞳而取名「重華」，號有虞，因賢德而被推為天下共主，娶唐堯二女娥皇、女英。

5 當時，東海東七千里的地方有座流波山，山上有一隻名叫夔（讀作「魁」）的異獸，模樣跟普通的牛相似，全身青蒼色，不過沒有犄角，而且只有一隻腳。夔的眼睛十分明亮，能射出月亮般的光芒，吼叫起來，聲如雷響。牠還善於嬉水，出入海水時總有大風大雨相伴隨。後來黃帝殺了牠，用牠的皮蒙在架子上，做成了一面鼓，這是塵世間第一面鼓。只要用雷獸的骨頭敲鼓，響聲可傳到五百里以外，因此號稱「夔雷鼓」，用以威震天下。

駭異得呆了，陡然驚叫一聲，轉身就跑，卻被護衛首領未翔一把抓住手臂。未翔二十七、八歲年紀，被太陽曬黑的額頭發出暗色的光，濃眉間有兩道如同刀子刻上去的豎紋，留著鬍鬚，眼窩深陷，總像根木頭般面無表情。昌邁對他甚是畏懼，結結巴巴地解釋道：「殺……殺人了……」未翔低聲道：「我們都看到了，邊關常有這樣的事發生，你轉頭別看就是了。不過最好不要亂動，以免惹人起疑，又給商隊帶來不必要的麻煩。」昌邁呆了一呆，道：「你……你這是在指責我麼？你怎敢用這樣的口氣跟我說話？」心頭忿恨，想掙脫掌握，只是未翔身材健壯威猛，手勁奇大，一隻手彷若鐵箍般鎖緊自己的臂膀，動彈不了分毫。昌邁的軍師無價忙從後面擠過來，怒道：「未翔大膽，還不趕快放手！你敢這樣對待昌邁王子，是何居心？」未翔便鬆了手，肅色道：「未翔魯莽，還請王子恕罪。不過我們當初可是早說好了的，王子這次微服來中原，一切要聽我號令，是也不是？」西域不似中原那般等級制度森嚴，武士和軍人地位也高。昌邁不敢多說，只低聲應道：「是。」未翔重重望了一眼無價，這才道：「之前王子擅自離隊……」樓蘭商隊首領甘奇驀然回過頭來，壓低聲音嚷道：「你們快別說了，正主出現了！」

只見玉門關守將韓牧全身鎧甲，陰沉著臉，一步步走下城牆，環視全場一圈，沉聲喝道：「誰再敢私帶蠶種出關，這就是下場。」刻意停頓了一會兒，這才揮手命兵士將無頭屍首拖走，首級高掛在城牆上示眾。當然，穆塔的牲口、貨物，甚至包括多名奴僕，均被當場沒收，充作邊關軍餉。一名兵士走過來，重重打量了甘奇一眼。甘奇一直處於高度緊張狀態，心中本能一驚，以為有什麼不好的事將要發生，不料那兵士並未多理會他，只將手中槍稍用力扎入穆塔的頭顱，如同獵獲野兔般挑在肩上，悠悠爬上城牆，將長槍從城門上方的跺口伸出。這裡是進出關隘最醒目的位置，將首級懸掛在此示眾，可達最大的威懾效應。不想，底下湊巧站著一名年輕男子正凝神往城洞中探望，穆塔首級斷頭處血跡未凝，幾點污血滴下，逕直往他頭頂落去。男子甚是機敏，似察覺到異樣，抬頭一看，「哎呀」驚叫一聲，閃身避開，只在毫釐之間，恰好讓開了血滴。

他名叫阿飛，身穿灰白的長袖短襟，外罩一件無領的翻毛裕袢，剛及膝蓋，腰間束著腰帶，肩上斜揹著一個小小的包袱，麻布長褲紮在靴子中，衣束簡單而幹練。雖是一副普通中原行商打扮，其實他並非中原人氏，而是來自西域的樓蘭國，是樓蘭商隊聘請的專職嚮導兼通譯。阿飛才剛二十歲出頭，身材瘦削強健，皮膚被日光曬得黝黑發亮，倒顯得比實際年歲大了許多。西域諸國均是綠洲城郭國家，普通百姓是沒有姓氏的，只有一個區別於他人的名字。唯有王族才擁有姓氏，譬如樓蘭王族姓羌，于闐王族姓尉遲，龜茲王族姓白，焉耆王族姓龍。如果平民實在想要一個姓氏，往往都是跟著本國國王姓，因而阿飛也有一個正式的名字——羌飛。樓蘭的嚮導均是世襲，阿飛從孩提記事時起，便已如成年男子一樣在絲綢之路上奔波跋涉，不但像瞭解自己的手指般熟悉道路，還會講沿途各國的方言。到他十五歲時，父親因受傷癱瘓在床，他便理所當然地繼承了祖業，因而他年紀雖輕，卻相當資深，在西域一帶富有盛名。

阿飛及時避讓開了血滴，仰頭注視著那顆面目猙獰的首級，他已經不是第一次在玉門關見到這種場面，不用多問，對方一定是意圖攜帶蠶種出關、被中原兵士發現後當場處死。他雖並不如何同情那唯利是圖的商人，但還是暗自覺得僅僅因私帶蠶種便得被立即斬首的刑罰太過殘酷。他認得穆塔，其為人精明小氣，是有名的一毛不拔鐵公雞，常年來往於西域和中原，積累了不少財富，還與墨山國王室結了親，將自己的女兒嫁給約藏王子為侍妾，甚得寵愛。想不到，一個能夠在墨山國呼風喚雨的有錢有勢人物，居然為了幾粒小小的蠶種，被殺死在中原的邊關上。阿飛默默想了一會兒，轉身挪到城門北邊，目光不由自主地停留在城門旁一張畫有人像的告示上。他雖不識漢字，卻也曾在客棧聽人議論過，大概知道告示內容是懸重賞緝拿追捕畫像中的年輕男子。那男子頭上挽髻，相貌平常，看起來還有幾分落拓愁苦之色，很像中原酒肆裡常見的鬱鬱不得志白面書生，卻不知此人究竟有何出奇之處，項上人頭居然能值千金。納罕之際，不免越發想知道那男子犯下了什麼了不得的滔天大罪，轉頭見到那名時常在客棧外擺攤算卦的道士笑笑生正慵懶地倚坐在城牆根下，心念一動，忙過去招呼道：「笑先生好。

我是樓蘭商隊嚮導阿飛，我們在玉門客棧見過的，先生可還記得小子？」

笑笑生約摸四十來歲年紀，鬚髮灰白，臉又瘦又長，下唇有些外凸下垂，顯得下巴格外長，穿著一身土灰色的粗布道袍，滿是污漬，髒兮兮的已看不出本來顏色，邋遢中透出一股窮酸落魄之氣。他正忙著捉取袍子上的蝨子，頭也不抬地問道：「你是想問那告示上被通緝的男子姓甚名誰、到底犯了什麼罪，對麼？」阿飛笑道：「是啊，笑先生還真能未卜先知呢。」笑笑生性情詼諧，走南闖北多了，見聞極為廣博，許多人愛找他打趣，聽他說些奇聞軼事，不過他卻是出名的算卦不靈驗。阿飛雖然只是隨口一答，卻著實帶著幾分揶揄的語氣，任誰都能聽出來。笑笑生脾氣倒好，居然嘻嘻笑道：「那還用說，先生我精通術數，洞悉天機，未卜先知不過是小菜一碟。」阿飛是個爽直性子，見對方順勢爬杆誇起口來，實在是很有些大言不慚，忍不住笑出聲來。立時又覺得不妥，未免太不尊重老人家，忙強斂笑容，問道：「笑先生，那告示中的男子到底犯了什麼罪？」笑笑生伸出一隻手，將捉到的蝨子舉到眼前，仔細打量過後，鄭重將其捏死，這才慢吞吞地道：「告訴你也無妨，那人名叫蕭揚，是個十惡不赦的江洋大盜，殺人放火，姦淫擄掠，什麼壞事都做過。」阿飛聞言倒也不吃驚，只是心中莫名其妙地有些失望，心道：「這倒真是人不可貌相了。」笑笑生依舊一副懶洋洋的神態，漫不經心地道：「你知道了他的名字也沒用，就算你當面遇到他，也未必有本事能抓住他去領這千金之賞。」阿飛奇道：「這麼說，這位蕭揚，本領十分高強了？」他自詡武藝不弱，膽子又大，就連樓蘭第一勇士也曾誇他天生良質，忽聽見笑笑生稱他沒本事抓住蕭揚，心中著實有幾分不服氣。笑笑生道：「那是當然，若不是非凡出眾的英雄人物，腦袋怎麼可能值那麼多錢？你以為是跟適才被殺的商人一樣麼？」言語中竟對那江洋大盜蕭揚很有幾分佩服之意。

阿飛搖頭道：「笑先生這話可不對。蕭揚既是個大壞蛋，就不能再被稱為英雄。我們西域也有千金之賞，商人們約定聯合出錢購買馬賊首領赤木詹的人頭，難道赤木詹就是英雄麼？他不過是個喪心病狂的馬賊，殺人越貨，專門打劫大漠中的商旅。」一提到「赤木詹」的名字，他右手握拳，左手不由自主地去撫摸腰間的彎刀，聲調也陡然變得高亢急促起來。笑笑生道：「咦，看你面相，額帶殺氣，馬賊一定害死過你的家人……是你的父親，對不對？」阿飛道：「家父確實被馬賊所傷，不過只是癱瘓在床，還沒有過世。」笑笑生頗為尷尬，輕輕哼了一聲，便又埋頭專心去捉蝨子。阿飛卻沒有就此打住話題，肅色道：「說到英雄人物，只有遊龍才能真正當得起『英雄』二字。」笑笑生道：「遊龍？」阿飛道：「不錯，遊龍。」他露出了又驕傲又自豪的表情，那神氣彷若遊龍是他心目中的偶像，容不得絲毫褻瀆，這是發自內心深處真心的崇拜。

笑笑生道：「遊龍是誰？」阿飛見對方居然沒聽說過遊龍的鼎鼎大名，不免十分驚奇，轉念想到笑笑生也許從未踏出中原，而遊龍則揚名於西域大漠，便耐心解釋道：「遊龍是絲路商隊的保護神，專門在大漠中追殺馬賊。」笑笑生道：「馬賊是商隊大敵不錯，可是聽說他們數目不少，僅出沒在白龍堆沙漠一帶的就有數百人之多，遊龍不過孤身一人，如何能以一敵百？」阿飛傲然道：「遊龍是崑崙山山神的兒子，身懷神力，非但武藝高強，而且刀槍不入。他用的兵刃割玉刀更是絕世神兵，削鐵如泥。馬賊見到他的臉就已失魂喪膽，人數再多，又怎能是他的對手？」笑笑生先是愕然，隨即收斂了一貫滿不在乎的笑容，沉下臉來，重重歎息了一聲。阿飛道：「莫非先生不相信我的話？笑先生可隨便找個商隊問問，在我們西域，沒有人不佩服崇拜遊龍的。不瞞先生說，我阿飛最大的願望就是希望能遇見遊龍，拜他為師，終身追隨他，在大漠中追殺馬賊，保護絲綢之路上來往的商隊。」笑笑生不置可否地搖搖頭，低聲嘟囔著道：「白雲在天，山陵自出。道里悠遠，山川間之。將子無死，尚能復來[2]。」阿飛只覺得這老道士的表情頗為傷感神祕，十分罕見，正待追問言中之意，卻聽見城門處一片嘈雜，轉頭望去，原來是他的雇主樓蘭商隊通行出關了。他知道甘奇這次帶有數千斛糧食，一時想不通如何會這般快就被放行，忙捨了笑笑生，迎上前去，變故驀然發生了——

樓蘭商人甘奇也對自己商隊竟如此輕易通過了關卡相當驚異，尤其剛剛親眼目睹墨山商人穆塔被殺之後，心裡已經做好各種壞的打算，因而幾乎不敢相信中原兵士只大略點了一下貨包數量便算檢查完了。不過，他很快想到也許因為他是樓蘭人的緣故，畢竟這次，他奉問天國王之命到中原向敦煌太守李柏高價購糧，並非為了販賣牟利，而是要緩解樓蘭國連年乾旱的危機。問天國王事先也派了使者向中原打過招呼，想來玉門關邊將已經得到朝廷知會，要為樓蘭商隊打開方便之門。甘奇為此特意走過去拜謝玉門關守將韓牧。韓牧始終板著臉，只略略點了點頭。甘奇見後面等待出關的隊伍排得老長，不敢多做停留，忙指揮奴僕、護衛將運糧的牲口趕出城去。才剛走出玉門城關，就聽見背後馬蹄聲、呼喝聲大作。片刻之間，已有一隊中原騎兵疾速馳出城門，喝令商隊停下，將其包圍住。樓蘭人倒也沉穩，聽令攏住牲口，排列整齊，靜待事態發展。只有昌邁看到這些中原兵士個個挺出兵器，劍拔弩張，如臨大敵，很有些慌亂，連聲問道：「要做什麼？他們要做什麼？」甘奇也不知道原因，但猜到不會有什麼好事，忙從懷中取出一小袋金砂，向那領頭的騎兵校尉遞過去。校尉姓金，當即馬鞭一指，喝道：「你這是做什麼？是要當眾賄賂本校尉麼？」甘奇見對方非但不接金砂，而且聲色俱厲，大異往日在中原關卡遇到的情形，又是驚愕又是尷尬，訕訕縮回了手，囁嚅道：「不敢。這不過是……不過是……」他的漢話本就說得不甚流暢，情急之下更是想不出合適的理由，忙轉過頭去，將求助的目光投向一旁的護衛首領未翔。

未翔沉吟未答，無價已經伶俐地搶上前來，賠笑道：「甘奇是第一次到中原，不大識得規矩禮數，有冒犯之處，望將軍海涵。將軍帶軍追出關來，可是有什麼要效力之處麼？」無價原本是個通曉醫術的江湖郎中，治過不少軍民商旅，在敦煌一帶頗有名氣，新近才因機緣巧合被昌邁聘作軍師。金校尉也曾找無價治過病，見他出面，這才道：「奉上司命令，要重新搜查樓蘭商隊的貨物。」甘奇不明究竟，忙應道：「是。將軍請隨意檢查，除了個人物品，就只有糧食。」金校尉掃了一眼樓蘭商隊，見運糧的牲口著實不少，一一搜查起來難免要費許多事，皺緊眉頭，道：「甘奇，我勸你最好還是自己交出來，省去我們動手，或許還能從輕發落。」甘奇問道：「將軍要我交什麼？是蠶種麼？將軍請放心，我們樓蘭人從來不做偷雞摸狗的事。」金校尉見他說得很是理直氣壯，不由得大怒，喝道：「你這話是什麼意思？」無價忙道：「將軍息怒，甘奇漢話說得不好，他其實是想說，他們樓蘭人其實最希望絲綢密技只為中原所獨有。」無價言下之意，無非是——如果世上始終只有中原能生產出絲綢，那麼西方各國商人都必須趕來中原購買，而樓蘭當東、西交通要衝，是絲綢之路的必經處，收取過往商人的關稅已是一筆巨大收入，可謂坐享其成。金校尉久在邊關戍守，當然明白這其中的道理，冷冷道：「不錯，樓蘭人是不會偷盜蠶種的。」甘奇更是大惑不解道：「那麼請將軍明示，到底要我們交什麼？」金校尉道：「交出你們從驛站盜取的于闐使者財物！使者已經向韓將軍告發，你還想裝傻充愣麼？」甘奇一愣，道：「什麼？」

甘奇並不是普通的商人，很有些見識，一聽到事情跟于闐使者有關，心中開始隱約覺得大事不妙。這于闐跟樓蘭一樣，是西域舉足輕重的大國，兩國素來不甚和睦。于闐國王希盾野心勃勃，一直想雄霸西域，近年來瘋狂擴張，先後出兵滅了鄰近的莎車、皮山、精絕、小宛、且末等國，于闐的土地、人口大增，由此成為西域南疆的霸主，其東北邊境已然與樓蘭國接壤。希盾雖暫時未徵發大軍逕直進攻樓蘭，卻積極與樓蘭北面鄰國墨山國結成聯盟，去年更將在崑崙山下挖到的巨大寶鼎獻給中原，順利為長子永丹王子求娶到中原的懷玉公主，如此一來便等於完全得到中原朝廷的支持。稍微有點見識的西域人都知道，于闐的下個目標肯定就是樓蘭，只不過樓蘭國富民強，國王問天和王后阿曼達極受軍民愛戴，在西域威望很高，希盾一時不敢貿然開戰，需要找到合適的藉口和時機。這次樓蘭不得已出高價向中原購買糧食，原是要緩解國內和盟國車師同時乏糧的危機，莫非于闐有心從中搗亂阻撓，不然何以湊巧于闐的左大相萑木一直以使者身分滯留在玉門關驛站？

金校尉卻不容人多想其中的背景和關聯，冷笑道：「來人，搜！搜出贓物，看你還有什麼話說！」兵士們應聲下馬，各自舉起手中長槍，往駱駝馱運的貨包扎去，白花花的大米如水般流瀉了出來。甘奇見狀大為心疼，忙上前道：「還請將軍明示，于闐使者到底丟了什麼財物？何以能證明一定是樓蘭商隊偷的？」忽聽得腳步聲紛沓而至，于闐使者萑木率領手下擁了過來，玉門關守將韓牧親自陪同在旁。萑木約三十七、八歲年紀，身材短小精悍，卻是出身于闐世家大族，官任左大相，權高位重，姊姊萑秋更是當今于闐王后。甘奇曾因種種因緣見過他幾次，算得上是舊識，只得上前見禮。菹木不動聲色地道：「你家主人可還好？」甘奇小心翼翼地答道：「多謝大相關心，主上一切安好。」他二人交談所稱的主人即是指車師國人阿胡，其因販馬經商成為巨富，不僅富可敵國，兩個女兒更是了不得，年輕時均是名動西域的絕色美人，裙下之臣無數，長女阿曼達即是現任樓蘭王后，次女桑紫也嫁給了樓蘭大將軍泉蘇。于闐國王希盾寒微時也曾瘋狂愛慕追求過這對姊妹，卻為阿胡所阻。這件往事極為隱密，外人不得而知，甘奇是阿胡的心腹，看著阿曼達姊妹長大，自是一清二楚。他聽菹木不提別的話頭，先問主人阿胡，分明是別有用意，不由得更加忐忑起來。

菹木道：「甘奇，這就將盜取的夜明珠交出來吧，那是中原皇帝御賜給懷玉公主的聖物，不是一般人所能消受。只要你老實交出來，我還可以看在舊相識的分上，替你向韓將軍求情。」甘奇驚道：「我從來沒有見過什麼夜明珠，又如何談得上盜取？大相口口聲聲說是我們樓蘭商隊盜取夜明珠，可有憑據？」菹木道：「我知道你主人富甲一方，家中珍寶堆積如山，你也算是見過世面的人，夜明珠本身未必能入你的眼。你其實是想藉機挑撥離間我們于闐跟中原的關係，是問天國王指使你這麼做的麼？」甘奇更加大驚失色，慌忙分辯道：「哪有這回事！韓將軍人就在此處，大相切不可妄言。」菹木冷笑道：「有沒有這回事，搜出夜明珠就知道了。」甘奇知道菹木是于闐國王希盾最倚重的心腹，深沉老辣，足智多謀，永丹王子能夠求娶到中原懷玉公主，其人功不可沒。他如此明目張膽地向邊將告發是樓蘭商隊盜取了聖物，又請來韓牧壓陣，預備當眾對質，這除非他有十足的把握。莫非是于闐有意栽贓陷害，想藉機興風作浪？還是真有樓蘭商隊的人盜取了夜明珠？可是這次商隊中除了甘奇最為信任的兩名心腹奴僕，其餘都是從王宮衛隊中千挑萬選的武士，根本沒有盜取他人財物的可能，更別說是于闐使者的東西。昌邁就更加不可能了，他雖愛任性妄為，但那不過是少年氣盛，究竟還是一國王子，身分尊貴，怎會去做雞鳴狗盜之事？那麼就只剩下唯一可能的人選，也就是昌邁新聘請的軍師——無價。

想到此節，甘奇心中「咯噔」一下，不由自主地扭轉頭去，當看到無價失去了一貫冷靜、正神色緊張地凝視那些正搜查駝隊的中原兵士時，他意識到大禍臨頭了。一旦無價盜取的聖物被搜到，不但禍及其本人，還會被于闐人拿來大作文章。至於會給樓蘭商隊帶來什麼樣的可怕後果，他想都不敢想。他越來越心驚膽顫，在這春寒逼人的天氣裡，額頭竟冒出一滴一滴的冷汗來。韓牧一直冷眼旁觀，見狀居然問道：「甘奇，你很熱麼？」甘奇道：「我……這個……這個……」嚮導阿飛不知道從哪裡冒了出來，排開眾人，走到前面，朗聲道：「我是嚮導阿飛，是我拿了夜明珠，跟樓蘭商隊無關。」他是西域有名的嚮導，多次帶著商隊進出玉門關，在關口混得臉熟不說，就連中原朝廷派往西域的使者有時也要倚仗他帶路，因而當場大多數人都認得他。他用漢語說出了這句話，聲音並不大，卻恍如晴天霹靂般令眾人大吃一驚，全部目光瞬間轉移到他身上。甘奇驚奇之極，結結巴巴地道：「阿飛……你……你……」阿飛也不理睬，又複述了一遍，道：「是我拿了夜明珠，跟樓蘭商隊無關。」昂然走到甘奇的黑馬旁，一邊取下掛在馬鞍旁的皮質水袋，一邊解釋道：「我事先將夜明珠藏在甘奇的水袋裡，一大早又隻身搶先出關，原本是擔心萬一被人發現水袋中的祕密，你們也只會怪到甘奇頭上。不過，現下我忽然想明白了，一人做事一人當，這才是英雄好漢。我交出夜明珠，你們放商隊走吧。」遂拔開水袋塞子，以手掌捂住袋嘴，慢慢將水濾乾，再張開手掌時，果然有一顆碩大滾圓的白色珠子，正發出柔和的光暈。所有人都目瞪口呆，甘奇更是驚得張大了嘴巴。數百人擁在關外，靜得連一聲咳嗽都聽不見。還是韓牧先打破沉寂，問道：「尊使，那嚮導手中的珠子，就是本國皇帝陛下御賜給懷玉公主的聖物麼？」萑木道：「是聖物夜明珠沒錯，可是……」他本來一直在等待兵士搜出贓物，此刻夜明珠乍現，卻露出了意外的表情，似乎完全不能相信眼前的事實。韓牧點頭道：「順利找到聖物就好。來人，將這嚮導拿下，聖物交還給于闐使者。」不待萑木回答，大手一揮，又命道，「放樓蘭商隊走。」

韓牧早已看出樓蘭商隊大多數人都是訓練有素的軍士，應該是刻意選拔出來的，可見樓蘭國對這次中原購糧之行相當重視，既是如此，又怎會在出關的重要時刻弄個盜竊聖物的事出來？他們著急運回國的可都是救命的糧食，糧食與夜明珠孰輕孰重，明眼人一望便知道。分明是于闐使者有意借題發揮，之前曾私下給了他不少好處，也是想要買通他，讓他此刻站在于闐一方。只是，他亦有他的立場——若果真如于闐使者所願，下令以盜取聖物罪名扣留樓蘭商隊，他頂多只能得到那些糧食；但事情既然牽涉兩國邦交，朝廷必會派專人前來盤問追查，糧食最後不僅不一定能落到他口袋裡，而且必然就此與樓蘭國結怨。他自己亦私下組有駝隊往西域販賣貨物牟利，倘若樓蘭從此對他的商隊徵收重稅，他豈不是損失得更多？他的駝隊可以不經過于闐，但必得要經過樓蘭啊。難得有阿飛這麼一個人及時站出來，說不定並非于闐人自己搗鬼，當真是這嚮導偷的，不然他怎會知道夜明珠藏在甘奇的水袋中？抑或當真如萡木所言，是樓蘭人存心盜取聖物，好挑撥朝廷和于闐的關係，夜明珠被藏在水袋裡，這可是十分隱蔽且不容易被搜到的地方。阿飛不過怕萬一東窗事發，不得已站了出來為樓蘭頂罪而已。管它什麼真相呢，總算有人主動承認盜取了聖物，而且只是個無足輕重的嚮導，或打或殺，都不會有任何利害關係。

這其中的得失利弊，韓牧在一瞬間即權衡得清清楚楚，是以也根本不再繼續追問樓蘭商隊是否知情、是否捲入其中，便下令捉拿阿飛，如此既不得罪樓蘭國，也足以向于闐一方交代。兵士們轟然答應，取出繩索，一擁上前，摘了阿飛腰間的兵刃，反縛住手臂，推到韓牧面前跪下。韓牧道：「按照本朝律法，盜取皇家聖物者理該處死。尊使，本將這就下令將這嚮導在玉門關前斬首示眾，好為你出一口氣。」萡木至此方才回過神來，忙叫道：「等一等！」韓牧大奇，問道：「尊使是要為他求情麼？」萡木道：「求情不敢。我想請將軍將這膽大妄為的小賊交給我帶回于闐，由懷玉公主親自處置。」韓牧料想萡木帶阿飛回于闐之後，無非是要嚴刑拷打，逼迫他承認盜取聖物是受了樓蘭國王問天主使，心道：「這于闐國的人還真愛抓住一件事不放，想吞併樓蘭就直接出兵好了，還非要找什麼盜取聖物的藉口！不過這些又關我什麼鳥事，正好我兩不得罪。」當即哈哈大笑，道，「還是尊使考慮得周全。好，就將這小賊交給你帶回于闐，請懷玉公主斷處。」又問道，「尊使回國，須得經過樓蘭，要如何向關卡解釋抓了他們商隊的嚮導？」萡木道：「自然是實話實說。阿飛當眾認罪，這麼多人都親耳聽到他承認盜竊了聖物，就算按照他們樓蘭本國的律法，也要斬去雙手雙腳，丟在城門處示眾。」阿飛自挺身而出以來，一直相當鎮定坦然，聽到此處卻莫名打了個寒顫，露出恐懼的表情來，不由自主地將目光投向人群，然而偏偏在此刻見不到他最想看見的人。一旁樓蘭商隊生怕再起變故，已匆匆收拾好貨囊、趕著駝馬上路了。阿飛默默凝視著甘奇頭也不回地帶領商隊離去，心頭驀地強烈騰起一種被拋棄的孤獨感，整個身心彷若浮在半空中，空蕩蕩的，沒有任何著落。

離開玉門關老遠，甘奇才敢回過頭去，只見關口墩燧巍峨挺拔，猶如瀚海沙漠中的海市蜃樓。中原兵士已盡數入城，于闐使者一行依舊滯留在關前未動，大約正商議如何處置阿飛，這才長吁了一口氣。不知為何，他突然心裡有些恐慌，一陣寒顫竟穿透了整個身體。

未翔打馬過來與甘奇並行，低聲問道：「甘奇君如何看待阿飛盜取聖物這件事？他真會見財起意麼？」甘奇愣得一愣，才道：「本來我也不大相信阿飛會做出這等下作事，但如果不是他行竊，又怎會知道聖物藏在我的水袋裡？我……我自己可是一點都不知情的。」未翔道：「嗯。」甘奇歎道：「阿飛的祖父、父親我都相當熟識，都是老實本分的嚮導，阿飛第一次跟著父親上路當嚮導，才不過是個四、五歲的孩子，我是看著他長大的，實在想不出他會……唉，不過他總算還是條漢子，眼見事情敗露會牽連到商隊，自己主動站了出來。」想起阿飛風趣伶俐、為人一向很好，雖然怒其不爭，還是忍不住為他的命運擔憂起來，黯然道，「真不知道那些于闐人要怎樣對付他。」未翔道：「事已至此，我們也無可奈何，萬幸他沒有給商隊惹來更大的亂子。」甘奇遲疑了一下，道：「我本來沒有懷疑到阿飛身上，當時如果不是他自己站出來，我還以為是……是……」下巴朝前面正與昌邁王子交談甚歡的無價揚了揚。未翔當即會意，思忖片刻，低聲囑咐道：「這無價來歷不明，行跡可疑，我特別留意過他，總覺得他是有意接近討好昌邁王子。但目下他是王子信任的人，沒有確鑿證據，絕不能胡亂指認。聖物失竊到底是怎麼回事，怕還是得問阿飛本人才能知道。然而他既已認罪，落入于闐人手中，我們不便再強行出頭。當下該以儘快運回糧食為首要任務，暫且顧不上其他了。」甘奇道：「是，一切聽將軍安排。」

昌邁忽然扭過頭來，急急招手叫道：「未翔將軍！」未翔便夾馬追上前去，問道：「王子殿下有事麼？」昌邁情緒很是激動，義憤填膺地道：「我有重要事情要告訴將軍，阿飛是被人陷害的，他是為了救商隊不得已才站出來認罪的，真正的罪魁禍首，是于闐左大相萻木。」未翔生性剛毅肅穆，聽見如此驚人的言論居然仍不動聲色，只平靜地問道：「王子殿下怎麼知道的？」無價插嘴道：「是我告訴昌邁王子的。」未翔道：「那麼，無價先生又是怎麼知道的？可有實證？」無價道：「沒有實證，只是簡單的推測。」有意向前後左右望了一遍，見護衛都離得甚遠，這才壓低聲音道，「將軍想想看，于闐一行打有使節旗幟，一路有地方官吏迎送，食宿均在官府的驛站中，尋常人難以接近。再想那夜明珠是皇帝賜給懷玉公主的寶物，何等珍貴，于闐必然視為至寶，小心呵護，誰又能有本事在這麼多甲士眼皮底下盜走聖物？這只是疑點一。疑點二是，于闐左大相萻木請韓牧將軍發兵包圍了商隊，意欲將商隊翻個底朝天，他當時信心滿滿，可見他確認夜明珠就藏在商隊中。然而當阿飛站出來承認盜竊了夜明珠時，萻木不是欣喜，而是相當意外。第三個疑點，也是最關鍵的地方，阿飛當眾認罪後，才剛轉過身，還未抬腳，萻木的目光已先轉向甘奇的馬匹，似乎早就知道夜明珠藏在馬鞍邊的水袋裡。如此推斷，真正將夜明珠放入甘奇水袋之中的不是阿飛，而是萻木手底下的人。他們這麼做的目的，就是為了要陷害樓蘭商隊，令你們全部被扣在玉門關，無法將糧食運回樓蘭國。」

未翔仔細回想當時情形，確實符合無價的描述，斟酌片刻，才道：「無價先生觀察入微，推斷亦十分合理，未翔很是欽佩。可是有一點我還是不明白，假若夜明珠事件是于闐有意栽贓嫁禍，阿飛是我們商隊的人，又如何能事先知道夜明珠的藏處？」無價笑道：「不，阿飛事先並不知道。他是個好人，如果早些時候知情，應該會將夜明珠取出來扔掉或是另藏他處。我猜是商隊被包圍後，于闐方面才有人暗中指點阿飛，令他站出來承認罪名，以免禍及整個樓蘭商隊。」未翔心道：「無價指出的三大疑點確實值得重視，聖物之事當真極可能是于闐有意嫁禍樓蘭。但絕不可能是于闐人將夜明珠的藏處告知阿飛，這等行徑如同叛國，范木帶的那些下屬全是黑甲武士，怎麼可能公然背叛？無價到底是中原人，對于闐太不瞭解。退一萬步說，就算當真有黑甲武士見不慣范木使用這等卑劣伎倆，想暗中相助，阿飛又不是三歲小孩子，明知于闐、樓蘭兩國不和，怎會在緊要關頭輕信一個于闐武士的話？他該當眾指認是于闐搗鬼才更合乎情理。除非是于闐買通了我們商隊內部的人，那人臨到緊要關頭又有所悔恨，所以將夜明珠的藏處暗中告訴阿飛，阿飛見形勢危急，遂挺身而出。那麼這個內奸又會是誰？我手下的衛士絕無可能，甘奇所帶的僕從也都是心腹可信之人，那麼就只剩下阿飛、昌邁王子和這故作神祕的無價了。昌邁王子單純意氣，首先可以排除；無價親口揭破是于闐栽贓陷害樓蘭，等於澄清了他自己；比較起來，還是阿飛嫌疑最大，或許他就是那個被于闐收買的內奸，暗中將夜明珠放進了甘奇的水袋，但當兵士來搜查時，他見商隊即將大禍臨頭，驀然良心發現，遂站出來承認是自己盜竊了夜明珠。之所以對受到于闐指使一事隻字不提，無非是怕背負上通敵叛國的罪名，牽累樓蘭的家人。」

未翔又在腦海裡將前後事件重新理了一遍，越發肯定阿飛就是內奸，只有這樣才能合理解釋所有疑點。心中有了結論，表面卻不露聲色，只應道：「我知道了，多謝無價先生指點。」昌邁卻早已等不及，躍躍欲試道：「未翔將軍，于闐欺人太甚，不如我們這就去跟他們當面對質，再將阿飛救回來，他可是為了我們大夥才挺身而出的。」未翔道：「殿下，請稍安勿躁，我們絕對不能這麼做。」昌邁愕然道：「為什麼不能這麼做？就算動起手來，我們人比他們多，難道還打不過他們麼？」未翔堅決地道：「我說不行就是不行。」舉手叫過一名護衛，命道：「傳我號令，商隊中不准再議論聖物和阿飛之事，不然以軍法論處。」護衛道：「遵令。」

昌邁很是不滿，冷笑道：「未翔將軍號稱『樓蘭第一勇士』，卻原來是個不敢為自己人出面的縮頭烏龜，徒有虛名而已，居然還不如一個普通嚮導有擔當有勇氣。」未翔也不理會他的冷嘲熱諷，正色道：「殿下，你雖是王子身分，但你自願裝扮成護衛跟隨商隊來中原。既如此，現在你也是我的下屬，你和你的部屬敢犯軍令，一樣要軍法從事。」這話說得義正詞嚴，絲毫不留情面，昌邁氣得漲紅了臉，卻又無言可駁，乾脆噘嘴不語。無價忙道：「將軍……」未翔不客氣地打斷了話頭，道：「等回到樓蘭，王子殿下盡可以向國王陛下告狀訴說未翔的無禮，未翔也甘願接受懲處。不過在那之前，一切要聽我號令。」忽有護衛趕上來稟告道：「于闐左大相一行人快要跟上來了。」未翔點點頭，叮囑道：「傳令下去，無論于闐人要對阿飛做什麼，我們都須得視而不見，不准出聲，更不准出手干預，違令者斬。」

于闐一行俱是輕騎，比帶有沉重糧食的樓蘭駝隊要快許多，不多久便追了上來。卻見阿飛雙手反縛、胸間套了條長繩，打成死結，被人牽在馬後，一路拉扯著行走。經過樓蘭商隊時，茬木刻意趕到阿飛旁邊，俯身問道：「若想要活命，就快些說出實話，是誰指使你這麼做的？」阿飛搖頭道：「沒有人指使我。」牽著長繩的，是茬木的心腹侍從艾弟，聞言立即回身，揚手一鞭抽在阿飛臉上，大聲罵道：「你這個樓蘭小賊！當真活得不耐煩了，敢盜竊聖物！小賊！樓蘭小賊！」辱罵不絕於口，又不停以馬鞭抽打驅趕，待阿飛如同牲口一般，顯是故意向樓蘭商隊示威。樓蘭人人心中氣憤，卻因早得未翔嚴令，始終只是保持沉默。行出數里，于闐人已將樓蘭商隊遠遠甩在後面。茬木圈轉馬頭，來到阿飛面前，勸道：「你為甘奇和商隊頂罪，他們可是一點也不顧你的死活。說，剛才是誰指使你站出來的？只要你肯說實話，我保證你不會再受皮肉之苦。」阿飛笑道：「真的沒有人指使我，阿飛不敢欺瞞大相。」話音剛落，艾弟便催動坐騎疾馳。阿飛被拴在馬後，緊隨著奔跑了幾步，終究抵不過馬力，只覺得腰間一緊，便被帶倒在地，匍匐著被拖曳前行。這一帶全是戈壁，地面淨是指頭到拳頭大小的礫石，人馬走在上面，總是沙沙作響。阿飛一經摔倒，身體自胸口以下部位不斷在硬石上磕碰，拖出不到一里地，全身上下已被擦得鮮血淋漓，口鼻又吸入不少細沙和塵土，幾乎喘不上氣來，當真比死還難受。艾弟見阿飛已經是半死不活，便勒馬停下來，問道：「大相問你話，你可願意從實招認？」阿飛滿面沙塵，雙眼難以睜開，身上又無處不痛，強提一口氣，呻吟幾聲，只是不肯答話。

艾弟脾氣甚是火爆，見他硬氣，正要繼續策馬拖行折磨他，一名于闐武士打馬追了上來，叫道：「等一等！」這武士一身黑衣勁甲裝扮，頭盔和濃密的落腮鬍遮住了大半邊臉，難以看出本來面目和年紀。艾弟對他甚是恭謹，也不敢如稱呼其他武士般直呼其名，欠身問道：「公子有事麼？」那被尊稱為「公子」的武士道：「艾弟君明知這樓蘭嚮導無辜，卻下如此狠手對付他，未免不大光彩。」艾弟臉色登時為之一變，警覺地問道：「公子是如何知道的？」正好萇木帶領數十人的大隊人馬追了上來，艾弟忙上前低聲稟告道：「原來漢人[3]公子早就知道了夜明珠一事，適才一定是他將真相暗中告訴這樓蘭嚮導。」萇木命武士先將阿飛遠遠拖開，這才上前問道：「果真是公子暗中指點了樓蘭嚮導麼？」漢人公子搖頭道：「不是我。」萇木道：「敢問公子是何時發現真相的？」艾弟嚷道：「這還用說，他一定是在驛站暗中偷聽到我們的談話。」漢人公子道：「不是，我沒有偷聽。大相不斷召人密議，肯定是有所圖謀，不過我一直以為跟帶我出關之事有關……」輕喟一聲，似不願再多談這個話題，乾脆直接解釋道，「我猜到夜明珠一事真相，是適才樓蘭嚮導阿飛站出來承認盜取聖物之時。」萇木道：「噢？」漢人公子道：「大相趕來關卡向韓牧將軍告發，稱朝廷賜給懷玉公主的聖物失竊，又稱有驛卒見到樓蘭商隊的人進來過驛站。大相要求韓將軍派人徹底搜查樓蘭商隊，顯是對找到竊賊、搜出夜明珠早有心理準備，可是當阿飛主動站出來時，大相似乎完全沒料到會有這種情況出現……」

萇木重重歎息一聲，道：「公子不必再多說，我知道公子目光如炬，這件事原也難以瞞過。嗯，只是……」一時沉吟不語，轉過頭去，將目光投向遠方。艾弟見主人發窘，忍不住插口道：「這是我們于闐和樓蘭的恩怨，不干公子的事。」公子淡淡道：「我知道不干我的事，可是你們用夜明珠陷害樓蘭商隊在先，用私刑拷問這位嚮導在後，實在非英雄所為。」艾弟冷笑道：「英雄？莫非公子想要到我們西域出頭當英雄？中原那麼大，難道容不下你這位英雄……」萇木忽然扭轉頭來，喝道：「住口！不得對公子無禮！」厲聲斥退艾弟，這才溫言道，「坦白說，我起初謀畫夜明珠這件事，其實也是為了營救公子你。公子該知道，邊關各處都貼有通緝你的圖形告示，就算你裝扮成我的侍從，出關之時也一樣要經過嚴格查驗，要想萬無一失，只能事先弄點動靜來轉移那些中原兵士的注意力。若不是夜明珠這件事，我怎麼可能如此輕易帶公子出關？」裝扮成于闐武士的漢人公子沉默了好半晌，才道：「多謝。」莋木已與這身分神祕的漢人公子相處了一段時日，知他雖然性情平和，卻極重道義，滿以為他會說出寧可自己死也不願靠陷害旁人來脫險的話，哪知道他卻僅僅簡單說了一句「多謝」，不免很有些驚奇，仔細想了想，才回答道：「不必謝我，是我國國王陛下答應了懷玉公主，一定要營救公子出中原，所幸不辱使命。夜明珠之計實出無奈，還望公子不要外洩讓他人知曉。」漢人公子答道：「是。在下十分感激大相費心，大相囑託不敢不遵。不過照目前情形來看，阿飛其實只是個局外人，對夜明珠之事毫不知情。」莋木道：「這我知道。」

這是顯而易見的事，那夜明珠既然是莋木派手下暗中放入甘奇的水袋，目的在於陷害樓蘭商隊，製造混亂；而阿飛在關鍵時刻挺身而出，是擔心禍及樓蘭商隊，若是他早先知道夜明珠藏在水袋裡，肯定會搶先將珠子取出來。但他直到兵士搜查之時才站出來自認罪名，表示一定是那時才有人將夜明珠藏處悄悄告知了他，但他並不知情這一切的始作俑者正是于闐左大相本人，否則他一定會當眾揭穿莋木賊喊捉賊的把戲。可惜當時眾人的視線都矚目在樓蘭商隊首領甘奇身上，竟無人注意到嚮導阿飛在做什麼，又與什麼人交談過。

漢人公子道：「既然如此，大相目的已經達到，何不就此放阿飛一條生路？」莋木道：「若是公子當場出言指點了阿飛，我還可以放他走。但公子原本也不知情，顯然很可能是我們于闐內部之人洩露了祕密，暗中指點阿飛挺身認罪，好為樓蘭商隊脫困。要想找出內奸，非得著落在他身上不可。我知道公子認定我目下的所作所為並不光彩，然而西域情勢複雜，非你們中原人所能瞭解。公子是尊貴之身，萬望你自重，不要捲入其中糾紛。再往前二十里就是馬迷兔，從那裡開始，就算是出了中原國境，這就請公子脫下我國武士的衣甲，帶上你自己的兵刃，逃命去吧。」毫不客氣地下了逐客令，命手下武士取出藏在行囊中的中原弓劍。

漢人公子心中頗讚賞阿飛捨生取義，有意營救，哪知道萞木不肯退讓，言語處處占據上風，知道多說也是無益，只得收了兵刃，脫下黑色軍服，交還給武士首領尼巴。萞木道：「此地西去樓蘭國一千六百里，一半是戈壁，一半是沙漠，沿途淨是不毛之地，荒無人煙。公子不認得路，不知道沿途水源、客棧所在，為安全計，還是跟後面的樓蘭商隊一道上路為好。我還有急事趕著回國，這就告辭了。」也不待漢人公子回答，一舉馬鞭，率領于闐武士疾馳而去。阿飛倒沒有再受拖行的折磨，被艾弟抱起來橫放到馬鞍上。馬蹄紛揚，落地如雨，揚起一陣風暴塵土。漢人公子默默凝視著一行人遠去，歎了口氣，伸手揭下臉面上的假鬍鬚。他很年輕，不過二十來歲，眉宇間卻流露出與他年齡不相稱的風霜滄桑之色，緊抿的嘴角窩，微微上挑的眉梢，充滿著憂慮與憔悴。

過了正午，于闐眾人到達圓月泉，萞木命手下下馬，在此處補充水源，略做歇息。這一帶戈壁的低窪地帶時常能撿到烏黑的鐵磚瓦塊，堅硬如石，據說是遠古的磚塊，因質地細膩，便有人將其製成硯臺，稱為「關硯」。據說用關硯研磨出來的墨汁，冬不結冰，夏不縮水，一時間竟成為中原十分搶手的物品。萞木腳邊湊巧就有一塊，不過他似乎沒有太大興趣，只瞪著那黑磚若有所思。

負責警戒的武士阿涇在高丘上翹望一陣，趕下來稟告道：「大相，那漢人公子還跟在我們後頭。」萞木點點頭，道：「我早知道會如此，他一定是想救阿飛。」阿涇大為不解，問道：「這可就奇怪了，漢人公子是中原朝廷通緝的要犯，明明是咱們于闐冒險救了他，他為何反而要幫跟他毫無干係的樓蘭人？」萞木道：「你不懂，這些中原男子就愛自命正義。這一路下來，你們還沒發現麼，他跟我們不是一條道上的。」阿涇道：「是不是一條道上的不知道，屬下倒看出那漢人公子雖然沉默寡言，卻是個極厲害的人物。他那柄寶劍倒也稀鬆平常，那張弓可是件神兵利器，至少是十石強弓。」昔日，只有萬人敵后羿才能拉開十石強弓。傳說天地初開時，天上總共有十個太陽，將大地烤成了一片焦土。神射手后羿見民間哀鴻遍野，頓生惻隱之心，於是負了十支神箭，挽起十石強弓，立足天涯海角，連連射落九個太陽，只留下最後一個在天空照耀，於是萬物復甦。自那以後，還沒有聽說有人能拉開十石強弓。侍從艾弟道：「大相，漢人公子既有如此強弓，料來射術也是非同小可，萬一他從後面突然發難，怕是不好對付。咱們不如先下手為強，我這就去將他誘過來，然後大相命黑甲武士出其不意地將其擒住，帶回于闐再說。」萇木搖頭道：「國王陛下特別交代過，切不可與漢人公子翻臉，他雖然在中原暫時失意，將來卻未必不會得志。」艾弟道：「可是……」萇木道：「不用多管他，他沒有經驗，不識得大漠的厲害，過了今晚，管教他迷路。」轉頭見到一名武士正舉起水袋去餵阿飛，當即厲聲喝道，「不准給他水喝。」武士嚇了一跳，呆得一呆，這才喏喏退下。

阿飛喉嚨如著火般炙熱，實在渴得難受，叫道：「喂，你們渴死了我，就只能帶我的屍首回于闐了。」艾弟有意舉著水袋走到他面前，道：「大相只會讓你口渴，但不會讓你渴死。」說罷聚抿嘴唇嘬了幾口泉水，咂咂有聲。阿飛掙扎著站起來，一邊舔著乾枯發裂的嘴唇，一邊貪婪地盯著水袋。艾弟問道：「你還是不肯說出，是誰指使你這麼做的麼？」阿飛道：「真的沒有人指使我，是我自己貪心。」艾弟道：「是誰告訴你夜明珠藏在甘奇的水袋裡？」阿飛笑道：「這話問得奇怪，夜明珠是我親手塞進水袋，如何能不知道？」艾弟笑道：「你不知道你這人很不擅長撒謊麼？不過你想當好漢，大相也樂得成全你。」命武士將阿飛牽去縛在怪柳樹上，抽了二十馬鞭，直打得他奄奄一息、幾近暈死，這才灌了他幾口水，照舊綁在馬鞍上，繼續啟程。行了數十里，天色漸暗下來。于闐一行選了一塊避風之地，就地在戈壁灘上宿營。萇木寫好密信，放出飛鷹，這才將武士首領尼巴叫過來，摒退旁人，只留心腹侍從艾弟在一旁，低聲問道：「尼巴統領可發現手下武士有什麼奇怪的表現麼？」尼巴十分納罕，想了半天，才撓頭問道：「沒有。大相問這個做什麼？」萇木道：「夜明珠一事極為隱密，外人實難知曉。我本來斷定是我們內部人指點了那樓蘭嚮導，唯有如此才能解釋阿飛何以只知曉夜明珠藏處，卻並不瞭解是我們所為。我向韓將軍討下阿飛的性命，要帶他回于闐，那洩密之人未必能預料到，神態當十分緊張，必然會想方設法接觸阿飛，或是警告他，或是乾脆殺了他滅口。但我一路仔細觀察，竟沒有發現絲毫異樣。」

尼巴這才明白究竟，當即拍著胸脯道：「尼巴以自身性命向大相擔保，我手下的武士都是忠心耿耿的勇士，敢為國王陛下和大相赴湯蹈火，絕不會起二心。大相沒來由地心生懷疑，可是玷污了我們黑甲武士的名聲。」語氣十分憤慨，彷若是他自己受到了侮辱。范木忙道：「尼巴統領不必如此激動，我也覺得是自己多慮了，所以才找你過來商議。而今夜明珠之計已然失敗，樓蘭糧隊順利上路，事情十萬火急，我雖已經放出飛鷹，但還是需要派人趕回于闐向國王陛下面稟。只是阿飛這件事也不能就此置之不理，這件事……」似是一時難以想到合適的措辭，乾脆沉吟不語。尼巴遂自告奮勇地道：「不如由我先行回國報信。」范木正等著他自動請命，忙道：「如此甚好，便有勞尼巴統領即刻動身。只是還請統領脫下盔甲，化裝成普通西域百姓的樣子，以免惹人矚目。」黑甲武士隸屬于闐王宮衛隊，直接受國王統領，個個都是百裡挑一的勇士，榮譽感極強。尼巴雖不大情願改裝，卻也不敢違抗左大相的命令，只得應道：「遵命。」當即叫過兩名武士，一起換上便服，打好行裝、牽了馬匹連夜上路。艾弟送走尼巴，趕回來稟告道：「果然如大相所料，漢人公子就在我們附近。尼巴幾人出發時，他也跟著動了。」范木道：「嗯。你騎快馬請他過來一趟，說我有要緊話跟他商量。」

艾弟一愣，問道：「不要先設下陷阱埋伏麼？」范木道：「不必，我自有主張。」又命人押來阿飛審問。阿飛始終只說是自己貪心盜取了夜明珠。范木便命武士將他帶到一旁刑訊，還打斷了兩根馬鞭，直至他皮開肉綻、暈死過去。艾弟帶著漢人公子進來于闐營地時，武士正將昏死過去的阿飛拖走。范木請漢人公子坐在厚厚的毛氈上，和顏悅色地問道：「公子一路跟著我們，是不是想救阿飛？」漢人公子不願說謊，道：「是。」范木道：「公子預備如何救人？」漢人公子道：「大相手底下都是訓練有素的勇士，行進、紮營極有章法，我還沒有想到一個萬全之策。」范木道：「我很欽佩公子肯為一個素不相識陌生人出頭的勇氣，不過我們才剛剛一起走出玉門關，公子大概也不願意就此跟我們動武。」漢人公子道：「是，大相於我有恩，我不敢忘記。」范木道：「既然如此，我倒有個提議，如果公子能勸得阿飛說出是誰告知他夜明珠的藏處，我就將他交給你處置，如何？」漢人公子轉頭望去，阿飛正被武士綁在一棵大怪柳樹上，渾身上下紅彤彤一片，不知是染滿鮮血還是火光的緣故，頭無力地垂在胸前，整個人死氣沉沉，當即應道：「好，我試試。」走近怪柳樹，輕聲叫道，「阿飛！阿飛！」一旁武士見阿飛不應，便取來水袋吮吸了一口水，噴在阿飛臉上。阿飛打了個冷顫，甦醒過來，結結巴巴地道：「我……沒有……沒有人……指使我……」漢人公子道：「樓蘭商隊出關前，你在做什麼？」阿飛呆滯地重複道：「我在……做什麼？」他連日備受折磨，渾身鞭傷，痛如火炙，難以集中精力思索，勉力抬起頭來，打量面前這名新的審問者，困惑地問道：「你……你是中原人？」漢人公子道：「是，我是漢人。我只想告訴你，我並沒有惡意……」阿飛驀然記起什麼，驚叫道：「啊，我認得你……你……你是……」情緒陡然激動起來，本能地用力掙扎，觸發了傷口，登時又暈死過去。武士正待再噴水弄醒阿飛，漢人公子阻止道：「暫且不必了。他目下傷重，逃也逃不掉，何不先放開他？」武士不敢擅自做主，只遲疑不動。菃木走過來道：「就如公子所請，先解開他。」武士應道：「遵命。」

菃木重新請漢人公子到營帳前坐下，笑道：「想必阿飛見過玉門關的圖形告示，認出了公子的形貌。」那漢人公子正是告示中被通緝的男子蕭揚，也不置可否，道：「大相明知道難以從阿飛口中問出實情，卻還是一路不停地折磨他，是不是刻意做給人看的？」菃木道：「是，開始是給樓蘭人看的，後來是給我們自己人看的。」蕭揚道：「想來大相並沒有靠這個法子找出內奸。」菃木道：「不錯。公子有何高見？」蕭揚道：「大相既能肯定于闐人內部並無奸細，就不必再折磨阿飛以觀察眾人反應。我猜樓蘭商隊要麼以為阿飛是真的竊賊，要麼認定他早被于闐收買，所以他們才會對阿飛這一路被拖行無動於衷。既然于闐一方無人洩密，樓蘭一方無人知情，那麼告訴阿飛夜明珠藏處的必然是個外人。只要大相准我向阿飛套話，我應該可以找出這個人。」菃木略一思索即滿口應承道：「好，公子就跟著我們，只要你找出那個人是誰，你就可以立即帶阿飛離開。」蕭揚道：「一言為定。」次日一早，于闐一行帶著阿飛、蕭揚繼續上路，菃木有意下令加快行程，以徹底甩開樓蘭商隊。只是蕭揚的計畫很不順利，自從阿飛認出他就是那個被中原朝廷通緝的十惡不赦江洋大盜後，非但一個字也不說，連看都不願意看他一眼。

如此過了十二、三日，八百里戈壁終於走到盡頭，踏入了令人聞名色變的白龍堆沙漠，好一個寧靜而荒涼的世界，莽莽沙河，一望無垠，極目之處，淨是純然的金黃色，在陽光下反射出嫻靜溫和的光芒。無數沙紋層層疊疊，一圈一圈蕩開，彷若風的漣漪。人馬踩踏在鬆軟的沙丘上，留下深深的足印。而不久後，陣風又將沙漠表面的浮沙捲起，抹平所有的痕跡，光潔如新，彷若從未有人到過的處女地帶。大漠中也並非完全沒有生命的痕跡，一小簇一小簇的紅柳分散扎根在沙丘上。這種灌木樹幹發紅，碎葉舒張似羽毛，雖然露出地面的只有一小叢，但地下根系盤根錯節，極為粗壯。一株紅柳的根鬚往往多達數千條，能夠固住一座沙丘，可見其根深入地下之廣之深，因而被人稱為「樹靈」。雖然新發出來的嫩枝和綠葉往往會成為路過馬匹、駱駝口中的美食，但它依舊頑強不屈地生長著。在大漠深處，一抹翠綠就是希望，是生命深處的湧動。此刻正是紅柳的花期，開滿了點點繁密的紫紅色小花，雖然渺小，卻並不柔弱，應風披靡，吐芳揚烈，自信地在空曠遼闊的荒漠中展現著一份別樣的風情。

當晚在公婆泉歇腳時，正逢月圓之夜，月亮皎潔如銀盤，沙漠在光暈下泛出奇異的銀色，彷若鱗甲一般。眺望遠處，一道道巨大的沙梁好似一條條白龍，遊弋於月光沙海下，首尾相銜，無邊無際，威武雄壯。到半夜時，騷動忽起，有人闖進于闐宿營地，中了武士事先埋下的絆索，當即被綁起來帶到菬木面前。菬木滿以為中伏的人便是蕭揚所推測的「外人」，哪知道那人竟穿著樓蘭商隊護衛的衣服，不免十分驚奇，問道：「你叫什麼名字？甘奇怎麼會派你這麼個毛手毛腳的少年來救人？」那少年怒道：「我可不是毛手毛腳，是你們于闐人卑鄙無恥，事先設下了埋伏。」菬木微一思索，便命人架來阿飛，指著那少年護衛道：「這是甘奇派來救你的人。你還敢說你不是為樓蘭商隊頂罪麼？」略一舉手，武士即將長刀橫在少年護衛的頸間，竟似阿飛若再不招供便要立刻將此護衛殺死。阿飛刑傷未癒，人也昏昏沉沉，但一抬眼見到那少年護衛，登時認了出來，叫道：「你們不能殺他。」萇木笑道：「他的性命就在你一言之間。只要你說出是誰指使你的，我就饒了他。」阿飛急道：「大相，你千萬不能傷他，他不是普通護衛，是王子殿下。」萇木道：「樓蘭國只有傲文和刀夫兩位王子，而且都已經有二十多歲年紀，如何冒出來這麼個年輕莽撞的少年王子？這回答我可是不滿意。來人……」阿飛忙道：「是真的，他真的是王子，是車師國的二王子。」萇木吃了一驚，上前問道：「你是力比國王的二兒子昌邁？」昌邁傲然道：「不錯，我正是昌邁王子。左大相，我們車師跟你們于闐雖非盟國，卻也不是敵國，你怎敢如此對待他國王子？」

原來，昌邁是車師國國王力比的次子，其母莎曼王后即是樓蘭國王問天的親姊姊。車師近來連年乾旱，國內嚴重乏糧，姻親盟國樓蘭也是如此，於是兩國決意聯合向中原購糧暫度危機。昌邁王子主動請願到樓蘭國處理此事，之後拋開眾多侍從，化裝成護衛混入甘奇的購糧商隊中，直到進入大漠才被人發現，甘奇因為距離樓蘭國境已遠，只得同意他跟隨商隊。昌邁其實對所謂購糧之行並不感興趣，不過是少年心性，想藉機到中原一遊。但他到敦煌之後惹了不少事，又結識了江湖郎中無價，相談投機，決意拜其為自己的軍師，一同回去西域；他是車師王子身分，甘奇等人即便不願，也無可奈何。

夜明珠事件發生後，昌邁聽了無價的推斷，深信是于闐有意滋事，更決意要救出捨己為人的阿飛。但他並非一時心血來潮，看到護衛首領未翔態度堅決地下令不准援救阿飛，便帶著無價悄悄離隊先行，預備救出阿飛，弄清事實真相，再向世人揭露于闐的陰謀。恰好今晚是月圓之夜，無價稱有辦法接近于闐營地救人，要昌邁遠遠地在旁等候。可是他等了很久都不見無價回來，疑心軍師已經失手被擒，便悄悄地摸來于闐營地打算探探究竟，哪知他的腳步聲早被于闐武士以胡祿聽見——這胡祿為革製的箭筒，除了盛裝箭支，還可用來在夜間探測遠處音響。在大漠中枕空胡祿而臥，能聽見三十里外的人馬行走之聲，所以又稱「地聽」。武士發現聲響異樣，事先布下機關，昌邁剛入營地便被絆倒，吃了個嘴啃泥，連兵刃都不及拔出便被結結實實地綑了起來。

昌邁表明其車師王子身分，原以為對方定會肅然起敬，二話不說下令解開綁縛，哪知范木只是搖搖頭，道：「話不說清楚，這綁可不能鬆。昌邁王子，我倒真想去車師國問問你父王，你不留在你們王都交河享福，半夜闖進我們于闐營地做什麼？你沒看見使節旗幟麼？居然還一身樓蘭護衛的打扮。」昌邁道：「明人不說暗話，我這次跟隨樓蘭商隊到中原購糧，因不便表露身分所以才打扮成護衛。你是于闐左大相，又有國舅身分，怎可用卑鄙的手段陷害樓蘭商隊？我和軍師讚賞阿飛的義氣，特意來救他。」范木大奇，特意回頭看了蕭揚一眼，這才問道：「軍師是誰？我竟不知道王子身邊還有位軍師。」昌邁這才確定無價並未落入于闐之手，不免有些後悔自己貿然行事。范木沉吟片刻，叫道：「來人，給昌邁王子鬆綁。」隨即肅色道，「殿下，這次我先放你走。阿飛親口認罪，我須得帶他回于闐交給懷玉公主親自處置，還請王子體諒，別再枉費心機來救他。」昌邁大有不甘，卻又無可奈何，只得瞪了范木一眼，恨恨摸黑去了。范木又命人帶走阿飛，這才走到蕭揚面前，道：「公子不是推測樓蘭人已經認定阿飛是竊賊，或是被我們于闐收買了麼？現下要怎麼說？」蕭揚正要回答，忽聽得營地北側有武士大喝道：「誰在那裡？快出來，不然休怪弓箭無情。」立即有人應道：「是我，我出來。別射，別射，我投降。」片刻後，武士阿涇押著一名五花大綁的道士過來。范木問道：「你就是昌邁王子的軍師麼？」阿涇忙道：「大相，我見過這個人，他一直在玉門客棧附近擺攤算卦。」范木笑道：「昌邁如何找了一個如此猥瑣的中原道士做軍師？」那道士正是笑笑生，聞言賠笑道：「大相怕是誤會了，我叫笑笑生，不是什麼軍師。」范木道：「那就好辦多了。來人，將這道士拉到一邊殺了。」笑笑生立即跳了起來，叫道：「你們怎麼能胡亂殺人？」范木毫不理睬，只揮了揮手。笑笑生大聲抗辯，卻敵不過武士大力，被強行拖開。蕭揚道：「等一等！」快步走到笑笑生面前，問道，「你……你就是指點阿飛站出來認罪的人，是也不是？」笑笑生驚道：「啊，你不是那個朝廷通緝的重犯蕭揚麼？你怎麼在這裡？又怎麼會知道暗中指點阿飛的人是我？」其一連串發問等於親口承認了此事，不僅蕭揚十分驚異，范木更是意外之極。蕭揚道：「嗯，我不過是隨口一問。如果先生跟這件事沒有干係，如何會一路跟著于闐隊伍？」范木還是不大相信，命人帶來阿飛。阿飛一見到笑笑生，立即睜大了眼睛。

范木問道：「當日在玉門關前，是這個老道士指點你麼？」阿飛低下頭去，只是不應。笑笑生不悅地道：「什麼老道士，先生我很老麼？喂，你也別逼問他了，是我告訴阿飛夜明珠藏處的，也是我告訴他如果不站出來認罪，樓蘭商隊就有大禍。」武士阿涇搶過來揪住笑笑生的衣襟，喝問道：「說，你是怎麼知道夜明珠藏在水袋裡的？」笑笑生道：「你弄疼我了，放手，快放手。好啦，我說啦，我會法術。」阿涇一呆，道：「什麼？」笑笑生笑道：「先生我會法術，能隔物視物，我透過法眼看到夜明珠在水袋中，就隨口告訴了阿飛。」旁人一干人見他嬉皮笑臉，毫不正經，哪裡肯相信。范木使了個眼色，阿涇取來馬鞭，預備動刑拷問。笑笑生忙道：「是真的，我真的會法術，騙你們是小狗。」轉頭對蕭揚一揚下巴，道，「喂，你，你快些證明我說的都是實話。」范木道：「公子認得這老道士？」蕭揚搖頭道：「不認得。」范木道：「你稱自己沒有說謊，那麼你倒是說說看，我懷裡有什麼？」笑笑生道：「夜明珠。」范木道：「這不算。任誰都能猜到我會將夜明珠帶在身上，以防意外。你再用你的法眼看看，我懷中還有些什麼？」笑笑生訕訕道：「實話告訴各位，我的法眼也不是什麼都能看到的。這夜明珠是件寶物，能放出異光，稍微會點法術的人都能看到。」范木冷笑道：「這話可沒人會信。來人……」

笑笑生忙道：「等一下！我說的是實話，我有證人，當時不僅我能看到夜明珠，樓蘭商隊中也有人看到了。」范木道：「誰？」笑笑生道：「江湖郎中無價，他一直跟在昌邁王子身邊，應該就是所謂的軍師。」范木只覺得對方言談舉止匪夷所思，然而此時已是深夜，也不便再嚴刑逼供，當即命人先帶笑笑生下去監禁，問道：「公子認為這老道士說的法術之事是實話麼？」蕭揚道：「我不能斷定。然而大千世界本就無奇不有，笑笑生雖然說話有些瘋瘋癲癲，但若他不會法術，料來也沒有其他本事能事先知道夜明珠的藏處。」范木思忖片刻，道：「既然找到了指使阿飛的人，我也該履行諾言，公子明日一早盡可自行帶阿飛離開。」蕭揚道：「那麼笑笑生……」范木道：「公子也要為他求情麼？」蕭揚道：「是。」范木乾脆地應道：「看在公子分上，明早我自會放了他。」

次日一早，太陽升起，眼前的沙漠驟然變成一片閃光的大海。萑木命人請來蕭揚，道：「這一路西來，我們相處了不少時日，我不敢說對公子有多少瞭解，但公子絕不是那種臨陣脫逃的人。想來公子此次來西域，並不是因為被中原朝廷通緝無處容身，而是有什麼特別的目的。」蕭揚道：「是，我來西域是為了尋找一件本屬於中原的重要物事。」萑木道：「噢，這件重要物事可是跟我們于闐有關？」蕭揚道：「跟于闐無關。大相請放心，懷玉公主雖跟我是舊識，可她而今已貴為于闐王妃，我絕不會再去高攀打擾她。」萑木一向深沉的臉上擠出了一絲難得的笑容，道：「原來公子心中有數，那麼我就放心了。」頓了頓，又問道，「公子所尋之物，莫非就是傳說中的周穆王寶藏？」蕭揚不答是否，問道：「有一件事，我一直想請教左大相，于闐肯冒險帶我出關，是不是因為懷玉公主答應了你們什麼條件？」萑木反問道：「公子聰明過人，難道現在還想不到麼？那麼多商人死在玉門關前，是因為什麼？」蕭揚恍然大悟，失聲道：「難道懷玉公主私帶了蠶種給于闐？」萑木道：「不錯。她可是為了公子才這麼做的。」蕭揚一時無語，只默默低下頭去。萑木也不再多談，命人帶來阿飛和笑笑生，當面交給蕭揚，道：「這兩個人任由公子處置。」只留下蕭揚的馬匹，帶著眾人揚長而去。

笑笑生喜道：「這下可好了。喂，你還愣著做什麼？還不快些給先生我鬆綁。」蕭揚拔出佩劍，割斷笑笑生手腕上的綁繩。再要去解開阿飛時，他卻甚是固執，側著身子躲開，怒道：「我不要你救。」笑笑生嘻嘻笑道：「先生我救你總可以了吧？」奪過蕭揚手中長劍，上前解開阿飛綁縛。阿飛一屁股坐在沙地上，一邊撫摸手腕痛處，一邊恨恨瞪著蕭揚。笑笑生道：「喂，于闐人只留了一匹馬、一袋水，不夠我們三個人用的，要怎麼辦？」蕭揚曾與萑木一路西行，知其為人精明陰鷙，總覺得他這次放人太過爽快，心中隱隱感到有什麼不對勁，一心想跟上于闐一行看個究竟，聞言便道：「我把乾糧留下，這裡有水源，不如先生和阿飛先留在這裡，等待後面的樓蘭商隊。我還有點事，要先行趕路。」笑笑生卻甚是固執，連連搖頭道：「不行，你可不能丟下我們兩個不管。你沒聽人說麼？大漠危險得很，往往離死亡只有一步之遙。我既不放心你獨自上路，又很不放心我和阿飛二人乾等在這裡。我們可是一老一傷，手無寸鐵，你就忍得下心麼？」一邊說著，一邊將馬鞍邊的水袋搶在手中，防止蕭揚上馬先逃。沒有水，在沙漠中就是寸步難行。蕭揚道：「笑先生，我是真的有事，請你……」忽見笑笑生張大了眼睛，直愣愣瞪著自己背後，當即本能地回過頭去——只見黃色大漠上驀然湧出一大片雲霧來，蒸騰翻滾，景致壯觀，光怪陸離。先是出現了一大片波濤澎湃的海水，海面上隨即浮現高大的山川。山上有各種建築，若隱若現，錯落有致，煙波浩渺中自有一派繁華景象。

笑笑生看得目瞪口呆，半晌才道：「好厲害的幻術！」阿飛不以為然地道：「什麼幻術，這是海市蜃樓，在大漠裡最平常不過。」笑笑生道：「海市蜃樓？」阿飛道：「嗯，如假包換的海市蜃樓。不過，蜃景一般是在夏季炎熱之際出現，此時正是春天，早了不少時日。」蕭揚目光甚是銳利，隱隱約約看見一名穿著黃色斗篷的騎士從蜃景中的山川海水裡飛馳而過，即將奔出雲霧幻象時，右手一揮，似有一道白光伴隨血帶閃過。正待看得分明些，人影又倏忽不見了。他不及思慮更多，簡短地道：「我去去就回來。」翻身上馬，不顧笑笑生在背後大聲叫喊，往蜃景方向急馳而去。行出一刻工夫，蜃景逐漸變淺變淡，直至完全消褪。蕭揚登上沙丘，遠遠見到于闐菹木一行人正逗留在前面數里之處，微一思索，即打馬追了上去。

于闐武士遠遠見到蕭揚單騎馳來，隨即露出警覺之色，數人拔出兵刃，更有二人取出弓箭，拈箭上弦，阻止他靠近。蕭揚見對方敵意極重，大有一觸即發之勢，當即舉起右手，示意並無惡意，大聲道：「我看到蜃景中有血光出現，擔心有事，所以才趕來看看。」菹木揮手叫道：「讓他過來。」武士道：「請公子下馬。」蕭揚遂下馬步行到菹木身旁，卻見沙地上仰天躺著三具屍首，看裝束一人是菹木的心腹侍從艾弟，另外兩人是黑甲武士。三人死狀十分恐怖，均雙目圓睜，齜牙咧嘴，面黑如墨，胸口有個碗口大的窟窿，血肉模糊，似是被猛獸利爪所傷。蕭揚吃了一驚，問道：「到底出了什麼事？是誰殺了他們？」菹木搖了搖頭，問道：「笑笑生人呢？」蕭揚遲疑了一下，答道：「他回中原了。」菹木道：「公子相信笑先生所稱的法術麼？」蕭揚聽到他驟然換了一副敬畏神祕的口吻，大感困惑，道：「大相這個問題，我昨日就回答過。」驀然省悟過來，失聲問道，「莫非是昌邁王子的軍師殺了艾弟三人？」莅木也不回答是否，只轉頭命道：「將他三人就地埋了，我們繼續上路。」

蕭揚卻已明白了事情經過——莅木昨晚雖然放了昌邁，卻不過是做給他這個外人看的，因為昌邁王子失蹤，樓蘭商隊定會派人前來追尋。昌邁前腳離開于闐營地，莅木後腳就派出心腹侍從艾弟前去追捕，原是要暗中扣押昌邁為人質，將來好做為一枚重要的棋子使用。艾弟帶人重新捕獲昌邁之後，先行上路，以避開蕭揚耳目，不料卻在此處遇襲，昌邁則被人救走。死者三人武功俱是不弱，又因押送重要人犯一路上均保持高度警惕，卻連兵刃都還沒拔出便同時遇襲，當真是難以想像之事。莅木一再問起笑笑生的法術，不過是因為笑笑生曾提過昌邁王子的軍師無價也會法術，他懷疑艾弟三人先中了邪術，才會有如此不可思議的死狀。

莅木見蕭揚已經猜出究竟，也不願再多費唇舌，只道：「告辭，公子多保重。」率眾上馬離去。那三具屍首被深埋於黃沙之下。片刻後，即有陣風颳地而來，細沙不緊不慢地翻滾著，黃色的沙霧悠悠騰起，籠罩了所行經的一切，冷凝的斑斑血跡瞬息被掩蓋得乾乾淨淨。大漠就是這樣平靜得近乎冷酷的地方，滴在黃沙上的血絕對比任何一個地方都要乾得快。

蕭揚目送于闐一行遠去，急忙勒轉馬頭，欲回去公婆泉找到笑笑生問明究竟。走出二、三里地，忽聽得背後疾風暴雨般的馬蹄聲由遠漸近，驚然回頭，只見一大隊驃悍騎士正風馳電掣般向他馳來，人數有二、三十名之多，服飾打扮各異。馬上之人個個不用馬鞍，騎術精絕，絕非普通行商所能比擬。馬蹄所到之處塵頭大起，只有騎士們手中的彎刀在黃塵中熠熠閃亮。蕭揚呆得一呆，才勉強反應過來，暗道：「不好，這一定就是傳說中的馬賊。」正欲摘取馬鞍邊的黑色大弓，又想起了什麼，慢慢將手縮了回來。那群人來得好快，瞬間已到近前，將蕭揚團團圍住。一人操著生硬的漢語問道：「喂，漢人，你是誰？」蕭揚道：「一個路人。你們又是誰？」那人笑了起來，道：「你不認得我們麼？那我來告訴你……」刻意拖長聲音，一字一句地道，「我們是馬賊。」又怪聲唱道，「花什麼時候開是有季節的，馬賊什麼時候到卻沒人知道。」一大群人登時哄笑起來。蕭揚雙手一攤，道：「我身上沒錢，連水都沒有一滴。」那人笑道：「我們不要錢，也不要水，而是要你的人。快些下馬，拋下兵刃，跪在地上！」蕭揚依言摘下佩劍、弓箭，扔在身邊的沙地上，下馬雙膝跪倒。

那人見蕭揚毫無反抗之意，順從之極，嗤笑一聲，回頭大聲叫道：「頭領，這人哪有傳說中那麼厲害，太容易對付了，簡直是個膿包。」一蒼老聲音問道：「還有兩個人呢？」卻見馬賊提馬兩旁，如劈浪般讓出一條道路來，一紅光滿面的老者騎著一匹白色駿馬閃身出現，走到蕭揚面前，問道：「道士和嚮導呢？」蕭揚道：「你是誰？」一旁馬賊紛紛喝罵道：「你活得不耐煩了，快些回答頭領問話！」那老者喝道：「對待貴客不可如此。」隨即傲然道，「我就是馬賊頭領赤木詹，你聽過我的名字麼？」蕭揚道：「聽過。久聞馬賊殺人只為劫財劫貨，我身上什麼都沒有，如何能勞動頭領大駕？」赤木詹道：「蕭揚公子，你不必過謙了，有人出大價錢買你，你的命可比一支商隊值錢。來人，將蕭揚公子綁起來，先帶回馬鬃山，好生款待。我帶人去追道士和嚮導。」

幾名馬賊應聲下馬，取出繩索，走上前來。蕭揚早等待此刻，身子一傾，從坐騎下滾了過去，及時避開背後伸來的幾隻大手，猿臂輕舒，已將大弓抓在手中，右手輕輕一彈，一支紫色羽箭便如噴火毒蛇般斜射向赤木詹赤木詹雖然年邁，身手卻相當敏捷，急忙仰天就倒，只是那箭來得太快，雖避開了腹心要害，卻還是穿透其右胸，巨大的力道將他從馬背上帶下，重重摔在沙地上，開始劇烈地咳嗽起來。馬賊們高聲叫罵，亮出兵刃，上前圍住蕭揚。蕭揚拋下黑弓，俯身往地上抓起兩大把沙子，揚手拋出，黃沙漫天飛舞，恍若金色的沙海。馬賊們難以睜眼，怒罵得更凶。蕭揚不斷拋扔沙子，沙霧瀰漫中，近前的馬賊不自覺地伸手去遮擋眼睛，他趁機撿回佩劍，揚劍出鞘，往人多處穿梭，長臂一揮，刃光似雪，一名正捂住眼睛的年輕馬賊立即被削去了半邊腦袋。

馬賊們見有同伴被殺，心頭俱是大怒，紛紛嚷道：「殺了他！殺了他！」赤木詹勉強讓心腹愛將沙其庫扶著站起身，叫道：「別殺他，要活的。」他受傷頗重，聲音嘶啞，旁人難以聽清。沙其庫又大聲重複了一遍，道：

「頭領有話，這漢人男子務須要活捉。」然而黃沙中人影閃動，刀劍橫飛，最裡圈的馬賊正與敵人鬥得洶湧澎湃，凶險之極，哪裡還顧得上頭領的喊話。赤木詹見場面一片混亂，敵我難辨，很是憂心忡忡，勉強上馬，叫道：「聽我號令，所有人退下，取弓箭來。」「來」字話音剛落，他便聽到羽箭破空之聲。電光火石之間，他有些莫名焦慮起來，感覺到一股凶險的殺機正在向他逼近，隨即他身子一震，感到一件鋒銳的兵刃打在他的背心上，如毒蛇般鑽入進來。他低下頭，清楚看到一支箭鋒出現在自己的心口上，不及思慮更多，便從馬背上滾落而下，只是這次他再也起不來了。沙其庫忙搶過來扶起頭領，赤木詹卻已然斷氣。這個稱霸大漠數十年、殺人無數的凶頑人物，今日居然毫無徵兆地死在這裡。沙其庫喉嚨動了兩下，想要哭出聲來，卻又不由自主地回過頭去——正有一股黃色的龍捲風暴滾滾破沙而來，沙塵連綿，形成一條黃龍。直到近些，才能發現那是一匹馭風而行的神駿黃馬，馬蹄揚沙；奔騰盡情恣意之時，身上滴下斑斑血汗，一路灑在黃沙上，彷若盛開的朵朵梅花。馬背上的騎士也是一身土黃衣裳，飛揚的沙塵肆虐拍打著他巨大的斗篷，彷彿驚濤駭浪顛簸著一葉小舟，時時刻刻都要將他吞噬在黃沙中。然而，他卻總能在千鈞一髮之際躲開無情的風沙，展現其矯健的身手和不凡的力量。一人一騎，與沙漠本色渾然一體，若不是正疾行如風，騰起層層揚沙，好似船行水上劈開浪花，實難分辨出來。

沙其庫顫聲嘟囔道：「遊龍……他來了……」聲音並不太大，然而卻帶著莫名的驚慄與畏懼，如有神奇魔力般穿透了全場。最先聽見這兩個字的馬賊主動停止了圍攻，隨即連環效應如潮水般覆蓋了每個馬賊，喊殺聲、金刃交接聲驟然歇止，眾人停止廝殺，掉轉頭去，默默望著勒馬巍然屹立的遊龍。正浴血奮戰的蕭揚本來已經危機四起，忽然意外得到了喘息之機。他也垂下長劍，好奇而困惑地打量著那個僅一露面便憑氣勢震懾住群賊的黃衣怪面騎士——強敵環伺下，他就那麼平靜地站在那裡，彷彿一株亙古之樹，靜立於蒼茫的天地之間。離奇的是，他的臉色僵如木石，如同死人一般，沒有任何表情，只有一雙閃亮靈活的眼睛表明這尚是個有生命力之人的血肉之軀。

遊龍手撫腰間那柄泛著紅光的長刀，卻並不著急動手，只冷冷道：「赤木詹已死，你們還想跟我動手麼？」

一干馬賊聽說頭領已死，尚不能相信，待扭頭看到頭領赤木詹的屍首，這才各自露出了恐懼絕望的表情。遊龍道：「走！今日我暫且放過你們，下次再讓我遇到，絕不輕饒。」一邊說著，一邊轉過頭去，緊緊盯著一名年輕馬賊不放。那年輕馬賊不知聲名顯赫的遊龍為何單單盯上了自己，心中直發毛。正不知所措之時，忽見遊龍的臉頰在陽光下閃爍出寒峻冰冷的光澤，詭異難言，一雙眼睛更彷彿兩道利箭，精光暴射，登時感到背上一股涼氣冒出，「哎呀」大叫一聲，將頭轉開，倒退幾步，轉身跳上馬便走。其他馬賊受了這年輕馬賊的感染，再無絲毫鬥志，紛紛作鳥獸散，各自奪馬狂逃。只有沙其庫依舊訥訥地守在赤木詹屍首旁邊。遊龍道：「你叫什麼名字？」沙其庫料想今日難逃大劫，慢慢站起身來，望著遊龍那張令人望而生畏的臉，心中的仇恨暫時戰勝了恐懼，伸手去拔腰間兵刃。遊龍卻並沒有要與他動手的意思，沉聲問道：「你們馬賊不是有幾百號人馬麼？今日赤木詹親自出動，為何只帶出來這麼點人馬？」沙其庫只死死瞪著射死了頭領的敵人，一言不發。遊龍見他倔強，搖了搖頭，道，「你這就帶赤木詹走吧，我不攔你。」沙其庫愣得一愣，才一字一句地道：「總有一天，我要殺了你為頭領報仇。」牽過赤木詹的坐騎，將屍首橫放上去，自己騎了另一匹馬，慢騰騰地離去。大漠重新靜謐了下來，若不是沙地上有幾具被蕭揚殺死的馬賊屍首，正散發出新鮮海草般溫暖而濃烈的鹹腥味，幾乎不能相信這裡剛才還是黃沙滾滾的戰場。

蕭揚走上前去，抱拳謝道：「多謝援手。閣下就是遊龍麼？久聞大名，今日得見，當真……」卻見遊龍身子一歪，從黃馬上滾了下來。蕭揚大驚失色，忙上前扶起他。遊龍道：「我……我中了弩箭。」檢視傷勢，果見一支黑箭自後背射入，穿透了貼身皮甲，直沒入背心，全靠斗篷遮住，馬賊慌亂之中竟無一人發現。蕭揚道：「這是于闐黑甲武士的弩箭，遊龍君適才遇到了菹木他們？」遊龍道：「是。」蕭揚見那弩箭正射中遊龍的要害，尋常人早該一命嗚呼，卻不知他如何能有氣力從眾多于闐黑甲武士手中逃脫，又趕來一舉射殺了馬賊首領赤木詹，嚇退群賊，不由自主想起「遊龍是不死之身」的傳說，定了定神，方才問道：「遊龍兄身上帶有金創藥麼？」遊龍道：「有，不過來不及了，你先扶我起來。」蕭揚問道：「于闐人為什麼要對付你？你……你不是遊龍麼？」

話一出口，他自己便會意了過來，買通馬賊來圍捕他的一定就是于闐人。本來他也想不到這一點，但馬賊指名還要道士笑笑生和嚮導阿飛，除了于闐人，還有誰知道他們三個人在一起？遊龍是追蹤馬賊而來，于闐人用弩箭傷他，是怕他出手打亂了計畫。但于闐人甲士眾多，兵器精良，本身就有足夠力量對付他、笑笑生和阿飛，為何還要不惜代價地引來馬賊？莫非其真正目標是後面的樓蘭商隊？不及思慮清楚，便聽見遊龍道：「有人來了。」蕭揚慨然道：「遊龍兄放心，我定要和于闐人死戰到底，保兄周全。」遊龍搖頭道：「不是于闐人。」蕭揚回頭一望，東邊塵頭大起，一隊騎士正飛馳而來，依稀可辨認出領頭的是阿飛和笑笑生，背後尚跟著數名騎士，估摸是前來追尋昌邁王子的樓蘭護衛。遊龍道：「我不能留在這裡，你……你快帶我走，往西北方向走。」那黃馬甚有靈性，大約預料到主人要動身出發，先主動伏了下來。蕭揚讚道：「好馬！」扶著遊龍上馬，隨即牽過自己的坐騎，與遊龍並行上路。背後尚能聽到阿飛的歡躍叫聲：「遊龍！遊龍！」一路往西北方向而去。蕭揚見遊龍傷勢嚴重，身子搖搖欲墜，問道：「要不要先停下來歇息一下？」遊龍道：「不，不能停。我們要趕去一個隱密的地方，我有極重要的事要告訴你。」

行了大半日路，突然開始起風。越往前走，風力越大。狂風嗚咽，嘈雜聒耳，來勢洶洶，捲動流沙滿天飛舞，令白日看起來像黃昏。四周全是漫漫黃沙，如同濃霧般將天地罩上黃色。沙粒和小礫石猶如冰雹撲打在臉上，蕭揚完全不能分辨方向，只能緊緊跟在遊龍後面。又走了大半個時辰，大風陡止。呈現在眼前的是蕭揚所見過最奇妙的景觀——藍天白雲下，突兀聳立著一座座淺紅色沙丘，氣象萬千，高的近百尺，矮的也有數十尺，長寬不等，排列有序，錯落有致。形狀更是千奇百怪，有的蜿蜒伸展似匍匐的巨龍，又似靜臥的猛虎；有的拔地而起似高高佇立的寶塔，又似張開華蓋的巨傘；有的造型生動似開屏炫耀的孔雀，又似展翅欲飛的雄鷹；有的輪廓分明似妖嬈的女子，又似農夫的滄桑面孔，神態不一，栩栩如生。千姿百態，引人遐想。微風拂過，撩起浮沙，沙丘流瀉，輪廓也隨之變化，景象似乎緩緩漂移起來，似一艘艘鼓滿風帆的大船即將遠航，又似無數島嶼正聳立在波濤洶湧的海面上。海走山飛，奇幻無比，優美如歌，新奇似畫，引人遐思。既有大海般的壯闊，又給人一種撲朔迷離的神祕感。

遊龍勉強抬起頭來，指著前面道：「快要到了！過了這片沙丘就是龍城了。」蕭揚順著他手指望去，前面出現了一大群土黃色的山包，彷如固若金湯的城堡聳立在大漠之中，高峻似城郭宮闕，綿延如龍盤虎踞，比適才見過的沙丘更加宏偉。走得近些，才發現這座風蝕形成的天然「龍城」當真宛如一座頹圮古城池的縮影——一條條風蝕溝谷縱橫交錯，彷若城市的繁華街道。街道兩旁的石柱、石墩好比沿街而建的建築，樓群密集，鱗次櫛比，高低錯落，巧奪天工，如同最高明的匠師精心布局一般。置身於這座大自然鬼斧神工妙造天成的龍城之中，確有一種震撼人心的力量。天是那麼的高，地是那麼的闊，人又是那麼的渺小，那種神奇迷惘的感受難以言表。此刻正是夕陽西下時，渺渺瀚海漸漸退去，如血殘陽為龍城披上了一抹桔紅輕紗。光影婆娑，忽明忽暗，彷彿繚繞不散的煙霧，光怪陸離中現出幾分幽邃、詭祕，又像是一個古老的夢幻。

蕭揚扶著遊龍倚靠城垣坐下，見他胸口劇烈起伏不止，已是氣息奄奄，心中難過，轉身取過黃馬上掛著的水袋，餵遊龍喝下。遊龍卻是不飲，道：「這水留給你。」蕭揚道：「遊龍兄……」遊龍道：「我剩下的時間不多了，你先聽我說……于闐國王希盾想要稱霸西域，他已經得到了你們中原的絲綢生產密技，正與墨山國一道醞釀一個大陰謀，意圖先滅掉車師，再攻打樓蘭。他們已經收買了馬賊……你……你必須立即趕去車師國，阻止于闐的陰謀，再設法化解它和樓蘭的宿怨……」蕭揚明知道這些都是天大的難事，他不過是個初到西域的中原漢人，憑一己之力根本不可能辦到，但眼見遊龍命在旦夕，熱切地望著自己，還是毫不遲疑地答應道：「好，我答應你，一定盡力而為。」他料到遊龍費盡力氣帶他來到這處神祕的龍城，不單只是為了告知于闐的陰謀，又問道，「遊龍兄還有什麼要交代麼？」遊龍吸了幾口氣，道：「還有一件極為重要的事，請你在我死後變成我，變成遊龍。」蕭揚一呆，道：「什麼？」遊龍道：「我知道這件事很是令你為難，蕭揚兄千里迢迢從中原來到西域實有自己的特殊使命。可是我真的不能讓任何人知道遊龍死了，遊龍是不死之身，為了沙漠中來往的商隊，為了……唉……其實我也不是真正的遊龍。真的遊龍已經在六年前的白龍堆沙漠和馬賊阿沙里　夥人同歸於盡了，我……我只是繼承了他的身分和面具。你知道……遊龍這個名字對來往的商隊是多麼重要，對大漠橫行的馬賊有多大的威懾力……」

蕭揚恍然明白了過來，原來遊龍臉上戴著一張近似人體膚色的面具，難怪臉上總是那種殭屍般詭異的表情，遊龍不死的並非其血肉之軀，而是代代相傳的精神和聲名，遊龍已然成為絲綢之路上希望的象徵，代表正義的力量。蕭揚本來不是一個能輕易被感動的人，但現在卻深深被打動了，瞬間便下定決心，決然道：「我答應你，不論遊龍兄要說什麼，我都答應你！我會戴上面具，以遊龍的身分出現在大漠中，直到我尋到要找的東西為止。然後我會物色一個合適的傳人，繼承遊龍在大漠中的事業。」遊龍長舒了口氣，道：「如此，多謝。我們今日才第一次見面，我就將這麼繁重的擔子交給蕭揚兄，實在抱歉。」語氣十分誠懇，充滿歉意，顯是發自內心。一個單槍匹馬從馬賊群中救人的勇士，將如此重大的祕密和責任託付給第一次見面的人，這是何等的機緣和信任。蕭揚鼻子一酸，雙眼發潮，緊緊握住遊龍的手，道：「謝謝你，謝謝你的信任。」遊龍欣慰地笑了笑，道：「今日所發生的一切，請蕭揚兄務必不可告知第三人，包括我中了于闐弩箭而死一事，絕不能讓他人知道。」他的聲音很低，越發顯得疲憊嘶啞。蕭揚雖大感不解，但料想對方必有深意，當即應道：「是。」

遊龍歎道：「兄要找的軒轅劍已然失落了幾千年，要重尋故劍，怕是極難。」蕭揚這才真真正正地大吃了一驚，問道：「遊龍兄如何知道我來西域是要尋找軒轅劍？」遊龍道：「我有一位好朋友，有一些神力，能夠看到常人所看不到的一些事情。她早預見你會來到西域。但她也說自己的法力有限，無法感應寶劍的位置。軒轅劍可以用來號令天下，統一中原，絕不能落在壞人手中。蕭揚兄，我祝你早日達成所願，回去中原阻止戰亂，拯救黎民百姓於水火之中。」蕭揚心中疑惑極多，還想要細細詢問，又聽見遊龍喃喃道，「不必為我難過，這是我的命運。驚鴻……驚鴻……請你替我照顧她，不要讓她難過。通往崑崙山的大門已經永遠關閉，她無法回到天上，在這個塵世孤獨寂寞了幾千年，本來我答應過要照顧她一輩子的，現在我做不到了。請你幫我……幫我……照顧她……」聲音逐漸微弱了下去。蕭揚不大明白，但他猜到這個名叫「驚鴻」的女子，應該就是遊龍所說那位擁有神力的朋友。他搖了搖頭，態度堅決地道：「別的事我可以答應你，照顧女人的事得你自己去做。你的朋友不是有千年神力麼？她一定能夠救你。驚鴻在哪裡？你告訴我，我這就帶你去找她！」遊龍沒有回答，只是艱難地舉起了手，想摘掉臉上那張伴隨他多年的軟皮面具。那面具不知是什麼材質做成，與他的肌膚十分貼合，若不是方才他自己說出來，還真難以發現他臉上戴了面具。他大概早已厭倦了它，只不過因責任重大，才一直不得不戴在臉上。蕭揚忍不住伸出手去幫他，終於揭開面具，露出了真實容貌——遊龍本來的樣子很年輕，至多不過二十三、四歲年紀，樣貌頗異於中原人，稜角分明，丰姿雋爽，只是臉色略有些蒼白。要將這樣一張俊逸非凡的臉隱藏在一張假面具下，甘心做「遊龍」盛名之下的影子，不停地徘徊在血腥和死亡邊緣，持續整整六年光陰，這需要鼓起多大的勇氣，又需要付出多少的犧牲。

遊龍金紙般的臉上露出了一絲滄桑的微笑，他鼓足最後的力氣，斷斷續續地道：「六年來，你是第一個看到我真面目的人。我還可以告訴你，我……我本來的名字叫傲文。如果你日後有機會遇見另一個傲文，請你在合適的時機轉告他，我已經完成了他所應當承擔的使命，他也要去接受本來該是我去承擔的命運……」聲音淳厚、低沉、有力，還有一種內蘊的溫柔，以及無可奈何的哀傷。

---

1 玉門關：今甘肅敦煌。

2 據《穆天子傳》（此先秦古書為西晉一名盜墓賊「不准」自戰國魏襄王墓中挖掘出來，作者不詳）記載，此詩名〈白雲謠〉，是崑崙山大神西王母贈別來訪的周穆王姬滿（西周第五代君主）之作。

3 本書中的「漢人」並非指通常意義上的漢族人，「漢」是指漢代，西域人一度以「漢人」來指代中原人。

第二章 談兵心壯

西域地形廣袤，東接中原玉門關，西限蔥嶺，共六千餘里；北有巍峨雄偉的天山，南止「萬山之祖」崑崙山，約千餘里。然而這一片土地的中心腹地卻是一望無涯的沙漠，西域人稱其為「塔克拉瑪干」[1]，意思是「不毛之地」，樓蘭東部的白龍堆沙漠其實也是這塊大沙漠的延伸。

由於受到水源等生存環境限制，西域國家均沿塔克拉瑪干邊緣的綠洲而分布，沙漠之北稱為北疆，南部則是南疆。于闐位於南疆，其國南倚崑崙山，北接塔克拉瑪干。車師位於北疆，南接沙漠，北靠天山，和于闐隔大漠相望。唯有樓蘭國和墨山國地理位置特殊些，因為這兩個鄰國均位於塔克拉瑪干東部，從嚴格意義上來說，既不屬於南疆，也不屬於北疆，但它們在西域諸國中的地位卻不容小覷——樓蘭本就是西域大國，又因距離中原最近，成為東、西方必經要道，舉足輕重；墨山雖然國小力薄，境內卻盛產銅鐵礦，仗著老天爺的恩賜，國富民足。自從于闐國王希盾從叔父懷仁手中奪位、以武力登基以來，西域就開始變得不太平靜。南疆諸國如莎車、精絕、且末等國均被希盾派兵滅掉，于闐稱霸南疆，成為一枝獨秀，其東北部國境一直延伸到與樓蘭國接壤。許多人都認為希盾志在整個西域，于闐兵鋒正銳，下一個目標必然指向樓蘭；甚至就連樓蘭人也這般認為，新近，樓蘭國王問天調遣了大批精銳軍隊趕往南部邊境駐紮，即為明證。雖然戰火暫時還未點燃，明眼人卻都知道，只需要一個小小的引子，甚至一個微不足道的藉口，樓蘭和于闐兩國就會立即進入敵對狀態。

令人大跌眼珠的是，希盾國王突然廣發公告，稱車師國二王子昌邁先是闖入于闐使者營地，意圖奪走聖物夜明珠，後又勾結妖魅，殺死黑甲武士，于闐誓報此仇。于闐國公然示威，以希盾國王獅子般犀利強硬的性格，必會履行諾言，但車師國人卻並不如何驚慌，這是因為車師有著天然的地利條件；意即，于闐軍隊要攻打車師，必定要先過樓蘭國境，而車師國王后莎曼正是樓蘭國王問天的親姊姊，雖然莎曼已經過世，然以問天國王友愛敦厚之個性，斷然不會允許于闐一兵一卒穿越自己的國土去攻打聯姻盟國。當然，于闐還有另一條備選的進攻路線，那就是繞開樓蘭防線，直接派騎兵穿越一千里的塔克拉瑪干沙漠，而這根本不可能靠人力能辦到。

車師老國王力比已經年近六旬，當大臣們匆忙趕進宮稟告各種緊急政務軍情時，他總是面無表情地聽著，表現出預臨憂患少見的寧靜，這大概是一個飽受病痛折磨老人的特質。而大臣們之所以焦灼亦不是沒有道理，畢竟一向相安無事的鄰國墨山忽然宣布與車師絕交，理由是，車師王子昌邁有意陷害與其發生過爭執的墨山商人穆塔，往他的行囊中放入蠶種，導致他在玉門關口為中原邊將所殺。前述兩起事件均與昌邁王子有關，但自從他帶著軍師無價私自離開樓蘭商隊之後便再也沒有現身過，樓蘭、車師兩國先後派出大批人馬尋找，均一無所獲。樓蘭王宮衛隊侍衛長未翔更是因保護王子不力，而被罰俸停職。墨山此番翻臉的直接後果就是，所有前往車師的商隊不能再借道墨山國境，包括運送糧食回國的車師文書大臣堂哲一行也不得不改繞東面的白龍堆沙漠，道路艱險不說，還有馬賊頻繁出沒；不僅如此，被迫繞道白龍堆的車師商隊亦一再被馬賊劫掠，貨物、牲口被搶走，商人被當場殺死，橫屍大漠。馬賊們肆無忌憚，甚至一度闖入車師境內，殺人放火，劫掠地方百姓。車師國掌管軍隊的大王子昌意終於被激怒，親自帶領兩千精兵趕往東南邊境，一是要接應文書大臣堂哲，保障糧隊安全，二來也預備剿滅那夥窮凶惡極的馬賊。

昌意王子率軍離開王城交河後，一支風塵僕僕的騎兵意外出現在車師重鎮鄢金城外。雖僅幾百人，但這支隊伍卻是從塔克拉瑪干沙漠穿越而來的于闐黑甲騎士，車師軍民意識到這件事之後便再無鬥志，只是一窩蜂地擁進城中，閉門緊守。于闐人倒也未立即發動進攻，只就地紮營休息。鄢金被圍的消息火速傳入了交河王宮之中，一向波瀾不驚的力比國王聽到于闐騎兵穿越千里大漠抵達鄢金、且人數源源不斷時，也不禁悚然動容，長歎道：「希盾，果然還是希盾！」車師[2]國境狹長，鄢金距離王都交河不過四百里，失去鄢金，交河便失去了南部屏障，岌岌可危。力比國王不得已只好下令全國動員，調集全部精銳軍隊趕往鄢金，意圖拒敵於邊境之上。大軍緊急出發後不幾日，墨山與車師在東南部邊境發生激烈衝突，墨山稱車師派人過境放火燒毀了軍營糧倉，以此為由向車師開戰。而早已集結完備的墨山軍隊飛快突破了邊境防線，一路勢如破竹，只需要一日一夜，其前鋒輕騎就可快速推進到車師境內的鄯城。鄯城依山隘而建，地勢頗為險峻，距車師王城交河僅三十里。而交河四周沒有任何屏障，只在游河水分流的開闊地帶建城，遠遠望去，就像曠野中的一座孤島，因而鄯城是王城的最後一道關口。只是此時此刻，鄯城兵力薄弱，幾成一座空城。

蕭揚手挽黃馬，正站在雞頭嶺的山坡高處俯視鄯城。太陽新升起不久，陽光溫和照耀著游河東岸的胡楊林，山如眉黛，樹如翠玉。天高雲淡下，一群牛羊在山坡上悠閒地啃草，一隻老鷹在空中盤旋，整座小城籠罩著一派靜謐安詳的景象。一支駝隊正穿過山坡下的小道，領隊是一頭罕見的白駱駝，高昂著頭，十分漂亮，脖子上掛著一個大銅鈴，鈴聲陣陣，清脆悅耳。馱隊的最後是一輛馬拉的檻車，裡面坐著幾名衣衫襤褸的男子，應該是駝隊主人預備販賣的奴隸。奴隸交易一直盛行於東西方，中原權貴富商以家中養有金髮碧眼的西域奴隸做為闊談炫耀的資本，而西方人也常常以買下中原漢人奴隸為榮耀。

蕭揚才剛到達鄯城，尚不知墨山國已與車師開戰，但他已然得知于闐兵臨鄢金的消息，心中有種不祥之感，預料鄯城的這份平靜難以長久，這座小城即將有一場災禍降臨。他又仔細觀察了鄯城和交河的地形，這才下山進城。從南城門進來，正遇上一名西域少女騎著一匹棕紅大馬，一手挽著韁繩，一手牽著一根長長的繩索。繩索上拴著兩名男子，均是中原人打扮。蕭揚不經意地一望，便立即呆住，他居然認得那兩名像狗一樣被紅衣少女牽在馬後的男子，一人是道士笑笑生，另一人卻是樓蘭嚮導阿飛。二人均衣衫破碎，腳下虛浮，顯是受過不少折磨。

蕭揚忙上前問道：「姑娘為何要綁著這兩人？」紅衣少女道：「這是我新買的奴隸，怎麼啦？」蕭揚道：「原來如此。姑娘花了多少錢？」一面說著，一面往懷中掏錢。他明知道自己身上的錢遠遠不夠，但總不能眼睜睜看著笑笑生和阿飛就此淪為奴隸。紅衣少女卻驀然露出了驚喜異常的樣子，叫道：「咦，你……你不是大漠裡那個……那個遊龍麼？」蕭揚一愣，尚不及回答，本來迷迷糊糊的阿飛陡然睜大眼睛，緊追幾步，嚷道：「啊，你的馬……你的刀……你真的是遊龍，你真的是遊龍！」蕭揚這才意識到自己一身黃衣，戴著軟皮面具，腰配割玉刀，騎著黃色汗血寶馬，已是遊龍的身分，忙壓低嗓子道：「小點聲。」阿飛應道：「是。」當即老老實實站在一邊，卻是抑制不住地興奮，死死盯著蕭揚，好像生怕一眨眼他就會消失。

紅衣少女躍下馬來，歡聲笑道：「真的是你呀，遊龍哥哥。你不認得我了麼？我是古麗，幾年前我阿爹的商隊在大漠中遇到馬賊，是你救了我，我還沒來得及感謝你呢。」蕭揚一時還難以適應遊龍的角色，不知該如何應對，只好指著笑笑生和阿飛道：「可否請姑娘先放了這兩個人？」古麗道：「當然可以。我剛剛花了二十個金幣從人販子手中買了他們，本來要帶回去好好炫耀我們家終於也有漢人奴隸了。不過既然遊龍哥哥開口，我現在就把他們送給你，他們是你的了。」蕭揚接過繩索，道：「多謝。」拔刀割斷了阿飛和笑笑生手上的繩索，問道，「你們如何落在人販子之手，又被賣來了這裡？」阿飛道：「說來話長。遊龍君前些日子不是在大漠殺過幾名馬賊麼？我和笑先生到得晚了，只見到你的背影。我遠遠見到你和那中原逃犯蕭揚一起離去，擔心你遭他暗算，所以跟笑先生一路追趕尋找，結果半路遇上一群怪人，有波斯人也有西域人，被他們出其不意地擒住。他們見我們身上沒有財物，便將我們打暈，後來不知怎的就落入了人販子手中。那人販子給我們灌下幻藥，我們也不知道怎的來了車師，又被這位姑娘買下。」

蕭揚見笑笑生仍然一副目光呆滯、不清醒的樣子，便道：「這樣，你先扶笑先生去前面客棧休息。」阿飛卻忽然上前，雙膝跪下，懇求道：「阿飛一直立志追隨遊龍君，拜你為師。師父，請你收我為徒，從此天涯萬里，阿飛都要追隨在你身邊。」蕭揚不免哭笑不得，他此刻有大事趕著去辦，當然不能跟這個認得自己真實容貌的人多所糾纏，道：「你先起來，拜師之事回頭再說。」阿飛卻不肯聽，道：「阿飛好不容易才尋到師父，師父不答應，我無論如何都不起來。」一旁古麗笑道：「遊龍哥哥，這個阿飛看起來很精神啊，我就是看他不錯才買他的。大漠裡馬賊那麼多，你又總是一個人，身邊多個幫手難道不好麼？」笑笑生也含含糊糊地插口道：「遊龍，我勸你還是先答應阿飛吧，眼下可是非常時機。」蕭揚聽他話中饒有深意，心道：「笑笑生說的不錯，可是他和阿飛都認得我，知道我是中原朝廷通緝的重犯，我這假遊龍被拆穿事小，真遊龍已死之事難免會洩露出去，我如何對得起遊龍兄臨終託付？」當即堅決地搖搖頭，道，「現在不行。阿飛，你先起來，到客棧住下，我回頭再來找你們。」

阿飛卻無論如何不肯起來。蕭揚眼見人來人往，被阿飛長久拖在這裡定要惹出大亂子，只得應道：「好，我答應你，你先起來。」阿飛大喜，連磕了三個頭，這才起身讓到一旁。蕭揚道：「我有事要去交河，你和笑先生先留在鄯城等我。」阿飛得償所願，喜不自勝，當即應道：「是。」看著這個笑容燦爛的年輕人，蕭揚突然心生一念：「他也許是繼承遊龍衣缽不錯的人選。嗯，回頭我要好好想上一想，設法考驗考驗他。」古麗微笑道：「遊龍哥哥，你能來車師太好了！你不知道，我一個人在這裡好悶。自從上次大漠一別，我一直很掛念你。」轉身吩咐僕從道，「你們先回去告訴阿爹，今晚家裡要招待貴客。」僕從應道：「是。」蕭揚忙道：「古麗姑娘，我還有要緊事要趕去交河，怕是不能到府上做客。」古麗道：「那我陪你去。」見蕭揚躊躇不應，笑道，「我是本地人，說不定能幫上你。」蕭揚道：「也好，就有勞姑娘了。」古麗很是開心，笑道：「咱們走吧。請遊龍哥哥別再姑娘姑娘地叫我，直接叫我古麗就好。」蕭揚道：「是。」

二人一前一後，快馬馳來交河。進城時蕭揚被軍士蠻橫地攔住，稱要例行檢查。古麗忙上前叫道：「喂，不可無禮，他是我的客人。」軍士慌忙退開，賠禮道：「不知道是古麗姑娘的貴客，多有得罪。」二人逕直找到王宮官署，卻只有負責負責驛政的驛長在裡面。那驛長正為家事和前程煩惱，他家兩個兒子，一個支持大王子昌意，另一個支持二王子昌邁，天天在家中爭吵不休。連兒子們都看出老國王身體不行了，那他到底要站在哪邊好保住飯碗呢？蕭揚和古麗進來半天，驛長只是仰面朝天，置之不理。古麗道：「喂，他可是遊龍。」驛長驀然站起身來，瞪大眼睛問道：「你就是遊龍？」蕭揚道：「是。」驛長想到堂兄的商隊新近剛在白龍堆遭馬賊搶劫，堂兄也被開膛破腹，不免很有些遷怒起遊龍來，冷冷道：「久仰。不過遊龍君不是在大漠對付馬賊麼？來我們車師國做什麼？」古麗聞言很是氣惱，道：「驛長這是什麼話？遊龍哥哥就不能來我們車師國麼？」驛長認得她是富商之女，也不與她計較，只不斷打量遊龍，充滿敵意。蕭揚一時不明原因，只得直接說明原委，道：「我從大漠趕來，是有重要消息要求見國王陛下，或者拜見其他負責軍事防守的將軍也可以。」驛長不耐煩地道：「現在關於馬賊和于闐的重要消息已經夠多了，遊龍君還是不要再來添亂了，趕快回你的大漠去吧。」招手叫過軍士，不由分說地將二人趕了出來。

古麗直嚷道：「他居然敢這樣對待遊龍哥哥，真是丟死我們車師國的臉了。遊龍哥哥，你怎麼不生氣？呀，你的臉……你的臉……」蕭揚忙道：「我沒事，我這人就是這樣，臉上總是沒有任何表情的。」古麗道：「哦，剛才看到你的臉這副樣子，真的有些害怕。我們……我們現在要怎麼辦？」蕭揚深感棘手，無意間轉頭看見街角閃過一個熟悉的人影，心念一動，忙道：「我有辦法，不過你得先回家去。我答應你，辦完事就來看你。」古麗道：「好吧，那你一定要來喲，我家就是鄴城最大的那處宅子。」蕭揚道：「嗯，好。」送走古麗，將黃馬暫時寄存在官署處，疾奔去追尋那人影。那人披著一件深色斗篷，隨風飛舞，猶如一隻灰色大鳥，充滿了詭異之氣。來到城西一處偏僻民居前，那人停下來左右張望，竟是車師二王子昌邁在中原收的軍師無價。他見左右無人，上前敲了敲門，輕聲道：「二王子，臣下回來了。」只聽見昌邁在裡面應道：「進來。」無價應聲而入。昌邁迎上前急切地問道：「外面形勢如何？」無價道：「不是很好，不過這恰好是二王子的機會。車師大戰在即，若是老國王突然那個了，國家危急關頭之際不可一日無君，大王子人不在王都，理該二王子繼位，率領國民力拒強敵。」昌邁的臉色越發陰沉起來，問道：「父王的病情一直沒有好轉麼？」無價道：「沒有。」又意味深長地道，「二王子放心，王宮新請的大夫姓張，是個漢人，湊巧是臣下的舊識。我剛剛去找過他，給了他一味奇藥，可以令國王陛下儘快好轉，他已經答應要加進藥湯中，今晚就送進宮去。」昌邁道：「嗯。這件事，軍師有把握麼？」無價道：「有十足的把握。明日此時，老國王就會那個了。」昌邁會意地嘿嘿兩聲，嘴角浮出一絲陰笑來。

潛伏在屋外的蕭揚眉頭緊皺，越聽越心驚。他曾見過昌邁王子為營救樓蘭嚮導阿飛勇闖于闐使者營地，雖是少年意氣，但卻是一個有正義感的少年，孰料短短一個月不見，他竟完全變了一個人。于闐與車師開戰，與他干係甚大，至少于闐公開宣稱的理由是因他而起，他既然順利回到車師，為何不站出來澄清事實、揭穿于闐的陰謀，卻暗中躲在這裡？聽他的口氣，竟是要弒父自立，與大王子昌意爭權奪利，謀取王位。一念及此，蕭揚突然感到一陣心寒，自己受遊龍囑託，勞心費力，不遠千里來到車師，本想報信讓他們早做防範，可是王室內部早已風起雲湧，一旦禍起蕭牆，又怎能外抗強敵？戰火起時，真正受苦受難的還不是無辜的老百姓？他無奈地搖了搖頭，悄悄離開那處民居，疾步朝車師王宮趕去，打算設法求見力比國王。

轉過路口時，忽見到前面一名年輕女子正朝他微笑。那女子容顏清麗，風姿綽約，雪衣勝玉，不染纖塵。蕭揚一見之下，先是覺得胸中如中箭矢般痛了一下，隨即口乾舌燥，一種奇異的感覺如波濤洶湧而來，剎那間密密實實地包住了他，呼吸也急促起來。震住他的並非僅僅因為那是張絕色的臉，而是她正是自己近來在夢中反覆夢見的女子。自從戴上面具化身為遊龍後，他總是做一些奇怪的夢，時常見到一名雪衣女子坐於一翡翠般的大湖旁靜思。他離開龍城後，幾次在大漠中迷失方向，因缺水而昏迷，也夢見雪衣女子為他指路，醒來後按照記憶中的指引，當真走出了沙漠。那夢中的女子，容貌、服飾均和眼前這女子一模一樣。正驚愕間，忽見那雪衣女子招了招手，蕭揚不自覺地被她吸引，走了過去。雪衣女子笑道：「見到我有這般驚訝麼？」蕭揚聞言一愣，這才回過神來，心道：「她一定跟古麗一樣，在大漠中被遊龍救過，她又將我當成了遊龍，這可要如何是好？」略一遲疑，即問道：「姑娘叫我有事麼？」雪衣女子滿面的歡喜登時轉為愕然。蕭揚一見到她臉色大變，立刻省悟過來，這女子一定就是遊龍臨終前念念不忘的驚鴻。他萬萬料不到會在這裡遇到她，他的第一句話就已經暴露他偽裝的遊龍身分。眼前的局面該如何應付？他要如何面對她？那雪衣女子卻只是淡淡凝視著他，狐疑不解的目光逐漸轉得溫柔似水。蕭揚在她柔情目光的注視下，胸口怦怦直跳，暗道：「啊，我糊塗了，她不一定是驚鴻。遊龍不是說驚鴻有神力麼？如果是她，如何能不知道真的遊龍已經死去？可是……可是如果不是她，我又為何總會夢見她？」

那女子走上前一步，幽幽問道：「你從大漠趕來車師，走了很遠的路，一定累壞了吧？」她伸出手，輕輕握住了蕭揚。那雙手滑軟細膩，柔若無骨，四手相交，他心中登時湧起一種奇妙的溫暖感覺，呆得一呆，才躊躇道：「我……我……」一時不知該如何開口問對方的來歷姓名。雪衣女子道：「我最近總是心神不寧……我很擔心……所以忍不住跑出來找你。看到你安然無恙，我……我……」她有些激動起來，順勢撲到蕭揚肩上，秀髮上帶著晨露清新的芬芳，正如夢境中一樣。蕭揚卻是尷尬萬分，他還從來沒有像現在這樣處於一種飄忽的位置，結結巴巴地道：「姑娘，你……我……」他有些心馳神蕩起來，幾乎分不清眼前的一切是幻是真，意亂情迷之下，忍不住想伸手去攬住她的腰。然而就在那一瞬間，雪衣女子抬起了頭，疑惑地審視他：「你……你不是……」她臉上的表情急遽變化翻滾著，慌亂地鬆開了手，退開幾步，顫聲道：「你……不是真正的遊龍。」蕭揚一顆心頓時沉了下去，他知道，這次無論如何是瞞不過去了，只得苦笑道：「姑娘，你聽我說……」雪衣女子問道：「遊龍人呢？」蕭揚遲疑答道：「他……他去了一個很遠的地方……」頓了頓，最終還是說了實話，「真的遊龍已經過世了。」

雪衣女子一改溫和有禮的風度，暴喝道：「胡說！」她在剎那間爆發了，憤怒地瞪視著蕭揚，那雙眼睛具有穿透一切的力量，並不是指目光本身，而是它的能耐。那一瞬間，蕭揚覺得自己被對方視為面目可憎的敵人。雪衣女子的面容變得模糊，眼前開始出現幻象般的景致——他似乎凌空飛在半空中，腳下就是朵朵白雲，被陽光穿上絢麗的光衣；然後是山巒起伏，重巒疊嶂，極目蒼翠，無不在他的腳下，片刻後，幻象消失了。蕭揚使勁眨了眨眼睛，這才知道剛才的一切不是幻象，因為此刻他正站在一座蒼翠山峰的山崖下，雪衣女子衣袂飄飄，依舊站在他面前。他這才回過神來，結結巴巴地問道：「你……就是那位有千年神力的驚鴻？」驚鴻卻不答話，用手一指，一道粗若手臂的青藤凌空而下，如一條靈活的毒蛇將蕭揚的手臂團團環住，令他動彈不得，隨即蜿蜒攀上山崖，將他凌空吊了起來。蕭揚驚道：「姑娘這是要做什麼？」驚鴻喝道：「遊龍是不是早已經死了？是不是你殺了遊龍？快說！」她的聲音聽起來尖銳而有所畏懼，顯然她已經知道接下來的答案，卻不願去聽，或者不敢去聽。蕭揚實在有些驚訝，這個剛才還無比嫻靜的女子，竟會在瞬間變得如此暴躁，忙叫道：「驚鴻姑娘，你先放我下來，聽我解釋！」他試圖掙扎，但根本毫無用處。驚鴻道：「快說實話！不然我就殺了你！」手指一抬，一道閃電從蕭揚眼前劈過，發出凌厲的「劈劈啪啪」聲。蕭揚苦笑道：「姑娘還要我說什麼？你不是已經都說出來了麼？」驚鴻的面色蒼白得可怕，呈現半透明的慘白來，連連搖頭道：「不，不可能。我剛才還見過他……」

蕭揚大聲道：「驚鴻，我知道你是神仙，你有我們凡人所沒有的神力。難道你真的不知道遊龍早已經死了麼？還是你一直不願意承認這個事實，而將我當作是遊龍的替身？你剛才看見的人明明是我，不是真的遊龍。」驚鴻似乎一下子被震懾住了，隨即舉袖一揮，那張貼合在蕭揚臉上的軟皮面具不知如何到了她手中。她先看看蕭揚，隨即低下頭去，泫然凝視著那張代表著遊龍身分的面具，臉上充滿了悲淒與絕望。片刻後，大顆大顆的眼淚從她臉上簌簌滾落，淚水滴到她腳下的草葉上，那一大片蒼翠的草地登時化作了斑斑褐色。這幅場面，蕭揚日後很久都沒有忘記。他見她如此悲慟，只覺得心中生生作痛。他不知道自己為何也如此難過，但他真的不願看到她有一絲哀傷，寧可自己立即變成她，代替她承受這不及告別就已經永久分離的巨大痛苦。

驚鴻道：「他……他說了什麼？」蕭揚道：「他說不必為他難過，這是他的命運，請你也不要難過。」驚鴻就此沉默了下去，她的眼神茫然而空洞，神情卻是莊重肅穆，看起來像是在沉思，試著努力憶起心底最深處的種種往事。這讓蕭揚很是為她擔心，但又不敢隨意驚擾她。時光在寂靜中過去了很久很久，蕭揚見她依舊沉溺於思慮之中，彷若成了一尊塑像，忍不住地叫她道：「驚鴻姑娘，你這個樣子，遊龍死了也不會心安。我……我也很難過……」他猶豫了一下，還是鼓足勇氣說了出來，「我會替他照顧你。」驚鴻「啊」了一聲，回過神來，長長的睫毛閃動，似是恢復了些神采，揮一揮手，那張軟皮面具重又飛回蕭揚臉上。她這才彬彬有禮地問道：「請問他是葬在龍城麼？」蕭揚道：「是。」驚鴻道：「那麼請問他……是怎麼死的？」蕭揚不禁一愣，只覺得這神仙女子的問話好生奇怪，先問人葬在哪裡，再問人是怎麼死的。但他轉念間便明白過來，驚鴻剛才一定是運用了法力，看到了當日發生的情形，她這麼問，只是要聽聽他怎麼說。事已至此，他也無可迴避，何況根本瞞不過她，只能實話實說，從如何與遊龍相遇開始，一直講述到來到車師後的情形。驚鴻一直靜靜站在那裡，從頭至尾都沒有打斷過蕭揚。她看起來仍然感傷，但顯然已經平靜許多。蕭揚道：「姑娘既然有神力，該知道我沒有騙你。人死不能復生，請姑娘節哀順變。」驚鴻只是微微點了點頭，隨即又搖了搖頭，輕輕道：「我仍然不敢相信，他答應過我，永遠不會丟下我不管。我……我要去看看他。」竟是轉身預備離開。蕭揚忙道：「請驚鴻姑娘先放我下來，等我辦完事再陪你一起去。」驚鴻頭也不回地道：「你必須暫時留在這裡。除非驗證了你說的是真話，我才能放你走。還有，不准你再叫我驚鴻，只有遊龍才可以這麼叫，我是天女。」

蕭揚大急叫道：「喂，姑娘不是神仙麼，怎會不知道我說的是真話？驚鴻……不，天女，你就是不願意承認事實，自欺欺人……喂，你不能將我綁在這裡，我還有重要的事情趕著去辦……」但驚鴻的身影瞬間便不見了，空山寂寂，只有他自己的回音。蕭揚又氣又怒，努力掙扎，只是那青藤結實異常，他腰間雖然帶有割玉刀和匕首，然雙手被青藤圈住，無法搆著刀柄，人在半空，無處著力，任憑力氣再大，也無濟於事。一番嘗試全然徒勞，在半空中蕩來蕩去，反而更加難受，只好作罷。時值正午，日頭正烈，陽光毒辣地照在蕭揚身上，彷若人的怒火。他只覺眼前白茫茫一片，越來越亮，越來越刺眼，等到他再也無法睜開眼睛時，光明陡然變成黑暗，他失去了意識。再醒過來時，卻是躺在一張簡陋的木床上。房裡還有兩人，笑笑生正在把玩割玉刀，阿飛則守在床邊，見蕭揚睜開眼睛，立即欣喜地叫了起來：「遊龍師父，你醒了。」蕭揚坐起身，除了腹中感到有些饑餓，並無任何不適，又順手摸了一下臉上，面具還在，心中大奇，問道：「這是什麼地方？我怎麼到了這裡？」笑笑生道：「這裡是鄴城客棧啊，你不知道怎麼進來的麼？我還想問你怎麼睡到我床上了呢。」蕭揚料到必是驚鴻施展法力將自己送了回來，便道：「嗯，我自己也是糊裡糊塗的。」阿飛道：「師父，你的黃馬也在外面，我去幫你卸下馬鞍行李，再餵馬吃些草料。」蕭揚道：「不必多此一舉，我還有事……」笑笑生笑道：「怎麼是多此一舉呢？黃馬雖然神駿，也該好好飼養，萬一累壞了牠，如何對得起牠的前任主人？」蕭揚聽他話中有話，心念一動。卻見笑笑生連連催促阿飛道：「快去，快去。」打發走阿飛，掩好房門，這才回身道：「遊龍跪下，笑先生我要審你。」

蕭揚見慣了笑笑生嘻笑的神情，此刻見他如此肅色倒頗為意外，問道：「審我做什麼？」笑笑生道：「審你為什麼要冒充遊龍。」見蕭揚不答，將手中的割玉刀一揮，厲聲道：「快說！」那架勢好似對方如果不立即吐實，他就要動武威逼一樣。蕭揚道：「我不明白先生在說什麼。」笑笑生道：「你還要跟我裝傻充愣麼？適才我進來時，你人還沒有清醒，我悄悄揭開過你的面具，你明明是蕭揚，為何要冒充遊龍？不過你戴上了這面具，還真看不出來是假的。遊龍人呢？」蕭揚歎了口氣，道：「今日既然被先生撞破，我願意以實情相告。只是事關重大，請笑先生一定保密。」笑笑生不耐煩地道：「怎麼，你看先生我長得像是個多嘴多舌的人？快說，遊龍到底怎麼了？」說到最末一句，語氣已是十分焦急。蕭揚道：「客棧人多眼雜，我正好要去交河辦事，不如請先生跟我同行一段，到僻靜之處，我才方便在路上告知。」笑笑生著急知道事情究竟，滿口應道：「好。」二人出來房間，正遇見阿飛抱著行囊走過來，問道：「我見過這長劍和強弓，是那漢人強盜蕭揚的，如何會在師父這裡？」蕭揚道：「這個……」笑笑生忙插口道：「當然是你師父遊龍殺了蕭揚，收了他兵刃啦！」阿飛笑道：「我想也該是如此，不過是怕那壞人用過的兵器髒了師父的手。」蕭揚哼了一聲，道：「我和笑先生要出去一趟，你先留在這裡。」阿飛有心跟著一道前去，卻不敢忤逆師父的命令，只得應道：「是。」

蕭揚和笑笑生牽馬出來鄴城客棧，一路往北而行。蕭揚問道：「笑先生自稱會法術，當日能隔物視物透過水袋看到夜明珠，當真有這回事麼？」笑笑生道：「千真萬確。怎麼，你不相信先生我？」蕭揚只覺這道士瘋瘋癲癲，說精不精，說傻不傻，也不知道該不該相信他的話，只好含含糊糊地道：「信吧。先生既會法術，可相信這世上還有神仙一說？」笑笑生笑道：「神仙自然是有的，不過他們都回去了天上，這裡已不是屬於他們的世界，通往崑崙山頂的大門早就被永久封閉。你小子問這個做什麼？莫非你遇見了什麼神仙鬼怪？」蕭揚道：「這個……我也說不好。」笑笑生笑道：「神仙可不是輕易就能遇到的，你小子做白日夢吧。對了，遊龍的事你還沒有交代清楚……」轉眼見日落西山，道上行人稀少，不由心生警惕，忙勒馬佇立，狐疑問道：「你小子不會是想把我騙出來，好殺我滅口吧？」蕭揚先是愕然，隨即忍不住笑出聲來，道：「笑先生不說，我倒還沒有想起這回事。割玉刀一直被先生拿在手中，我手無寸鐵，如何能殺人滅口？」笑笑生道：「你是朝廷通緝的江洋大盜，本領高強，徒手也照樣能殺人滅口。」蕭揚道：「嗯，既然如此，笑先生大可拔刀制住我，我絕不反抗。」笑笑生見他神色坦蕩，不似做作，這才略微放心，道：「那倒也不必了，你總算是從于闐人和古麗小姑娘手中救過我性命，先生勉勉強強可以相信你。現下四周無人，你可以說出你為什麼要假冒遊龍了。」

蕭揚不得已，只得說明當日在大漠相遇時，真的遊龍便已受了傷，驚退馬賊後不久便傷重死去，臨死前將遊龍的身分和責任託付給自己。又道：「我並非想要冒充遊龍，只是遊龍說得對，遊龍不能死。在我找到遊龍傳人之前，我只能繼續冒充下去。笑先生，這件事事關重大，我請求你……」笑笑生打斷了他，肅然道：「你不必再多說，先生我懂。」將割玉刀遞還過來，叮囑道：「蕭揚老弟，你可要好自為之，千萬不能辜負遊龍的重託。」蕭揚道：「是。」微一猶豫，還是忍不住問道，「先生既知道我是被中原朝廷通緝的重犯，為何還相信我的話？」笑笑生道：「不相信能行麼？萬一你歹心一起，要殺先生我滅口怎麼辦？我只好假裝先相信了。」蕭揚聞言簡直哭笑不得。笑笑生道：「對於你本人，先生雖然還有那麼一點疑慮，不過既然遊龍臨死前選中了你，我相信他的眼光，你應該不是壞人。」蕭揚道：「多謝先生。」笑笑生忽然話鋒一轉，嘻嘻笑道：「我覺得你本人相貌長得很有些窩囊，還是戴著面具裝扮成遊龍比較威風。」蕭揚心道：「你當這是小孩子扮家家酒好玩麼？自從化身遊龍以來，我可是一天都沒有睡好過。」不便多提，只好笑笑不答。

笑笑生問道：「你是要趕去交河麼？去做什麼？」蕭揚道：「我要去王宮見車師國王。笑先生，天色不早，你先回去鄯城客棧，我辦完事再來尋你。」笑笑生道：「我也正想去見識見識車師王宮呢，不如一道去吧。」蕭揚道：「車師國王重病纏身，已不見外人，我這一趟怕是要擔些風險。萬一事情不順，就會牽累先生。」笑笑生一聽有危險，登時遲疑了起來，但片刻後還是下定決心，道：「反正也到車師了，總該去看看王宮是什麼樣子。咱們兩個一起出來，偏偏只有我一人回去客棧，你不擔心阿飛起疑麼？」蕭揚微一凝思，道：「也好，那麼先生就跟我同去吧。」忽聽得背後大起呼喝之聲：「急報，讓開！快些讓開！」二人剛提馬避讓道旁，便有兩匹騎著駱駝的兩名紅衣軍士呼嘯而過。蕭揚心道：「這是善走的明駝，駝上之人是負責傳信的明駝使，如此神色慌張，一定是有緊急軍情了。」忙道：「笑先生，咱們得快點。」

二人進來交河，蕭揚向城門軍士打聽張姓大夫的住處。此刻暮色蒼茫，城門軍士正待關閉城門，見他策馬直闖進城，面容詭祕，背後還跟著個中原道士，疑心大起，喝問道：「你們是什麼人？是不是墨山人派來的探子？」蕭揚聽他不說是于闐人的探子，一張口就是墨山，忙問道：「是不是墨山已經向車師開戰？」那軍士疑慮更重，回頭招手道：「快來人……」笑笑生大叫道：「喂，你不認得他麼？他是遊龍！」遊龍的名字果然震爍西域，圍過來的軍士立即愣在當場，一齊不約而同地望著蕭揚腰間，那柄長刀正隱隱發出暗紅的光澤。領頭的軍士訕訕問道：「這就是傳說中削金斷玉、無堅不摧的割玉刀麼？」蕭揚沉聲道：「不錯，這就是割玉刀。張大夫人在哪裡？」軍士道：「就在前面，第一個路口左拐便是。」蕭揚道：「多謝。」提馬緩行，昂然從軍士中穿了過去。在場約有二十餘名軍士，盡呆呆地望著他，再無一人上前盤問攔阻。

剛到第一個路口，便聞見一股強烈的草藥味道。循味來到一座火光閃爍的屋子，蕭揚先悄悄溜到窗下，將窗戶推開一條縫，只見屋子中央擺著個火盆，滿滿一盆石炭燒得正旺，火盆上架著個陶製的藥罐，正不斷有熱氣冒出。一名中年漢子正就著屋角邊的簸箕忙著扒拉乾草藥，大約就是那張大夫。蕭揚上前打門叫道：「張大夫在麼？」片刻後，那中年男子來開了門，不耐煩地道：「沒看見門上掛的牌子麼？今日不看病。你先回去，明日再來。」蕭揚道：「我這是急病。」張大夫道：「急病也不行，我正要進宮給國王陛下送藥。」蕭揚道：「那實在太好了，我正有事要進宮面見國王陛下，這就請張大夫帶我一起去吧。」挺出長刀，抵在張大夫胸前，逼他退到屋裡。張大夫嚇得牙齒咯咯直撞，顫聲問道：「你……你是什麼人？想……做什麼？」蕭揚道：「我只想求見車師國王。」張大夫聽出他的口音，奇道：「你是中原人？我也是中原來的……」蕭揚道：「那我們算得上是同國了。你想謀害車師國王的陰謀已盡被我知曉，想要活命，就帶我去見國王。現下你是大夫，這位笑先生是你師兄，醫術比你還要高明，我呢，就扮做你的藥童吧。」笑笑生道：「先生我只精通術數，醫術可不怎麼高明。」蕭揚道：「事情緊急，少不得要先將就一下。張大夫，你說呢？」揚刀一揮，登時將桌案上一只搗藥用的銅爐劈作兩半。張大夫從未見過如此神兵利器，只嚇得面色如土，渾身抖得篩糠一般，結結巴巴地道：「是……是……笑先生醫術高明。那麼以後……進宮以後呢？」蕭揚道：「你只要帶我們進宮，之後的事情自由我來處置。」收了割玉刀，走過去端起藥罐，道，「咱們走吧。」張大夫道：「這藥……藥沒用了……」蕭揚道：「你怎麼知道沒用了？噢，對了，你往裡面下了毒，是不是？不過你放心，只要你帶我們進宮，保證從此離開車師，再也不害人，我就不戳穿你的陰謀，如何？」張大夫想不通往藥湯下毒如此機密之事如何會被對方知曉，然而見對方武功神奇，又不敢多問，無可奈何之下，只得順從，提了個燈籠，領著二人往王宮而來。

車師王宮遠不及中原皇宮規模宏大，甚至還不及洛陽和長安一些達官貴人的豪華私邸有氣勢，看起來不過是個幾進落的大院子而已。王宮制度粗疏，戒備也不怎麼嚴密，這倒讓人大為驚訝。進宮極為順利，張大夫是王宮新請的大夫，近來頻頻出入王宮，侍衛待他極為客氣，甚至沒有搜查笑笑生和蕭揚二人。兩名侍衛領著三人穿過甬道，來到國王寢殿外。殿內燈火通明，亮如白晝，卻是寂靜無聲，間有低沉的氣喘聲傳出。侍衛進去稟報，片刻後便趕出來請三人進去。殿內上首擺放著一張臥榻，一名年近六十的老者正斜靠在榻上，正是車師國王力比。他看起來老態龍鍾，面色蠟黃，雙眼凹陷，左眼已經失明，只剩一隻混沌的右眼瞇縫著打量一根柱子。

張大夫向國王鞠了一躬，道：「國王陛下！」力比轉過頭來，道：「張大夫來得正好，本王氣悶得緊，很不舒服，快些把藥呈上來。」張大夫轉頭看了蕭揚，不知該如何是好。蕭揚上前道：「陛下……」力比不經意地看到他的臉，不禁一愣，問道：「你……你是誰？」話音未落，便是一陣劇烈的咳嗽。蕭揚忙將藥罐交給一旁的侍女，道：「我是張大夫的藥童，或許有辦法能止咳，請陛下准我冒昧試上一試。」力比握手成拳，咳嗽不止，無法說出話來。蕭揚便一步踏上前去，掀開國王衣襟，蹲下身去，將手指搭在他胸部鎖骨下方的俞府穴和彧中穴上。王宮侍衛和侍女見這陌生男子膽大妄為，敢上前隨意對國王動手，無不駭然。但他自稱能夠治病，國王既無反對表示，他們也不便阻止，只得站在一旁，緊盯著他的一舉一動。蕭揚手指逐漸加勁。他是習武之人，對人體穴道有一些瞭解，知道俞府、彧中兩穴是臟腑精氣輸注之處，更是治療氣喘之要穴。看這老國王不過是患了嚴重的氣喘，只要在這兩處穴位上按摩，便能夠清通肺門，雖然無法治癒病症，但卻可立時緩解咳嗽和痰氣。果見力比咳嗽漸止，氣息平復下來，慢慢坐直了身子。

老國王身患頑疾已經多年，以往一旦發病，總是要咳嗽咳上許久，最後精疲力竭甚至昏死過去，車師名醫均對此病狀束手無策。西域人對經絡穴位之學全然不懂，見蕭揚不用藥湯，僅在國王身上摸了摸便輕易止住咳嗽，還以為他在施展什麼邪術，不由得面面相覷。侍衛長坎亞里使了個眼色，示意侍衛暗中戒備。蕭揚又將手搭上國王頸部的天突穴，力比的氣息驀然為之一阻，只覺胸口一股熱流直湧向上，卻在喉間為異物所阻，難受憋悶之下，雙手陡然揪扯喉嚨，恨不得立即將喉管扯開。侍衛長坎亞里忙上前喝道：「你做什麼？快些退下！」轉身見到那道士笑笑生道袍下顯露出杆形硬物，分明是件兵器，更是大驚失色，叫道：「來人，快將這三人拿下！」眾侍衛便一齊圍了上來，反剪了張大夫和笑笑生手臂，拖到一旁。笑笑生怒道：「你們就是這樣對待為你們國王治病的大夫麼？」侍衛從他道袍下搜出割玉刀，道：「這是什麼？你私帶兵器進宮，分明是想刺殺國王陛下。」笑笑生忙朝蕭揚一努嘴，辯解道：「這不是我的兵器，是他非要藏在我身上的。」

變故陡起，蕭揚卻依舊手按力比的穴位，上前的侍衛生怕他傷了國王，一時不敢動粗，只不斷呼喝他放手，他卻恍若未聞一般。侍衛長坎亞里便親自來拿蕭揚手臂。蕭揚沉聲喝道：「退下！誰敢上前一步，我就殺了老國王。」坎亞里呆得一呆，見老國王呼吸困難，臉頰憋得通紅，口中「呼哧呼哧」不止，情形十分危急，便命侍衛將張大夫、笑笑生二人拖到殿中跪下，拿刀架在二人頸上，喝道：「你再不放開國王，我就殺了你同伴。」張大夫早嚇得癱軟在地，一句求饒的話也說不出，胯下還濕了一大塊。笑笑生則大叫道：「喂，先生我就要人頭不保了，你小子還不放開國王？」坎亞里見蕭揚不應，點了點頭。侍衛舉起刀來，刀風閃過，笑笑生驚叫一聲，滾落的卻是張大夫的人頭。坎亞里道：「再不放開國王，這道士就是下一個！」笑笑生道：「喂，你快放手啊，他們不是開玩笑，真的死人了！」蕭揚卻依舊不聽。坎亞里一咬牙，命道：「斬下這道士的頭！」侍衛應聲舉刀。笑笑生大叫道：「遊龍！他是遊龍！」侍衛一呆，愕然停手。坎亞里問道：「你說什麼？」笑笑生道：「他就是遊龍，不信你可以看那把刀，那是遊龍的獨門兵刃割玉刀。他是來救你們國王的，張大夫往藥中下了毒，若不是他事先揭破，你們國王早就中毒死了。」恰在此時，力比國王低吼一聲，一口濃痰噴出。蕭揚便鬆手起身，退到一旁，侍衛上前擒拿時，也不反抗。

坎亞里忙上前問道：「陛下，你……」力比滿面笑容，呵呵笑道：「舒服！好久沒有這麼舒服了！侍衛長，還不放開貴客。」坎亞里這才明白，適才蕭揚是在用法子強逼出積壓在國王喉間的老痰，忙命人鬆開綁縛，親自上前賠罪道：「都怪坎亞里魯莽，適才多有誤會，還誤殺了張大夫。」笑笑生笑道：「沒有誤殺。侍衛長，你眼力很好，先殺了壞人，要是先砍先生我的腦袋，那可就真是誤殺了。」一念及此，不免心中有怨，恨恨道，「先生我危在旦夕，你居然無動於衷？」蕭揚道：「抱歉。」一時不及多解釋，上前躬身道，「陛下，請恕我適才無禮，我與笑先生冒昧進宮，原是有要緊事稟報。」力比道：「你就是名馳大漠的遊龍麼？」蕭揚道：「是。」力比喜道：「遊龍君，本王久聞你大名……」忽聞見腳步紛沓之聲，掌璽大臣多秸赫不顧侍衛阻攔，率幾名官吏直闖了進來，氣急敗壞地稟道：「陛下，有緊急軍情。墨山傾舉國之兵宣稱與我車師開戰，昨日凌晨突破我國邊防線，目下已深入國境，估計他們的前鋒輕騎明晚就能抵達鄴城。」殿中頓起一片譁然之聲，就連力比國王也露出了憂慮之色。

他確實該憂慮了，王都的兩千精銳守軍已經被大王子帶去大漠接應糧隊、圍剿馬賊，其餘各地精兵已被徵召趕赴鄢金，抵擋彷若天降的于闐奇兵。交河無兵可守，無將可調，已成為一座空城，王都門戶鄴城也只有五百守軍，如何能抵擋墨山數千軍隊？現在看來，這一連串的事件都是于闐有計畫的陰謀，他們有意聲東擊西，令車師內部空虛，好一舉突破王都。既然起因跟二王子昌邁有關，怕是他也落入于闐人的掌握，凶多吉少了。力比素來疼愛二王子，不由得深深歎了口氣，明知沒有答案，還是出於天性問道：「找到昌邁了麼？」多秸赫道：「二王子還沒有尋到。不過派去大漠的人放回了信鴿，稱已經找到大王子，他應該正在返回途中。」力比歎道：「唉，昌邁……」蕭揚見老國王流下兩行清淚，顯是愛子情深，一時猶豫該不該將昌邁手下軍師無價指使張大夫下毒一事告知，忽見力比轉過頭來，嚴肅地道：「遊龍君，本王想請你出任統帥，率領我車師軍民抵擋墨山大軍。」蕭揚愕然而驚，問道：「我？」力比彷若一棵忽然煥發了活力的老樹，雙目炯炯，精亮有神，緩緩道：「不錯，遊龍的威名，足以抵得過千萬大軍。本王老了，車師的命運就交給你了。」命侍衛長取出金牌令箭，親手交到蕭揚手中。

當晚蕭揚派出王宮衛隊，挨家挨戶強行徵召所有十五歲以上、六十歲以下的男子入伍，抗拒不遵即以叛國罪逮捕。交河既是車師王都，住在城中的多是達官貴人以及富有的商人、工匠，其家中多蓄有精壯奴僕。在西域，奴僕的數目跟馬匹、駱駝一樣，都是衡量主人財產的重要標誌。如此擾動全城一番，雖弄得怨聲載道，但還是臨時召到了一支千餘人的隊伍。蕭揚又請力比國王打開國庫，給這些人每人發了兩個金幣，又許諾退敵後再補十個金幣。如此軟硬兼施，緊急動員，將一千餘人武裝起來，連夜在交河城牆外、護城河內裡搶挖了一道壕溝，徵用了所有富人家中私藏的石脂。那石脂是一種深褐色的黏稠液體，生於水際砂石，與泉水相雜，既能冬季取暖，也可平日照明用；將其倒入壕溝，在關鍵時刻點燃，不但能阻隔敵人進攻，還能截斷敵人後路，令其退無可退，有死無生，取得相當的威懾效果。笑笑生則被派往鄯城，以力比國王身分發布命令，要所有軍民立即撤出鄯城，盡數退往交河。掌璽大臣多桔赫對蕭揚棄此險不守感到不可理解。蕭揚解釋道：「墨山的最終目標是交河，他們知道鄯城是王都門戶，必然早有準備，將傾盡全力來攻。敵眾我寡，鄯城最終還是會失守。守不住鄯城，對車師士氣是很大的打擊，交河也難以守住。但若主動放棄鄯城，不但能令墨山起疑，摸不清我們的路數，還能集中兵力守衛交河，一鼓作氣抗敵。」多桔赫聽了不免半信半疑，然而對方既持有至高無上的金牌令箭，等同於車師國王親臨，也無可奈何，只能遵命行事。

忙碌了一整夜，蕭揚安排妥當，又派出偵伺遊騎，這才感到有些累了，不免露出疲倦之色來。乾脆倚靠在城牆上，想讓牆頭的風讓自己清醒一些。恍恍惚惚中，他竟然又看見了驚鴻。她就在城牆上凌風而立，眼波來回流轉，注視著蕭揚。忽然間，幾顆大大的淚珠從她瑩白如玉的臉頰滾落而下。蕭揚大吃一驚，正要去叫她，她的身影卻漸漸淡去，隨即有個聲音在他耳邊輕輕道：「雖然你不是遊龍，我還是會幫助你。你將會在清晨看到大霧，這場大霧會拖延墨山騎兵進程，但只能為你贏得一天的時間。最後能否保住車師、消弭這場人類的戰爭，還是要靠你自己。」蕭揚驀然驚醒，使勁眨了眨眼睛，既沒有驚鴻，也沒有其他的人，他幾乎懷疑是自己的錯覺，或者又是一個虛無縹緲的夢。就在這個時候，平地裡開始起霧，空中瀰漫著潮濕的味道。一切開始朦朧起來，似有似無，似明似暗。一開始，還能看到城外胡楊木林淡灰色的邊緣漸漸消隱在一片白茫茫之中。霧氣凝成了一張巨大的乳白色帷幔，鋪天蓋地而來，四周幾步之外便不見人影。人站在這個渾濁的天地中，感到有些惘惘不知所措的悶意。

墨山國方圓一萬多里，因境內有黑色的庫魯克塔格山，所以稱墨山。其王都為營盤城[3]，北依山脈，南臨孔雀河，方圓二十多里，是西域大城之一。這裡因群山綿延，氣候炎熱，風暴極多，不利於農業，然而卻出產金、銀、黃銅、紫銅和鐵，尤其擅長製作中原人喜愛的黃銅飾品[4]，因而國民家家戶戶十分富有。最為奇特的是，這個國家出產美女，大多數墨山女子都有著靚麗的容貌，她們喜歡穿耀眼的白色衣裳，稱其為「朝霞衣」。不過，當今的「朝霞王后」卻並非地道的墨山人氏，而是一位年輕漂亮的中原女子。這位新王后名叫衛師師，二十歲左右，跟墨山國王手印的女兒差不多年紀。她非但容貌姣好，能歌善舞，且很有幾分政治才幹，協助國王處理政事井井有條，以致逐漸倦怠國事的手印國王很樂於將政務都交給王后處理。

墨山趁車師國內空虛舉兵入境，確實是早和于闐謀定好的計畫中的一步。手印國王跟于闐國王希盾是遠親，但他卻並沒有太大的野心，之所以找藉口出兵車師，全然是因為希盾以及新娶王后衛師師的敦促。正當手印在深宮中擁著衛師師一邊風流快活、一邊憧憬車師國土人口盡數併入墨山的時候，約藏王子突然闖了進來，見此情狀，忙背轉身去，道：「父王，兒臣有急事稟告。」衛師師扯好衣衫，扶著頗為狼狽的國王在臥榻上坐好，不滿地道：「約藏，你雖然是王子身分，可是不得召喚即擅自闖入國王寢殿，未免太大膽無禮了些。你眼中可還有你父王和我這個王后？」約藏對這個女人懷恨已久，見她公然擺出王后的樣子，大怒道：「全是你這個賤女人壞事，出什麼攻打車師的鬼主意。」上前將衛師師拉起來，粗暴地推到一邊。手印駭然道：「約藏，你怎敢對繼母如此無禮？來人……」約藏急道：「父王，樓蘭人已經攻進來了，我帶你走！」手印一呆，道：「什麼？」衛師師搶過來道：「你胡說八道些什麼？樓蘭人遠在天邊，怎麼可能說到就到？況且希盾國王早料到樓蘭會派兵援救車師，已經親自率兵屯駐在我國南部邊境，哪來的樓蘭人？」約藏一腳飛出，正中衛師師小腹，登時將她踢翻在地，罵道：「你這個死女人，你就留在這裡，等樓蘭人來收拾你。」上前扶了手印便走。手印猶自回頭叫道：「師師、師師……」衛師師哭叫道：「陛下救我……救我……」卻怎麼也爬不起身，只能眼睜睜看著約藏挾持著手印離去。

約藏所言並非駭人聽聞，確實有一支五百人的樓蘭輕騎奇蹟般攻進了營盤王宮，領頭的就是樓蘭王子傲文。傲文的生父是已故樓蘭大將軍泉蘇，母親桑紫則是當今樓蘭王后阿曼達之妹；他自小被接進王宮，在國王、王后身邊長大，成人後高大英俊，聰明勇敢，狂野不羈。問天國王沒有子嗣，國人均認為他比問地親王的獨生愛子刀夫王子更有能力，更有資格成為未來的王儲。這一次，傲文奉問天國王之命率軍護送糧隊經白龍堆沙漠到車師，半途遇到車師大王子昌意帶軍隊來迎，遂將運糧之事交接給昌意，自己則率部回國。走不多遠，便遇到一小夥馬賊，這才從俘獲的馬賊口中得知他們是受人指使，有意襲擊車師邊境，好激怒執掌車師兵權的大王子昌意。不久後，車師即有使者追來，告知于闐已派奇軍穿越了塔克拉瑪干大沙漠，兵臨車師重鎮鄢金，昌意大王子要率軍趕回國援救，因而想請傲文繼續領兵護送車師糧隊。傲文當即道：「馬賊、鄢金都是調虎離山之計，致命一擊一定在墨山一方。要救車師，唯有搶先攻下墨山腹心之地。」傲文的外公阿胡是地地道道的車師人，論起來他也有一半車師血統，當即決意出盡全力幫助車師應付危機。因而既不答應昌意之請，也不派人回樓蘭向問天國王請示對策，而是果斷地率五百騎兵趕赴墨山王都營盤城。

當時，于闐不斷有後部騎兵繞開樓蘭防線，經沙漠進入墨山境內，布防在南部邊境，原本是要阻止樓蘭出師營救車師。傲文一行雖然全副武裝，卻均做便服裝扮，是以當他們從樓蘭東部白龍堆沙漠進入墨山邊境時，竟被墨山邊將誤當成是于闐的騎兵。傲文乾脆將錯就錯，長驅直入，奔襲王都營盤城。居然一路暢行無阻，只在強闖墨山王宮時才暴露了身分。誰也料不到會有一支樓蘭騎兵出現在墨山王宮前，傲文輕而易舉地搶占了宮門要害之處，隨即命人閉門清宮，王宮侍衛大多莫名其妙地當了俘虜，少數倉促抵抗者則被當場殺死。過了大半個時辰，王宮被徹底搜過一邊，將侍衛、僕役、侍女等被俘虜者集中關押在一處，於後花園捕獲的國王手印，則被押來大殿中。

手印只穿了貼身內衣短褲，臉上猶殘留有女子的紅色唇印。傲文一見就冷笑道：「原來手印國王是春夢剛醒。」手印被推到桌案前，猶自帶著不能相信眼前一切的表情，緊盯著眼前這位年輕傲慢的王子——他年紀很輕，黝黑英俊的臉上帶著幾分傲氣，又帶著幾分野氣，眼睛黑得發藍，薄薄的嘴唇顯得堅強而冷酷，看似一頭精力充沛的豹子，又似一塊令人寒顫的冰。傲文道：「陛下，這就請你寫一道手令，召回你派去車師國的軍隊吧。」手印問道：「你就是樓蘭王子傲文？」傲文道：「不錯。」手印道：「你……你……」卻見兩名兵士扭著一名年輕靚麗的女子進來，稟告道：「傲文王子，這就是新任墨山王后衛師師。」傲文上下打量著衣衫不整的衛師師，道：「新王后姿色不錯呀，手印國王當真豔福不淺，難怪大白天還躲在深宮中發春夢。」樓蘭兵士一齊哄笑起來。傲文道：「王后，聽說手印國王的愛女也是國色天香的大美人，不知道你跟你的繼女相比，誰要更美些？」兵士見衛師師不應，喝道：「還當自己是王后麼，你可是俘虜身分。傲文王子問你話，還不快答？」衛師師滿臉通紅，囁嚅道：「公主……更美些……」手印大叫一聲，陡然發難，搶過了身旁樓蘭兵士小倫的佩刀。小倫驚叫一聲，一旁兵士立即各自拔出兵刃，圍了上來。不料手印並不是要反抗，而是回刀往頸中一抹，登時鮮血迸射。他扔了刀，雙手扶住脖子，「呵呵」兩聲，便倒了下去。這一切來得太突然，兵士們不由得面面相覷。兵士首領大倫道：「他……他到底是墨山國王，這該如何是好？」傲文不屑地道：「先把屍首拉到一邊去。」一走到面色慘白的衛師師面前，問道，「王后，你可想要橫刀自殺、追隨你那膿包夫君而去？我大可以成全你，刀就在這裡。」他的眼神冰冷異常，就像一把留在郊外過夜的刀刃，上面蓋滿了冬霜。衛師師不敢多看，低下頭去，一聲不吭。

傲文哼了一聲，道：「怪不得能當上王后，果然是個聰明人。這就請王后寫道手令，召回軍隊吧。」衛師師不敢有絲毫違抗，順從地寫好手令，雙手奉過去，等傲文過目後滿意地點點頭，這才蓋上大印封好。傲文命人押過一名被俘的王宮侍衛，道：「你帶信趕去車師，召你們的軍隊回國。記住了，你們國王、王后盡在我掌握中，若敢妄動，玉石俱焚。」那侍衛不知國王已死，投鼠忌器，只得應道：「是。」傲文命人帶他出宮，又招手叫過心腹大倫，低聲問道，「可有搜到墨山王子和公主？」大倫搖頭道：「沒有，宮中都搜遍了，也沒有見到，可能兄妹二人本來就不在王宮中。殿下，外面墨山軍隊已經包圍了王宮，他們一時不敢進攻，是因為怕傷害到他們的國王，但眼下這手印國王已經自殺，咱們沒有了人質，該如何脫險？」傲文微一沉吟，低聲交代幾句，再命人帶衛師師過來，道：「王后，少不得要請你護送我們離開墨山了。」衛師師顫聲道：「我……我對你們沒用處的，我只是個女流之輩，雖然有王后的名分，可是墨山子民並不真心服我。你們沒有搜到約藏王子麼？他一定還在宮中，我適才還見過他。」傲文道：「原來王后尚且有自知自明。說實話，約藏王子確實比你價值更大，可是這墨山王宮說大不大，說小不小，重新搜索一遍不容易，說不定還有密室什麼的，咱們可趕不及要回去樓蘭了。這就有勞王后跟我們走一趟吧。況且你的國王丈夫新死，按照墨山國習俗，寡婦必須劃傷自己的臉來表示哀思。你肯自毀你這副花容月貌麼？」衛師師緊咬嘴唇，沉默不語，傲文便命兵士擁著她出來。來到殿外，卻見宮門處正站著一披著金色斗篷的男子。衛師師一見之下，登時彷若見到鬼怪，驚叫道：「陛下，你……你不是已經死了麼？」那男子回過頭來，卻是樓蘭兵士大倫穿戴了手印國王的衣冠。他身形高矮跟手印差不多，再披上斗篷，遮住大半邊臉，望上去確實有幾分手印的模樣。傲文道：「王后明白我意思了麼？咱們眼下可是同坐一條船，要麼同生，要麼同死。」衛師師道：「是，明白。」傲文道：「那就好。走吧。」

眾人一起登上宮牆。宮外是一片空闊的廣場，圍有一大群墨山軍士，手執兵器，神色緊張，然而靜聲肅氣，似在等待時機或是命令。忽見國王和王后被押上城頭，頸後各架著兩柄明晃晃的刀，頓時大起譁然。傲文毫不客氣地推了衛師師一下，她不得已，只得大聲叫道：「國王陛下有令，立即開城放樓蘭人離去，任何人不得阻攔。只要到了邊境，他們自然會放了國王陛下和我。」墨山軍士一齊呆望牆頭，沒有一人站出來應聲。傲文道：「王后，你果然不頂用。」衛師師見識過這位樓蘭王子的冷酷無情，生怕他就此殺了自己，忙道：「殿下可以讓這位假國王下令，國王已經久不上殿，這些人離得又遠，應該分辨不出來的。」傲文便朝大倫點點頭，大倫壓低嗓音，學著手印的音調，道：「你們敢不聽本王號令麼？」因為緊張，聲音有些發抖，不過聽起來倒更像是被抓作人質而起的害怕反應。城下一名鎧甲將軍聽到國王發話，微微遲疑，即應道：「遵令。」一舉手，墨山軍士登時讓出一條路來。小倫喜道：「成了！」正要走下城牆，卻聽見馬蹄如鼓點般逼近。舉目望去，大道上馳來一大群黑甲騎士，一面黑色牛氂大旗在如血殘陽中格外醒目。待得隊伍近些，便看清大旗上繡著一頭張牙舞爪的白牛，在風中颯颯作響，那是于闐王室特有標誌，「于闐」本來意思的就是「牛國」。小倫不由失聲驚叫道：「是于闐的黑甲武士。王子殿下，該不會是……是……」傲文道：「是于闐國王希盾到了。」語氣中既有幾分失望，也有幾分驚喜。果見那鎧甲將軍迎上前去，躬身叫道：「希盾國王陛下。」

領頭的老者正是于闐國王希盾，他看上去確實是一名王者，一股天生的霸氣籠罩在他四周，因少年歷經磨難、成人後又不斷馳騁沙場，臉上布滿了歲月的滄桑，但一雙眼睛凌厲有神，顯示出他依然精力充沛。背後緊跟著一名衣冠楚楚的王子，高高的額頭，雙目深陷，鼻梁挺拔，容貌跟希盾十分相似，一望便知是于闐國王的兒子。只是這位王子看上去和善沉靜，在父親盛氣凌人氣度的籠罩下，甚至顯得有些怯懦軟弱。希盾翻身下馬，問道：「出了什麼事？」鎧甲將軍上前低聲稟告一番，指了指牆頭。希盾道：「不能放他們離開。」他的話語簡短而有力，話音剛落，黑甲武士便縱馬四下散開，高聲發令，重新包圍了王宮。鎧甲將軍提馬走到城牆下，叫道：「希盾國王請你們樓蘭首領站出來說話。」傲文便命人將假國王和真王后帶下，走到城牆跺口處，道：「我就是首領。」希盾道：「你就是傲文？」傲文道：「你就是希盾？」希盾哈哈大笑道：「好個樓蘭王子，被困在這裡還敢如此狂妄。」傲文道：「誰說我困在這裡了？我正要請墨山國王和王后護送我回樓蘭。」

希盾道：「剛才那國王是假的。傲文，你這一招騙不了我。手印是我的親屬，他為人我最瞭解，寧可死，也不會讓你有機會當眾羞辱他。告訴我，手印是不是已經死了？」傲文見對方精明厲害無比，既詫異又佩服，見再難瞞過，乾脆承認道：「不錯，手印國王剛剛在大殿上自殺了。」手印一向頗得人心，宮外墨山軍士聞聽國王已死，登時一片沸騰，有憤怒激動者立即叫嚷要攻打王宮，將樓蘭人碎屍萬段，好為國王報仇。希盾揮手止住眾人，叫道：「傲文，手印國王被你逼死，這筆帳要算在你頭上。你也看見了，你今日走不出這裡。」傲文道：「那又如何？」希盾道：「你自認憑這區區幾百兵馬，就能擋得住本王兩千精兵麼？況且這裡還有這麼多要殺你報仇的墨山軍民。」傲文道：「擋不擋得住要看本事，你試試就知道了。」希盾道：「年輕人，本王很欽佩你突襲墨山王宮的膽氣，也極想見識見識你還有什麼本事能和本王的大軍抗衡。不過，這是你我之間的較量，你先將宮中的俘虜放了。」傲文沉吟片刻，乾脆地應道：「好，反正這些俘虜於我也沒有用處。」下令武士釋放被囚禁在宮中的侍衛、侍女等，就連王后衛師師也放了出去。

希盾不見約藏兄妹，很是奇怪，問道：「墨山王子和公主呢？」衛師師道：「稟陛下，樓蘭人圍宮時，他們兄妹二人搶先逃了。」希盾點點頭，仰頭叫道：「傲文，你既然如此爽快，本王也該還你個人情，我允准你派信使回國，報信也好，送遺書也好，隨你選。」傲文昂然道：「多謝陛下好意，不過我不需要送信回樓蘭，若是我傲文沒本事走出這裡，最多不過是玉石俱焚。」衛師師聽他有縱火，忙道：「陛下，手印國王的貴體還在宮裡，你可千萬不能讓樓蘭人放火燒毀宮殿。」希盾哼了一聲，道：「你是心疼你那些綾羅綢緞、金銀首飾吧？」衛師師垂下頭去，低聲道：「是，一切瞞不過陛下法眼。」希盾想了想，叫道：「傲文，你是樓蘭王子，自然不怕死，但難道你想要手下這麼多人跟著你陪葬在異國他鄉麼？只要你放下兵器，乖乖出來投降，本王非但不為難你的手下，還派人送他們回樓蘭國，怎樣？」傲文傲然道：「我們樓蘭全是誓死不降的勇士，你休想誘捕我。」希盾道：「好！很好！」轉頭命道，「生擒傲文者，封大將軍，本王以公主下嫁；殺死傲文者，賞金千斤。」宮外眾人登時歡聲雷動，齊聲應道：「生擒傲文！殺死傲文！」一時聲震天地，響徹雲霄。牆頭樓蘭軍士無不駭然。本以為于闐和墨山軍隊要立即發起進攻，不想那些人只是喊了一陣便退到弓弩射程外設置柵欄路障，將道路徹底封死，防止樓蘭人突圍而出。

王宮等同於一座堡壘，四周有石砌的宮牆，規模雖然遠遠不及王城城牆，但也有三丈高，徒手難以攀援。傲文料來希盾暫時退走是要準備木梯、鉤索等攻城器械，便默默走下城牆，手扶著樹幹凝思。他也預想不到竟會陷入如此困境，按照他原先的計畫——直闖墨山王宮，俘虜國王、王子、公主等關鍵人物，逼迫他們寫下召軍隊回墨山的手令，再挾持這些人質從容出城回國。孰料墨山國王手印自殺，王子和公主失蹤，于闐國王希盾又在關鍵時刻趕到，一眼識破了大倫冒充的假國王。而今他手中沒有任何籌碼，唯一的路就只有死守到底。但他們只有五百人，箭矢有限，這王宮中又沒有什麼可利用的物事，如何能擋得住于闐和墨山聯軍的進攻？他將頭轉向正指揮兵士加固宮門的大倫、小倫兄弟，心頭頗起波瀾。他很清楚，所有的人包括他自己戰死在這裡只是時間早晚問題，可是，小倫才十六歲，有必要讓他一起陪葬麼？是不是該考慮希盾先前的提議，用他自己換取手下五百人的性命？但一想到要屈膝跪在那不可一世的希盾面前，他又覺得實在無法忍受。當即重重將拳頭砸在樹上，心道：

「寧死不降！」轉身叫過小倫，取下貼身玉珮交給他，命道：「你帶著我的玉珮回樓蘭報信。希盾有言在先，他不會派人攔你。」小倫遲疑了一下，道：「可是我不想在這個時候離開王子。」傲文厲聲喝道：「你敢違抗我的命令麼？」小倫無奈，只得問道：「王子的口信是什麼？」傲文道：「沒有口信。你將玉珮交給國王，他自會明白。去吧。」小倫躬身道：「遵命。」收好玉珮，命兵士開了大門，挺身走出宮去。

傲文命大倫將其餘兵士召集在一起，慨然道：「而今大敵當前，我已派了小倫回樓蘭送信。不過有件事要事先告訴大家，我們深入墨山腹地，被敵人重重包圍，沒有人會來救我們，也沒有人能來救我們。小倫回國，只是要告訴國王我們這些人已經戰死在這裡，你們可願意跟我一起奮戰到底，至死方休？」兵士齊聲應道：「願意！」傲文道：「很好。」隨即安排人手，拆毀王宮的門窗等物，用作防禦工具。王宮中有豐富的食物儲備，酒肉如山，還有兩口甜水井，飲食暫時不成問題。當晚，樓蘭兵士個個放開肚皮，飯足肉飽。到半夜時，忽聽見宮外金鼓聲大作。傲文衣不解帶，就睡在宮牆下，聞聲急忙召集兵士登上牆頭。卻見遠處路障人影惶惶，牆下卻是一片漆黑，當即拔出佩刀，凝神戒備。等了許久，依舊不見動靜，這才明白是敵人的驚擾之計，遂命兵士收起兵器，散開休息。隔了半個時辰，金鼓之聲再起，依舊只是敵人的虛張聲勢。如此反覆多次，樓蘭諸人已是疲累不堪。然而當鼓聲再響，卻又不得不全部登城防守，以防于闐人真的發動襲擊。傲文心道：「這是希盾的疲敵攻心之計，明日一早，他必會發起真正的進攻。明日，將會是我最後一次見到太陽升起。」

這一夜，難以入眠的不只有傲文，也有希盾父子。希盾聽見軍營外鼓聲陣陣，很是滿意，向身旁的二王子道：「須沙，明日就由你帶隊攻打墨山王宮。」須沙是庶子身分，並非王后所生，但卻比嫡出的大王子永丹更得父王寵愛，希盾每每出行，都要將他帶在身邊。他聽父王要自己擔任攻城主帥，微一猶豫，即應道：「是。」希盾道：「這是王宮地圖，傲文必會將兵力重點布置在宮門之處。明日一早，我先派渲鷹從正門進攻，吸引樓蘭人注意力。你趁機帶黑甲武士從左翼登城，這裡是花園入口，是王宮防衛最薄弱之處，樓蘭人沒有足夠的兵力防禦這裡，從這裡穿插過去，自後包抄，必能一舉奏效。」須沙道：「是。」猶豫了一下，又問道，「父王預備如何處置傲文王子？」希盾道：「傲文看起來十分驕傲自大，想來他是不會讓人活捉他受辱的。不過就算抓到他，我也不會動他一根寒毛，只會將他綑起來交給墨山人處置。他占領墨山王宮，逼死手印國王，有什麼下場可想而知。」頓了頓，又道，「其實我倒是很喜歡這個傲文，有膽略，有豪氣，不過這是他自己上門送死，將來問天可不能怪我。」須沙道：「可是聽說傲文王子是未來的樓蘭王儲，他被殺死在這裡，樓蘭人豈能善罷干休？」希盾哈哈大笑道：「須沙，你不懂的，樓蘭人這次可真要吃啞巴虧了！墨山和樓蘭雖不和睦，卻並非敵國，兩國從未宣戰。傲文無緣無故率軍闖入墨山王宮，逼死手印國王，等同於行刺，無論到哪裡都說不過理去。他明日是非死不可，最妙的是，樓蘭人對此根本無話可說。」須沙的嘴唇訕訕囁嚅了兩下，卻沒有說出話來。希盾立即注意到了，道：「怎麼，你想替傲文求情麼？」須沙知道父王秉性堅毅，絕不會因旁人而改變主意，只得違心地答道：「他是樓蘭王子，兒臣今日才第一次見他，怎敢為他求情？」

希盾道：「嗯，你為他求情，倒也情有可原。」須沙聞言不免大為驚異。他雖得父王寵愛，父王卻總嫌他性情太過溫和寬厚，每逢他心軟之時，希盾總會厲聲喝斥，哪知今日卻僅說了一句「情有可原」，實是出人意料。希盾又道：「借墨山之手殺死傲文，對樓蘭也算是個不小的打擊。不過，本王也不是非要他死不可，除非……除非那個人親自跪下來求我。」須沙一聽事有轉機，正要設法打聽「那個人」是誰時，忽見左大相萡木匆匆進來稟道：「陛下，車師方面有軍情傳來。」希盾見他神色不善，問道：「莫非墨山軍隊沒有攻下交河？」萡木道：「是，非但如此，統帥康寧將軍還被射殺在交河城下。」希盾哼了一聲，道：「車師精銳兵力要麼去了白龍堆剿馬賊，要麼被牽制在鄯金，交河早已是一座空城，康寧帶有六千精騎，踏平交河輕而易舉，怎麼還會發生這樣的事？」他的聲音陡然高亢嚴厲了起來，「是誰，是誰在指揮守城？」萡木不敢再看國王的臉，低下頭去，道：「是遊龍。」

原來，蕭揚以遊龍身分進入車師後遭遇了一番離奇經歷，更意外被車師國王力比賦予守城重任。蕭揚下令主動放棄王都交河的門戶鄯城，將所有兵力集中守衛交河。墨山大將康寧突破車師邊境後，一路幾乎沒有遇到抵抗，如入無人之境。然而就在將要抵達鄯城時，忽然遭遇一場罕見的大霧，咫尺不辨人影，軍中人馬相撞，多有誤傷，康寧不得不下令暫時停止行軍。大霧持續了整整一天，直到晚上才突如其來地消失。康寧連夜拔營趕路，終於在次日到達鄯城，原以為在這處王都門戶將會有一場惡戰，哪知道城門大開，城中空無一人，令人驚疑。康寧甚至一度認為這是車師的詭計，想將他們墨山的騎兵誘入城中巷戰，連番派出遊哨打探，捉到一名樓蘭嚮導阿飛，審問過後才知道車師人已經棄守鄯城，而今指揮車師的統帥就是有不死之身稱號的大漠遊俠──遊龍。

康寧聞言半信半疑，遂揮軍進抵交河城下。當時天光黯淡，他自以為兵強馬壯，交河又無險可守，想勸誘車師國王投降，上前喊話時，卻被城牆上飛出的一支紫色羽箭當場射穿胸膛。墨山軍隊見車師一方有如此強弓，能射到尋常弩箭箭力遠遠不及之處，無不大駭，當即陣勢鬆動，由副將阿賽指揮，退入鄯城過夜。當晚鄯城內外不斷有呼哧聲、敲鑼聲、打鼓聲、砍物聲等各種奇怪的聲音。城牆外則人影晃動，有許多騎士舉著火把來回奔馳叫喊，稱車師大軍已經回師，明日就會抵達王都。墨山軍人數雖多，卻是孤軍深入，加上大軍未動，主帥先亡，更覺惶惶不安，既不敢出城追擊，又不敢飲用城中的水，生怕已經被車師人事先下了毒。次日一早，阿賽揮軍強攻交河，藤牌手冒著箭雨通過了護城河，卻在城牆根下為一道燃燒的壕溝所阻，大火連帶燒毀了墨山軍搶搭在護城河上的橋板等攻城器械，導致第一批通過護城河的攻城兵士無法撤退，要麼被活活燒死，要麼被車師羽箭射死。阿賽大怒，欲等壕溝石脂耗盡再行強攻，卻聽見左、右兩翼喊殺陣陣、塵土大揚，以為車師援軍已經趕回，心下大懼，因為他很清楚車師的國力遠在墨山之上，軍隊人數也較墨山要多，此次偷襲得手不過是趁虛而入，他擔心退路被截斷，成為甕中之鱉，遂就此棄攻退師。

希盾聞聽經過，一拳砸在桌案上，怒道：「車師事不能成，竟是被遊龍壞事！阿賽膿包一個！莫說所謂的車師援軍是疑兵之計，就算是真的，他也該學學傲文的膽識和勇氣，一舉攻下交河，只要能俘獲力比國王，就算車師所有軍隊趕至交河援救，也照樣能全身而退。膿包！不中用的膿包！」莅木小心翼翼地道：「其實也不能全怪阿賽將軍，實在是遊龍威名太盛，又詭計多端，聽說他每每登上交河城頭，城中的歡呼聲便驚天動地。」希盾道：「而今墨山敗局已定，車師危機已解，我們千里奔襲，卻只是如此結果。哼，要扳回局勢，只有一個法子，生擒傲文。來人，傳本王軍令，立即準備攻打墨山王宮，務須活捉傲文。」須沙道：「父王……」希盾道：「須沙，你留在這裡，本王要親自領軍。黑甲武士，叫領兵的將領們進來。」忽見黑甲武士首領尼巴匆匆進來稟道：「外面有個樓蘭信使求見國王陛下。」希盾冷笑道：「傲文派回去送信的小子昨日才走，今日凌晨就有樓蘭信使到來，看來問天對墨山早有圖謀。也好，看看他要說什麼。」命人帶那信使進來。那樓蘭信使卻是樓蘭商人甘奇，向希盾深深鞠了一躬，道：「希盾國王陛下。」希盾大奇問道：「甘奇，怎麼是你？」隨即臉色一沉，喝問道，「你不過是個商人，來這裡做什麼？」甘奇道：「甘奇奉命來勸陛下退兵。」希盾道：「誰派你來的？是阿曼達王后麼？」甘奇道：「不是，是桑紫夫人。陛下，我有機密要事相稟。」希盾冷笑道：「機密要事？不就是桑紫想利用舊情勸本王退兵麼？她可是大錯特錯了。噢，我倒是忘了，傲文是她的寶貝兒子，等本王捉住傲文，一定砍下她愛子的一隻手，託你轉交給她。來人，傳令，立即攻打王宮。」

甘奇道：「等一等！」希盾勃然大怒，道：「什麼時候輪得到你在本王面前發號施令！來人，將甘奇拉出去，砍去右手，以儆效尤。」黑甲武士搶過來抓住甘奇，逕自往營帳外拖去。甘奇深知傲文的生死存亡即在此刻，掙扎大叫道：「陛下，你務必要聽我說，不然將後悔莫及。」希盾想了想，揮手命人帶回甘奇，一字一句地道：「好，就給你個機會，你若說不清楚這件將令本王後悔莫及的事，我就讓你跟傲文一起死，死得奇慘無比。」甘奇忍不住哆嗦了一下身子，顫聲道：「是。不過這件事事關重大，甘奇只能講給陛下一人聽。」莅木忙道：「這甘奇花樣甚多，說不準是有什麼陰謀詭計要害國王陛下，陛下可不要輕信他的話。」甘奇忙道：「不，不，我一向敬畏希盾國王，怎敢有絲毫歹意？實在是因為這件事是陛下的私事，只能對陛下一人說。」希盾揮手命道：「你們都退下。」旁人知道國王意志堅決，話一出口，恰如覆水，萬難收回，雖不情願，也只得退了出去。

帳外繁星點點，夜涼如水。須沙深深吸了一口氣，扭頭問道：「左大相，遊龍……他當真有傳說中的那般神勇麼？」萡木料不到二王子會忽然問出這樣的話，一時不知該如何回答，半晌才道：「嗯。」須沙道：「我真的很想見見他。」萡木低聲道：「二王子，這樣的話，你切記不能在國王面前提起。遊龍屢次壞國王大事，國王早恨其入骨，你切不可因他忤逆你父王。」須沙深深歎了口氣，黯然道：「我知道。」忽聽見希盾在帳中大聲叫道：「都進來。」須沙不由一愣，心道：「那甘奇神神祕祕，稱有機密要事，怎麼這麼快就說完了？」一時不及多想，忙進來營帳。卻見希盾虎著臉坐在上首，甘奇垂首站在一旁，大氣也不敢出。希盾道：「傳令，暫停攻打王宮。在王宮外再多挖一道壕溝，不准樓蘭一人一騎逃脫。」左大相萡木、將領萡鷹等人均大感意外，不能理解這道命令的意義——王宮並非牆高池深的艱險之地，樓蘭兵力不足，不能全線防守，又無箭矢儲備及防城器具，只要傾盡全力，一鼓作氣，攻克王宮只在瞬息之間。為何不立即發動進攻，反倒要白費兵士力氣去挖壕溝？但國王令出如山，萡鷹立即躬身應道：「領命。」趕出去傳令撤掉攻城器械。

希盾道：「甘奇，這是本王次子須沙，你可看清楚了。」甘奇道：「是。」口中應著，卻是頭也不敢抬一下。須沙更是大奇，心道：「父王在這個時候提我做什麼？」希盾道：「你這就回去樓蘭，告訴你們國王問天，本王可以就此罷兵回國，也可以從墨山人的手中救出傲文，條件是于闐、樓蘭兩國必須聯姻結盟，請問天將他的寶貝女兒芙蕖公主嫁給須沙。」眾人聞言均面面相覷。須沙更是目瞪口呆，艱難地不知所措。只有甘奇毫不驚奇，應道：「是。」向希盾鞠了個躬，恭謹地退了出去。須沙結結巴巴地問道：「父王，這……這是為什麼？」希盾道：「男大當婚，女大當嫁。須沙，你也不小了，該為你選一門好親事。你哥哥娶了中原公主，你也不能太差。放眼西域，能和我們于闐匹敵的只有樓蘭，芙蕖公主是問天和阿曼達王后唯一的愛女，堪可配你。」須沙道：「可是……」希盾道：「你心懷仁厚，一直希望父王能止戈息兵，這樣難道不好麼？」須沙道：「好是好，可是……」一時難以想通那樓蘭商人甘奇到底說了什麼機密要事，竟使得一心想征服西域的父王突然之間完全變了個人。

希盾卻沒有心思再糾纏這件事，揮手道：「這件事等樓蘭一方有了回應再議不遲。左大相，你過來。」菹木道：「是，陛下有何吩咐？」希盾道：「本王問你，那遊龍當真是不死之身麼？」菹木道：「當日臣出使中原歸國，曾在大漠和遊龍巧遇。臣見他尾隨馬賊而來，擔心他壞了大事，有意與他搭話，趁他轉身離開、完全沒有防備時，命黑甲武士發出弩箭。他的坐騎神駿無比，腳力極快，瞬間便到了十幾丈外，但臣敢肯定有支弩箭射中了他背心要害，他卻恍若無事，頭也沒有回一下。聽說他後來追上馬賊，一舉射殺了頭領赤木詹，驚散群賊……」希盾不耐煩地打斷了話頭，道：「這些故事本王都已經聽你說過了。我只問你一句，遊龍當真是不死之身麼？」菹木見國王眉眼陰森，心中一凜，遲疑了一下，不得不答道：「當然不是。」希盾道：「遊龍武藝再強，也不過是一介平民，卻能在西域諸國有如此聲望，不僅令商民敬畏，就連一國國王也奉其為上賓，放心將兵權交到他手中。此人不除，日後必成心腹大患。左大相當時在大漠既能肯定他已經中箭，為何不立即派黑甲武士追擊？」菹木心道：「用弩箭暗算遊龍是一回事，公然派武士追殺則是另外一回事，別說那些敬佩遊龍為人的黑甲武士不肯，我又哪裡有膽量下達這樣的命令？萬一事漏，我不但是全西域的敵人不說，一定還會被國王推出來當替罪羊。」心中雖如此想，嘴上卻不敢明說，只好道：「臣當時以為遊龍已身負重傷，自會被馬賊輕易料理掉，誰想……是臣辦事不力，懇請陛下准臣將功贖罪。」希盾道：「嗯，左大相，你就挑選精幹人手，專心去辦這件事。無論是死是活，都要將遊龍帶回來見我。」菹木道：「遵命。」不敢再多停留帳中，躬身退了出去。一旁須沙看見父王再次顯露出本性，一張古銅色的臉陰沉得如同崑崙山深處的詭祕樹林，幽森可怕，不禁打了個冷顫。

面前的人是他血肉至親的父王，即便如此，他也難以弄明白父王到底是怎樣的一個人，父王內心深處到底在想些什麼？

墨山王宮中的樓蘭兵士一直處於高度緊張之中，眾人均以為今天是生平最後一次看見日出，然而一直等到日中，也不見敵人來攻城。睏乏的兵士終於鬆懈下來，各自倒頭睡去。傲文扶刀屹立在牆頭，靜靜凝視著那些正在搶挖壕溝的墨山軍士。大倫撓撓頭，不解地道：「這希盾國王葫蘆裡到底賣的什麼藥？」傲文道：「他知道我們逃不掉，大概是想徹底困住我們，以此來跟國王談條件。」大倫道：「那咱們還等什麼？乾脆就此衝殺出去，跟他們拚個魚死網破，你死我活。」傲文搖搖頭，道：「希盾是何等人物，他定然早有防備，貿然衝出去等於送死。我們就守在這裡，靜觀其變。反正這裡有吃有喝，一時也餓不死。」他倒也真沉得住氣，果真取來酒肉，坐在城頭大嚼大吃，絲毫不以外面強敵環伺為意。樓蘭兵士早各自存了死念，見王子如此坦然，也學著他的樣子，放懷暢飲。

如此過了五日，兵士忽來稟報有三人正走向宮門。傲文登上牆頭，那三人居然都是自己人，一人是與他私交極好的王宮衛隊前任侍衛長未翔，一人是商人甘奇、也是傲文的外公阿胡心腹家奴，另一人則是心腹小倫。傲文驚奇不已，忙命兵士開門，見三人風塵僕僕，各有疲色，顯是遠道趕來，問道：「希盾怎麼會放你們過來？」未翔道：「樓蘭和于闐議和已成。王子殿下，我們是來接你回國的。」傲文詫異不已，一時難明究竟，問道：「甘奇，你怎麼也會來這裡？」甘奇笑道：「我湊巧陪同主人在墨山辦事，一直滯留在營盤。主人聽說你闖入墨山王宮，逼得手印國王自殺，又被于闐、墨山大軍包圍，很是擔心，所以派我來看看。」傲文又驚又喜，問道：「我外公他人也在營盤城中？」甘奇道：「是。不過眼下的局勢，主人不方便露面，還是不見的好。王子，這就走吧。」傲文尚半信半疑，問道：「希盾這次真的肯放過我？國王答應了他什麼條件？」未翔道：「大相蘇彔正在于闐軍中，王子若想知道，可親自去問他。」傲文遂召集人手，一道出宮。樓蘭兵士本以為這次必死無疑，忽聽說兩國和談已成，再也不必兵戎相見，均是欣喜無限。

來到于闐軍帳，兵馬環布，希盾正陪著樓蘭大相蘇彖站在帳外，見到傲文一行，當即招手叫道：「傲文，你過來。」傲文微一猶豫，即昂然走過去，問道：「怎麼，希盾國王還是有所不甘麼？」語氣甚是無禮。希盾居然也不生氣，指著身邊的王子道：「這是本王的次子須沙。」須沙當即點點頭，招呼道：「傲文王子。」傲文卻是理也不理，問道：「蘇彖，國王陛下答應了他們什麼條件？」蘇彖道：「這個……」希盾笑道：「這可不是什麼條件，而是一件大大的好事，須沙將要迎娶你的表妹芙蕖公主。」傲文大驚變色，道：「什麼？」轉過頭去，問道，「這是真的麼？」蘇彖點點頭，道：「是真的。」希盾笑咪咪地道：「傲文，咱們今後就是一家人了，你記住本王的話。」走上前來，抬手欲拍傲文的肩膀。傲文當即退後兩步，本能地去握刀柄。一旁黑甲武士見他有異動，生怕他對國王不利，立即圍了上來。傲文的屬下也不甘示弱，個個亮出了兵刃。希盾卻是臉不變色，揮手命黑甲武士退下，道：「今日是和談的大好日子，不宜動刀動劍。」蘇彖忙喝道：「還不快收起兵器！傲文王子，問天國王有令，命你即刻趕回樓蘭王都，不得有誤。」傲文卻只緊盯著希盾不動，問道：「讓芙蕖做于闐的兒媳，這是誰出的主意？」

蘇彖知道希盾智計百出，行事果斷狠辣，見傲文敵意極重，生怕再惹出變故，忙向未翔使個眼色。未翔上前低聲道：「王子，蘇彖大相會留在這裡處理一切事宜，咱們還是先走吧。」傲文大聲道：「我問這是誰出的餿主意？」未翔也是個果敢之人，見傲文一時難以勸轉，當即命道：「帶王子走！」與大倫一左一右握住傲文手臂，將他強行拉出于闐軍營才放開。傲文大怒道：「你們想以下犯上麼？」未翔道：「這是我下的命令，王子若是有氣要撒，就罰我一人好了。」傲文素來與未翔交好，比武時，侍衛們因為他的王子身分總是不敢出盡全力，只有未翔從不肯相讓，由此也贏得了王子的尊敬和友誼。二人一道在宮中習武多年，情同手足。傲文聽未翔這麼說，也只得罷了，只是心中猶自憤憤難平。甘奇亦勸道：「營盤已是是非之地，王子還是儘快離開為好。至於事情經過，未翔將軍自會在路上向王子解釋。」

傲文遂率眾出城，沿途遇見不少墨山軍民百姓均對樓蘭一行怒目相向，他也不以為意。一路南馳，穿過墨山邊境、進入樓蘭境內時，北方有消息傳來——入侵車師的墨山軍隊已經潰敗回國，車師大王子和二王子均趕回王都交河，一場滅國危機消弭於無形之間。因墨山王子約藏失蹤，墨山國政暫由王后衛師師主持。墨山國人都認為是樓蘭王子傲文暗害了約藏，加上他逼死手印國王在先，無不恨得咬牙切齒。只是礙於于闐的壓力，不得已暫壓怒火。于闐和樓蘭簽署和平協議，約定永不起干戈，對於普通老百姓來說，這自然是天大的好消息了。最令人矚目的人當然是傲文，這位勇闖墨山腹心之地的樓蘭王子一時間成了西域風頭最勁的人物，跟那位力挽狂瀾的孤膽英雄遊龍一樣，成為人們爭相談論的傳奇。但是，樓蘭國王問天是出了名的保守謹慎，傲文王子此舉實在太過膽大妄為，尤其墨山國王手印之死，雖是意外，但畢竟因傲文而起，且這件事後患無窮。人們都相當好奇，傲文王子回到樓蘭國之後會面臨什麼樣的際遇，是受到國王的褒獎，還是要遭受無情的處罰？

1 塔克拉瑪干沙漠：今新疆塔里木盆地。

2 車師：今新疆吐魯番一帶。

3 墨山：今新疆羅布泊一帶。營盤：即瑞典探險家斯文．赫定（Sven Hedin）所稱「燕平」。斯文．赫定曾於一九〇〇年和一九〇四年兩次前往營盤考察，於《斯文赫定亞洲探險記》一書中對營盤遺址有詳細描述。

4 中國以擅長冶煉青銅器名聞世界，黃銅冶煉工藝則始於古羅馬帝國，後經波斯傳入西域，成為絲綢之路貿易的重要商品。直到十一世紀以後，中原才掌握了人工冶煉黃銅的技術。

第三章 冤家聚首

深藍色的山脈連綿起伏，連綿逶迤。高聳入雲的山峰終年為冰雪覆蓋，銀裝素裹。天穹的邊緣總是浮動著淡紅色的雲彩，美麗而神祕——這就是西域西部的邊界「蔥嶺」，也是孔雀河的發源地。

孔雀河從蔥嶺山巔奔瀉而下，沿著塔克拉瑪干沙漠的邊緣由西到東，自南疆到北疆，流經西域的許多國家後，最終沖流入一片深綠色的草原，在鄰近白龍堆沙漠的低窪處，與源自崑崙山的另一條大河車爾臣河匯流，形成一處廣闊的湖泊。草原上長滿牧草，點綴著姹紫嫣紅的各色野花。湖泊碧波蕩漾，清澈透明，四周長滿葭葦、檉柳、胡桐和白草。巨大的草原綠氈與清澈的湖泊水鏡交相輝映，成為湛藍蒼穹下最壯觀、最美麗的畫卷。這處草原，正是「樓蘭國」的所在地；這處湖泊，就是「蒲昌海」，也是樓蘭人生息繁衍的樂園。

樓蘭王都扜泥[1]位於蒲昌海西南方，古樸厚重的城牆聳立在藍天白雲之下，雖然經歷了幾個世紀的風霜，卻依舊堅挺如初。城內房屋建築多為尖形塔頂，這也是西域特有的建築風格，由於建築材料多為黃土和戈壁石，使得這座城市整體呈現出一種明亮的金黃色來，氣度非凡，令人過目難忘。整座城池方圓四十里，是個規規矩矩的正方形，開有東、南、北三座城門，據說東門正對的就是玉門關西關門。自東門進來扜泥，一條筆直的大道直通到最西面的王宮廣場，寬大氣派，道路兩旁商舖林立，有專門出售皮貨的皮行，有專門出售銅器的銅行，其他如棉行、糖行、麻行、桃行等行當均各有分工，滿目風光，世態萬象。

扜泥這座巍峨壯觀的城市，同時也是西域最璀璨的明珠，匯集著東、西方的財富，有著車水馬龍的街道，人聲鼎沸的市集，滿街飄香的美食，醉人心田的樂舞，來往於絲綢之路的行商無不驚歎它獨特的風情，酷愛徘徊流連於此。但令人痛惜的是，樓蘭這顆明珠正在慢慢失去它的光澤——孔雀河上游的龜茲、墨山等國不斷開渠引水，導致這條河流量大減；于闐滅掉了樓蘭南邊的小宛、且末[2]等國之後，也採取同樣手段引走了車爾臣河的水。沒有了水源，蒲昌海水量急遽減少，日益枯竭。樓蘭地處內陸，氣候本就乾燥，又逢連年大旱，久不降雨，這對於以畜牧業、農業和園藝業為主的樓蘭來說是致命打擊，牧草、小麥、葡萄等樓蘭百姓依賴謀生的經濟作物大片枯死，若是乾旱再持續下去，局面進一步惡化，連人畜的飲水都會變得困難。

除了天災，亦有人禍。樓蘭上至達官貴人，下到平民百姓，均時興厚葬，要為死者修建巨大的太陽墓，意即在墓穴外層層環繞多圈圓木，圈外還有呈放射狀四面散開的列木，整體外形酷似一個太陽。通常，一座墓穴需使用上千根成材圓木，如此一來，成片成片的樹木被人們砍伐用以修建墓地，導致水土流失得更加嚴重，環境急遽惡化。墨山、樓蘭是鄰國，兩國的南北邊界之間原本是一塊十幾里長的戈壁，但近年在東部白龍堆和西部塔克拉瑪干的不斷侵蝕下，伴隨著各種天災人禍，戈壁已然變成了一大塊近百里的沙漠。許多良田被風沙湮沒，房屋被沙丘埋壓，以致當地有「沙騎牆，羊上房，駱駝結在樹梢上」的說法。為遏制厚葬風氣，有效保護林木，問天國王不得不召集群臣緊急制定了一條法律，規定樹活著時將樹砍斷致死，罰馬一匹；砍斷樹枝，則罰母牛一頭。然而大自然的失衡已然造成，嚴刑峻法也無能挽回損失。靠近樓蘭東部的綠洲則被來自白龍堆的風沙肆意侵蝕，就連那些有「大漠英雄樹」之稱、生命力極其頑強的胡楊樹，也開始衰敗。

回到王都扜泥當日，傲文即代替抱恙在身的問天國王，前往王宮北面的孔雀島神殿祭天求雨。上天當真是眷顧這位幸運得不能再幸運的王子，他以大無畏的勇氣勇闖敵營，面對傳說中獅子般凶狠的于闐國王希盾不僅毫無懼色、傳奇般脫離險境後，又為久旱的樓蘭國求來了一場瓢潑大雨。人們笑逐顏開，奔走相告，說是傲文即將被立為王儲，這位聲譽日隆的王子將會是未來的樓蘭國王。當年，有中原相士為車師巨富阿胡之女相面，說他的兩個女兒均貴不可言，長女阿曼達將母儀天下，次女桑紫之子則將成為國王。阿曼達成人後成為樓蘭王后，而今桑紫的兒子傲文又將成為王儲，傳說中的預言果然即將成為現實。傲文也料不到自己竟能求下大雨，事先毫無準備，被淋成了落湯雞，頗為狼狽地回來王宮時，正遇到表妹芙蕖。這位樓蘭公主不過二十出頭年紀，五官輪廓清晰而標緻，具有典型西域女子的特點——深陷的眼窩、挺直的鼻子、小麥般的黑亮肌膚，苗條挺拔的身材、纖細而有彈性的腰肢和低寬渾圓的臀部。她的黑髮如瀑布般披散開來，光可鑒人，右側編有一根細細的辮子攏住頭髮，辮子上斜插著一支彩色的羽毛，脖子間掛著一串貝殼做成的項鏈，項鏈底部有一塊細繩拴住的凝脂般玉珮；淡黃色的上襟外，套著一件柔軟的羊毛坎肩，配上五彩長裙、高筒靴子，正是西域貴族女子最常見的打扮。

芙蕖一直在宮門口來回徘徊，一見到傲文就氣勢洶洶地上前問道：「表哥，你為什麼要這麼做？」傲文回國後還是第一次見到這位嬌憨任性的表妹，愕然問道：「我做什麼了？竟惹得表妹竟如此生氣。」芙蕖道：「你為了自己從墨山王宮脫險，要將我嫁給于闐二王子須沙！」傲文搖頭道：「這可不是我的主意。表妹，你該知道我的為人，我怎麼可能用你的終身幸福來換取我的性命？我若是事先知道，寧可我自己死，也絕不會讓他們這麼做。」芙蕖登時轉怒為喜，道：「我就知道表哥不會這麼做。」兩朵紅雲飛上了臉頰，露出小女孩的羞澀來，頓了頓，才道，「你放心，我死也不嫁給須沙。」傲文知道這位刁蠻任性的表妹一直熱戀自己，正感到難以回答之時，芙蕖赧然而笑，已轉身跑開。

忽見問地親王領著他的寶貝兒子刀夫施然走過來。問地五十歲不到，肥頭大耳，滿面油光笑容。刀夫大概二十七、八歲的樣子，噘著闊厚的嘴唇，粗黑的眉毛挑得老高，一張方臉拉得老長。傲文素來不喜歡這對笑臉冷臉反差極大的父子，一時避之不及，只得勉強招呼了一聲：「殿下。」問地笑咪咪地道：「傲文，你越發長進了啊。刀夫，你該好好向你表弟學習。」刀夫哼了一聲，揚起下巴，非但一言不發，看也不看傲文一眼。傲文正要走開，問地忙叫道：「傲文王子別急著走，我的國王大哥對你這位外甥相當器重，好像又有什麼重要事情要交代你去做。他正在內殿書房等你，快去吧。」傲文很不喜歡親王這種怪腔怪調，表面和和氣氣，語氣中卻總透露出一種冷嘲熱諷的偽善，只淡淡應了一聲，疾步回房換了衣服，便帶著大倫、小倫兩個心腹侍從往內殿而來。

國王的書房位於王宮西面，門前庭院繞著圍牆根種有數株極大的紫藤，花架均以粗木搭成，枝繁葉茂，彷若一片花林。其中一株最大的紫藤蔓枝側引到書房上，竟覆蓋了整個房頂。房頂房檐皆為紫色花朵，屋簷上垂下無數紫藤花蔓，火光中彷彿蒙上一層朦朧的輕紗，紫雲垂地，靄靄浮動，香氣襲衣。書房北面則是煙波浩渺的千羽湖，風景極佳。到了書房外，門前侍衛道：「國王有令，只讓傲文王子一人進去。」傲文便示意大倫兄弟留在門外，獨自跨進房來。卻見國王問天和王后阿曼達正攜手站在北窗前，凝視著窗外灰幕般的大雨。傲文料不到王后也在這裡，一時有些慌亂起來。與外人想像不同的是，他對阿曼達王后的畏懼要遠遠勝過問天國王，問天就像是慈愛的父親，表面對他不聞不問，其實暗地裡很有些縱容他。而阿曼達則像是位精明的母親，明亮的眼睛總能看透人心最深處，傲文在她面前常常有種無所遁形的感覺，每每他做錯什麼事，她雖然不罵不說，只淡淡望著他，但那種眼神實比責罵鞭打還要令他難受。

阿曼達最先回過頭來，叫道：「傲文來了。」傲文只得上前行禮，道：「姨父、姨母。」問天道：「過來坐吧。我叫你來，是要商議芙蕖的婚事。」傲文早猜到事情會跟表妹有關，一向機敏的他居然不知該如何應對，只要想及芙蕖嫁去于闐是為了救他，他就有說不出的難受。忽見王后正用奇怪的眼神望著他，更是無地自容，當即起身跪下道：「全是傲文的錯，若不是因為我被困在墨山，就不會給于闐可乘之機。芙蕖表妹既然不願意嫁給須沙王子，不如由我去當面向希盾國王說明，他肯罷手最好，若是不肯罷休，我願意以命相抵。」問天愕然道：「你在胡說些什麼？起來！」傲文只得悻悻站了起來。阿曼達道：「傲文，你不必內疚，希盾國王肯放過你，並不是因為他想要芙蕖當兒媳婦，而是另有原因。」傲文道：「什麼原因？」問天道：「這件事，我們答應過你母親，不能對你提起。」傲文漲紅了臉，大聲道：「她算什麼母親？自小將我丟進王宮，這麼多年，從來沒有看過我一次。到底是什麼原因？我想知道。」門外侍衛聽見書房裡有異，一齊推門闖了進來。問天道：「這裡沒事。」揮手命侍衛退出來。

阿曼達上前拉起傲文的手，道：「這件事，你還是不知道的好。」傲文道：「不，我要知道，我要知道希盾放我走的真正原因。」阿曼達回頭望向丈夫，問天歎了口氣，無奈地點點頭。阿曼達便道：「你母親在嫁給泉蘇大將軍之前，曾經與希盾有過一段恩怨。當時希盾還不是于闐國王，只是個被放逐在外的落魄王子，而且因為他早已經娶妻生子，所有人都反對桑紫跟他在一起，但他們還是生了個孩子。後來兩個人因為種種原因分手，孩子歸桑紫撫養。再後來，希盾歸國，奪取了于闐王位，派人以武力從桑紫手中搶走了孩子……」傲文失聲道：「難道那孩子就是須沙王子？」阿曼達道：「于闐只有兩位王子，大王子永丹是菹秋王后所生，須沙的身分是庶出，應該就是桑紫的孩子。」傲文這才恍然大悟，難怪親生母親不願養他，總是一副痛不欲生的表情，原來她還有過另一個孩子。想來她隱居在蒲昌海深處，日日想念的就是那個被希盾搶走的孩子。轉念道：「但這還是不對，西域人盡知我母親是桑紫夫人，希盾不可能不知道，他一開始明明是要置我於死地，怎麼會突然改變主意？」阿曼達道：「這全虧了甘奇。當時他正陪你外公在墨山王都營盤辦事，聽說了變故之後設法去求見須沙王子。須沙聽說你是他同母異父的兄弟，不願發生手足相殘的慘劇，所以出面說情。」

問天道：「而且當時局勢對希盾國王並不利。因為遊龍的出現，墨山軍隊未能按計畫及時攻克車師王都，失去了良機，又在歸途中遭遇墨山國大王子昌意的截擊，一潰千里。車師發現所謂鄢金城下的于闐騎兵只是少量誘兵之後，隨即調集重兵壓向墨山邊境。我國也在北部邊境緊急集結了軍隊。實際上，希盾率領的軍隊已經被合圍在墨山國中。若是沒有議和，車師必然出盡全力攻打墨山，墨山國弱，全仗于闐支持，但希盾千里穿越沙漠而來，所帶兵力有限，就算我國不出兵，他也只能勉強和車師抗衡，勝敗難卜。墨山國王手印因你而死，若是你再被殺死在墨山，兩國結下死仇，必然開戰，希盾的處境將更加不利。他是個絕頂聰明的人，非常善於審時度勢，正好甘奇趕去為你說情，他遂以聯姻為條件議和。我召集群臣商議此事，均認為政治聯姻是件大大的好事。希盾自登基以來，弄得西域烏煙瘴氣，這次肯主動停火，表示永保和平，當然是最好不過。」

傲文道：「那麼芙蕖表妹是要嫁給須沙了？」阿曼達道：「王國利益本來就是凌駕在個人幸福之上，身為公主更是如此，這是芙蕖的命運。就算沒有這次事件，國王和我也打算將芙蕖嫁給車師王子或是墨山王子。這次她能夠嫁給須沙王子，既親上加親，又能給西域帶來和平，不是天大的好事麼？須沙終究是你的親哥哥呀。」傲文道：「可是……」他知道芙蕖狂熱地愛著自己，雖然她愛發脾氣，又刁蠻任性，可是她對他真的很好，所有人都看在眼中，所有人都以為將來芙蕖公主必然嫁給傲文王子，親上加親。但直到現在他才明白，國王和王后對公主的婚事早有打算，一時心頭百般複雜滋味。阿曼達道：「自古以來，王子和公主的婚姻都不能任由自己的意志。傲文，我希望你能記住這一點，芙蕖的這一幕將來很可能也會發生在你身上。」傲文道：「什麼？」阿曼達道：「你是樓蘭王子，將來也可能要娶你不愛的于闐公主為妻。」傲文呆在那裡，無言以對。

問天素來愛惜傲文如親子，見他發窘，忙安慰道：「這都是將來的事，而且未必真會如此。傲文，我今天叫你來，是因為樓蘭、于闐和談已成，我將下令准許希盾國王從樓蘭過境回去于闐。另外，既然已是親家，我會在王宮舉辦一場宴會，盛情款待希盾國王和須沙王子一行，就由你負責準備。」傲文極不情願，卻不得不躬身應道：「遵命。」阿曼達道：「芙蕖也要出席宴會，跟她的未婚夫須沙王子正式見面，傲文，這是你要確保做到的第一件事。」傲文道：「芙蕖表妹如果實在不願意出嫁，我該怎麼辦？」阿曼達道：「這是你所要解決的事，而且你絕不能告訴她須沙是你的親兄弟，也就是說，桑紫是須沙的生母一事，絕不能向任何人提起。」傲文搖頭道：「不行，我實在做不來這件事，請陛下和王后另選高明。」阿曼達見他一口拒絕，便朝丈夫點點頭。問天道：「你不願意做，我也不勉強你。來人，去叫未翔來。」

等了一刻工夫，未翔被侍衛領了進來，見傲文板著臉站在一邊，一時不明究竟。問天道：「未翔，你先前保護昌邁王子不力，惹出一連串大事，我暫且停了你侍衛長之職，你可心服？」未翔道：「臣心服。」問天道：「你一向能幹，我想給你個機會戴罪立功，眼下有一件大事要交給你去辦。」又將宴會的事重新交代了一遍，道，「芙蕖公主能否盛裝出席是這場宴會的關鍵，你可明白？」未翔道：「臣明白。」問天道：「你去吧。傲文，你也退下。」一出來書房，未翔便問道：「宴會本來該是王子的任務，對不對？」傲文哼了一聲，抬腳便走。未翔道：「喂，王子可不能就此撒手不管，芙蕖公主那邊我要怎麼辦？」傲文頭也不回地道：「你還能沒法子麼？大不了把公主綁起來，送到宴會上。」傲文表面說不再理會宴會之事，一想到事關表妹的終身，終究放不下心，又想到阿曼達那番意味深長的話，心中著實煩悶無比。小倫見王子回到房前卻不進門，只在迴廊中走來走去，很是不解，問道：「殿下現在是西域的大英雄，又為樓蘭求來了大雨，高興還來不及，如何還這般苦惱？」傲文搖了搖頭，道：「你不會懂的。你們這就去準備，我要回老宅去住，不想再待在宮裡了。」大倫和小倫聞言面面相覷，不知王子為何要突然搬離生活了二十年的王宮。傲文道：「還愣著做什麼？快去辦事。」大倫兄弟只得應道：「是。」傲文也不告知任何人，只率領數名心腹侍從冒雨馳出王宮，悄悄回到父親泉蘇的舊宅。

這是一處美麗靜謐的莊園，修建在城外一座小山坡上。莊園內外植滿石榴，正逢花季，紅、白花色相間，繁茂似錦。舊宅雖尚有老僕留守打掃，終究已經多年無人居住，顯出了幾分破落的蒼涼來。傲文也不多理會，逕直進來房中，命人搬進酒肉食物，自斟自酌，直至飲得爛醉。如此過了數日。一日正午，傲文宿醉剛醒，又喊著要喝酒。大倫道：「殿下，酒已經喝光了。」傲文道：「再派人到城中買。」大倫道：「屬下不敢，現在滿城都在搜捕王子，屬下若是回去打泥，準會被國王派人抓起來，嚴刑拷問王子的下落。」傲文吃了一驚，坐起來問道：「竟有這回事？」大倫忙笑道：「酒沒有了是真的，其餘是屬下瞎編開玩笑的。殿下酒可得嚇醒了？」傲文又氣惱又好笑，披衣出門，站在門前葡萄藤下，遠遠望見蒲昌海風光旖旎，湖水映照著天空的變幻，銀光閃爍，宛若仙境，忍不住心中一動，叫道：「來人，備馬！」大倫搶過來問道：「殿下要去哪裡？是回城麼？聽說于闐一行明日就該到王都了。」傲文道：「不，去蒲昌海。」大倫這才明白王子是要去探望久違的母親桑紫夫人，忙應道：「是。」

蒲昌海水質潔淨，清澈見底。以前水源充足的時候，湖面煙水縹緲，浩瀚無際，還常常能看到雲氣如宮室、臺樓、城堞、人物、車馬、冠蓋等，歷歷可見，樓蘭人稱之為「海市」。除了海市，湖邊蒹葭叢中大量生有一種蒲昌海特有的小鳥，名為「白頂溪鴝」，飛行敏捷，專以捕食湖中浮游生物為生。最奇特的是，這種鳥見人不懼，平常無事時就會飛臨水面，銜取湖中草葉，所以被人戲稱「淨湖鳥」「淨水童子」。到達海邊，傲文即勒馬放慢腳步。他想見到母親，可是又不想那麼快見到她，這心情極為矛盾。他去見她是為了什麼？是想問她與希盾的往事麼？還是想問她為何那麼思念須沙，甚至寧可放棄撫養自己的另一個兒子？正神思之時，樹上一隻白頂溪鴝飛起，鳴聲啾啾，掠著傲文的髮髻飛過。傲文嚇了一跳，幾乎跌下馬來。小倫見溪鴝驚嚇了王子，舉箭要射。傲文道：「不必了。」轉眼望著水位日益下降的蒲昌海，不由得深深歎息一聲。王子既有心事，侍從也只能跟在他後面慢慢前進，一行人走得極為遲緩。忽有兩匹快馬自後面趕了上來，一掠而過。

小倫喝彩道：「好一匹駿馬！」傲文這才留意到前面一名男子胯下一匹黃色大馬極為神駿，微一愣間，前面兩騎已去得遠了。大倫上前道：「殿下，往北邊只有一條路，這兩個人不是本地人，會不會也是去找桑紫夫人？」傲文驀然省悟，忙一打馬，匆忙往母親隱居之處趕去。到了精舍前，果見那一老一少兩名男子正將馬匹拴在樹下。傲文翻身下馬，狐疑地問道：「你們是什麼人？」完全是一副審訊罪犯的口吻，極不客氣。那年輕男子道：「我叫蕭揚，這位是笑笑生。」傲文道：「你們是中原人，來我母親的精舍做什麼？」笑笑生奇道：「你就是傲文王子麼？」傲文道：「是我。你們來這裡做什麼？」笑笑生嘻嘻笑道：「我其實也不知道來這裡做什麼，我是跟著蕭揚來的，王子得問他。」

原來，蕭揚以遊龍身分在交河以寡擊眾、力退強敵之後，成了車師舉國稱頌的大英雄，他不堪忍受走到哪裡都是歡呼陣陣，見墨山大軍退走、交河危機已解，便悄悄溜走。他取下遊龍軟皮面具，塞入割玉刀刀柄的空隙處，用麻布套上刀鞘，再無人能認出他就是遊龍，因而混出交河相當容易。但偏偏笑笑生知道他就是新遊龍，又設法追了上來，非要一路跟著他，說是要從旁監視，不准他以遊龍的身分做壞事。無可奈何之下，只得與笑笑生一道同行。即將離開車師國境時，忽然聽到樓蘭王子傲文直搗墨山王宮的傳奇故事，蕭揚想起遊龍臨死前曾提到自己的本名就叫傲文，一時間懷疑這其中有什麼關聯。正好他預備趕去塔克拉瑪干沙漠尋找軒轅劍，便順路來到樓蘭，一番打聽之後，決意先來尋傲文的生母桑紫。哪知還未見到桑紫，就先見到了傲文本人。他仔細觀察傲文，只見這位樓蘭王子傲氣十足，舉手投足頤指氣使，氣派極大，跟死去的遊龍不僅面貌全無半分相同，而且性格迥異。如果不是名字的巧合，遊龍本來叫傲文，那麼這位傲文又該是誰？

傲文喝問道：「你來做什麼？」蕭揚遲疑了一下，道：「我有一件事要請教桑紫夫人。」傲文道：「什麼事？」蕭揚道：「恕我暫時不能奉告。」侍從當即上前喝道：「大膽，還不快回答王子問話！」傲文揮手止住侍從，道：「你們先等在這裡，等我見過我母親再說。」蕭揚道：「是。」傲文便帶頭跨進籬笆，微一猶豫，最終還是沒有叫出聲來。大倫便上前叫道：「桑紫夫人，傲文王子到了。」卻見一名披著黑色羃羃的侍女匆匆開門出來應道：「桑紫夫人不在家，已經出了遠門。」傲文聞言大奇，母親不問世事，深居簡出二十年，連王都扜泥也很少回去，為何湊巧在自己前來探望的時候出了遠門？忽想到大倫曾告知希盾、須沙一行明日就要抵達扜泥，心中恍然有所省悟，臉色立即陰沉了下來，轉身就走。大倫忙問道：「這兩個中原人要一起帶走麼？」傲文哪裡還有心思理會別的事，道：「不必了，回王宮去。」一路馳回王都，正巧在北門遇到一名王宮侍衛。那侍衛慌忙稟告道：「王子到哪裡去了，好教人著急！王后正急召王子回宮。」傲文滿腔怒火正無處發洩，揚手一鞭，恨恨甩在那侍衛臉上。那侍衛尚不知自己如何惹怒了王子，摸著火辣辣的臉，又是委屈又是莫名其妙。

王宮位於王都的最西面，坐西朝東，別名叫做「三間房」，傳說是開創樓蘭國的三位先人最初居住之地。而今的三間房彷若一座豪華的城堡，左右襯托著圓錐形的尖塔，中間則是拱形城門。正殿後方有一座三層尖塔，稱「明光塔」，高近百尺，是扜泥城中最高的建築。王宮正東門前則是座巨大的廣場，中間有座年代久遠的噴泉。噴泉中央是以白玉石砌成的四邊形多層塔柱，底部有一組銅鑄的孔雀圖像，每隻孔雀口中都能噴湧出水柱。整座噴泉斑斕晶瑩，光耀奪目，是扜泥城中一道亮麗的風景。

傲文剛到宮門處，便有兩名侍衛迎上前來道：「王后有令，請傲文王子回宮後立即去見她。」隨即上前一左一右夾住傲文，彷彿生怕他逃逸一般。傲文喝道：「做什麼？」侍衛忙賠笑道：「殿下別生氣，實在是王后有嚴令，說是一見到王子回來，就得立即帶去見她。」傲文哼了一聲，逕直趕來王后宮室。王宮內植有大量葡萄，葡萄酒是樓蘭最重要的手工業。王宮中的葡萄都是老樹，老藤的濃蔭形成一道道綠色走廊，為這炎熱的夏季帶來不少清涼。而今因即將舉行樓蘭、于闐兩國國王盛會，甬道上的葡萄藤均被張燈結綵，雖平添了不少喜洋洋的氣氛，卻令傲文感到相當做作。他進來王后宮室，只鞠了一躬，便一言不發地站在門口。

阿曼達令侍從、侍女盡數退出，這才招手道：「傲文，你過來。」傲文走出兩步，即又停住。阿曼達問道：「你不打招呼，擅自離開王宮回去大將軍老宅，是在怪姨母麼？」傲文道：「不是。」阿曼達道：「那麼你是在生誰的氣？臉色這麼難看。」傲文道：「沒有生氣，我就是不高興。」阿曼達歎道：「你本來可以自由自在地生活，如果不是我堅持要留你在宮中，你就不會有王子的身分，也就不會有這麼多的煩惱。而今國王要立王儲，刀夫為人平庸，我們都知道你的才幹遠在他之上，但姨母是真心希望國王能立刀夫王子，而不是傲文你。」傲文睜大了眼睛，道：「什麼？」阿曼達道：「你現在才是王子身分，已經如此為難。當了王儲，就再也不能做回你自己了。成為一國君主，得到的不僅僅有至高的權力，還有漫無邊際的重負和責任。傲文，姨母真的不想看到你將來痛苦，就跟不想看到芙蕖現在哭鬧一樣。可是沒有辦法呀，公主有公主的命，王儲有王儲的運。傲文，你老實告訴我，你想當王儲麼？」

王后說得慢條斯理，語氣也很平靜，傲文卻聽得驚心動魄，心中波瀾大起，一時張口結舌，難以回答。他自然是想當王儲的，他既有成為一國之王的雄心和志向，又因為他知道刀夫想當王儲，他瞧不起那樣一個人，所以他要處處壓著他，占到上風。他也一直以為憑自己的本領才能，王儲之位是手到擒來之事，可是當阿曼達突然說出這樣一番令人百感叢生的話時，他倒真的有所猶豫了。阿曼達一字一句地問道：「姨母再問你一次，你想當王儲麼？」傲文終於點了點頭，雖然只是輕微一個動作，卻是很堅定的決心。阿曼達道：「這可是你自己的選擇，到死不能後悔。」傲文道：「是。」阿曼達道：「好，你退下吧，好好去準備一下。國王有令，明日由你和蘇彔大相出城迎接希盾國王一行。」傲文沉默半晌，應道：「遵命。」鞠了個躬，退了出來。

一名侍女正在門外等他，忙迎上前小聲道：「公主請王子立即去後苑樹林。」傲文便獨自趕來後苑。芙蕖正站在一棵大樹下搓手，神色焦急，見到傲文，便立即撲了上來，輕罵道：「你怎麼這會兒才來？急死我了。」傲文輕輕推開這位青梅竹馬的表妹，問道：「表妹找我有事麼？」芙蕖仰起頭，熱切地凝視著他，道：「表哥，你帶我走吧，我們一起遠走高飛。」傲文一呆：「什麼？」芙蕖嬌笑道：「我不做公主了，你也不做王子，我們一起私奔，離開樓蘭到中原去，好不好？」她的嘴角泛著動人的笑意，俏麗的臉龐上紅暈點點，滿臉是幸福的光芒。傲文卻沒有她那麼興奮欣喜，心頭只是一片茫然，又想起適才姨母的話——「這可是你自己的選擇，到死不能後悔」。芙蕖見他不答，催問道：「表哥說話呀，再不走可就晚了。」傲文的喉結動了兩下，答道：「不，我不能答應你。」芙蕖大為震驚，問道：「為什麼？」傲文道：「因為我要當王儲。」

他的聲音很輕，但在芙蕖聽來卻如針穿一樣刺耳。失望的表情瞬間凝結在公主臉上，隨即轉為濃重的哀戚和難過；這短短一刻對傲文而言，像一生那麼漫長。芙蕖終於轉過身子，躑躅著離去，一步一步，一腳一腳，趔趔趄趄，蹣跚而行，呆滯得彷彿是個在叢林中徹底迷失了方向的孩子。傲文心中有些悵然，有些失落，有些遺憾。他有心要追上去，腳步卻如被釘在地上，半分也挪動不得，因而只是默默地看著她。直到她消失在視線之外，他還繼續呆佇在這塊少年時常與芙蕖一道來玩耍的地方，連他自己也不知道究竟在這裡待了多久。夕陽的餘暉徹底消逝後，寒氣浸人，天空中開始飄起星星點點的小雪。幾點雪花被風吹落到傲文臉上，瞬間融化，帶來森森的冰涼。夜幕如影隨形地悄然降臨，如同一張漫天漁網抛開，天色終於完全黑了下來。

蕭揚和笑笑生到達樓蘭王都時正好是清晨。旭日漸升，金色的光芒灑在扞泥城上，晨霧漸漸褪去，這座古城露出了本來的黃色，在朝陽中展現出深刻的冷靜和滄桑。但城市還沒有徹底甦醒，整座王都顯得有些寂靜冷清。巨大的城門剛剛打開，空無一人，只有城牆上無數守衛兵士來回遊弋，槍尖熠熠生輝。忽聽見城內馬蹄得得，清晨的寧靜被打碎了，數名棕甲騎士馳到北城門，大聲叫道：「傲文王子和蘇彔大相就要到了，快準備。」一邊喊叫發令，一邊馳出城去。兵士們一窩蜂擁下城牆，在城門四周戒備，禁人出入。蕭揚和笑笑生一時不得進城，只得讓到一邊。笑笑生道：「傲文王子的母親可真是奇怪，如此絕色美人隱居在蒹葭深處，與世隔絕不說，連親生兒子來了也託辭不肯相見。喂，蕭揚，咱們要不要一會兒將這消息告訴那位傲慢無禮的王子？」蕭揚搖搖頭道：「他們母子不和，想來必有原因。」

原來，昨日傲文前去蒲昌海探訪母親不遇、憤而離開之後，蕭揚上前向那位披著黑色羃䍦的侍女打聽道：「桑紫夫人什麼時候能夠回來？」侍女道：「夫人沒有交代，這可不好說。」蕭揚道：「那好，他日再來拜訪。」正當離開時，笑笑生忽然道：「屋子後面拴有兩匹馬，馬鞍都沒有卸下呢。」蕭揚心念一動，暗道：「這一定是家中有客，既有客人在堂，主人如何會不在家？」忙重新到門前叫道：「我自中原來，有要緊事想請教桑紫夫人，還望夫人不吝賜見。」那侍女重新開門出來，惱道：「早告訴你說夫人出遠門了，王子都已經走了，你還在這裡糾纏做什麼？」笑笑生笑道：「小姑娘撒謊，眼睛都不眨一下。我問你，屋後那兩匹馬是誰的？」侍女一時驚住。笑笑生道：「答不上來了吧？快請你家夫人出來相見。」侍女道：「夫人說了，不想見客。」蕭揚道：「那好，我們就先等在外面，等到夫人肯賜見為止。」侍女微一遲疑，即轉身進去。

蕭揚溫文有禮，笑笑生可不理這一套，見那侍女正要跨進門檻，一步搶上去，意欲緊隨進去，卻被門檻絆了一跤，「哎喲」一聲，跌入堂中。才剛狼狽地爬起，不及轉身，只覺頸中一涼，那侍女不知從哪裡拔出一柄短刀，正架在他脖子上。笑笑生這一驚非同小可，忙道：「有話好說，我這就出去，這就出去。」那侍女也是緊張之極，握刀的手顫抖不止。蕭揚搶進來道：「笑先生多有魯莽之處，我替他賠罪。不過我們並無惡意，請姑娘先放下刀。」那侍女不答，只頻頻往內室望去。蕭揚見堂中並無旁人，心頭疑雲大起，朗聲道：「桑紫夫人，你在裡面麼？請出來一見。」見無人應聲，便道，「如此，我可要冒昧得罪了。咦，夫人你……」趁那侍女驚然回頭之際，上前拿住她手腕，微一用力，短刀即應聲落地。侍女痛呼道：「放開我！」蕭揚道：「抱歉，暫時放不得。」將她手臂反擰到背後，正要揭開她頭上的羃䍦，好看清她的面目，忽聽見有人喝道：「放手！」

卻見一名纖瘦的紫衣婦人走出堂來，雖然年紀已不輕，但依舊有著清麗的容顏、絕代的芳華。蕭揚立即肯定她就是昔日的西域第一美人桑紫，忙放開侍女，躬身道：「桑紫夫人。」桑紫揮手斥退侍女，逕直到堂中坐下，問道：「你是什麼人？為何來我這裡搗亂？」蕭揚便報了姓名，問道：「夫人可聽說過遊龍這個人？」桑紫的態度極為冷淡，道：「沒有。蕭公子、笑先生，我隱居在蒲昌海已經有二十年，非但不知道你們想問的人和事，也極不願意見到外人，你們這就走吧。」蕭揚道：「夫人，這件事跟傲文王子……」桑紫一張臉如罩寒霜，冰冷沒有任何生氣，道：「傲文雖然是我的孩子，但並不在我身邊長大，他的事我一概不知。來人，送客。」黑衣侍女便又重新出來，從地上拾了短刀，道：「二位請吧。」蕭揚無奈，只得與笑笑生告辭出來。一路上，笑笑生對桑紫的容貌讚不絕口，又問道：「咱們什麼時候再來？」蕭揚心道：「桑紫夫人聽到遊龍的名字時沒有任何反應，她未必會知道遊龍跟傲文之間的關係。可是身為母親，如此冷淡自己的親生兒子，實在是大違常理，這背後一定有什麼故事。也罷，眼下最要緊的還是找到軒轅劍，然後再以遊龍的身分回去大漠。」便對笑笑生道，「我要去塔克拉瑪干尋一件東西，暫時不會再來了。」

笑笑生忙道：「你乾脆把遊龍的面具和割玉刀給我，我代你變成遊龍，也四處去耍耍威風，嘗嘗被人當作英雄歡呼的滋味。」蕭揚道：「歡呼的背後，可都是刀槍劍戟，先生可願意過這種危險的生活？」笑笑生忙擺手道：「我只是說著玩，還是跟你一起去大漠尋找周穆王的寶藏更妥當。」蕭揚道：「什麼？」笑笑生道：「難道你不是去尋寶的麼？告訴你，這種藏寶地到處都布有機關，先生我精通八卦五行，準能幫上你的忙。」蕭揚笑道：「這倒是不錯，那咱們就繼續同行，尋到寶藏一起平分。」笑笑生「嘿嘿」了兩聲，道：「其實我早算出你小子找的不是寶藏，你不肯說實話，也由得你，日後自有你哭著喊著求先生的時候。」蕭揚道：「先生既然算到我不是找寶藏，如何還要跟著我？」笑笑生道：「你找你的東西，我找我的寶藏，咱們同路，是不是？」蕭揚只覺這笑先生十分難懂，有時糊裡糊塗，有時又目光如炬，但他確實風趣可愛，笑料不斷，有他相伴，旅途總是熱鬧些。兩人遂結伴南行，卻因貪戀蒲昌海的暮色風光而錯過了扜泥城門關閉時間，只好將就在城外小客棧過了一晚，預備一早進城，買些必要的物品後便一道上路，不料剛好遇到傲文王子出行，被兵士阻在城門外。

等了小半個時辰，聚集在城門預備進城的人越來越多。蕭揚聽到旁人議論，這才知道，今日樓蘭要在三間房王宮宴請于闐國王希盾一行，心道：「希盾野心不小，這次和議出人意料，怕是另有文章。之前他手下左大相茬木擔心夜明珠被盜的真相洩露，買通馬賊捕捉我和笑先生幾人，又在大漠中以弩箭暗算遊龍，導致一代英雄豪傑就此抱憾而終，遊龍可說是為救我而死，我若不能為他報仇，未免太對不起他。那茬木心機深遠，表面一直不肯與我翻臉，所以才召來馬賊出面捕捉我，他當已知道是遊龍從馬賊手中救了我，我若去行刺，不是明著告訴于闐人遊龍已死麼？萬一失手，個人生死事小，遊龍的事業又該怎麼辦？」一時矛盾不已，蕭揚這才更加體會遊龍存世的艱難——在遊龍的面具下，沒有自我，一切要為遊龍的事業考慮。一直以來，是靠著多少勇士前赴後繼的奉獻和犧牲，才換來大漠中遊龍的不死聲名？而那本來該叫做傲文的遊龍，是不是本來也該是樓蘭王子的身分，該享受王子的權勢富貴？又是什麼樣的機遇，讓他無畏地走上遊龍的艱險之路，最終默默葬身在茫茫沙海之中，成為一堆無名的白骨？

忽聽得馬蹄得得，大批騎士呼嘯而來。有人叫道：「傲文王子到了！」卻見傲文一身鎧甲，當先馳出北門。幾名侍衛打著樓蘭王室的旗幟，緊隨在他背後。後面跟著數百名棕甲武士，個個手執銀槍，腰跨佩刀，極為威武。等到傲文一行遠去，兵士這才放百姓出入。蕭揚道：「笑先生，勞煩你去置辦物品，我還有點私事。」笑笑生警惕地道：「你才第一次到樓蘭，人生地不熟，能有什麼私事？」蕭揚道：「嗯，我要去打聽一點事情。笑先生，遊龍的汗血寶馬和割玉刀暫時交給你保管，最好先找個妥當的地方藏起來。于闐人就要進城，他們知道你我是誰，萬一被發現遊龍的私人物品在我這裡，事情就糟糕了。」笑笑生抱怨道：「這些東西既然如此重要，我也是第一次來樓蘭，能有什麼妥當的地方可藏？」蕭揚沉吟片刻，道：「不如暫存在小客棧，先生再看看能不能找阿飛幫忙覓個穩妥的地方。」笑笑生頓時笑逐顏開，道：「是了，倒忘記阿飛了，希望他已經回來樓蘭了。我早說他不錯，僅從夜明珠一件事便可看出他為人忠義，有捨己為人之心，是繼承遊龍衣缽的不二人選。」蕭揚道：「阿飛是個很好的人，只是成為遊龍這件事非同小可，還要再仔細考慮。」笑笑生道：「那好，我先去找阿飛，你辦完事就來他家裡找我。」

蕭揚遂獨自打聽著往樓蘭王宮而來。王宮門前站有不少棕甲武士，不准外人靠近。蕭揚其實也不知道自己到底想做什麼，見戒備頗為森嚴，正待轉身，忽見一戎裝武士昂然走了出來，很是臉熟，登時記起曾在玉門關前見過這男子，當時他是樓蘭商隊的護衛首領，原來其真實身分是王宮侍衛。忙舉手叫道：「將軍！」那戎裝武士正是未翔，遠遠見到一名年輕男子朝自己招手，微微一愣，即走過來問道：「你是誰？有什麼事麼？」蕭揚正待回答，忽然從旁閃出一人，一把抓住他手臂，嚷道：「未翔將軍，這人是中原的通緝犯，是個殺人放火的大強盜。」未翔恍然大悟，道：「難怪我看你臉熟，原來是在玉門關見過通緝你的告示。」招一招手，立即奔來幾名武士團團圍住蕭揚。蕭揚當此境遇，簡直哭笑不得——那認出他的人，正是曾在車師拜他為師的樓蘭嚮導阿飛。阿飛昨日才回到扜泥，他是世襲嚮導，算是官職人員，所以一早便到王宮南側的官署述職報告，官署上上下下都忙著準備迎接于闐國王的歡宴，哪裡有空理他。他便想順路來王宮前看看熱鬧，哪知正好撞見蕭揚，他根本不知道眼前這個「江洋大盜」就是他的師父遊龍，只是揪住不放，恨不得要立即暴打這壞人一頓。

未翔問道：「你從中原逃來我們樓蘭，想做什麼？」阿飛插口道：「他是跟著于闐人混出關的。于闐左大相菑木對他可客氣了，夜明珠的事，他還替于闐人向我逼供，他們是一夥的。」蕭揚一時難以辯解清楚，只緘口不言。未翔也不明究竟，不過眼下沒有工夫理會這件事，便命武士先逮捕蕭揚下獄，日後再審問清楚。蕭揚道：「等一等！我雖被中原通緝，可是並沒有做違反樓蘭法律的事，將軍憑什麼拿我？況且這位嚮導已經指出我跟于闐是一夥，而今樓蘭、于闐是一家，之前的恩怨早一筆勾銷，將軍下令拿我，非但於情於理不合，而且會被視為有意破壞和談之舉。」未翔沉吟片刻，道：「你說的不錯。來人，送蕭揚公子到驛館歇息，等希盾國王到了，稟告之後再行處置。」蕭揚料不到一番強辯居然會收到奇效，被軟禁在驛館總比被關進監獄要容易逃走得多，當即不再反抗，順從地跟著武士往驛館走去。阿飛恨恨道：「如此豈不是太便宜了他？」未翔道：「阿飛，眼下事情很多，一切得等到宴會結束後再說。你先回去，回頭我再找你。」阿飛道：「是。」送走阿飛，未翔又巡查了一遍，見一切已安排妥當，便逕直進來內宮。

未翔素來跟傲文王子交好，最清楚芙蕖公主的心思，她自幼對表哥傲文鍾情，卻突然成為和談的條件得嫁往于闐，萬一她不肯出席今日的宴會，抑或在宴會上冷眉冷眼、惡聲惡氣地鬧一頓，事情可就不好收場了。雖然阿曼達王后稱已有安排，公主從昨晚開始也一直很平靜，不再大吵大鬧，但他仍然不怎麼放心。來到公主寢殿外，侍女們正聚集在一起竊竊私語。未翔道：「你們在做什麼？」一名侍女忙稟告道：「侍衛長，公主今日可奇怪了，對待下人特別客氣，倒像完全變了一個人。」未翔道：「我已經不是侍衛長。公主在裡面麼？」芙蕖在裡面聽見，叫道：「是未翔來了麼？快請他進來。」未翔一聽公主用了個「請」字，這可是破天荒之事，頓時詫異萬分。侍女打開簾子，請他進來內室。卻見公主豐妝靚飾，正坐在銅鏡前化妝。未翔躬身道：「公主。」芙蕖轉過身來，嫣然笑道：「你看我美不美？」未翔道：「美。」芙蕖嗔道：「你都沒抬頭看我一眼呢。」未翔便匆匆瞟了一眼，道：「公主很美。」芙蕖道：「你看須沙王子會喜歡我這身打扮麼？」未翔一時呆住，他幾乎懷疑公主本來要說的是「你看傲文王子會喜歡我這身打扮麼」？芙蕖又道：「表哥已經出城去接須沙了麼？我真是迫不及待要見到須沙呢。」未翔道：「是，等貴客到了，屬下自會派人來請公主。」

匆匆告退，趕來大殿。問天國王與問地親王正忙著召集群臣。阿曼達獨自站在一旁若有所思，忙碌的大殿中只有她顯得沉靜，如同蒲昌海一般。王后穿著一身白色麻布袍子，領口和袖口繡著天藍色的精緻花邊，越發使她顯得瘦削英氣。她已年逾四旬，卻仍擁有挺立的身段和豐潤的臉龐。一見未翔進來，便機敏地轉過頭來。未翔上前低聲道：「王后，請到一邊說話。」進來內殿，說了芙蕖公主的異樣，道，「公主一向剛烈任性，突然變得如此聽話，會不會有什麼厲害的後招？」阿曼達道：「不會。」未翔不知王后為何如此肯定，但知女莫若母，便不再多問，退出殿來。

過了一個多時辰，有棕甲騎士馳回稟道：「傲文王子和蘇彔大相已經迎到于闐國王，再過大半個時辰就該到王都，文書大臣阿里已經趕到北門迎候。」隨即不斷有騎士來回馳報傲文和于闐人的行蹤，又等了一個時辰，傲文終於引著于闐一行到達三間房的廣場。問天夫婦率領群臣迎出宮門，希盾翻身下馬，脫下金色大氅甩給背後的武士，大踏步走過來，道：「問天國王陛下。」問天道：「希盾國王陛下。」希盾眼睛一轉，落到阿曼達身上，笑道：「阿曼達王后，很久不見。」阿曼達道：「希盾國王陛下。」希盾轉身招手叫過須沙，道：「來見過你未來的岳父、岳母。」須沙上前道：「國王陛下、王后。」阿曼達問道：「你就是須沙王子麼？」須沙道：「是，須沙見過王后。」阿曼達見他彬彬有禮，極有書卷氣，與希盾迥然不同，很是歡喜，上前攜了他的手，道：「你居然長這麼大了！」問天輕輕咳嗽了一聲，道：「先請國王陛下進宮吧。」當即引著希盾進來三間房大殿，分賓主坐了，相互介紹重要臣屬，寒暄一番。問天見已過正午，便下令開宴。希盾道：「芙蕖公主呢？」問天道：「這就請須沙王子和我一道去接芙蕖出來。」今日宴會實際上是樓蘭公主和于闐王子的訂婚宴，按照西域禮儀，要由父親和男方一起迎接女方出閨房，代表第一眼見到新娘的男人是她生命中最為重要的兩個人。希盾便命須沙跟隨問天去迎公主出來。

問地親王隨即笑容滿面引著刀夫王子過來招呼道：「希盾國王陛下。」希盾道：「問地親王。」即招了招手。一旁左大相莅木立即會意，低聲道：「問地親王、刀夫王子，有件大事想先跟二位殿下商議，事關刀夫王子，請過來說話。」問地先是一怔，隨即笑道：「好，好。」希盾等問地幾人走遠，這才有意踱近阿曼達，低聲問道：「桑紫人呢？怎麼不見她？」阿曼達道：「原來陛下還記得我妹妹。」希盾道：「當然。我如何能不記得她？對阿曼達你也是一樣的。」阿曼達道：「既是如此，當日在墨山營盤，陛下已經知道傲文是我妹妹的愛子，如何還要下狠手？」希盾呵呵一笑，道：「傲文太驕傲自大，本王只是要嚇唬嚇唬他，讓他得點教訓。你看，他逼死了手印國王，本王最終不還是從憤怒的墨山人手中救了他麼？阿曼達，我實話告訴你，我喜歡傲文，我寧可他是我的兒子。」阿曼達道：「陛下，傲文是泉蘇大將軍和我妹妹桑紫的兒子。」希盾道：「本王知道，我說的是寧可……」忽聽得有人叫道：「桑紫夫人到了！」

眾人均吃了一驚，最意外的當然是傲文王子。他緊緊盯著門口，卻見那位天下最美麗的母親一身淡紫紗衣，華容婀娜，氣若幽蘭，飄然走了進來，背後緊跟著一名黑衣侍從。她就那麼昂首挺胸，旁若無人，似乎滿殿之人都不在她眼中。問地親王站得靠近殿門，最先回過神來，迎上前笑道：「桑紫夫人。」桑紫奪人魂魄的容顏沒有任何表情，只淡淡「嗯」了一聲，甚至未轉頭看親王一眼，便逕直朝站在殿首的希盾走去。阿曼達急忙上前擋在妹妹面前，低聲問道：「桑紫，你怎麼來了？」桑紫道：「怎麼，我不能來麼？姊姊請讓開，我有幾句話要對希盾說，說完就走。」阿曼達道：「桑紫，今日是芙蕖……」桑紫道：「我知道。姊姊如果不想令場面太難看，就請讓開。」轉頭招手叫過傲文，道，「傲文，請你姨母讓開。」傲文一呆，道：「什麼？」阿曼達勸道：「桑紫……」桑紫道：「姊姊早已貴為樓蘭王后，要什麼有什麼，連我的孩子都只認你這個姨母，我卻什麼也沒有，沒有了夫君，沒有了兒子……」傲文怒氣上沖，道：「母親怎能這麼說？明明是你自己不願意養我……」阿曼達忙斥退傲文，將桑紫拉到殿首一旁，道：「今日是樓蘭和于闐的大日子，我可不能讓你……」桑紫道：「姊姊，我沒有別的意思，我只是聽說希盾來了，想當面問問他，我的孩子還好不好。」她所說的孩子，自然是指她和希盾生的兒子須沙。阿曼達一時間回憶起無數往事來，想到妹妹原是西域第一美人，是無數王子公孫追求的目標，她卻將一生中最寶貴的青春年華都耗在那個人身上，到頭來什麼都沒有得到，正如她自己所言——什麼也沒有。望著桑紫臉上淒涼的悲意，心頭不禁一陣惻然，再也無力拒絕她的要求，只得應道：「那好吧。」轉身退到一邊。桑紫便招手叫道：「希盾！」希盾坦然走過來道：「桑紫，多年不見，你還好麼？」桑紫道：「我想介紹一個人給你認識。」希盾笑道：「什麼人？莫非是我另一個兒子？」桑紫也不理睬他的調笑，轉過頭去，卻不見那一直緊隨在自己背後的黑衣侍從，不由得愣住，問道：「人呢？」希盾道：「桑紫，我知道你心中一直怨我……」

桑紫的心思卻根本不在他身上，不斷掃視四周，搜尋自己的侍從，神色焦慮緊張之極，驀然一時愣住。希盾感覺到她神色有異，順著她的目光望去，只見一名黑衣侍從正右手撫胸，疾步走向傲文。傲文正與阿曼達低聲交談，絲毫沒有察覺到危險正在逼近。希盾「啊」了一聲，隨手扯下佩刀，大力朝那侍從甩去。侍從已然貼到傲文背後，從懷中掏出了一把短柄匕首，正用力刺出，驀然憑空飛來一把力道極大的重物，砸在臂膀上，一陣劇痛，腳下踉蹌，身子一傾，匕首斜向前一挺，劃著傲文右臂而過。希盾大叫道：「有刺客！」傲文已然驚覺，不顧手臂擦傷，右手捉住刺客握刀的手臂，左肘後撞，使力將他側翻摔倒在地。正當那刺客翻身爬起之際，傲文的心腹侍從大倫已帶領侍衛趕來，拔刀制住了他，反剪其手臂，綁了起來。眾人萬料不到大殿盛宴上居然突發此變故，盡皆瞠目結舌。傲文更料不到居然是希盾救了自己，只捂住手臂傷處，望著他發呆。桑紫急撲過來，握住兒子鮮血淋漓的手臂，叫道：「傲文，你有沒有事？有沒有受傷？」慈母的天性流露無遺。傲文還是第一次發現母親原來如此關切自己，愣了好半晌，才道：「我沒事。」桑紫泣聲道：「我不知道他要行刺的人是你，對不起……」傲文道：「什麼？」阿曼達皺眉道：「這到底是怎麼回事？刺客是如何混進來的？」大倫低聲道：「王后，這刺客就是桑紫夫人帶進大殿的侍從。」阿曼達滿臉愕然，一時不及思慮更多，道：「有貴客在此，先帶刺客下去，回頭再審問不遲。」大倫道：「遵令。」

希盾道：「等一等！王后，刺客來路不明、意圖不軌，最好當場在這裡審問清楚，以免外人說樓蘭有包庇刺客之嫌。」他已然明白了過來，桑紫將刺客裝扮成侍從帶進王宮，目的就是要刺殺自己，但不知為何緣故刺客臨時選擇了傲文做為行刺對象。他心中疑慮甚多，豈肯讓樓蘭一方就此將人帶走？當即搶過來狠狠瞪了桑紫一眼，伸手扯下那刺客臉上的假鬍鬚，露出一張濃眉大眼的方臉來，卻不由得愣住——那刺客不是旁人，正是失蹤已久的墨山王子約藏。約藏見偽裝已被撕去，冷笑一聲，道：「希盾國王陛下，你好啊。」阿曼達問道：「他是誰？」希盾道：「墨山國王子約藏。約藏，本王派人四處找你，你如何來了樓蘭？」約藏怒道：「陛下不是明知故問麼？傲文逼死我父王，我跟他仇深似海，非殺了他報仇不可。還有你，希盾國王，你將那狐媚賤人衛師師送給我父王，根本沒安什麼好心。」外人原不知墨山新王后衛師師的來歷，忽聽約藏宣稱是希盾所送，大為驚奇。問天國王尚未回到大殿，事情又牽涉到自己的親妹妹，阿曼達一時也不知該如何是好，便問道：「問地親王，你執掌本國刑律，你看該如何處置？」問地微一沉吟，即答道：「天下人均知樓蘭刑法的根本是『凡在當地犯罪者，務必死於當地』。約藏是墨山國王子，不可能不知道這一條。他既然踏上樓蘭國境，就等於認同這條法令。如今他混進王宮行刺傲文，意欲破壞樓蘭、于闐和談，罪大惡極，即使他是王子身分也不容寬恕，應該立即押出殿外處死。」阿曼達道：「嗯，這個……」

問天和須沙正引著盛裝的芙蕖出來大殿，忽見侍衛押著一名五花大綁的男子站在一旁，不覺驚詫萬分。扈從在國王背後的未翔忙搶過來問道：「出了什麼事？」旁人不及回答，約藏已大聲道：「我是墨山國王子約藏，今日到此，特意來殺傲文。」之前變故突生，約藏雖然被捕，但殿下眾官員離得甚遠，並不知道究竟，忽聽刺客自報身分，登時一片譁然。問天皺眉道：「既是墨山約藏王子，還不趕快鬆開。」命人解開綁繩，道，「王子，手印國王意外去世，確實跟我樓蘭有很大干係，對此本王也不想多辯解什麼……」刀夫忽插口道：「手印國王之死分明是傲文一個人的錯，伯父為何要替他攬過？」問天朗聲道：「傲文是我樓蘭國王儲，他言行舉止所引發的一切後果，自然要由樓蘭國來承擔。」刀夫「啊」了一聲，結結巴巴地問道：「伯父，你……你要立傲文為王儲？」他既意外又震驚，面色本能地陰沉了下來，沉得好像即將有一場大雨傾盆澆下。問天道：「不錯，從今日開始，傲文王子就是樓蘭國的王儲。」走到約藏面前，道，「王子，尊父新逝，墨山無主，你還是儘快趕回營盤繼承王位吧。」約藏恨恨道：「你們今日不殺我，來日我必定要興兵報復。」問天道：「那麼，樓蘭將會嚴陣以待。未翔，送約藏王子出城。」未翔道：「遵命。」示意侍衛挾了約藏的手臂，將他帶出大殿。

希盾哈哈大笑道：「傲文，你小子真是好運，今日大難不死，又被立為王儲，當真要好好賀喜。」轉頭見到樓蘭公主芙蕖容顏美麗，千嬌百媚，正牽著須沙的手，顯得十分親昵，更是喜上眉梢。桑紫呆呆盯了須沙好大一會兒，忽見須沙轉過頭來正好面對她，望著那熟悉的眉眼輪廓，不由得心如波濤，起起伏伏，思緒隨著回憶飄向遠方。傲文早得阿曼達暗中囑咐，見母親腳下一動，便立即挽住她手臂。桑紫一掙未能掙脫，道：「你做什麼？快些放手。」傲文見母親正與須沙對視，各自流瀉出一種莫名難言的奇妙情感，心中不知什麼怪異滋味，當即道：「不，我不放。就算母親要放開我，我也絕不會放開母親。」桑紫聞言一震，轉過頭來，怔怔地凝視著他，彷若從來沒有見過這個親生兒子。

問天見約藏已被帶走，正要宣布宴會開始，傲文忽道：「陛下，我手臂受傷，怕多有失儀，請求告退。」問天見他左手捂住的傷處不斷有鮮血滲出，才知外甥受傷不輕，忙道：「好，你先下去，快傳御醫。」傲文轉過身，朗聲道：「感謝諸位來我樓蘭做客，傲文身上有傷，不得不先告退，請各位遠客務必盡興。」欠了欠身，這才扶了母親昂然出殿。在場的樓蘭大臣不少，均瞭解王子為人，不明白一向狂妄傲慢、桀驁不馴的傲文何以忽然變得如此禮數周全，展現出罕見的樓蘭王子大家之氣，莫非是因為當上了王儲的緣故？傲文扶著桑紫回到自己的宮殿，肅色問道：「母親如何會認得約藏王子？」桑紫道：「是他自己來蒲昌海找我。傲文，昨日你來精舍，我本來想出來見你，卻被約藏王子制住。他要我帶他到王宮參加宴會，我以為他要殺的人是希盾。對不起，是阿母害你受傷。」

原來，當日傲文率奇兵占領墨山王宮，手印國王見宮門被封、逃走已來不及，便讓約藏王子和約素公主化裝成僕役、侍女，他自己則被樓蘭兵士搜獲後押去大殿，因不堪忍受樓蘭王子傲文的污辱而自殺。約藏兄妹也當了俘虜，只不過混雜在一群侍女之中身分未暴露。後來，傲文被于闐國王希盾反困在王宮中，依照約定釋放了人質，約藏由此得以逃生。他本待立即上前表明身分，卻看見王后衛師師與希盾眉眼曖昧，這才恍然明白希盾是有意將衛師師送給父王，又一再促使父王立其為王后，這一切根本就是為了控制墨山。他遂沒有站出來，而是尋找機會帶著妹妹約素逃到可靠的心腹家中，後來果然聽說衛師師派出軍隊在營盤城中尋找他們兄妹，更是不敢輕易露面，怕被王后加害。不久後，局勢變得更加匪夷所思，于闐與樓蘭議和，希盾居然下令放走傲文，又不准墨山軍民向樓蘭人報復，朝政也由王后衛師師全面把持。約藏對此自是怒火沖天，決意復仇，既然墨山國內暫時難以立足，便與妹妹約素一路跟隨傲文來了樓蘭，預備行刺。可是傲文本人武藝不弱，身邊又有武士環伺，他根本無法近身。

然而對有心人來說，事情總會有所轉折。到了樓蘭王都扜泥之後，約藏無意間聽說傲文生母桑紫多年來一直隱居在蒲昌海，遂趕來蒲昌海精舍挾持了桑紫，預備利用她混進王宮宴會，當著于闐國王希盾的面刺死傲文。這樣他不但能報父仇，給希盾一個下馬威，希盾也不好讓樓蘭人當場殺他，說不定能因此全身而退。誰知剛好那時蕭揚、傲文兩批人前後腳趕到，若非傲文身邊帶了不少侍從，約藏又顧念妹妹約素的安危，說不定會立即衝出去血戰一場。而那披著黑色羃䍦的侍女正是墨山公主約素，她出面應付，謊稱桑紫夫人出了遠門，順利誆走了傲文王子。不料，笑笑生發現屋後的馬匹並未卸下馬鞍，蕭揚由此起了疑心，遂又折返回來。笑笑生闖進屋時，約素本就十分緊張，還以為行跡已經敗露，立即出刀制住了他。當時，桑紫正被約藏用刀制在內室，對外面一切動靜聽得一清二楚。她已然明白約藏想混進樓蘭為迎接于闐王而舉行的盛宴，一廂情願以為約藏是想行刺希盾，便立即主動表示願提供幫助。約藏自然不信。桑紫告知，她與希盾有不解深仇，她最大的心願就是看著他死在她面前。約藏這才明白這女人會錯了意，當即將錯就錯，也不點破。突地發生約素出刀對付笑笑生之舉，正當約藏猶豫該不該衝出去之時，約素已反被蕭揚制住。桑紫再次表示願意幫忙，他遂放開了她，桑紫出來堂中，幾句話便打發走了蕭揚。次日，約藏化裝成侍從，跟隨桑紫進宮。按照桑紫的計畫，她會直接帶領約藏走到希盾面前，一刀殺死他。一切順利得很，只是她萬萬料不到約藏真正要刺殺的目標是自己親生兒子傲文。幸好希盾及時察覺，不然後果萬難預料。

傲文明白了事情究竟，歎了口氣，道：「我這就送母親回去。」桑紫道：「可是我還想再見見須沙。傲文，你會幫助阿母，對不對？他其實是你的……」傲文打斷了她，堅決地道：「母親，你絕不能再留在這裡，暫時也不能回蒲昌海精舍，我先送你去外公的宅邸。」桑紫道：「我還是想……」傲文厲聲道：「我說了不行。」桑紫便低下頭，不再言語。傲文料來以希盾睚眥必報的性格，絕不會就此干休，萬一他要求問天處罰母親，事情可就不好辦了。當即匆匆裹了傷口，換了便服，要桑紫也換上一身大而肥的侍衛衣服，掩蓋住傾城國色，這才召集心腹侍從出來王宮。

三間房前的廣場上，人海如潮，熙熙攘攘，不僅有扈從希盾的黑甲武士，更有趕來看熱鬧的樓蘭百姓。忽見傲文王子出來，立即高聲歡呼道：「王子！王子！」傲文點點頭，向人群示意。侍從在前面開出一條道來，扶王子上馬。傲文忽然留意到人群中一張熟悉的面孔，正是昨日在母親精舍前見過的漢人男子蕭揚，微微一愣間，他卻一閃即沒入人群不見了。走出廣場，轉入人流稍少的東大街，傲文隨即叫過大倫道：「你送夫人到東寺我外公住處，別讓人看見。再告訴那裡的管家，沒有我的命令，不准夫人出門，明白麼？」大倫道：「明白。」和弟弟小倫帶了兩個人護著桑紫往東寺而去。

傲文便往北轉了一圈，拔轉馬頭欲抄近道回宮。剛步入小巷，便聽見裡面傳來「叮叮噹噹」的兵刃交接聲，正有幾名黑衣男子各舉兵刃圍攻一名漢人男子。有個道士站在一旁，臉色煞白，瑟瑟發抖。侍從大驚失色，急忙拔出兵刃，護住王子。傲文認出那漢人男子和道士正是昨日在母親精舍前見過的蕭揚和笑笑生，很是奇怪，卻不上前，只站在一旁靜觀其變。卻見那漢人男子使一柄鈍劍，兵器雖鈍，卻是劍法精絕，迅若雷霆，疾如風雨。劍光霍霍，恍若一道光圈，護住全身。那幾名黑衣男子招式不及對方精妙，一時間難以攻進劍圈，卻是配合默契，進退有據，牢牢困住敵人。一名侍從道：「王子，看這些黑衣人圍攻的身手步伐，應該是訓練有素的軍人。」傲文點點頭，道：「是脫了戎裝的于闐黑甲武士。」當即揚聲叫道：「住手！」正在惡鬥的眾人均吃了一驚。笑笑生扭轉頭一看，即大叫道：「殺人啦！殺人啦！」雙手亂舞，奔近傲文，指著背後道，「傲文王子，他們要殺人！要殺人！」生怕背後的敵人追來，抬腳便走，竟穿過侍從隊伍，就此奔出巷去。

黑衣人聽說來者是樓蘭王子傲文，互相使個眼色，捨了蕭揚，往巷口另一端逃去。侍從正要追趕，傲文道：「不必了，帶那中原人過來。」侍從便過來繳了蕭揚的長劍，將他推到傲文面前。傲文道：「我們是第二次見面了，看不出你的劍法居然這麼好。」蕭揚道：「多謝王子褒獎。」傲文問道：「你明明可以傷人脫身，為何只取守勢？」蕭揚道：「要傷他們確實不難，但我聽說樓蘭國刑律森嚴，凡在本地犯罪者，務必死於當地。當街鬥毆傷人罪名不輕，我不敢輕易冒犯。」傲文道：「你倒是很識得輕重。那麼我問你，你昨日去蒲昌海精舍找我母親做什麼？可是與今日大殿行刺之事有關？」蕭揚驚道：「今日宴會上有人行刺麼？不，我完全不知情，我去拜訪桑紫夫人只是想要打聽一個人。王子走後，我的同伴發現屋後有兩匹馬，馬鞍還未及卸下，猜想桑紫夫人應該在家，遂又返回求見。一番周折後，倒是如願見到了夫人，卻被她很快打發走，原來她根本不認得我要打聽的人。」傲文見他所言與母親的描述完全能對上，便相信了，又問道：「適才那些于闐武士為什麼要追殺你？」蕭揚微一猶豫，道：「有些私人恩怨。」其實他知道這不僅僅是私人恩怨，于闐人也不是要殺他，而是要活捉他以拷問出遊龍的下落。之前阿飛指認出他中原通緝重犯的身分，隨即被未翔下令帶去驛館軟禁。不久，于闐國王到達三間房，驛館上下全都蜂擁出去看熱鬧，他隨即找機會逃出。正好遇到樓蘭文書大臣阿里引著部分于闐黑甲武士前來驛館歇息，武士首領尼巴認出了蕭揚，立即派人追蹤他。蕭揚在廣場上轉悠半天，就是為了甩掉背後的于闐武士。出來廣場時，正好遇到趕來尋他的笑笑生，遂一道離開了三間房。哪知道還是被于闐武士在小巷追到，一場廝殺，又意外遇到了樓蘭王子傲文。傲文見蕭揚的神情，料來他並未說實話，但內心很讚賞對方出神入化的劍法，能使出這樣一手劍法的人應該也不是平常人，不願多加為難，命侍從將劍遞還，道：「現在城裡有不少于闐人，你可要多加小心了。」提馬欲行。

蕭揚忙道：「等一等！王子，你可有聽過遊龍的名字？」傲文道：「當然，大漠中令馬賊聞風喪膽的英雄，也是拯救車師的英雄，西域人誰沒有聽過他的名字。」蕭揚道：「那麼王子可認得遊龍？」傲文道：「不認得。聽說他已經悄悄離開了車師，不然我倒真想請他來我們樓蘭做客。你問這些做什麼？」蕭揚道：「我也只是仰慕遊龍，想多知道一些他的事蹟。」當即讓到一邊，道，「王子先請。」目送傲文一行走遠，才轉身往巷口走去。笑笑生不知從哪裡鑽了出來，抹抹額頭的汗，道：「剛才好險！喂，到底要不要告訴阿飛，你就是遊龍？我才剛剛把你的坐騎、割玉刀寄存在客棧就遇見了他，他一直痛罵你呢。」蕭揚道：「不必了，我們還是儘快離開樓蘭為好。」

樓蘭、于闐兩國盛宴百年難遇，雖然出了點小風波，導致新王儲傲文王子受傷退席，但之後卻進行得相當順利，雙方君臣不斷相互敬酒，芙蕖公主更是大方得體，無論是問天夫婦還是希盾父子，都很滿意。歡宴一直持續到太陽下山，希盾國王已露醺態，只得讓須沙扶了回來驛館歇息。一進房間，希盾即推開須沙的手，命道：「你先回房歇息，萑木留下。」須沙這才明白父王是在裝醉，也不敢多問，只得應道：「是。」希盾等須沙退出，這才坐下問道：「派出人手去追蹤約藏了麼？」萑木道：「已經派了六名精幹武士出城。臣交代他們化裝成馬賊，在樓蘭、墨山邊境處殺掉約藏王子。」原來，墨山王后衛師師果然是希盾處心積慮安插在墨山國的棋子。今日在大殿的一番言行，希盾感到約藏王子難以控制，決意除掉他，永絕後患。最妙的是，約藏今日在樓蘭王宮大殿公然行刺樓蘭王儲傲文，大大鬧了一場，他死在回國繼承王位的路上，樓蘭這一方的殺人嫌疑自然最大。

希盾道：「嗯，這樣安排很好。」萑木猶豫了一下，還是問道：「臣還是不明白，陛下為何要在大殿上救傲文一命？當初在墨山王都營盤放過他，是因為局面對我方不利，情有可原。今日若是讓約藏當眾殺了他，墨山、樓蘭從此成了死敵，局勢豈不對我們更有利？」希盾道：「你不明白，傲文是本王安排的一顆關鍵棋子，日後將有大用，可不能讓他就這麼白白被約藏捅死。」萑木道：「還有一件事，問地親王也希望和我們于闐結親。」希盾冷笑道：「就憑他那窩囊兒子刀夫就想娶我的女兒麼？不過，別著急拒絕他。刀夫也想當王儲，咱們必要的時候得幫幫他。」萑木聽國王既要堅決地支持傲文，又要支持刀夫，百般不解之時，武士首領尼巴不待通報便闖了進來，稟告發現蕭揚蹤影、追捕未獲一事。萑木立即起身道：「臣這就親自帶人去圍捕蕭揚，好追蹤遊龍的下落。」希盾道：「既然已經被傲文撞見，那就暫且不必了。如今咱們在樓蘭國境之內，動靜鬧得太大反而不好。」萑木道：「是。」

希盾又想起白日大殿之事來，道：「桑紫這賤人竟敢公然將刺客帶到本王面前，我這次絕不會輕易放過她！」舉起拳頭，狠狠砸在桌案上。范木道：「臣這就派人去辦。」剛躬身退出，又匆忙進來稟告道，「陛下，有客。」引著一人進來。那人披著一件寬大的藏青色大氅，全身籠罩在漆黑當中，看不清面孔。希盾笑道：「王后，我早知道你會暗中背著你夫君來與我相會。」那人揭下帽子，當真是樓蘭王后阿曼達。希盾揮手命范木和所有侍衛退出，親自掩好房門，笑道：「你是來看我醉酒醒了麼？」阿曼達肅色道：「不，我是為我妹妹桑紫之事而來，而且也已經告知夫君我來了這裡。」希盾道：「那麼，問天就不怕你我之間舊情復燃麼？」一邊說著，一邊伸手往她肩頭扶去。阿曼達退後一步，道：「陛下，事情已經過去二十多年，而今你我膝下兒女已經長大成人，我們又結成了親家，這就請你將往事忘了吧。」希盾不悅地道：「就算我肯忘，桑紫肯麼？你親眼所見，她帶約藏入宮，原本是想殺我。這賤人當真是不安分，處處想置我於死地，不肯讓你的女兒嫁給我的兒子。」阿曼達道：「陛下，桑紫確實有不對的地方，我替她向你道歉。」

希盾冷笑道：「阿曼達，我和桑紫之間的恩怨可不是你一句道歉就能化解。你也知道我的為人，今日之仇我非報不可。」阿曼達道：「桑紫當年那麼愛你，你卻傷透了她的心，難道陛下自己一點責任都沒有麼？」希盾怒氣頓生，道：「哼，她當年愛我是沒錯，錯就錯在她不該為了得到我的愛不斷從中挑撥離間，如果不是她，你本來該是我的王后！」阿曼達搖頭道：「不，就算沒有桑紫，我也不會嫁給你。陛下，時過境遷，多提無益，若是你還念一點往日情分，請你這次放過桑紫。她是我唯一的親妹妹，而且……而且也是須沙的生母。你難道不能為須沙多想想麼？」希盾長歎一聲，語氣緩和了下來，問道：「你喜歡須沙麼？」阿曼達歎道：「很喜歡。我今日看到他，就好像看見了年輕時候的你。」希盾低聲道：「阿曼達！」上前一步，握住了她的手。兩人四目交會，幾十年的風雲在臉上急劇翻滾著，心底深處最軟柔的草地忽然沐浴在一陣和風細雨裡，細細的嫩芽冒了出來，一片翠綠之中片幻化出奔騰的駿馬、快樂的年輕男女。原來歲月並沒有抹平記憶，那些往事一直還留在原地。希盾喃喃道：「阿曼達，這二十多年來，我無時不刻不在想念你。」俯下頭，朝阿曼達的嘴唇吻去。阿曼達身上的大氅滑落，陡然驚醒了過來，急忙推開希盾，道：「陛下，正如我所言，桑紫是須沙王子的母親，請你多為他考慮。」撿起大氅重新披好，匆匆開門走了出去。

希盾望著她的身影瞬息沒入黑暗中，忽然感到一絲倦意，坐到椅子中，閉目睡了一會兒，感到有陣陰風穿堂入室，驀然張大了眼睛。幾乎就在同時，外面的夜空中響起了一聲霹靂，那聲音不但巨大，而且帶著陰慘的氣息，就連從來處變不驚的希盾也感到一陣莫名驚悸。他從座位上跳了起來，奔過去推開窗戶，卻見西邊的天空邊際不斷有紅光閃爍，映出黑黝黝的天空，彷若來自地獄魔鬼的眼睛。霹靂不但驚動了于闐國王希盾，也震撼住樓蘭的君臣百姓。此刻正是酷暑夏季，是樓蘭一年之中最喧鬧的季節。王都扜泥的夜市本來正如往常一樣，火樹銀花，亮如白晝，擠滿了本地人和外地人，蜂屯蟻聚，紛紛攘攘，熱鬧非凡。驀然空中一聲驚雷巨響，登時壓過了滿街的歡聲笑語，人們各自呆立住，不自覺地感到一陣顫慄，心跳加快。漆黑的夜空更黑了，甚至呈現出一種死人的恐怖灰色來。片刻之後，更多的炸雷滾滾而來，如波濤洶湧，從遙遠的天際投到扜泥的上空，擲到人們的頭頂。天幕壓得更低了，彷若伸手就能觸摸到。一股狂風平地掠過，像張牙舞爪的怪獸肆意席捲著全城，雞蛋大小的冰雹如豆子般傾天而降，無情地砸向地面的一切。人們在片刻的驚愕後，這才四下驚散，發瘋似地尋找遮蔽之處。他們互相衝撞著，擁擠著，踩踏著，尖叫聲、哭喊聲響成一片。

問天國王和阿曼達王后聞聲，亦登上了三間房的最高建築「明光塔」，居高臨下地俯瞰扜泥全城，既驚奇又畏懼地望著上天平空而降的災難。國王夫婦長久地不發一言，眉頭緊鎖，顯得心事重重。天空又是一聲驚雷巨響。阿曼達終於失去她身為王后的一貫冷靜和風度，攀住丈夫的手臂，顫抖問道：「難道……難道厄運真的要降臨到樓蘭頭上了麼？」她似乎已經預見到命運的可怕變化，心裡惴惴不安，總覺得將有比狂風冰雹更凶惡的命運衝著樓蘭而來，她和所有的子民終將無法逃避。問天沒有回答，他強作鎮定，卻掩飾不住內心的緊張和焦慮，不由自主地抓緊了妻子的手腕……

全樓蘭最鎮定的人當數傲文，他只在第一聲霹靂響時從床上驚起，隨即便又重新躺回床上。他有著自己濃厚的徬徨心事，並沒有因為當上王儲而高興起來。他想知道母親和希盾的往事，想知道她是不是因為太愛須沙才如此恨希盾，想知道芙蕖表妹為何忽然完全變了一個人……他想得太多，甚至根本想不起要去關心外面的雷聲和冰雹聲。也不知過了多久，外面陡然安靜了下來，他便歪頭沉沉睡去，直到侍衛進來床前稟告，說國王召他立即趕去書房。傲文穿好衣服往內宮而來，見院中地上積滿了冰雹，足有一尺來厚，不覺露出驚奇之色。侍衛領他逕直步進，轉過屏風，遞來一盞燈籠，指著牆上一道小門，說：「這裡是禁地，屬下不敢擅入，請王子自己進去。」傲文點點頭，推開鐵門，拾級而下。

這裡似乎是一處天然地下石洞，兩旁的岩石輕微地滲著水，潮濕使通道臺階變得格外濕溜。傲文小心翼翼地舉燈走了很長一段路才來到一間密室前。密室的門正虛掩著，他沒有貿然進去，只朗聲叫道：「姨父，傲文求見。」只聽問天在裡面應道：「進來吧。」國王的聲音空曠而有迴響，聽起來異常疲憊，這不免讓傲文有種很不好的感覺，微一躊躇，還是舉手推門而入。跟外面通道的潮濕陰冷不同，這間石室顯得溫暖而乾燥，在搖曳不定的燭影中，十幾丈高的密室尤顯空闊悠遠。樓蘭國王問天背朝大門，靜靜佇立在案桌前，癡癡發呆的樣子彷彿是在回憶一個遙遠的夢。略顯單薄的身板被光影拉得老長，為這間石室平添了幾分神祕。

傲文走上前去，卻見那張玉石案桌上方掛著一幅圖，看上去年代已久，畫的是中原傳說的女媧補天。圖中女媧螺髻高額，正抬頭仰視爐鼎，鼎中熱氣冉冉升入空中；畫面生氣勃勃，栩栩如生。傲文又四下打量，從適才禁地的入口和走過的石級距離判斷，這密室應該位於王宮的護城河下。他實是有些驚訝，自小在王宮中長大的他竟從來不知王宮地下還有這樣一間密室。建造這石室絕非一日之功，看來應該是祖輩所建。但為什麼要在護城河下建造這樣一間空蕩蕩的密室呢？儘管心中有很多疑問，但傲文還是保持著他一貫的沉靜和冷漠，悄然站立一旁，一言不發。

問天細眉細眼，外貌尋常而普通，只有當他抿起嘴時，才會流露出一絲國王的威嚴。平和的雙眼中，偶然也有精光一閃。他面色凝重，似乎正要決定什麼重大事情，身子因緊張而有些發抖。傲文從未見過國王如此焦慮，正待發問，問天驀然轉過身來，沉聲道：「樓蘭自建國以來，就有一個天大的祕密在歷代國王中代代相傳。傲文，你過來，現在是時候告訴你了。你要知道，我們樓蘭未來的命運全在這裡。」傲文有些莫名驚詫，不懂國王到底在說什麼。但他依舊不動聲色，走上前去，順著國王手指的方向望去，只見桌案上有一面瑞獸銘帶玉鏡，直徑大約一尺，內區有四隻麒麟繞鏡做奔馳狀，麒麟之間用纏枝葡萄做裝飾；外區有一圈銘文帶，似是什麼古怪的文字，又似花鳥蚊蟲圖案。問天道：「這是我們樓蘭的鎮國之寶，是先人留下來的古物，已經有幾千年歷史了。」他面色凝重，眉宇間的憂慮更重。傲文不禁一呆，疑惑地說：「但這分明是中原的東西、中原的文字……」又一指那幅圖，「這不是中原人奉為開天闢地始祖的女媧麼？為什麼這裡也會供奉？而且，我從來都沒有見過……」問天先是點點頭，接著深深歎了口氣：「我們樓蘭，跟中原本來就是一脈相承……」傲文一向是個很沉得住氣的人，但聽了這話還是大吃一驚：「怎麼可能？」問天歎道：「這要從很早之前說起，我們樓蘭和中原的淵源，說起來是幾千年前的事了……」

國王緩緩講完了一段驚心動魄的往事，神色開始悲戚起來，歎息道：「我們的先人為了避免替後代帶來災難，幾乎摒棄了中原的一切特徵，語言、文字、服飾、生活習慣等等，如果不是因為那個詛咒，很可能連我都不會知道這段古老的傳說……」傲文開始覺得不可思議，隨即感覺有些可笑，道：「難道姨父也相信這些麼？就算我們樓蘭的先祖真的被黃帝用鮮血詛咒，但他已經死去了幾千年，難道他盛怒之下的氣話還真能成為不死幽靈，永久籠罩在我們樓蘭頭上麼？姨父，你一直為樓蘭的乾旱憂心不已，最近西域又發生了這麼多事情，我看你是太累了，不如好好休息一下，不要再去擔心這個所謂的詛咒……」問天無奈地道：「你這孩子，我就知道你不會相信。」一邊說著，一邊飛速地從腰間拔出匕首，割開左手食指，將血滴在那面瑞獸銘帶玉鏡上。傲文大驚失色，搶上前來道：「姨父，你這是做什麼？」問天卻毫不客氣地將他推開，道：「這面玉鏡，就是當年中原黃帝的兄弟——炎帝的遺物，據說它跟黃帝所擁有的軒轅劍一樣，都蘊藏有上天賜予的神力……」

傲文很是不以為然，正待再勸說國王不要再為這種捕風捉影的傳聞而苦惱，就在這個時候，那面玉鏡起了一些微妙的變化。他立時注意到了，死死盯著玉鏡，突然覺得口舌有些發乾，不覺舔了舔嘴唇，艱難地道：「……這怎麼可能……難道這……這會是真的？」

1 扜泥：今新疆羅布泊一帶。
2 且末：今新疆且末一帶。

第四章 大漠奇遇

沙漠浩瀚無邊，有沙漠，就會有遼闊壯麗的奇景——平沙漠漠，綿延無盡，弧狀的天際空曠靜謐，氣勢磅礴，雄渾壯闊。陽光輕輕撫慰著柔軟的沙子，沙子卻抗拒般反射出耀眼的光芒。而一旦風暴來臨，風沙狂野暴戾，咆哮著，怒吼著，如同一隻巨大的無形的手，殘酷地撕扯著一切。莽莽沙霧下，只有無邊的肆虐與壓抑。這是一個粗獷野性的世界，不肯沾染絲毫的紅塵溫軟氣息。

希盾率領大軍離開樓蘭數日後，樓蘭王儲傲文也帶著問天國王親自交付的祕密使命上路了，只不過這次他扮作一位普通行商，身邊也只帶了大倫、小倫以及阿庫、刀郎四名侍衛。大倫兄弟是他自幼的心腹。阿庫和刀郎則是從王宮衛隊中精挑出來的老侍衛，均年過四旬，阿庫在大漠綠洲中長大，有著豐富的沙漠生活經驗；刀郎年輕時當過嚮導，曾有穿越塔克拉瑪干的經歷。這並不是傲文第一次踏上大漠，可是當他不像從前那樣左呼右擁、而有了時間來留意身邊的一草一木時，他才真正發現大漠的無情和美麗。小倫笑道：「王子可有聽人說過：『沙漠美麗，因為沙漠的某處隱藏著一個美麗神祕的女人。』」傲文不以為然地嗤笑一聲，道：「這樣的地方，再美的女人也變得不美了。」大倫道：「塔克拉瑪干這麼大，我們要到哪裡去尋王子殿下要找的東西？阿庫和刀郎不是從來也沒聽說過軒轅之丘這個地方麼？」傲文道：「嗯，我們暫時只能往大漠深處走，等待海市蜃樓出現，然後沿著蜃景的線索尋找。」

五人便繼續西行，風餐露宿。對傲文這樣養尊處優慣了的王子來說，此番大漠之旅自然要吃不少苦頭。臨行前，刀郎本建議乘騎駱駝，但傲文不同意，堅持騎馬出行。在西域，駱駝是商隊最常使用的乘坐和運載工具，但貴族和達官偏好騎馬，尤其是大宛國產的駿馬；然而駱駝卻有「沙漠之舟」之稱，馬匹在耐力和抗風沙能力上遠遠不及，因而越深入大漠，腳程越發減慢。尤其糟糕的是，這一帶所找到的水源都帶有鹹味，根本無法解渴。幸好刀郎極有經驗，帶了一袋生麵粉，放在水中煮開，可以吸掉大部分的鹽分。

四周荒蕪人煙，晚上只能尋找背風處宿營。有一日，小倫不知從何處尋來了兩個死人骷髏，分給兄長一個，夜晚睡覺時當作枕頭枕在頭下。到了夜半時分，忽有綠色鬼火閃耀，那兩個骷髏竟如同活人般蠕蠕掀動。大倫兄弟嚇得跳了起來，瞪視那兩個活動的骷髏半晌，大叫一聲「有鬼」，各自拔出佩刀便朝骷髏斬去。餘人早被驚醒。刀郎忙叫道：「千萬不要動手！不然它們的冤氣就纏上你們了。這不是有鬼，是這兩人死得冤枉，是被人斬斷首級而死。因為一刀來得太快，死時生氣未能散盡，鬱伏於首級中。適才你們兄弟枕著它們睡覺，人氣溫蒸，激發了它們內中的生氣散發出來，所以它們才會自己跳來跳去。但其中的生氣有限，很快就會耗盡了。」果見那骷髏又滾動幾下，便徹底頓住不動了。小倫嚇得不輕，再也不敢拿骷髏當枕頭用，當即在營地旁挖了個坑，將骷髏仔細埋好，合十鞠了一躬，這才作罷。

路途雖然越來越艱險，然而總有許多從未經歷的新鮮體驗，眾人倒也不覺為苦。這一日，終於抵達阿庫生長的垓下。這是一個不小的村落，建在一塊寬一里、長十餘里的狹長綠洲上。一條地下河神奇地從村首冒出地面，穿越了整座村子。輕靈縹緲的景色裡，林木蔥翠，綠草如茵，透露出濃郁的生命氣息。一些不知名的花兒吐出淡淡芬芳，令人心曠神怡。綠洲之民最為好客，更不要說阿庫還是生長在這裡，一行人受到了最熱烈的歡迎。村民雖不知道傲文是樓蘭王儲，然而見他氣派十足，阿庫等人對他極為尊敬，料來他大有來頭，也將其奉為尊客。

阿庫去向村裡最年長的老人打聽軒轅之丘所在，一無所獲，但卻意外得知前幾日有兩個中原漢人來過垓下，也打聽過這個地方。傲文聞報，大吃一驚，仔細問明中原人外貌身形，居然像極了曾有過兩面之緣的蕭揚和笑笑生，一時間驚疑不定，心道：「姨父說軒轅之丘埋藏著破解黃帝詛咒的神物，是我樓蘭最最機密要緊之事，只在歷代國王之中相傳，那蕭揚和笑笑生如何會知道軒轅之丘？莫非他們也想得到神物，好以此來掌控我們樓蘭國的命運？于闐黑甲武士當日追殺這二人，莫非也是跟神物有關？」一想到軒轅之丘涉及到整個樓蘭國的命運，不免十分後悔不該兩次將蕭、笑二人從自己眼皮底下放走。忙叫來大倫低聲囑咐一通，命他和阿庫立即折返回樓蘭，將情況稟報國王。大倫道：「我們走了，王子身邊只剩下兩個人，大漠茫茫，如何能讓人放心？」當即請阿庫從村民中挑了兩名可靠的精壯男子阿勇和阿峰，護送傲文王子繼續西行。

這次，傲文聽從村長的建議換騎了駱駝。這是因為前面的道路將越來越艱難，充滿不可預知的危險，駱駝實比馬匹更能適應環境，而且人乘坐起來平穩舒服，遠較騎馬節省體力。駱駝長著小腦袋、大眼睛、長睫毛，身上棕黃色的絨毛不但很厚，而且與沙漠渾然一體。駝掌扁平，既寬又厚，走路時腳趾分開，不會陷入鬆軟的沙裡，特別適合在沙漠中行走，但在戈壁的硬地上行走卻很容易損傷蹄子。牠的腳上還有一大片厚實的胼胝，等於腳下有塊又厚又軟的肉墊子，能用以隔熱，行走在滾熱的沙石上也不會覺得燙。駝峰則是個貯存養料的倉庫，只要讓駱駝一次吃飽喝足，在沙漠中可以不吃不喝堅持行走十幾天。駱駝也是茫茫沙海中的「嚮導」，對風沙極為敏感，鼻孔會開閉，一通風沙，就會緊緊閉合；在風暴還未來臨之前，牠會有所預感，自行趴下，提示主人預先做好防備。唯有一點不足，駱駝腳底柔軟，到了冬天，無法像馬匹那樣刮去草地上的冰雪吃草，完全得靠飼料餵食。不過現在既還不到冬季，沙漠上也沒有草地可吃，這缺點完全可以忽視。

走了幾天，傲文漸漸喜歡上駱駝，雖然其頭臉長得憨態可笑，然而有著偉岸的軀幹、穩重的步伐，以及堅韌不拔的毅力，最適合任重道遠的艱險路途。一路深入大漠，瀚海無垠，蕭條萬里，別說人影，就連活生生的動物也沒遇上半隻。沙丘的前面是沙丘，後面還是沙丘，處處是沉重的單調，挑戰著途人的忍耐極限。在這樣浩蕩的天地中，人像一葉孤舟踽踽漂浮，不免感到格外渺小，格外孤寂。而沙漠的神祕和可怕之處在於，即使它是寂靜無聲的，也絕非空無一物，寂靜的背後充滿難以想像的企圖和難以抵擋的陰謀。威脅，時時刻刻如影隨形。

某日夕陽時分，忽見到幾隻蒼鷹在一架陡峭的沙梁上飛上飛下，空旋徘徊，甚至遠遠能望見牠們的眼睛中銳光發亮。刀郎忙道：「那邊一定有屍首。」馳得近些，便看到前面沙丘下半坐著一名灰頭土臉的漢子，下半身都埋在沙中，人似乎還活著，所以那幾隻蒼鷹儘管饞涎欲滴，仍不敢冒險撲下去啄食。刀郎忙翻身跳下駱駝，搶過去將那漢子挖出來，卻見他腹部被捅了兩刀，淨是凝固的黑血，已然活不成了。傲文見他一身中原漢人打扮，很是驚奇，問道：「你是中原人麼？」那漢子勉強點了點頭。傲文道：「是誰傷了你？」漢子道：「寶藏……周穆王寶藏……」身子一挺，就此死去。阿勇道：「這一定是結伴來大漠尋寶的中原人，起了內訌，他是被他同伴殺死。」傲文道：「你怎麼知道？」阿勇笑道：「從我爺爺那代人開始就聽說過這種事，見怪不怪了。王子，你真相信有周穆王寶藏這回事麼？」傲文道：「我可不關心這個。」刀郎道：「屬下以前當嚮導的時候曾經聽過寶藏的故事，據說最開始是一個商人發現的，他因為財物被馬賊搶走，欠下了一身的債，後來被債主逼得沒有辦法只好逃入大漠，預備埋骨黃沙，安安靜靜地死去。哪知道無意間走進了一座廢棄的古城，發現了成堆的金銀財寶，他不但還清債，還一躍成為大富翁。之後無數人去尋找那座古城，卻都是有去無回。」他講得興起，旁人也聽得入迷，只有傲文對所謂寶藏之事不以為然。

幾人任由漢人死者留在原地，無須人力刻意安葬他，大漠風沙很快便會吞噬他的肉體，直至剩下一堆白骨，供後來的尋寶者生火取暖。夕陽下的大漠有種特別濃沉的璀璨，金燦燦的輝煌鋪天蓋地。小倫忽遠遠見到前面有異動，忙道：「王子，快看，那邊有戶人家。」果見天宇寥廓，莽莽塵寰，沙海極目之處，一道筆直勁拔的青煙升入天空，直指蒼穹。斜陽似火，孤煙如柱，氣象蕭索，好一幅雄奇畫面。五人精神大振，忙循煙而去。行了大約十幾里，眼前驀然出現一小塊綠洲，只見一潭泉水展現出藍寶石般的光澤，水面上浮著幾隻黑頭鳥，水邊則生有一片胡楊和紅柳，幾匹馬和一群羊正在林間悠閒地吃草，靜謐恬淡，生機盎然，一派詩情畫意。更不可思議的是，樹林邊緣建有一幢黃色土房，圍著低矮的土牆。牆體以紅柳、芨芨、蘆葦、羅布麻等天然植物混合砂土、碎石疊壓夯築而成，比石牆還要堅固，能夠抵禦大漠最厲害的狂風，正是大漠中獨有的「葦牆」建築。院子中只有一棵怪柳樹，餘處曬滿供燒火用的馬糞，以致房子四周彌漫著濃厚的馬糞味道。一名年輕的藍衣女子挽著衣袖，正在樹下的水井處打水，聽到馬蹄聲靠近，只抬頭看了一眼，便又冷漠地低下頭去，提了水往屋裡去，腰肢一扭一扭地如水蛇般靈活。

眼前所見，盡為美景，如同夢寐，又彷彿是生命中的奇蹟。小倫笑道：「原來傳說是真的，沙漠的某處真的隱藏著一個美麗神祕的女人。」刀郎見傲文點頭示意，便翻身下駝，走近院中道：「我們是路過此處的行商，想進來喝口水，暫作歇息，可以麼？」那女子又提著空桶出來，冷冷道：「水可以隨便喝，歇腳、吃飯、住宿都要加倍算錢。」刀郎道：「原來這裡還做客棧的生意。」藍衣女子道：「來這裡尋寶的人這麼多，白吃白住你受得了麼？」刀郎便掏出兩枚金幣遞過去，問道：「這個夠了麼？天色不早，我們想在這裡住一晚，明天一早再走。」他出手如此闊綽，原以為多少能贏得藍衣女子的青睞，不料她只是接了金幣，道：「夠了，你們先自己進去坐。」依舊形容冷淡。刀郎問道：「姑娘怎麼稱呼？」那女子道：「夢娘。」傲文心道：「當真是人如其名，這裡的一切還真是像做夢一樣。」阿勇、阿峰自牽了駱駝去馬棚拴好，卸下鞍座、行李，往水袋中灌滿水。小倫、刀郎先護著傲文進屋。廳堂並不大，但居然也擺了三張桌子，收拾得整整齊齊、乾乾淨淨。傲文道：「想不到大漠中還有這種地方。」過了一會兒，夢娘提水進來，面帶緋紅，一縷捲髮被汗水黏在額上，讓她更顯嬌媚動人。自到廚下燒水，為五人端來熱水洗臉，態度雖然冷淡，照顧客人倒也算周到。到晚上天黑時，夢娘做好飯菜端上來，熱氣騰騰，味道也不錯，居然還有一罐羊奶和一瓶香氣撲鼻的葡萄酒，酒雖不多，可是在這樣的地方有這樣的美酒，足以解解饞了。

這石屋除了廳堂，只有兩間小房，一間夢娘自住，一間給傲文幾人。五人酒足飯飽，傲文帶著侍衛進來客房，阿勇、阿峰則去馬棚打地鋪。客房裡面只有一個石塊砌成的大通炕，上面鋪了一層羊皮褥子，其他什麼也沒有，好在傲文幾人自己帶了上好的毛氈。這些毛氈產自樓蘭最高明的工匠之手，製作工藝極為複雜，要先將一條稱作「母氈」的舊毛氈浸水後在地上鋪平，然後在上面鋪三層羊毛及一層蒲草，每一層都要以水浸透，然後用獸皮包起來，緊緊綑住，壓實後再攤開，取走蒲草，這樣便得到所謂的「女兒氈」。再於女兒氈鋪三層羊毛及一層蒲草，重複前述程序，而一條上好的毛氈往往要重複多次。傲文等人使用的毛氈，毛更是來自未曾剪過毛的羊隻絨毛，不僅金貴，而且異常暖和，搭在身上，總算可以勉強將就入睡。

到了半夜，傲文忽然察覺到頭頂有異動，驀然驚醒，本能地去抓身邊佩刀，手不及舉起，寒光一閃，兩柄刀已經指住了他的胸口。屋內火燭大盛，小倫和刀郎都不見了，兩名面貌猙獰的大漢舉刀站在炕前。夢娘站在門口，手中正撫摸玩弄傲文的佩刀。傲文恨恨道：「原來你這裡是家黑店。」夢娘笑道：「不錯，就是黑店，專門捕捉你們這些貪心尋寶人的黑店。」忽然間變得爽朗起來，笑得十分放蕩，完全沒有之前那種冷若冰霜的姿態。原來，夢娘引誘過不少尋寶人入住，她在飯菜中下了迷藥，到半夜時再將這些人制伏綁住。昨晚她放倒了三個從中原來的漢人，人綁在地道還沒有送走，本來傍晚放青煙是要召喚同夥半夜來運人，哪知道竟被傲文一行看見，循煙上門，又成了送入虎口的肥羊。傲文怒道：「你可知道我是誰？」夢娘笑道：「本來不知道，但我手下阿色剛剛認出了你，你是樓蘭王子傲文，值錢得很。」那叫阿色的大漢道：「傲文王子，你不認得我了麼？上次你帶人護送車師糧隊經過白龍堆，我們見過的，你和你手下殺光了我兄弟，只有我一個人僥倖活了下來。」傲文雖不認得他面貌，卻也反應過來他就是上次在白龍堆遭遇戰中逃脫的馬賊，不由得很是吃驚地望著夢娘，道：「你……你居然是馬賊？」夢娘道：「很意外麼？王子，我得告訴你我的真實身分，我就是馬賊首領赤木詹的女兒，哈哈哈。來人，帶王子出去。」兩名馬賊不由分說，上前將傲文從褥子上拉起來。傲文還要反抗，夢娘笑道：「王子，你中了我的迷藥，暫時動不了啦。」傲文這才發現渾身乏力，一陣痠疼，手指雖然能動，卻連舉起手臂的力氣也沒有。馬賊取出繩索，反手綁上，搜走身上所有物品，這才將他扯出屋子來。

卻見院中站有數名彪形大漢，各舉火把。另有數名男子跪在乾馬糞中，均被雙手反剪，嘴裡塞了什麼東西，「嗚嗚」叫不出聲來。除了小倫、刀郎、阿勇、阿峰，其餘三人都是中原人打扮。阿色將傲文重重摜在地上，道：「今日要為我阿弟和那些兄弟復仇。」舉刀就朝他背心斬去。小倫、刀郎「嗚嗚」怪叫連聲，卻各自被背後的馬賊按住，無力援救。刀光一閃，阿色手中的彎刀被磕得飛了出去，竟然是夢娘出手救了傲文。阿色道：「夢娘你……」夢娘道：「殺了他，你弟弟就能復活麼？于闐跟樓蘭是死敵，咱們把他交給于闐，肯定能換到大批金銀珠寶。你放心，我一定會好好補償你的。」阿色不敢再辯，只得應道：「是。」夢娘道：「阿色，你去把地道封上，咱們這就回去。有了傲文王子，咱們也不用繼續留在這裡開黑店啦。」走到一名中原人面前，托起他的下巴，無限惋惜地歎道，「你們這些傻瓜，哪裡有什麼周穆王寶藏，那都是歷代馬賊編出來、好誘騙你們這些貪心尋寶人來送死的故事。我得告訴你實話，在你之前的那些尋寶人不是變成肉羹，就是被賣到北方給那些野蠻人當奴隸了。總之，你已經是我的肉奴，這輩子是別想回中原了。」一邊說著，一邊咯咯大笑起來。那中原男子恐懼得渾身發抖，卻是一個字也說不出來。

此時天光微亮，傲文被蒙住雙眼，倒坐著扶上了一匹黑馬，為防止他逃逸，馬賊又將他雙腳綑綁在馬腹上。其他俘虜也各自被綁好，各自由一名馬賊牽了坐騎。傲文本難以辨明方向，等到太陽升起，才從光影判斷出是往西南方向行駛。忽聽到一名馬賊叫了一聲，隨即一片驚歎之聲，他猜應該是出現了海市蜃樓，想到自己這次尋找軒轅之丘的任務須得靠蜃景提供線索，可惜雙眼被蒙住，根本無法瞧見四周景色，心中焦急萬狀，但又不願開口懇求那蛇蠍般的美人夢娘。到晌午時分，眾人到達一片胡楊林，夢娘下令停下歇腳。傲文等人被放下馬來，取下蒙眼的黑布，分綁在胡楊樹上，大約是已經接近目的地，夢娘已不懼怕俘虜們知道方位位置。馬賊們在一旁大吃大喝，卻不肯給傲文等人一口水喝。傲文又餓又渴，想到自己堂堂王儲居然淪落至如此境地，又氣又怒，大聲問道：「你們要帶我們去哪裡？」夢娘笑道：「當然要請王子去馬鬃山了。難道王子沒有聽過麼？」西域人都知道馬鬃山是馬賊的巢穴，但卻從來沒有人能說出它到底在什麼地方。因為馬賊習慣在白龍堆出入，常人均推斷馬鬃山必然在東部沙漠的一處隱密之地，誰知道竟是在塔克拉瑪干的腹心之地，這實在令人意外。

又走了五十多里，遇到一大片枯死的胡楊林，一片濃郁的慘白色昭示著大漠風沙的無情和殘酷。胡楊林過後，是一道長七、八里，寬五六百丈、高二、三丈的土梁，梁上梁下到處堆集著指甲蓋大小的或白或灰色貝殼，因此這裡有「貝殼梁」之稱。貝殼梁過後二十里地，陡然出現一大片戈壁，戈壁的盡頭就是大漠中人聞名無不色變的馬鬃山。馬鬃山遠看像個懸在半空中的鏤空岩洞，約五、六十丈高，宛若一輪滿月剛剛爬上山巔，所以又有人稱它為「月亮山」。天氣晴好的時候，若有浮雲飄來，如薄紗般籠罩著馬鬃山，半遮半掩，更為它陡添詩意，而只要是領略過月亮山風情的人，無不為大自然的鬼斧神工和神奇造化所感動。這馬鬃山不但自產石脂，山下還有地熱，四季如春，可謂是大漠中的天堂。但這樣一個傳奇而美麗的地方，卻從來沒有外人能輕易靠近，因為這裡聚集著大漠中最凶悍最殘忍的馬賊。

馬鬃山的入口是一道峽谷，寬處不過數丈，窄處僅容一人一騎通過。才剛剛走近峽谷，已經可以聽到裡面的呼喝歡笑聲。真實的馬鬃山並沒有人們想像中那樣恐怖，山谷中總是熱鬧得很，終日飄蕩著酒香肉香，洋溢著單純而野性的快樂。在寂靜孤絕的塔克拉瑪干中，唯獨這裡有喧鬧的狂歡，有放肆的叫罵，有浪蕩的笑聲，有女人的安慰。十數名馬賊嘍囉已聞聲迎接出來，笑道：「夢娘這次捉的肉奴真不少。」夢娘笑道：「貨色也相當不錯呢。這一位，就是樓蘭王子傲文。」馬賊們先是一愣，隨即大聲歡呼。一人上前解開傲文腳上的繩索，將他拖下馬來，揚手給了他兩巴掌，扔在地上。旁邊有人哄笑道：「想不到不可一世的傲文王子也有今天。」傲文努力坐了起來，往地上「呸」一口，冷冷道：「除非你們殺了我，否則他日我必定要你們死無葬身之地。」夢娘笑道：「我們可捨不得殺你，誰教你是樓蘭王子呢。」馬賊們登時哄笑不止，紛紛嚷道：「王子發怒了，好害怕呀。還不快些拿出好酒好肉招待傲文王子。」阿色的弟弟被傲文的部下殺死，早有心報仇，聞聲忙道：「讓我來。」取出繩索，打了活結，套到傲文頸間，隨即翻身上馬，催馬立行。傲文被拉著走了幾步，即仆倒在地，阿色非但不停，反而打馬繼續加速。這一路被拖進去，傲文的身上擦傷無數，口鼻中淨是塵土，呼吸喘氣都異常困難。

馬賊聽說抓到了樓蘭王子傲文，均蜂擁而出看熱鬧。馬鬃山山中是一大塊平地，北面石壁下有座高約兩丈的土臺，傲文直被拖到那土臺底下。阿色跳下馬，命人扶傲文站定，取下其頸中繩索，伸手就去解他的衣服。傲文驚道：「做什麼？」一名馬賊指著土臺一旁笑道：「王子，你眼下已經不是王子身分了，而是肉奴。你看，我們這裡的肉奴都是要剝光衣服，供人觀看消遣的。」傲文這才發現土臺左側挖了一個大坑，上面架著一個漆黑鐵籠，不及一人高，長約十丈，寬僅一丈，裡面蜷縮著幾名赤身裸體的男子。稍微靠近鐵籠，便聞惡臭陣陣，想來被囚禁的男子均是就地便溺，穢物拉在大坑裡。小倫等人也被押到鐵籠旁，馬賊先拖過一人，解開綁繩，扒光衣服，只留其腳上靴襪，再將他們塞入鐵籠中。阿色正準備對傲文如法炮製之際，夢娘走過來笑道：「這些肉奴都是要給人販子挑選論價的，傲文王子本身就值大價錢，可以區別對待。阿色，去叫鐵匠過來。」轉頭問道，「西術人呢？我有事找他。」一名嘍囉道：「西術說悶得發慌，帶人出去打牙祭了。沙其庫倒是在後山上，夢娘要去看看麼？」夢娘「嗯」了一聲，走出幾步，又回頭叮囑道：「沒我的命令，誰也不准拷打傲文王子。」馬賊大聲答應，數人一擁而上，將傲文推到土臺石壁下，強迫他跪在那裡。

過了一會兒，來了個孔武有力的彪形大漢，一手提著一副粗重的鐐銬，一手提著個大鐵錘，大約就是夢娘口中的鐵匠。鐵匠命看守的馬賊割斷傲文的綁縛，用鐐銬鎖了他雙手，從懷中取出一根帶有圓環的鐵錐，將錐尖自鐐銬中間的鏈孔穿過去，再用力錘擊鐵錐，釘入石壁。傲文一整天滴水未沾，體力耗盡，又被數隻大手強按在地跪下，空有一身武藝，絲毫反抗不得，忍不住破口大罵。鐵匠也不理他，將鐐銬釘好後就帶著馬賊離去，任其孤零零地留在那裡。傲文的雙手鐐銬被固定鎖死在石壁上，因而只能高舉著，勉強倚壁而坐。他是樓蘭王子，自小在王宮中長大，富貴榮華享之不盡，哪裡吃過這般苦，大罵了一陣，始終無人理解。還是土臺旁側鐵籠中的小倫嗚嗚哭叫道：「王子殿下！王子殿下！」傲文心中怒極，可是當此境地，又怎有辦法脫困？夢娘說要高價把他賣給于闐人，顯然尚不知道于闐與樓蘭已經聯姻結盟，但他若當真指出了這一點，對自己的處境會有好處麼？馬賊利字當頭，若不能將他賣給于闐牟利，多半要賣給墨山，那他可就真是死路一條了。

天光漸漸暗了下來，山谷、山腰馬賊的房屋中都亮起了燈火。囚禁肉奴的鐵籠前也燃起兩堆馬糞用以照明，馬糞上所淋之物即馬鬃山一道山溝中自產的石脂。傲文又饑又渴，更擋不住疲累的侵蝕，剛沉沉睡去，忽又聽見呼哨聲大起，有人高聲叫道：「西術回來了。」只見十數騎飛馬馳進山谷，領頭的三十多歲漢子正是西術。他飛快地馳到土臺下，翻身下馬，幾步登上土臺，將懷中物事丟在地上，喜孜孜地道：「這是老子今日在大漠中白揀到的，大夥來看看貨色怎麼樣。」又轉身叫道，「舉火，好讓大夥瞧個清楚。」那被西術扔在地上的是個身材窈窕的姑娘，年紀不過二十，只穿著一件雪白緊身衣，在火把的映照下，腰肢楚楚，豐滿的胸脯正一起一伏，顯得格外肉感。圍觀的馬賊不免露出了垂涎之色，但知道西術的武藝厲害，不敢跟他當面爭搶，只得說些讚揚的奉承話，道：「真是個美人！瞧那臉蛋粉嫩得能擰出水來！」西術越發得意，笑道：「這妞還是個雛兒，今日老子就當著眾兄弟的面給她開苞，如何？」馬賊大聲叫好，更有人道：「開完苞就讓大夥一齊上。」西術命人取來酒袋，吸了一口酒，噴到那女子臉上。那女子輕哼一聲，緩緩睜開眼睛，隨即坐起身來，茫然不解地望著四周。馬賊們哄笑道：「果然是個美人兒！」

那女子道：「我這是在哪裡？我……我不是在沙漠中迷路了麼？」西術湊到她面前，一本正經地道：「是我救了姑娘，你該怎麼感謝我？」那女子道：「謝謝……」驀然發覺周圍全是雙眼放光冒火的男子，眼前跟自己說話的那人也飛快脫去了上衣，露出一身結實的肌肉來，這才意識到不妙，「啊」了一聲，西術卻已經撲了上來，將她壓在身上，直接伸手去解她的裙子。忽聽得「啪」的一聲，西術背上不知如何吃了一鞭，火辣辣作疼，登時大怒，回頭一看，卻是夢娘，火氣頓時消了下來，爬起來笑道：「夢娘回來了。」夢娘道：「你不是已經有兩名女奴了麼？」西術笑道：「那兩名女奴我早玩厭了，這妞可是新來的。」夢娘道：「西術，我來是告訴你，從今日起，我要在馬鬃山長住。」西術道：「好呀，那再好不過。」夢娘道：「不過我也需要一名侍女。」指著地上那女子道，「嗯，就是她了。」西術臉色一變，但還是強壓下怒色，道：「不如我將自己的兩名女奴送給夢娘如何？她們來馬鬃山也有兩、三年了，熟手熟路，保管伺候得你舒舒服服。」夢娘道：「不，那兩名女奴你還是自己留著，我想要這個。既然已經是我的人，你可不能再動她，你們誰都不能再動她。」西術見事情難以挽回，只得賭氣道：「好，就聽夢娘的。」悻悻然自跳下土臺去了。四周馬賊們見一場好戲風消雲散，也頓覺無趣，各自散去。

夢娘上前扶起那女子，問道：「你叫什麼名字？」那女子道：「小菊。」夢娘道：「小菊，你從此以後就是我的女奴，只要你聽我的話，好好服侍我，我保證這裡沒有人敢動你一根毫毛。」小菊低聲應道：「是。」夢娘見她溫婉柔順，很是歡喜，道：「你先到那邊廚下吃些東西，然後取一碗羊湯，去餵那邊石壁下的男子。」小菊這才發現石壁旁插有兩支火把，亮光下坐著一個人，影影綽綽地看不清面孔。夢娘道：「你不用害怕，他被鐵鏈鎖住了，動不了。你要好好服侍他，他可是樓蘭王子，性命值錢得很。」小菊道：「是。」當真從廚下端了一碗羊湯，摸著黑，小心翼翼地走到石壁下，叫道：「傲文王子，湯來了。」傲文被鎖在土臺邊，早看到小菊險些被那些馬賊當眾強暴的一幕。此刻見她臉色煞白，全身發抖，顯然驚魂未定，不覺生出幾分同情來。小菊見他不應，問道：「你不是傲文王子麼？」傲文道：「是我。」勉強坐直身子。小菊便將湯碗湊到他嘴邊，餵他喝了下去，問道：「王子如何會落入馬賊之手？」傲文道：「說來話長。你是樓蘭人麼？」小菊道：「嗯，所以我認得王子。」站起身來，正要離開。傲文道：「等一等！」慢慢扶著石壁站起身來。

小菊道：「王子還想要什麼？」傲文神色猶豫，似乎矛盾得厲害，交織徘徊，一時還不能下定決心，見小菊轉身要走，還是不得已說了出來，道：「我要解手，我雙手被鎖住，搆不到腰帶，勞煩姑娘幫我解開褲子。」小菊頓時羞得滿臉通紅，幸好天黑無人看見，她咬咬牙，轉身飛一般地跑下土臺。傲文不覺懊惱異常，頹然坐下。可是人內急起來時當真是件要命的事，越是強行忍耐，越是有那方面的意念。正當傲文幾近絕望之時，小菊居然又回來了，雙手捧著一只瓦罐，奔近石壁，一聲不吭地將瓦罐放在他腳邊，扶他站起來，轉過頭去，解開他褲帶，將褲子褪下來。等他蹲下來往瓦罐中解完手，她又重新上前幫他穿好褲子。傲文不敢去看小菊臉上的表情，但他自己早已經臊得臉面發燙。雖然他在王宮中是被無數侍女服侍著長大，也不是第一次在女子面前袒身露體，但像今晚這樣得靠不相識的女子幫助才能解手的窘迫局面，還從來沒有遇到過。心中一直惴惴不安，直到小菊端著瓦罐轉身離開，他才想起沒有道謝，低聲道：「謝謝你。」小菊只是沉默地迅速離開，大概她也極不願做這樣的事。望著她瘦削的身形沒入黑暗中，他的心中陡然升起一股強烈的眷念。

次日一早，晨曦映紅了馬鬃山。小菊又提著籃子和瓦罐來到土臺。陽光灑在她美麗的臉上，高高的鼻梁，薄薄的嘴唇，一雙精靈閃亮的眼睛像泉水般清澈，彷彿也沾染了她的溫柔。這還是傲文第一次看清她的面容，不覺一愣，道：「我好像在哪裡見過你。」小菊道：「怎麼會呢？小女子卑賤低微，怎有機會讓王子看到？不過王子出行時，我倒是在路邊望過。」當即上前服侍傲文吃喝拉撒。傲文很是過意不去，低聲道：「如果我能活著離開這裡，一定會設法救你出去，再好好補償你。」小菊驀然睜大眼睛，問道：「王子預備如何補償我？」傲文道：「你想要什麼？只要我能辦到，你要什麼我都給你。」小菊面色驀然一沉。傲文道：「怎麼，你不相信我麼？」小菊甚是冷淡，卻不肯回答傲文的話。傲文心中大為不解，不知如何惹得她生氣，有心問個明白，卻又擱不下身為王子的面子。小菊默默餵他吃完東西，收拾了東西便自行離開。

大漠溫差極大，白天驕陽似火的時候，簡直能把人烤化。傲文被鎖銬的位置從早到晚都會被太陽照射到，直將他曬得昏昏沉沉。土臺邊緣生有幾棵小小的仙人掌，日光挑在每一根細小的刺尖上，彷若毒辣無比的利箭。他根本不知道每一天都是怎麼撐過來的，只覺時間過得極慢，是從所未有的度日如年感覺，唯一的安慰就是一日三餐能夠見到小菊的身影，儘管先前自從傲文問過她想要什麼補償後，小菊便再也不肯跟他說話。時光慢慢流逝，也不知道過去了多少日子，傲文臉上的鬍鬚已經長出了兩、三寸長。天氣也明顯轉涼，儘管馬鬃山有天然地熱禦寒，但遇到有大風的晚上，氣溫還是會劇降，冰冷刺骨，以致馬賊不得不給俘虜們各發了一件羊皮外套禦寒。這日傍晚，小菊照舊帶著食物來照顧傲文，西術忽領著幾名馬賊踱上土臺，不無嫉妒地道：「嘖嘖，到底是王子出身，成了肉奴也照樣有如此美麗的女奴伺候拉屎撒尿。傲文王子，你豔福可真不淺。」傲文冷冷道：「你也可以來嘗嘗被綁在這裡讓人伺候的滋味。」西術大怒，伸手便去拔刀。一名馬賊忙勸道：「夢娘有話，這個人萬萬動不得，他全身可都是金銀財寶啊。」西術恨恨地還刀出鞘，朝地上呸了一聲，仍怒氣難消，命道：「去帶兩個肉奴出來。」馬賊便隨意到鐵籠中拉了兩名肉奴，帶上土臺，一人是名中原漢人，另一人卻是垓下村的村民阿峰，受託護送傲文一行。西術命人將二人衣服重新剝光，各丟了一把鋼刀在其面前，道：「你們兩個人之中只要誰能殺死對方，我就放他走。這就動手吧。」帶著馬賊退到一旁，凝神觀看。

那中原漢人抖抖索索地先揀起鋼刀，卻不敢上前動手，只四下張望。他渾身上下被剝得一絲不掛，那情形煞是可笑。一旁馬賊見他有心無膽的樣子，已先自大笑了起來。阿峰忿然大叫一聲，用腳尖挑起鋼刀，右手抄在手中，揚手一揮，便朝那漢人撲了過去。漢人料不到他說打就打，一時駭住，竟連本能的閃避也忘記了。鋼刀即將砍到漢人身上之際，阿峰陡然轉身，直奔北面石壁方向而去。小菊忽見到一名全身精光的男子舉刀朝自己奔來，駭異地大叫一聲，本能地往傲文身上靠去。傲文早已站起，他料到阿峰衝過來是要營救自己，但鎖住自己的鐐銬粗若孩童臂膀，非神兵利器難以斬斷，如此局面之下豈不等於白白送死？還不如先殺了那漢人，設法離開馬鬃山，然後再設法回來相救。忙叫道：「阿峰，不要來救我，殺了那漢人，你自己逃命去吧。」阿峰從小到大未曾遠離過垓下村，心思單純，一時哪能想到這麼遠，他一心要救出王子，只憑一股蠻力衝到石壁前，道：「王子殿下，阿峰救你來了。」舉刀用力朝鐐銬斬去，「鐺」的一聲火星四濺，鐐銬毫髮無損，刀卻被磕掉一個大口子。

正待砍第二刀，忽聽得傲文驚道：「小心背後！」只覺背心被火猛烈炙了一下，劇痛瞬間波及全身，他的手臂慢慢軟了下來，就此仆倒在石壁下。小菊登時嚇得雙手捂住臉，尖叫起來。

那中原漢人一呆，隨即歡聲笑道：「我殺了他……我殺了他……」西術道：「很好，你這就離開馬鬃山吧，我保證絕不會有人攔你。」漢人道：「那麼，請歸還我的衣服馬匹。」西術厲聲道：「你想跟我討價還價麼？要麼就這樣走出去，要麼就回去鐵籠。」漢人忙道：「我走，我走。」拋下刀，飛快地奔下土臺，往山谷口趕去。西術搖頭道：「為什麼傻子這麼多，沒有馬，沒有水，連件衣服都沒有，能走出多遠？」雖然沒有看到預想中的肉奴拚死搏殺，心情總算好了很多，命人將阿峰的屍首拖下土臺，丟在鐵籠前，狠狠瞪了傲文和小菊一眼，這才回屋去飲酒作樂。小菊一直緊緊抓著傲文的手，將頭扭轉過去，連多看一眼的勇氣也沒有，問道：「他們……他們走了麼？」傲文道：「嗯。」小菊道：「我好怕。」其時兩人相距甚近，彼此都能感到對方呼吸的氣息。傲文見一絕色少女如此依戀著自己，不由怦然心動，湧起無限柔情來。

鐵籠中的阿勇等人見到自己同伴慘死、橫屍眼前，無不悲憤異常。小倫轉過頭去，狠狠瞪著剩下的兩名中原漢人。其中一人神色冷淡，彷彿什麼事都沒發生過。另一人則慌忙解釋道：「不關我的事……你們可別對我動手……」不久後，夢娘趕來，聽說肉奴死了一個、走了一個，不覺歎道：「又少賺了十個金幣。」傲文本來也是個生性冷酷的人，但見到這些馬賊視人為動物，百般虐待蹂躪，不由得也義憤填膺起來，心中暗暗發誓道：「阿峰是為我而死，今生不蕩平馬鬃山這幫馬賊，我傲文誓不為人。」夜幕降臨時，馬賊提了一桶石脂淋在阿峰的屍首上，舉火點燃，竟是將人體當成了燃料照明。小倫忍不住放聲大哭，阿勇將頭往鐵欄上撞得出血，只有刀郎一直沉默著。

這一日，夢娘領了數名打扮怪異的人來到鐵籠前，捂著鼻子嘰嘰咕咕講了一通。一名頭上纏著灰色頭巾的中年男子舉手指了指，夢娘便示意馬賊開了鐵籠，將那人指到的肉奴叫出來，剝下他們羊皮外套，執住手臂，拖到前面站定。頭巾男子一共指中四人，小倫、刀郎、阿勇均在其中，還有一個被夢娘下藥擒獲的中原漢人。頭巾男子前後反覆看過，這才滿意地點點頭。隨從立即自包袱中取出一堆戒具，卻是個黑色鐵環，開口兩端連著兩條尺餘長的鐵鏈手銬。他用力將鐵環開口處掰開，朝前套到肉奴頸中，再用手銬銬環鎖其雙手。肉奴雙手被吊在胸前，無法伸縮，再也難以反抗。輪到小倫時，他不願像牲口般被拴住，欲掙脫掌握，將面前的隨從推倒在地，最終仍寡不敵眾，被幾名馬賊圍毆一陣，反擰雙臂強按倒在地。頭巾男子見這最年輕、最能賣出高價的肉奴反而最不馴服，打個呼哨，隨從便將刑具開口朝後套入小倫頸中，兩隻手反銬在背後。他手臂的重量拉扯著鐵環，緊緊勒住了前頸喉嚨，呼吸頓時為之阻塞，長途跋涉之下，少不得要比別人多吃許多苦頭。待手下以戒具將肉奴一一鎖好後，頭巾男子這才從懷中取出一袋金幣，點清數目，付給夢娘。夢娘道：「你辛苦跑這麼遠一趟，就只相中這麼幾名肉奴？」頭巾男子笑道：「不瞞夢娘說，我來這裡的路上撞見四個落單的尋寶人向我討水喝，被我順手下藥放倒，白得了四名肉奴，這趟可是一點都不虧。」示意隨從以繩子串了眼前這四名肉奴頸中的鐵環，牽出去，拴在馬後。小倫不捨得傲文王子，頻頻回頭大哭大叫不止。傲文心頭也是一片惻然，小倫是樓蘭貴族子弟，自幼跟在他身邊，如同他的親弟弟一般，不知會被該死的人販子賣去何處？此去一別，是否還有相見之日？只是他實在不願在馬賊面前示弱，便有意擺出一副冷漠的表情來。

頭巾男子奇道：「這被單獨鎖在一旁的肉奴，居然是傲文王子？」不由得好奇地走上土臺，仔細凝視眼前這個神情木然的年輕人。夢娘笑道：「如何？雖然在這裡被鎖了多日，樣子有些狼狽，卻是貨真價實的樓蘭王子。」頭巾男子見傲文雖衣衫不整，風塵滿面，料來吃過不少苦頭，受了不少折磨，但還是不失貴公子的傲氣和作派，不禁嘖嘖稱讚道：「呀，奇貨可居，奇貨可居。夢娘，傲文不僅是樓蘭王子，而且已經被立為王儲。」夢娘又驚又喜，道：「當真？那麼可以讓樓蘭國用重金來贖回他們的王儲了。」頭巾男子搖頭道：「不妥，就算能得到金錢，卻是後患無窮。夢娘想想，樓蘭國王肯干休麼？傲文王子肯干休麼？而今于闐跟樓蘭正要打仗，夢娘若是將傲文交給于闐國王，既能得財，又能借于闐人之手除去後患。」夢娘道：「我本來早有這個打算，可是派出去的人半途折返回來，說于闐和樓蘭已經聯姻結盟，難道是假的麼？」頭巾男子道：「聯姻結盟倒是不假，只不過雙方都是利益之徒，樓蘭當時急著從墨山王宮救出他們的傲文王子，于闐則是生怕腹背受敵，想借道樓蘭國境回國，所以弄個盟約假意休戰。而既然目的已經達到，又該撕毀盟約重新開戰了。夢娘，現在正是你將樓蘭王儲賣給于闐的最好機會，大可以坐低起價。」夢娘登時笑靨如花，道：「多謝老財指點，就這麼辦。」

老財笑道：「而今夢娘不僅發了橫財，還是馬鬃山新的頭領，日後可不要忘記關照老朋友。」夢娘爽快地應道：「行。老財，這籠子裡還剩下好幾個肉奴，我也不想要了，全白送給你。」老財又驚又喜，道：「當真？」夢娘道：「你不知道，馬鬃山的規矩，賣不掉的肉奴都不能白養著，得給大夥消遣，太亂。」老財不免十分好奇，道：「這些都是男肉奴，如何消遣法？」夢娘道：「很簡單，將這些肉奴都放出來，讓他們自相殘殺，最後的倖存者可以活下來當苦力。」老財咋舌道：「如此豈不可惜？這些肉奴雖不及剛才那幾個，但若帶去西方，也還是能賣得出去。那我可就全部帶走了，也好給夢娘你省點心。」他二人旁若無人地高談闊論一番，傲文聽見不禁暗暗心驚，見那老財轉身要走，忍不住叫道：「喂！」老財道：「王子是在叫我麼？」傲文道：「你剛才說于闐和樓蘭正要打仗，是從哪裡打聽來的消息？」老財笑道：「不用打聽，西域人都知道，而今樓蘭和于闐各自往邊境聚集重兵，樓蘭國王問天甚至親自率軍趕往南部邊境，馬上就要爆發一場曠世大戰。」傲文無論如何都不相信老財所聲稱于闐和樓蘭大戰在即的消息，因為他離開樓蘭時，于闐希盾國王參加完打泥王宮的盛宴，才剛離開樓蘭不久，于闐與樓蘭的和談已成，樓蘭公主和于闐王子聯姻，如何又從哪裡冒出一場曠世大戰？當即冷笑道：「你這話，騙騙三歲的小孩子還差不多。」老財見他不信，也只一笑置之，趕下土臺去張羅免費肉奴之事了。

夢娘見鐵籠已經清空，便命人叫來鐵匠，用巨斧砍斷鐵錐。那鐵錐是生鐵鑄成，遇重力立即崩斷。傲文的雙手雖仍戴有鐐銬，但再也不用被鎖在石壁上不得動彈。只是被鎖日久，手臂已然僵直，完全失去靈活性，竟沒能推開過來扶他的馬賊。兩名馬賊一左一右抓住他，將他拽入鐵籠中囚禁。原以為鐵籠多少有些活動空間，哪知道也不好受——傲文身材修長高大，比鐵籠高出許多，根本無法站直，只能或坐或躺。而那鐵籠下的大坑淨是以前肉奴們拉出的黃白之物，鐵籠底部也不可避免地沾有污跡，傲文看都不願看一眼，更不要提坐在上面了。還真不如被鎖在石壁上，有小菊伺候。一想到小菊，他心頭便有些茫然起來，這女子在他人生最為艱困的時候幫助了他、挽救了他，是他的大恩人，他一定要報答她。可是她為什麼不肯告知想要什麼補償？莫非她不相信他還有逃出魔窟的機會？

到天黑掌燈時分，傲文正坐在鐵門邊閉目休息，鐵籠中只有那一塊落在地上沒有屎尿痕跡。小菊忽然跌跌撞撞地跑近來，迭聲叫道：「王子，救救我，快救救我。」傲文道：「出了什麼事？」小菊道：「夢娘還沒有回來。西術他……他闖進來，說夢娘今晚不會回來，他想對我……我……我沒有別的地方可去，也不認識別的什麼人，只有王子你……」傲文明知道眼下根本沒有能力保護她，還是緊緊握住她的手，道：「我絕不會讓別人傷害你。」卻見西術渾身酒氣，跌跌撞撞地追了過來，嘻嘻笑道：「小菊，小美人，快過來。」扯住小菊就往外拖。小菊放聲大哭，死死抓住鐵欄杆不肯放手。西術威脅道：「你再不聽話，我就剝光你的衣衫，將你關入鐵籠，跟那些肉奴一樣。」傲文喝道：「馬賊不是該橫行大漠、殺人越貨麼？你就會欺負女人，算什麼本事，有能耐衝著我來。」西術一呆，問道：「其他肉奴呢？怎麼就剩你一個人？」傲文道：「我一個人就能打贏你。你放我出來，若是我贏了你，你不准再動小菊一下。」一旁趕來看熱鬧的馬賊登時大聲起鬨，紛紛嚷道：「哈，王子向西術挑戰了！西術是我們馬鬃山第一勇士，你居然敢向他挑戰！西術，讓王子見識見識厲害。」

西術酒勁正濃，受激不過，氣往上沖，一把將小菊推開，道：「好，放他出來，今日就看是傲文王子厲害，還是我馬鬃山西術厲害。」土臺上登時燃起無數火炬，亮如白晝。傲文被帶了上來，有人往他手中塞了一把單刀，他手上鐐銬長不逾尺，體力也沒有完全恢復，明知道會吃很大的虧，還是擺開架勢，道：「來吧。」西術生怕被占先機，拔出腰刀，搶身上前，拔刀便朝傲文斬來。傲文聽見刀風颯颯，不敢硬接，側身疾避，轉一個圈子，手中的刀一激，瞅準空隙，反斬西術腰部。他武藝曾得名師指點，本來這招巧妙無比，後發先至，立時可重創敵人，卻因雙手被鐐銬拉扯住，比往日慢了許多。西術慌忙躲開，刀鋒擦著腰側而過，驚險之極，嚇得酒全醒了，這才知道眼前這位王子並非繡花枕頭，當即脫掉上衣，凝神對敵。傲文揮刀逕向西術手腕斬來，西術挺出兵刃迎上，勁力十足。兩人兵刃相交，火光四射。傲文遭囚禁日久，身心備受折磨，氣力遠遠弱於西術，連退數步方才站定。西術哈哈大笑，揮刀上前追擊。他武功雖不甚高明，卻過慣了刀頭飲血的日子，極為凶悍狠辣，加上膂力沉猛，所用腰刀也是從中原行商護衛手中搶來的環首刀；這是中原武士慣用的兵刃，直背直刃，刀背較厚，刀柄呈扁圓環狀，長不到一丈，便於抽殺劈砍，比尋常鋼刀要重上數倍。傲文被西術逼住，勉強硬接了數招，虎口震得發麻，半邊手臂痠軟無力，額頭、鼻上微有汗珠滲出，細細密密。忽聽得小菊驚叫一聲，不禁轉過頭去，刀光一閃，西術的腰刀在空中劃過一道圓弧，擊得他鋼刀脫手飛出。西術笑道：「王子，你輸了。」

傲文手中已無兵刃，情急之下，便用腳勾起地上一塊磚頭，朝西術砸去。西術揮刀一磕，即將磚頭磕飛，卻被磚頭屑弄了一臉，不禁怒火沖天，大罵一聲，揚刀便向傲文砍來。傲文退無可退，只得將雙手一揮，拿雙腕間的鐵鏈去格那柄重刀。西術這一招出盡全力，傲文只覺手臂劇烈一震，千斤大力就勢壓來，鐵鏈雖未被斬斷，但也未能擋住重刀。先是鐵鏈磕上他的額頭，刀鋒也隨即跟到，他能清晰聽到重刀砍進額骨的聲音。鮮血汩汩流下，蒙住了眼睛，眼前一片紅色。重刀餘勢不盡，他甚至來不及挪動腳步緩解對手攻勢，便已被壓得一屁股坐倒在地。西術殺得興起，趕上前來，飛起一腳將傲文踢翻，舉刀便朝他胸口插去。小菊忽然撲了過來，遮住傲文的身子，哭道：「求你放過他，我……我願意伺候你。」西術大感意外，隨即喜道：「美人開口，有何不可？」拋了重刀，拉起小菊笑道，「小美人，我想得到你已經很久了！今晚咱們就大戰三百回合，保管叫你欲仙欲死！」一名馬賊笑道：「西術，乾脆就在這裡替美人寬衣解帶，也好讓我們都開開眼界。」立即引來群聲附和。西術當即應道：「好，就在這裡！」傲文滿面是血，幾近昏迷，喃喃叫道：「不要……不要……」然而馬賊笑鬧吵嚷聲正濃，又有誰能聽到他微弱的呼喊？

喧鬧聲驀然停了下來，夢娘虎著臉走上土臺，問道：「你們這是在做什麼？西術，還不快放開我的女奴。」西術垂涎小菊美色已久，每次快要得手時都為夢娘所阻，心中一直憤憤難平，忽聽到夢娘當眾呵斥他，再也忍耐不住，大聲道：「夢娘可不要欺人太甚！這小美人明明是我從大漠中揀回來的，按照規矩就是我的女奴，你強行奪走不說，還不讓我們大夥占有她，馬鬃山可沒有這個規矩！」馬賊阿色是夢娘的心腹，聞言很是不平，上前道：「上次夢娘捉到兩個女肉奴，本可以賣出比男肉奴高出數倍的價錢，卻被你糟蹋作踐而死，又怎麼說？」西術道：「女人不就是被糟蹋的麼？不然你以為，這裡的有些人是怎麼生出來的。」他雖沒有明說，然而馬賊都知道他指的是夢娘。夢娘的生母也是馬賊從大漠擄掠來的良家女子，被前馬賊頭領赤木詹看中之後強行占有，後來才生下了夢娘。夢娘面色陰沉得厲害，正要接話，忽轉頭見到傲文倒在地上，驚道：「你們殺了傲文王子？西術，又是你做的？你壞了我大事！」西術道：「你一個女流之輩，有什麼大事？不錯，你老爹赤木詹是馬鬃山的頭領，咱們大夥都服他。可是你憑什麼發號施令？殺父深仇，不共戴天，但自從你老爹被遊龍射死，你不但不思報仇，還成天擺出一張笑臉，跟波斯人張羅著什麼肉奴買賣，丟死我們馬鬃山的人了。」夢娘一張紅撲撲的圓潤臉龐彷若熟透的紅石榴，也不知道是因為生氣，還是火光的緣故。她環視了一圈，才緩緩道：「咱們當馬賊搶劫商隊，那是因為沒有錢花。雖然是無本的買賣，可是每次搶財搶物，咱們也會損失人手。肉奴買賣可不一樣，自古以來就是極為賺錢的買賣，一本萬利。尤其這位傲文王子，只要將他賣給于闐，就足夠咱們所有人下半輩子吃喝。我可全是為大夥著想，難道你們還願意過那種刀頭舔血的日子麼？」土臺上下靜得出奇，所有人的目光都集中在夢娘身上，卻沒有人答話。

忽有一名漢子擠過人群跳上臺來，怒道：「你們這是在做什麼？想要造反麼？夢娘是咱們馬鬃山的新頭領，這是大夥早就商量定了的事，誰敢不服，我沙其庫第一個砍下他腦袋！」轉身走近西術，冷笑道，「虧你還敢自稱馬鬃山第一勇士！當日你我一齊跟隨頭領前去白龍堆截擊樓蘭糧隊，頭領被遊龍意外射死後，你連還手都不敢，跳上馬，逃得可飛快！」西術臉漲得發紫，怒哼一聲，拂袖而去。沙其庫道：「還圍在這裡做什麼？各自回屋睡覺去！」等馬賊四散，這才丟了一瓶金創藥給小菊，護著夢娘去了。小菊用衣襟擦去傲文額頭污血，見傷口甚深，血流如注，淚水忍不住滾落下來。傲文一直強提一口氣，好不失神志，忽見小菊落淚，心中激蕩不已，終於昏暈了過去。再醒來時，卻是躺在一間低矮陰暗的土屋裡，額頭疼痛如裂，伸手一摸，才發覺裹著厚厚的藥布。過了一會兒，小菊端著碗濃湯進來，扶他坐起身，細心餵他喝下。傲文見她淚眼婆娑，不停用衣袖拂拭眼淚，忙問道：「他們又欺負你了？」小菊搖了搖頭。傲文道：「那是因為什麼事？」小菊道：「我偷聽到夢娘跟馬賊的談話，說要將你賣去于闐，今日就要送你走。」

原來，夢娘之前意外捕捉到傲文後欣喜若狂，一心想將王子高價賣給于闐，可是派去于闐的人半路聽人說于闐和樓蘭正聯姻結盟，因而又返回稟報。夢娘心中有所遲疑，直到從老財口中得知于闐跟樓蘭正要開仗，這才重新下定決心。她厭惡西術總是無事生非，決意將傲文先帶離馬鬃山，藏在穩妥之處，再派人去跟于闐國王談判。傲文早知道這一天遲早會到來，聞言也不驚訝，他心中更關切的是，那波斯人販老財所提于闐和樓蘭大戰在即到底是真是假。正想開口問問小菊有沒有從夢娘那兒聽到過這類消息，忽見夢娘大笑著走進屋來，道：「咱們馬鬃山雖好，卻並非久留之地。王子，你該上路了。」兩名馬賊搶上前來，將傲文拖下土炕。傲文掙扎著扭轉頭去，卻見小菊正呆呆望著自己，不禁對這個女子產生了一種奇妙的不捨感覺……夢娘瞧在眼中，笑道：「王子是不是有些捨不得小菊？我這女奴真是人見人愛呢。」傲文只覺胸口一股氣直往上沖，忍不住大聲叫道：「你放心，我一定會回來救你出去。」夢娘驚訝地道：「我們高傲的傲文王子是在跟你說話麼？小菊，你可真是了不得，傲文王子自身難保，竟然還說要來救你，可見是對你動了真心呢。」表面雖嘲笑不止，但內心深處竟隱隱起了一絲嫉妒，揮手命道：「快帶王子走。」

兩名馬賊一左一右挾了傲文手臂，往山谷谷口走去。傲文還是忍不住回過頭來，小菊也追了出去。卻見她正凝視著他，深邃的眸中滿溢憂傷，露出沉重的悲哀來。他的喉結動了動，內心深處突然升騰起深深的眷念，想要再說點什麼，卻被馬賊不由分說地拖走。那立在山谷中的單薄身形越來越渺小，當轉進谷口的時候，她便徹底從視線中消失不見了。傲文依舊倒騎在馬上，雙腳被縛住，前後左右共有十名馬賊押送，領頭的就是曾在土臺上竭力維護夢娘的沙其庫。這群馬賊腳力甚快，不多久，馬鬃山便隱沒在地平線上。

近晌午時，眾人發現了一具精赤著身子的屍首，腳上只剩一隻靴子，手中則緊緊握著另半隻靴子，半埋在黃沙中，已然腐爛發臭。沙其庫皺眉道：「這一定又是缺糧缺水死去的肉奴。」傲文見那屍首後頸有顆大大的紅痣，知道就是當日殺死阿峰的中原男子，雖不如何同情死者，但想到侍衛小倫、刀郎也被賣做了肉奴，不知他們眼下命運如何，也許跟這肉奴一樣饑餓到不得不啃食自己的靴子，也許早已毫無尊嚴地死在大漠中，不禁憂慮憤恨不止。一名馬賊忽道：「快看那邊。」卻見西面沙丘遠遠有一人在拚命招手，離奇的是那人竟然也是赤身裸體。沙其庫立時便留意到了，道：「說不定是從波斯人手中逃脫的肉奴。伐那、烏巴，你們去帶他過來。」那兩名被點到的馬賊應了一聲，即策馬朝那男子馳去。男子見到有人過來，轉身奔下沙丘，瞬即消失不見。伐那、烏巴馳上沙丘，又逕直衝了下去。過了一會兒，兩匹空馬奔上沙丘，主人卻消失不見了。那裸身男子竟又奔上沙丘，在那裡揮手示意，情狀極為詭異。沙其庫命道：「請傲文王子下馬。你們兩個留下來，若是王子敢有異動，立即斬下他雙腳。」拔出兵刃，大聲發令，率領剩餘馬賊朝沙丘攻殺衝去。那裸身男子「媽呀」驚叫一聲，照舊奔下沙丘躲藏。

只聽見利箭破空之聲，落在隊伍最後的兩名馬賊背心各中一箭，跌下馬來。沙其庫忽聞背後有異，這才知道是敵人調虎離山之計，忙勒轉馬頭。東面沙丘中忽站起一名黃衣人，持弓連射，箭無虛發，沙其庫和剩下三名馬賊相繼中箭落馬。那神射手埋伏之地離傲文的位置極近，兩名留守的馬賊本可立即上前夾攻，緩解危機，然而驚見如此神箭，竟駭異得呆了，半晌才顫聲道：「遊……遊龍來了……」他二人的注意力全在那個令所有馬賊魂飛魄散的神奇人物身上，不防背後的傲文早悄悄爬起，伸腳一勾，絆倒其中一人，又用鐐銬勒住另一人脖頸。牽延片刻，遊龍已然趕到，一刀結果了那正要爬起身暗算傲文的馬賊。傲文鬆開手，馬賊頹然歪倒在地，雙眼鼓出，竟已被勒死。傲文道：「你就是遊龍？」驚喜之外更有幾分欽佩。遊龍道：「是。王子請站開些。」舉刀用力斬下，紅光一閃，鐐銬應聲而斷；又將銬環斬斷，均如摧枯拉朽。傲文雙手得脫束縛，喜不自勝，一邊撫摸手腕傷破處，一邊問道：「遊龍君如何會認得我？」

那遊龍正是蕭揚假扮，聞言不禁一愣，知道不經意間已露出破綻。他本可推託是聽到馬賊稱其「傲文王子」，但想到曾兩次與傲文照面交談，怕是難以繼續偽裝下去，萬一被拆穿，結果反而更糟糕，當即答道：「我們見過面的，我其實並不是真的遊龍，只是遊龍的替身。」還刀入鞘，伸手揭下面具來。傲文果然驚然失色，道：「啊，你不是蕭揚麼？如何又變成了遊龍？」蕭揚道：「當日我來西域，在大漠裡幸運地遇到遊龍，受他囑託，以他的身分去解救車師危機。事情辦成後，還沒有來得及歸還面具和兵器。」這是笑笑生為他編的一番謊話，好在露出破綻時使用，想不到今日當真用上了。傲文道：「你身負如此神奇的箭術，難怪當日能將墨山主帥康寧一舉射斃在交河城下。那麼當日在扜泥城中，于闐黑甲武士追殺你，也是因你假扮遊龍而起？」蕭揚道：「不錯。不過于闐人並不知道車師的遊龍是我假扮，他們只知道我曾與遊龍在一起，而遊龍曾多次破壞于闐國王希盾稱霸西域的計畫，他派人圍捕我，其實也是想追蹤遊龍的下落。」傲文心中再無懷疑，點頭道：「原來如此。蕭揚公子，勞煩你將遊龍的割玉刀借給我看看。」習武之人，任誰看到割玉刀這樣的神兵利器都會讚賞心儀不已，蕭揚便拔出長刀，遞了過來。傲文伸指在刀身上一彈，「嗡嗡」之聲綿延不絕於耳，不禁讚道：「好刀！當真是好刀！」驀然挺出刀尖，對準蕭揚胸膛，喝問道：「你救我到底有什麼目的？」

蕭揚先是滿臉愕然，隨即省悟過來，道：「莫非王子以為我是貪圖什麼賞賜？我認得這領頭的馬賊，見他帶人押著一名俘虜，料來有所圖謀，所以才起心營救。之前，我根本不知道俘虜就是王子你。」傲文道：「不是關於這個。」他見識過蕭揚的箭法出神入化、武功高明不凡，絲毫不敢大意，喝道，「拋下弓箭，慢慢轉過身去，跪下，雙手交叉放在肩上。」蕭揚不明究竟，見對方聲色俱厲，如臨大敵，不似做偽，只得照做。傲文厲聲道：「不管你出於什麼目的救我，我一點也不感激你。現在我問你話，你得老老實實地回答，不然我就將你的肉一塊一塊割下來，懂了麼？」蕭揚道：「王子想知道什麼？」傲文道：「你來大漠做什麼？」蕭揚道：「找一件東西。」傲文道：「什麼東西？」蕭揚道：「這個……跟王子無關，恕我不能奉告。」只覺背心一緊，刀尖已經刺破肌膚，生生作疼。傲文道：「我再問你一次，找什麼東西？」蕭揚道：「不知道王子為何敵意如此濃重？我找的東西本是中原之物，跟你們樓蘭毫無干係。」傲文冷笑道：「誰說毫無干係？你想找的地方，不是軒轅之丘麼？」蕭揚大驚失色，問道：「王子如何會知道軒轅之丘？」傲文道：「這是我應該問你的話。說，你是怎麼知道軒轅之丘的？你那個傻乎乎的道士同伴呢？適才那脫光衣服的男子是……」忽覺背後微風颯然，不及回頭，只覺得後腦勺劇烈一痛，登時暈了過去。

再醒來時，正仰面躺在沙地上，蕭揚和笑笑生坐在一旁爭論些什麼。傲文坐了起來，發現自己的手腳並沒有被綑綁住，不覺很是奇怪。笑笑生側頭叫道：「哎，醒了！王子，你可是大大錯了！先生我雖然出賣色相吸引馬賊注意力，立下大功，不過說到底還是靠蕭揚老弟的箭術救了你，你不感激不說，還恩將仇報，對他拔刀相向。尤其不可饒恕的是，你居然在背後罵先生我傻！你……你到底是不是個正常人？」傲文站起身來，見割玉刀已經被蕭揚取回，料來以自己目前的體力非其對手，當即冷笑一聲，俯身揀了死去馬賊的兵器掛在腰間，轉身去牽馬匹。蕭揚問道：「王子要去哪裡？」傲文道：「回馬賊的老巢馬鬃山救人。」笑笑生奇道：「什麼？」隨即嚷道：「瞧，我就說他不是個正常人了，剛剛脫險，額頭還有傷，又要回去送死。」蕭揚卻道：「等一等，我跟王子一起去。」站起身來，將手指抿在嘴唇上一吹，打了個呼哨，一匹黃色駿馬驀然出現在不遠的沙丘上，歡快地朝主人奔來。傲文大感意外，問道：「你去哪裡做什麼？」蕭揚淡淡道：「我自然不想去，也很想勸王子不要回去送死。但你是王子，言出如山，斷然不會聽旁人勸，那麼只好我陪王子一起去送死了。」傲文問道：「你為什麼要這麼做？」蕭揚道：「因為遊龍一定會這麼做。」不知道為什麼，這句話深深打動了傲文，也令他對眼前這中原漢人產生了一種莫名的信任，他始終警覺的面色終於鬆弛了下來，道：「就算是遊龍，也沒有必要如此冒險，馬鬃山中可是有上百名馬賊。」蕭揚道：「如此，我更不能讓王子孤身涉險。」

傲文也是果決之人，微一沉吟，即道：「好，那我們走吧。」翻身上馬，走出幾步才想起什麼事，轉頭道，「多謝。」他是高高在上的王子，自小要風得風，要雨得雨，專橫霸道，傲氣十足，從他口中對並不熟識的人說出一個「謝」字，可謂相當不易了。笑笑生大叫道：「喂，要去你們兩個去，我可不想去馬賊的老巢。」傲文冷冷道：「先生大可不必跟隨傲文冒險，請自便。」策馬便行。蕭揚道：「笑先生是嘴硬心軟，一會兒自然會追上來的。王子，你不是好好在扜泥城中當王儲麼，如何會落入馬賊手中？」傲文道：「這事說來話長。」他心中疑慮還是不能解開，便坦白地道，「適才我對蕭揚公子多有冒犯，不過也是情非得已。不瞞公子，此次我來大漠也是為了尋找軒轅之丘。」蕭揚極為意外，問道：「你們樓蘭也想要得到軒轅劍麼？」傲文更是驚奇，道：「公子是在尋找軒轅劍？」蕭揚道：「不錯。」傲文想起姨父曾提及樓蘭與中原本是一脈相承，難道自己要找的神物和軒轅劍本就藏在同一處地方？一時難以弄清這是巧合，還是有什麼關聯，越想越是心驚，忙問道：「你找軒轅劍做什麼？」忽聽得背後有人道：「他本是黃帝後人，軒轅劍是黃帝遺物，本來就該歸他所有。」原來笑笑生不知如何又騎馬來了背後，彷彿鬼魅幽靈般從地下冒出，倒讓傲文嚇了一跳。他聽說蕭揚是黃帝後人，又想起了黃帝的詛咒，一時間，心頭分外沉重。蕭揚早習慣了笑笑生的神出鬼沒，但突然聽其張口稱他是黃帝後人，不由得瞪大眼睛，顯是困惑之極。笑笑生忙道：「老弟別那麼瞪著我，怪瘆人的，我是開玩笑的啦。炎帝和黃帝是華夏始祖，咱們中原人都是炎黃子孫，都可以說得上是黃帝後人。」嘻嘻一笑，又換了副神情轉頭問道，「傲文王子，莫非你也是在找軒轅劍，想用它來控制我們中原？」傲文搖頭道：「不是。」

蕭揚見他不願多提，便道：「此去馬鬃山凶險異常，還請王子將所見到的地形、布防都詳細指出來。」笑笑生插口道：「你是樓蘭王子，身邊應該有不少侍衛，他們人呢？」傲文便詳細講述了到大漠和馬鬃山之後的種種奇遇。本來，他被馬賊捕獲、更被當作肉奴般販賣是件十分丟臉的事，他也不願外人知道，但對方既肯跟他同生共死，又是鼎鼎大名遊龍所信任的人，情形格外不同，是以毫不隱瞞，唯一只不提一度雙手被鎖、連方便都要靠女奴幫助之事。蕭揚道：「如此說來，此處距離馬鬃山已然不遠，咱們不能這麼過去，不然很容易被進出的馬賊發現。」當即改變方向，預備兜大圈子先繞到馬鬃山山後再說。笑笑生嘻嘻笑道：「聽王子的講述，那些馬賊並不如何服夢娘當頭領，若是能挑撥他們自己內訌，咱們救人可就容易多了。」他歷來愛瞎出主意，這次也不例外。傲文眼前一亮，道：「笑先生提醒得好，我倒有個主意。」當即說了自己的計畫。笑笑生頭搖得如撥浪鼓似的，連聲道：「不行！絕對不行！先生我不會武藝，王子想讓我打頭陣，不是讓我去送死麼？讓蕭揚去，他最擅長冒充了，冒充遊龍不是把車師上下那麼多人都騙過去了麼。」蕭揚道：「不是我不想去，而是赤木詹被遊龍殺死的那一戰我也在場，許多馬賊見過我本來面目，亦不可能用遊龍的面具混進去，只有先生你一人是生面孔。」笑笑生道：「那你為什麼不用遊龍的身分？馬賊一聽到遊龍的名字不就嚇得屁滾尿流麼？」蕭揚道：「遊龍威名雖盛，但馬鬃山是馬賊根本之地，若是聽到遊龍到來，即使害怕，也會拚死反抗。還是傲文王子這個法子勝算最高，只是需要先生冒些險。」笑笑生道：「你們這是把先生我生生往火坑裡推。傲文王子，你已經是樓蘭王儲，身邊的女人數都數不過來，幹麼非要冒性命危險去救一個女奴？」傲文正色道：「她不是普通的女奴，而是我生命中最重要的女人，我寧可自己不要性命，也要救她出來。先生若是怕死，大可自行離去。」笑笑生嘟囔道：「誰怕死了？怕死又怎樣？要我打頭陣，還不讓人發牢騷！最重要的女人，哼哼哼，回頭你就知道當你的女人是什麼樣的下場。」傲文大怒，道：「你胡說些什麼？」蕭揚忙道：「王子息怒。笑先生有口無心，不必與他計較。」傲文也知道笑笑生瘋瘋癲癲，怒氣稍解，也就算了。

夜色降臨時，三人終於到達馬鬃山。黑黢黢的夜中，那裡看起來只是影影綽綽的輪廓，只有谷口隱隱有火光透出。蕭揚從行囊中取出一塊白布，一圈圈地往笑笑生頭上纏好，笑道：「先生還真有幾分波斯人的樣子。」笑笑生哼了一聲，跨馬朝峽谷走去。傲文知道成敗在此一舉，不免很有些憂心忡忡，問道：「他能行麼？」蕭揚道：「嗯。笑先生是有些怪誕，但自從我認識他以來，他從來沒有壞過事，而且屢次在重要關頭他都能幫上大忙。王子可能還不清楚，當初在玉門關外解救樓蘭商隊危機的人就是笑先生，內中具體經過，王子可以等回國再召嚮導阿飛詢問。」傲文還是第一次聽說此事，驚奇不已。

笑笑生單騎來到峽谷，未及靠近，便聽見弓弦之聲，忙叫道：「別射，千萬別射，老財派我來的！波斯人老財！」黑暗中有人笑道：「老財還真是個小心人。白日才剛剛把肉奴運回馬鬃山，千叮嚀萬囑咐的，晚上又派人來查看點數了。」言下之意，竟是那人販子老財將昨日買走的肉奴又送了回來。笑笑生不免吃了一驚，但又不敢詢問究竟，生怕露餡，只得下馬訕笑道：「是啊，是啊。」驀然火光一亮，有人舉著火把到他面前，隨意照了照，便道：「跟我來吧。」笑笑生慌忙道謝，緊隨那馬賊進來山谷。那馬賊嘍囉逕直來到谷中土臺下，道：「肉奴都在鐵籠裡。」笑笑生舉火一照，見鐵籠裡關著十名全身上下精光的男子，正凍得瑟瑟發抖，爭相往鐵籠前的火堆湊，只是人頭太多，朦朦朧朧看不清面孔，忙道：「暫時不必了。嗯，我有要緊事，想求見西術。」馬賊很是意外，道：「馬鬃山眼下是夢娘當家，老財不是一向跟西術合不來麼？」笑笑生神祕地道：「你小毛孩子懂什麼？我家主人派我來，是有要緊事要告訴西術。」西術雖不是頭領，在馬鬃山地位卻相當高，馬賊嘍囉不敢再問，領著笑笑生來到一間屋子外，道：「就是這裡了。」笑笑生見房門大開，便直接進來。

房中燃了一堆淋了石脂的枯骨，既能照明又能取暖，熱氣騰騰，煙霧彌漫。西術正坐靠在榻上在喝悶酒，腳邊跪著兩名女奴，正一人抱著西術的一隻大腿輕輕揉捏按摩，其中一名年紀大些的臉上淨是青紫淤痕，顯是新近遭過毆打。這兩名女奴都是馬賊先後從大漠絲路上劫來的良家女子，被西術姦淫後又充作女奴服侍他起居，只穿著一條皮裙，裸著上體，露出雙乳。她們自被擄到馬鬃山後便一直被迫如此裝扮，早以習慣，也不再以為恥。笑笑生乍見之下卻彷若挨了一記悶拳，「哎喲」一聲，匆匆轉過頭去，道：「這裡的人都是不穿衣服的麼？」話一出口，便知道露出了破綻，心道：「老財的那些肉奴都被剝光了衣衫，我明明是扮他的隨從，不該為這兩個不雅的女子大驚小怪。」幸好西術根本沒有留意，見一名波斯男子不打招呼便逕直闖進來，微微一愣，即不耐煩地問道：「你來做什麼？」笑笑生忙笑道：「老財派我來告訴頭領一件機密大事。」一句話正踩中了西術的痛處，當即將手中酒杯重重一頓，斥道：「什麼頭領？你不知道馬鬃山新頭領是夢娘麼？」笑笑生笑道：「但在小的和我家主人眼中，西術你才是真正壓得住陣的頭領。」

西術心下大悅，抬腳將女奴踢翻，喝道：「都給我滾遠點！」兩名女奴慌忙爬起來，雙手遮住上身，躬身退了出去。西術這才扯了扯衣領，咳嗽了一聲，問道：「老財有什麼事要告訴我？」笑笑生道：「頭領可知道夢娘為什麼要一心維護傲文王子？」西術道：「她不是要把王子賣去于闐賺大錢麼？」笑笑生嘿嘿一笑，故作高深地道：「決計不是，頭領不信可以立即派人到于闐去問，絕沒有買賣王子這回事。」西術狐疑道：「那夢娘要做什麼？難不成她看上了傲文王子，想嫁給他做樓蘭王后？」笑笑生道：「傲文王子知道一個巨大祕密，得到了它，就可以稱霸西域，可比什麼大錢厲害多了。」西術道：「你怎麼會知道？」隨即驀然省悟，道，「啊，老財買走的肉奴之中有王子的侍衛。我就說呢，他堂堂樓蘭王子不在王宮裡享福，來大漠受罪做什麼？夢娘一定早就知道，所以才派沙其庫押送。」忽然又警惕起來，問道，「你主人老財折返回來，該不會也是為了這件事？」笑笑生道：「是。主人擔心憑一己之力辦不成這件事，所以派我來告知頭領，將來頭領得到這個祕密，雄霸西域，也希望能分一杯羹。」

西術畢生的願望就是能當上馬賊頭領，哪知道突然冒出個人稱他將來也有雄霸天下的一天，一時不覺飄飄然起來，那情形好像真的已經將西域踩在腳下似的，當即拍案而起，道：「好，若是我將來成了西域霸主，就封你家主人當樓蘭王。」急速衝出門，大聲叫道，「來人！快來人！」意欲召集心腹人手連夜追趕前去押送傲文的沙其庫一行，轉頭問道，「老財現在人在哪裡？」卻不見了笑笑生蹤影。西術一時不明究竟，忙一邊派人找尋波斯人，一邊帶人趕來土臺鐵籠，命人開了籠子，將所有肉奴拉出來跪成一排，問道：「你們誰是傲文王子的侍從？」卻是無人回答。西術便命馬賊往每人頸後架一把彎刀，喝道：「再不說就一起死。」一名中原男子忙指著小倫和阿勇道：「他們……他們兩個是……」西術道：「王子怎麼會只帶兩個人出來？」中原男子道：「本來有四個。其中一人被殺了，就是上次想砍斷鐵鏈營救王子的那個。還有一個叫刀郎的，被波斯人帶走了。」西術道：「你還知道些什麼？」中原男子道：「好像是刀郎要帶波斯人去找什麼寶，波斯人嫌我們累贅，就將我們又送回來放在這裡，等找到那個寶……」小倫正跪在那中原男子旁，驀然大叫一聲，伸手掐住那男子。他背後馬賊舉刀欲斬，西術道：「留他性命！這兩名肉奴留下，其餘的關起來。」

笑笑生突然不見之後，西術本來已開始起疑，然而此刻見到眼前情形，便再無任何懷疑，命馬賊拖開小倫和阿勇，胡亂幫他們套上衣服，綑住雙手，正要帶二人一起去追趕傲文王子，忽然夢娘領著數名馬賊趕來，喝問道：「西術，這肉奴已經被老財買下，你可不要再搗亂。」西術見夢娘背後的馬賊個個全副武裝，手扶刀柄，神色警覺，心中有數，道：「我可沒空跟你搗什麼亂。夢娘，你不知道老財已經出賣你了麼？你花那麼多心思在傲文王子身上，敢把你的目的說出來給大夥聽聽麼？」夢娘冷笑道：「我明白了，你是想要造反。」西術道：「我不是要造反，而是要當馬鬃山的頭領。我們這麼多弟兄都是男人，難道要聽你一個女流之輩的號令麼？你不用往後看，沙其庫人不在這裡，他不是被你派去押送傲文王子了麼？夢娘，你不配做頭領，但你可以做頭領夫人。只要我當上頭領，你從此就跟著我，包你吃香喝辣，再也不用去做什麼肉奴買賣。」夢娘大怒，道：「你好大膽……」馬賊群中忽然有人射出一箭，正中了西術的左臂。西術當即道：「臭娘們，老子今日非殺了你不可。」拔刀朝夢娘砍去，卻被她背後閃出的兩人橫刀擋住。

忽聽得有人大叫道：「火併啦！火併啦！誰殺死西術，夢娘就嫁給他當老婆！」西術越發怒氣沖天，回頭叫道：「死人，你們還在等什麼？」他的心腹有如大夢初醒，這才拔出兵刃加入戰團。土臺附近聚集了不少馬賊，爭鬥一起，登時一片混戰。夜色正濃，雖有燈火，畢竟還是瞧不大清楚，誤殺誤傷導致越來越多的馬賊加入戰團。小倫和阿勇本來被縛在一旁，見馬賊陡起內訌，忙縮到人群後，混亂黑暗中也無人留意到二人。正待設法磨斷繩索，搶兩匹馬逃走，忽背後有人輕叫道：「喂！」驚然回頭，不由得又驚又喜，竟然是傲文王子，背後還跟著兩人，小倫竟也認得，是那在蒲昌海桑紫夫人精舍外見過的蕭揚和笑笑生。傲文拔刀割斷二人綁索，輕聲問道：「刀郎人呢？」小倫憤然道：「刀郎已經投降了波斯人。不僅如此，他還要領著波斯人去尋寶呢。」傲文一時不明究竟，便道：「先離開這裡再說。」蕭揚見馬鬃山局面亂七八糟，完全失控，不禁歎道：「可惜咱們人太少了，若有一支一、兩百人的奇兵，趁此機會全力出擊，必能全殲馬賊，徹底蕩平馬鬃山。」傲文道：「也許有別的法子。我聽小菊說過，馬鬃山有一條流出石脂的山溝，這裡的照明取暖全靠它。小倫、阿勇，你們二人跟著笑先生去尋找那條山溝，將它點燃，說不定能連根燒掉馬鬃山。我和蕭揚趕去救小菊，一會兒咱們在山外會合。」

小倫連日被剝光衣服像牲口般被囚在鐵籠受盡馬賊污辱和折磨，早憋了一肚子惡氣，聞言大喜道：「遵命。」

傲文便與蕭揚往夢娘的住處趕來，只聽見山谷中不斷有人亂喊道：「殺！殺死西術！殺！殺死夢娘！」顯是笑笑生的聲音，片刻後又加進了小倫的聲音，到後來竟有不少馬賊呼喊應和，此起彼伏。二人覺得有趣，相視而笑。上山道走不多遠，便有一條纖細的人影從樹叢中鑽出來，哭道：「王子，我就知道你會回來救我。」逕直撲入傲文懷中。原來小菊聽到外面廝殺聲驚天動地，預料有大事發生，趕出來想看看究竟，聽見人聲便躲進樹叢，直到認出來人是傲文，才奔出相見。二人相別還不到一日，卻感覺已然經歷了漫長歲月。傲文心中無限愛憐，撫摸她的秀髮，輕聲叫道：「小菊！」蕭揚見這對男女緊緊擁抱在一起，始終不肯放開對方，忍不住催促道：「王子，咱們該走了。」三人便一道往谷口趕去。土臺上下正展開一場熱血酣戰，有人義憤填膺地要殺西術，有人受到鼓動想殺夢娘，也有人什麼目的都沒有就加入了戰團，反正馬賊橫行大漠就是殺字當頭。激烈的內訌導致谷口全然無人放哨，三人輕而易舉地闖出了關口。

回頭卻不見山中火起，傲文以為笑笑生、小倫、阿勇三人還未得手，正憂心忡忡之時，忽見小倫從黑暗中鑽了出來，叫道：「王子！」傲文見阿勇和笑笑生也跟在他背後，問道：「點燃石脂溝了麼？」小倫道：「我們本來找到了那條溝，笑先生卻堅決不肯讓我放火。」傲文愕然問道：「這是為何？」笑笑生忙道：「山後住著不少女人、孩子，火一燒起來，最先遭殃的就是他們。」傲文勃然大怒，道：「那些女人、孩子都是馬賊的眷屬，根本不值得同情。笑笑生，你壞了大事！」笑笑生見他發怒，也伸長脖子抗辯道：「孩子都喊馬賊『阿爹』沒錯，但那些女人都是被擄來的，並不是真心要嫁馬賊。王子，你別跟我發這麼大火，馬鬃山尚有生機，命不該絕，日後你自會知道。到那時，你還要千恩萬謝地感激我呢。」傲文氣極，斥道：「小倫、阿勇，你二人親眼看見馬賊如何對待阿峰，他不僅慘死，而且被燒得屍骨無存，你們難道也願意就此罷手？」小倫道：「當然不是，屬下恨馬賊入骨，恨不得將他們都燒死才好。我本來是要去點火的，不知怎的火滅了，我和阿勇迷迷糊糊地就跟著笑先生出來了，他肯定會妖法。」傲文瞪視著笑笑生，手撫刀柄，恨不得立即要將他斬在刀下，但轉眼一想這次能夠脫險笑笑生多有功勞，足以功過相抵，勉強鬆開了手，恨恨道：「若你是我下屬，我這就以違抗軍令的罪名將你當場斬首。」笑笑生嘻嘻笑道：「虧得我不是。」蕭揚見傲文又要發怒，忙道：「事情已然如此，難以彌補，咱們還是先離開這裡。王子想要報仇，日後總有機會。」

六人遂翻身上馬，連夜趕路，一口氣奔到次日天色大亮，馬匹疲累不堪，直吐白沫，遂尋了處水源歇腳，敲冰燒水供應人馬。傲文這才有空細細問及刀郎背叛經過。原來，波斯人老財帶著肉奴們離開馬鬃山後一路往北，來到一處山巒，山洞裡有兩名波斯男子持刀看守著另外四名被剝光衣衫、綁在一起的中原男子。兩路人馬會合之後繼續上路。老財見這次肉奴人數不少，均是結實的男子，便命手下人給他們灌下混了幻藥的湯水，好讓他們迷糊過去，分不清東南西北，也沒有力氣掙扎反抗。哪知道刀郎堅持不肯喝，還連聲喊叫要投降，極其肉麻地稱呼那波斯人老財為主人，還說有重大機密相告。老財心生好奇，便命人將他帶出來，問道：「你有什麼機密？」刀郎道：「小的願意帶主人到大漠尋寶。」老財一聽就哈哈大笑道：「是周穆王寶藏麼？那是假的。你們這些尋寶人都上了夢娘的當了，若不是貪心，也不會淪落到當肉奴了。」刀郎道：「先不要笑。主人想想看，傲文王子已經被立為樓蘭王儲，也就是將來的樓蘭國王，身分何等尊貴，財富應有盡有，他怎麼可能為了所謂的周穆王寶藏親自來大漠涉險？王子這次是為了別的寶貝，他雖然沒有告訴小的是什麼，但一定非同小可。」老財盤算了很久，命人解開刀郎的綁繩，取來衣服為他穿上，道：「好，你帶我們去尋寶。」但老財還隨身帶著一群肉奴，多有不便，而且這些肉奴全是精壯男子，隨時都可能掙脫繩索反抗，當即決意折返馬鬃山，只先帶走刀郎，餘下的肉奴暫且寄存在鐵籠裡，對夢娘說是有要緊事得去樓蘭王都一趟。

小倫講完經過，恨恨道：「刀郎背叛王子，等於背叛國家，勢同謀逆，該誅三族。王子，等你回國後，就立即派兵逮捕他的家人。」蕭揚搖頭道：「不，是刀郎救了你們兩個。」小倫道：「什麼？」蕭揚道：「如果不是刀郎假意投降，你們所有人早被帶離大漠，說不定去了西方，怎麼可能湊巧在今晚得救呢？」傲文道：「你如何能肯定刀郎是假意投降？」蕭揚道：「幾位侍從均已經知道王子在找軒轅之丘，這是關鍵信息，但刀郎卻沒有告訴老財，只模稜兩可地說什麼非同小可的寶，不過是想引誘老財上當，好尋到機會逃脫。老財也不是傻子，他當然已經想到能勞動傲文王子親自出馬尋找的寶，一定價值巨大。」笑笑生嘻嘻道：「不錯，這一招，先生我也對那馬賊西術用過。我告訴他，誰能得到王子尋找的寶貝，就能稱霸西域。」傲文本就對他一肚子怨言，聞言怒氣又生，道：「我不是特意告知先生，務必強調我是來尋周穆王寶藏的麼？你又如何編造了稱霸西域的寶貝出來？

萬一那些馬賊信以為真，消息傳揚出去，無數人趕來大漠拚了命去尋找，豈不麻煩得緊？」笑笑生吐舌笑道：「我就是愛靈機一動，信口胡編，王子又不是不知道。」蕭揚忙道：「尋寶一事並不新鮮，那夢娘專捉尋寶人當肉奴，尋找周穆王寶藏的說法如何能取信馬賊？笑先生不過是隨機應變。況且他只告訴了西術一人，馬賊內部混戰，西術未必就有命活下來，還是我們自己儘快找到軒轅之丘才好。」

一行人遂繼續上路，直到傍晚日落後才找到一處背風處落腳，揀了些糞便、枯骨，阿勇又拿出自己的馬鞍，勉強升了堆火取暖。眾人身心疲憊，勞累異常，各自倒頭睡下，不久便聽見小倫鼾聲大起。蕭揚當值第一班，坐在營地邊緣。夜涼如水，仰望著迢迢銀河，想到明日不可預測的路途，不禁神魂飛越。恍恍惚惚間，他似乎看到了一個極大的湖泊，湖水清似明鏡，不論深淺去處，盡能一眼望到底。岸邊長滿綠草和優曇缽花，鮮華可愛。一名雪衣女子坐在湖邊，正癡癡迷迷地盯著湖面，一泊靜水，清風漣漪，彷彿那裡面盛滿了前世今生的回憶。驀然大風拂過水面，掀起的巨浪彷若一柄長劍，又彷若一件裙裾。蕭揚驚然轉頭，去尋雪衣女子蹤跡，她原來還坐在那裡，依舊只是深沉地凝視著湖水……驀地裡，一顆彗星曳著長長的光尾，自東而西劃過黑幕天空，轉眼消失不見，蕭揚頓時從幻夢中驚醒，一時不知適才所見是夢是幻。忽聽得背後笑笑生道：「彗星不是吉兆，一定有什麼不祥的事發生。」走過來一屁股坐在蕭揚身旁。

蕭揚問道：「先生睡不著麼？」笑笑生歎道：「實在是冷，冷得睡不著啊。」蕭揚這才意識到已是秋季，沉默半晌，輕輕吟道：「娟娟桂花香，娉婷五彩鄉。素娥享靜謐，玉兔守蒼茫。塵俗歡娛少，高天酣詠長。清風明月夜，獨坐慰情傷。」笑笑生拍手道：「好詩！好詩！想不到蕭揚老弟能文能武。」蕭揚道：「隨口胡謅幾句，讓先生見笑了。」笑笑生道：「好就是好。這詩可有名字？」蕭揚道：「名字嘛，就叫〈天上人間〉吧。」笑笑生道：「好個〈天上人間〉，恐怕是有感而發吧。我也來一首。」頓了頓，拉長聲音吟道，「夤夜倚高樓，情天獨唱酬。玉盤浮碧漢，卿我結詩儔。蕙質芳心淡，琴聲勝境幽。淹留揮落寞，煮酒宿芳洲。名字就叫〈望月遙寄〉。」蕭揚默一吟誦，只覺意味深長，便道：「先生果然才情高遠。」笑笑生笑道：「我年輕的時候也愛玩玩這個。」他回頭望了一眼熟睡中的傲文幾人，搖搖頭道，「可惜，咱們中原的風雅玩意兒，他們西域人不懂。喂，你小子先去睡吧，我來守夜。」蕭揚便回來火堆邊找了塊空處躺下，卻是難以成眠，不僅是透骨的秋涼驅之不去，還有適才那幅幻象不斷浮現在腦海中。

忽聽得背後有輕微動靜，轉過頭來，見傲文正脫下外衣，輕輕搭在小菊身上。傲文見蕭揚仍未睡著，便打了個手勢，二人一齊到營地旁替下笑笑生。蕭揚問道：「王子一直沒有睡著麼？可是有心事？」傲文道：「嗯。蕭揚，你覺得明日咱們該往哪個方向去？」蕭揚思忖道：「如今已是深秋，馬上就進入冬季，我們衣衫單薄，難以抵禦寒冬，不如先去綠洲補給，再行上路。」傲文一心想儘快找到神物、完成使命，不願花費時日返回綠洲，正要一口否決，忽又想到小菊是女子，身子單薄，經不起風霜雨雪，微一遲疑，便改變了主意，表示贊同蕭揚的意見，道：「好，咱們這就返回垓下。」蕭揚道：「還有一事，雖然並無把握，不過我還是想告訴王子，我想我可能知道軒轅之丘是處什麼所在了。」傲文又驚又喜，連聲問道：「軒轅之丘在哪裡？快告訴我它在哪裡？」蕭揚道：「噓，請王子小點聲。」傲文不以為然地道：「這裡總共就六個人，又不是外人，聽見也無妨。」蕭揚道：「其實我還不知道軒轅之丘在哪裡，但我猜想它應該就是天女的住處。」他雖然口中這麼說，心裡卻不能肯定。當日遊龍瀕死前曾親口告訴過他，故劍難尋，那位有神力的朋友也感應不到軒轅劍的所在。腦海中登時又浮現那名憂傷的雪衣女子驚鴻，他時常夢見她，總覺得她離自己並不遠，雖然她想陪伴的人是死去的遊龍，可是有了她的身影，他獨自行走在茫茫大漠中時，總會生出一些勇氣來。傲文聞言大奇，道：「我們樓蘭也有神殿，供奉著天女。你如何能知道軒轅之丘跟天女有關？」蕭揚道：「我見過天女，不過，當時我還不知道她跟我要找的軒轅劍有關。」傲文不免又驚又疑，道：「天女是神仙，你是說你見過神仙？」蕭揚不能洩露真遊龍已死，自然也無法詳細講述這段際遇，只略微點點頭，道：「是，我見過她本人一次。王子信得過我的話麼？」傲文道：「當然信得過。」蕭揚道：「我適才產生幻象，看到了天女，也看到了軒轅劍，我想這應該是一種有意的暗示。」傲文道：「你還看見了什麼？」蕭揚道：「我不能十分肯定。如果王子信得過我，就請將所尋神物的來歷告訴我，我才能幫上忙。」

傲文一時躊躇起來，他曾一度以為這名武藝高強的漢人男子是敵人，因而不惜拔刀相向。雖在馬鬃山一戰結下了惺惺相惜的友誼，但終究二人的相處時間加起來也不到兩天。他當然信得過蕭揚的為人，但對方畢竟是中原人，是炎帝黃帝的子孫，而那籠罩在樓蘭頭上的千年詛咒始作俑者，正是黃帝。他久久凝視著蕭揚的眼睛，卻沒有發現有一絲不軌的痕跡，回想起在大漠共馳騁、同闖馬賊巢穴的激揚意氣，他想不出有任何理由來懷疑這個人，他甚至認為與這位遊龍的替身相遇相識相知，本身也是冥冥中命運的安排。傲文終於下定了決心，道：「這件事，說起來很有些匪夷所思，老實說，若不是我親眼看見神鏡中的預象，我自己都不能相信這些是真的。」當即詳細講述了昔日黃帝在軒轅臺上用鮮血詛咒樓蘭的三位先人，先人雖幸運避禍，詛咒卻被輾轉帶到樓蘭國頭上。蕭揚自來西域之後不斷遇到各種奇聞怪事，但聽了傲文一番話後，還是愣住，半晌說不出一句話來。他當然是不相信的，或者說不願意相信華夏的先祖會因嫉妒和誤解而詛咒一個無辜的國家，但他也很清楚如果不是與樓蘭國運休戚相關的大事，傲文王子又怎麼可能涉身大漠？

傲文見蕭揚神色變幻不定，知他一時難以接受這一切，深深歎道：「你現在該知道，為什麼當我聽到你也在找軒轅之丘後，會有那麼大的反應了。那裡關係著樓蘭未來的命運，我不能讓其他人得到，不然樓蘭將會就此消沉，永不復存。」蕭揚沉默許久，才期期艾艾地問道：「那麼，王子要尋找的東西也是跟黃帝的詛咒有關？」傲文點點頭，道：「先人曾得到天女神示，稱黃帝去世前有所悔悟，請天神以神力在西域腹心之地修建了軒轅之丘，內中藏有一件法力無邊的神物，可以破解對樓蘭的詛咒。」蕭揚遲疑道：「那件神物……是不是一件女子裙裾？」傲文驚道：「這是我樓蘭國的機密，天下人只有國王和我二人知道，你……你怎麼會……」蕭揚道：「我在幻象之中看見了它，適才我看見軒轅劍的時候，也看見了它。」月亮終於露出來了，一邊孤獨地徜徉於天幕中，一邊瀉下無邊的清輝。大漠也熱切地回應著，放出清冷的寒光來，幾分詭祕，幾分清奇，幾分陰冷。天地依舊一片沉寂。這是一種最浩渺最深沉的沉寂，靜得令人決計不敢起心去驚擾它。

次日一早，傲文當眾宣布要暫時返回綠洲垓下。阿勇聞言很是激動，又是歡喜又是難過，歡喜馬上就可以回到家鄉，難過的是他與阿峰二人一道護送王子出來，卻只有他一人回去。本來傲文還想回去夢娘誘捕自己的那間石屋，放一把火燒掉，免得再貽害別人，但竟再也沒能尋到那塊綠洲，只得悻悻作罷。一路往東走了幾日，阿勇認出地形，稟告離綠洲已經不遠。果然到了傍晚，垓下村又神奇地出現在眾人眼前。

村長聽說長子阿峰為救王子而死，雖然難過，但還是道：「這是阿峰該做的，能為王子而死，是他的榮幸。」又告知十餘日前阿庫和大倫也回來過垓下，還領著一名叫未翔的男子，據說是王宮衛隊侍衛長。傲文意識到事情不妙，問道：「未翔來大漠做什麼？」村長道：「說是來找芙蕖公主。」傲文登時明白過來，定然是他離開王都打泥後，芙蕖不知如何知道他來了大漠，所以偷偷溜了出來。她即將出嫁于闐，就此失蹤當然非同小可，所以國王派了最為精幹的未翔前來尋找。村長不知芙蕖訂婚又逃婚之事，還以為是小女孩淘氣出來玩耍，見傲文臉上深有憂色，忙安慰道：「王子不必擔心，未翔侍衛長和阿庫他們三人已經出發去尋找公主，我們村裡也派了精幹人手四處搜尋，應該很快就有消息。」又從懷中取出一封信，道，「這是未翔侍衛長留下來的，說是如果再見到傲文王子就交給你。」

那信封粗糙厚實，一望便知是樹皮所製。當時造紙術為中原所獨有，在西域，即使是麻紙也尚不普及，來自中原的蔡侯紙更被視為等同絲綢的奢侈品，因而書和信主要書寫在貝葉上，其實就是蒸煮加工的樺樹皮。信封的封口處蓋有一個膠泥印戳，膠泥邊緣插有一根小小的白色羽毛，那是樓蘭王族的標誌。傲文一見之下，神情立即嚴肅了起來，雙手接信，飛快地拆開，湊近燈火，仔細讀過一遍，面色越發凝重，轉頭告訴眾人道：「原來樓蘭和于闐真的要開戰了，國王將要親自率領大軍攻打于闐。」

第五章　瀚海百波

秋天是收穫的季節，西域綠洲國家的秋天更是穀物飄香、果實累累的黃金季節。然而對樓蘭來說，卻是有史以來最艱難的一年；各種原因所導致的水源減少，以及持續乾旱為這個以畜牧業和農業為主的國家，造成了巨大損失。往年這個時候，國王會選派稅吏到各地徵收賦稅，這些稅吏不僅負責收稅，而且掌管地方上的土地糾紛、穀物播種諸多事宜，通常由掌握實權的王公貴族擔任。然而今年卻再也沒有官員肯主動站出來擔任稅吏，因為按照法律規定，收不齊稅會受到嚴懲。甚至就連王室名下的農莊、果園、牧場也沒有什麼好收成，進貢給王宮的麥粉、葡萄酒、奶酪、酥油、食肉等都比往年差了許多。問天國王不得已，只能下令免去全國百姓一年的賦稅。

但是對打泥的官民而言，生活似乎暫時還沒有受到太大影響，這裡畢竟是王都，是絲綢之路上最繁華的城市，有著充足的儲備和必須的供應。市集照樣聚集了來自世界各地的商人，華麗的酒樓也繼續上演著濃酒柔情、曼舞輕歌的一幕。刀夫王子正在樓蘭最大最豪華的寶月酒樓飲酒，準確地說，他已經在這裡昏天胡地混了一天一夜，連他也分不清外面天亮了又黑，還是黑了又亮。雅室旁側的案桌上置放著一只香爐，輕煙裊裊，香氣溺溺。上首正中鋪著一大張精美柔軟的繡榻，榻前几案上白玉酒斛泛出柔和的光澤，一大盆羊肉早已涼透。四周牆壁圍以薄紗輕幔，微風拂動，有著如夢似幻的景致。

刀夫王子有著一張方臉盤，嘴唇寬闊厚實，眉毛粗黑高聳，生得膀大腰圓、壯碩結實。雖然面前擺著美酒佳餚，堂下還有動人的樂舞，但他始終陰沉著臉，看起來滿腹心事，顯得很抑鬱。王子的隨從全都遠遠地躲在門外，生怕一不小心就成為他發怒的對象。刀夫王子經常無緣無故鞭打身邊侍從是眾所周知的事實，幾乎所有人都對他畏而遠之。此刻他半躺著身子，一隻腳正好蹬在地毯的圖案上—那是一對栩栩如生的麒麟，狀似麋鹿，馬蹄牛尾，頭上有獨角，閃亮的絲線色澤將牠們全身打造得光鮮亮麗，格外栩栩如生，只是其中一隻雌麒麟的臉部被刀夫的大靴子蹂躪得有些變形扭曲。刀夫根本沒有留意到這一點，他那隻踩著麒麟的腳正和著悅耳動聽的音樂顛動，不時將酒斛晃上幾晃，送到嘴邊飲上一口，唇邊的兩撮鬍子明顯沾染了葡萄酒水的痕跡。

舞娘阿莎是個身材窈窕的姑娘，皮膚光潔如玉，烏黑的長髮盤成許多支小辮子直垂到腰間。她舞得正酣，伴隨著歡快密集的節奏，柔軟的腰肢如細蛇般盡情扭動，裙裾上綴著的玉片流蘇「嘩啦、嘩啦」有節奏地作響，赤裸的雙足如兩朵綻放的蓮花，忽左忽右，忽前忽後，彷彿行走在涓涓流淌的溪流邊，妖嬈嫵媚，風情十足。不知怎的，刀夫忽然被這跳得歡愉忘情的舞娘吸引住了，他放下酒斛，目不轉睛地看著阿莎，刀夫驃悍的容貌裡帶有幾分邪氣，臉色也開始由陰轉晴。心底陡然升騰起一股強烈的慾望，咧開嘴笑了笑，舉手重重一拍桌子。一名伴奏的樂師受到驚嚇，手一抖，劃出一道走調的樂音，十分刺耳。剎那間，雅室中的歌舞戛然而止。刀夫招手叫道：「你，舞娘，過來！」阿莎停止轉動，依言向刀夫走去。在打泥，行商、酒客看上歌妓、舞娘是常有的事，況且酒樓本身也是風月之地，有償提供肉體交易。

阿莎早已見怪不怪，她自己也曾好幾次向有錢的富翁主動獻身，可是不知為什麼，當她看清刀夫王子臉上的笑容時，心中莫名地有些恐懼。在距離王子兩丈遠的地方，她縮手縮腳地停下，行了個禮，問道：「王子殿下有何吩咐？」刀夫端起酒斛，飲了一口，放在旁邊的地毯上，命道：「你把剩下的酒喝掉。」阿莎茫然望著眼前這位極有權勢的王子，雖不知道他葫蘆裡到底賣的是什麼藥，但還是不敢怠慢，走上幾步，俯身去拿那杯酒。刀夫笑道：「不准用手。今日來玩點新鮮的花樣。你，轉過身去！舞娘的腰肢不是最柔軟麼？現在，你要往後彎下腰去，把這杯酒揀起來喝掉，不能用手，只能用你的嘴唇。明白了麼？如果你能做到，王子有賞。如果做不到，就該受罰。」刀夫的要求對阿莎這樣一個以跳舞為生的舞娘來說，難度並不算太大，但她聞見背後王子身上濃厚的酒氣，聽到他不懷好意的笑聲，已經預料到將有更大的不幸發生。淚水開始在她的眼眶裡打轉，她不敢回頭，只能遵從命令，將雙腿分得開些，擺妥姿勢站好，深吸一口氣，慢慢地將身體往後彎曲。

刀夫先是從阿莎張開的大腿中看到了她的面龐，雖然是倒著的，但仍然那麼美麗，梨花帶雨，更令人亢奮不已。緊接著，阿莎那雪白修長的脖頸也呈現在他面前，而且距離得那麼近，她的腰真是柔軟，身體全都彎了下來，看上去絲毫不費什麼力氣。很快地，她的嘴唇觸到了酒斛邊緣，張開了櫻桃般鮮紅的嘴唇，用潔白的牙齒一口咬住了酒斛。但在將要抬起身子的時候，刀夫突然重重拍了一下桌子。阿莎受驚，身體登時失去平衡，摔倒在地，酒斛脫口飛出，撞上牆壁，立即破成了好幾塊。刀夫故作驚訝地道：「呀，舞娘不但沒有做到，還摔壞了王子的酒斛，該如何罰你呢？」阿莎哭道：「我……我不是有意的……」刀夫陰惻惻一笑，從懷中掏出一把匕首，在阿莎雙腳上來回比劃，笑道：「嗯，就剁下這兩隻腳，如何？」阿莎恐懼異常，當即放聲大哭起來。幾名樂師早嚇得屁滾尿流，爭相奪門而逃。酒樓老闆聞聲趕來勸解，卻被王子侍從擋在門外。

正當刀夫盡情享受折磨、羞辱舞娘所帶來的種種快意時，忽一條人影搶進室內，伸手一揮，已然輕鬆將匕首從刀夫手中奪過，沉聲道：「刀夫王子，你的寶貴時間不該花在這些下等人身上。」刀夫勃然大怒，道：「你是誰？竟敢私闖王子酒室，來人……」那人全身裹在一件墨綠色的大斗篷中，帽子遮住了臉面，只能看見兩隻精光四射的眼睛。他飛快地道：「王子難道沒有聽過摩訶這個名字麼？」他的聲音極輕極微，但卻一字一句清晰異常。刀夫一呆，問道：「你……難道你就是巫師摩訶？」那人傲然道：「不錯。王子，你小的時候我還抱過你。」一邊說著，一邊將匕首奉回給刀夫。刀夫一時又驚又疑。他記得父親曾經提過，西域幽密森林中住著一個神祕的巫師摩訶，所預言之事無不奇中，被視為神人，但卻極少出山，且行蹤詭祕，常人求見他一面亦十分難得，更不要說占卜了。然而，就在刀夫出生後不久，摩訶巫師卻主動來到問地親王府邸，告訴親王他的獨生愛子將要成為一個偉大的國王。這個預言從此伴隨著刀夫長大，每當關鍵的時候它就像一道影子，一個幽靈，一種無法抗拒的力量，冥冥之中飄蕩在他們父子的心靈深處。果然，問天國王一直沒有子嗣，那麼，姪子刀夫是樓蘭王室的唯一後人，將來繼承樓蘭王位自是順理成章之事。可是前不久，國王偏偏立了外姓人傲文為王儲，多年的念想一日成空，如何能讓人不氣憤？

摩訶道：「莫非王子是在懷疑本座？」刀夫揮手命侍從和阿莎退出，這才恨恨道：「不錯，不過我不是懷疑你是不是摩訶巫師本人，而是懷疑你的預言。」摩訶哈哈笑道：「自古以來，成大事者沒有一帆風順的。王子，你是將來的樓蘭國王，可千萬不能就此消沉下去。」刀夫道：「巫師還不知道麼？我表弟傲文已經是樓蘭的王儲。」摩訶道：「傲文不過才是王儲，還不是國王，你才是真正的國王，這是預言，也是真理。本座此次出山，就是特意趕來助王子一臂之力，咱們這就走吧。」刀夫道：「去哪裡？」摩訶道：「回去問地親王宅邸。王子忘了麼？今日是你父親誕辰，國王夫婦要來你家中參加晚宴，可是有好戲看了。」刀夫這才想起今日是父親生日，忙整整衣衫，與摩訶一道回到家中。問地為人一向儉樸，親王府的陳設也是普普通通，甚至比許多官員的宅邸還不如。因國王夫婦要親臨家宴，親王正親自指揮奴僕布置，聞聽愛子終於歸家，立即笑容滿面地迎出來。刀夫面有愧色，道：「刀夫多有不孝，摩訶巫師已經訓斥過我。父親大人放心，從此我絕不會再沉溺於酒色，無所作為。」問地道：「好，這樣最好。摩訶巫師，全虧了你。」摩訶肅色道：「本座不過是順天行事而已。親王，你先忙你的家宴，本座還有一些事要與刀夫王子商議。本座帶來的那些人……」問地忙道：「巫師放心，已經全部安頓好了。刀夫，快些請巫師進去。」見愛子順從恭謹地引著摩訶往密室而去，一改之前的頹態，不由得笑得越發開心。

忽有侍衛進來稟告道：「王宮侍衛長未翔到了。」問地知道他是為國王、王后的到來打前站，忙迎出大門，笑道：「未翔侍衛長，恭喜你官復原職。」未翔的祖父、父親均是王宮衛隊的侍衛，可謂侍衛世家，他本人則三年前開始擔任侍衛長，是樓蘭有史以來最年輕的侍衛長，深為問天國王所倚重，連一向眼高於頂、很少把別人放在眼中的傲文王子也與他交好，情若兄弟。但數月前未翔因車師昌邁王子失蹤一事被罰俸停職，只以普通侍衛身分繼續留在衛隊效力，旁人均為他不平。然而問天國王也是無奈，不如此無法向車師交代，直至于闐和樓蘭聯姻結盟後，才又重新恢復了未翔侍衛長一職。

未翔只是略微點點頭，便道：「親王壽宴安排得如何了？可有需要幫手的地方？」問地笑道：「有勞侍衛長費神。其實只是個小小的家庭宴會，哥哥嫂子來為弟弟祝壽，一家人一起吃個飯，有什麼好刻意安排的。」未翔道：「親王說的極是。只是未翔職責所在，要先帶人在王府巡視一番，若有冒犯之處，還請親王恕罪。」問地道：「侍衛長請便。」未翔欠身行了個禮，便分派侍衛進王府巡查警戒，他已經前後三次扈從國王來到王府參加壽宴，是以輕車熟路。轉了一圈，見府邸中一切早安排得井井有條，並無任何疏漏之處，便又重新來到前院廳堂，問道：「今日國王特意問起了砌州凶案，不知道親王派人查得如何了？」他所指的是幾個月前有四名黑衣男子死在樓蘭北部的砌州城外。那四人身分不明，卻是全副武裝，且死狀奇慘，面色漆黑，胸口各有個大血窟窿，一時震動砌州，成為一大懸案。州內傳聞是黑衣老怪所傷，問天國王聽說後，擔心民間流言蠱惑人心，特命問地親王負責調查。問地道：「湊巧得緊，我今日尋訪到一個證人，剛好可以解開此案謎題。侍衛長，你可知道那四名死者其實是于闐的殺手？」未翔吃了一驚，道：「他們要殺的目標是誰？」問地道：「說出來更加令人難以相信，他們要殺的目標是約藏王子。」

未翔先是駭然，隨即明白了過來。于闐和樓蘭聯姻結盟雖然來得有些突然，但確實是震動西域的大事。他被國王授令全權負責那次歷史性的兩國盛宴，之前曾預想了很多壞的狀況會出現，然而一件都沒有發生。但終究還是發生了兩件意料之外的事，一是刁蠻任性的芙蕖公主變得大方得體，二是王后的妹妹桑紫夫人竟然帶了墨山國王子約藏進宮行刺。約藏刺殺傲文時，未翔雖不在場，但後來向侍衛瞭解經過，便知道了詳細情形。他知道于闐國王希盾利用墨山王后衛師師來控制墨山，約藏王子當眾表示過不滿。以希盾之為人，派出殺手追殺約藏完全說得過去，讓約藏在樓蘭國境內被殺還可以趁機嫁禍到樓蘭人、甚至是傲文王子身上。但那救下約藏的人又是誰？此人如何能以相同手法一舉殺死四名于闐殺手？問地似乎看出未翔心底的疑問，道：「誰在關鍵時刻救了約藏沒有人知道，也許是他自救，也許是旁人相助，也許是天意。我說的這位證人就是摩訶巫師，他師弟無計湊巧在當日經過砌州，意外遇到了那四名死者和昏迷的約藏王子。無計匆匆留下一條消息給巫師，就帶著約藏失蹤了，再也沒有人見過他們。」這番言論前言不搭後語，後半部分更是離奇，未翔不免覺得有些好笑，但他生性沉靜，喜怒不形於色，只點了點頭，道：「這件事，親王日後再親自稟告國王。」

夜幕降臨後，輕騎簡行的國王夫婦如時來到問地府中。問地親迎進來，見芙蕖跟在父母背後，一副老大不高興的樣子，便笑著告知：「刀夫知道芙蕖最喜歡熱鬧，特意請了寶月酒樓的樂師舞娘來助興。」芙蕖依然神情淡淡，只應了一聲：「是麼？」問地忙招手叫過刀夫，道：「領你妹妹去看看那些中原的玩意兒，讓她多選幾件回去玩。」芙蕖本來很不喜歡刀夫，但聽說王府裡有不少從中原運來的好東西，還是忍不住好奇之心，跟著刀夫去了。等芙蕖走遠，問地才問道：「公主的婚事定下日期了麼？」問天道：「于闐說下個月就要派人來迎娶芙蕖。」輕歎一聲，似對這門婚事有所顧慮。阿曼達道：「今日是親王壽宴，婚事日後再提不遲。」正要進堂入席，忽見侍衛領著文書大臣阿里進來。問天一眼見到阿里手中拿著一封貝葉信，信口交叉蓋著一個斧頭模樣的泥戳，登時心中一沉，問道：「是墨山的國書麼？」阿里道：「正是。這是墨山國新國王約藏派人加急送來的國書。」問天皺眉道：「約藏回國這麼久，如何到現在才正式登基？」他料來必定是約藏履行前約，要向樓蘭下正式戰書，匆匆拆開一看，便即愣住。

信中，約藏國王竟表示要盡釋前嫌，與樓蘭修好。新國王也將理由交代得很清楚，明白了之前墨山趁虛攻打車師，完全是于闐人的主意，前國王手印確是自殺，真正的罪魁禍首也應該是于闐人。于闐國王希盾不但利用衛師師來控制墨山，還派人追殺他，若非得到天助，他早已死在樓蘭的砌州城外。之後他又被衛師師派兵追捕，歷經艱險，好不容易才復國登上王位。墨山若與南面的樓蘭為敵，勢必也會引來北面的車師開戰，考慮到墨山內憂外患的局面，與左鄰右舍和平相處才是最好的選擇。阿曼達見丈夫神色有異，湊過來一看即道：「約藏當上國王後突然明白了事理，如此可就太好了。」又道，「約藏稱于闐人追殺他，那砌州城外的無名氏命案會不會……」問地忙道：「那四名死者正是于闐國王派出的殺手。」問天便招手叫過未翔，道：「你這就去驛館見見墨山信使，問明白墨山國內情形，再來回報。」未翔躬身道：「遵命。」帶了兩名侍衛，快馬朝驛館而來。

墨山信使名叫穆費，是墨山大富商穆塔之子，不到三十歲年紀，妹妹是最受約藏寵愛的侍妾。未翔進來時，他正坐在房中大快朵頤。未翔說了幾句客氣話，便命驛長多上些好酒好菜，自己也坐下來陪酒，慢慢從穆費口中套問墨山國內情形。原來，自從墨山國王手印去世，墨山國政便完全落入衛師師手中。她以王后的名義稟政，在朝中大力排除異己，任用了不少于闐人擔任官職，還暗中派人搜捕約藏王子和約素公主，如此倒行逆施，惹來墨山國民普遍不滿。不久後，傳來約藏王子到樓蘭王宮行刺失手被捕、獲釋後又失蹤的消息，國民均以為約藏已經被樓蘭人祕密處死；哪知不久後，約藏即偷偷潛回墨山王都營盤，並在黑袍巫師無計的謀畫下，聯絡老臣舊部，預備復國。但不知怎的，消息走漏了出去，王后衛師師調動心腹軍隊前去圍殺約藏，離奇的是，這支軍隊在半途遇到一場黑色濃密大霧，全然迷失了方向，有流言說這是巫師無計的法術。黑霧散後，軍士們也倒戈相向，約藏得到了大多數軍民的支持，終於成功復國，無計因功被封為國師。未翔道：「那麼衛王后人呢？」穆費酒意正濃，大笑道：「當然被新國王殺了，屍首砍成了數塊，分別懸在城門要害處示眾。不僅衛王后，就是那些擔任高官的于闐人也個個沒有好下場。」未翔心道：「約藏殺了于闐官員，會跟于闐結下死仇，看來他要和樓蘭修好一事是真的了。」見穆費已露醉態，便起身告辭。

剛出驛館，便有侍衛飛馳來報道：「國王、王后遇刺，請侍衛長速回親王府。」未翔大驚變色，問明國王、王后無恙，只有刀夫王子受了傷，這才略略放了心。匆忙回來王府，卻見庭院中擺著數具屍首，其中幾人未翔均在之前巡視親王府時見過，是寶月酒樓的舞娘阿莎和樂師，均臉色發黑，很是詭異。兩名僕從打扮的男子卻是陌生面孔，另有一名年輕僕從被五花大綁地押在一旁。侍衛見首領回來，忙上前稟告道：「侍衛長離開後不久就出了事，當時正有寶月酒樓的舞娘阿莎在獻舞，她忽然捂住肚子倒在堂上，侍衛正去扶她時，不知如何又跳了起來。還有那些在一旁伴奏的樂師，全都臉色發黑，如同發狂一般，張牙舞爪地朝國王和王后撲去。當時情形一片混亂，多虧他們進屋前被侍衛仔細搜過身，沒有兵刃。侍衛才剛上前將他們制住，就有三名刺客扮成僕從闖了進來。幸而當時因為舞娘鬧事，王宮和王府的侍衛大多已趕來堂中待命，刺客一進來就被包圍，混戰中只傷了刀夫王子，有一名刺客在搏鬥中被殺，另一人受傷被擒、服了藏在袖中的毒藥而死，因而只活捉了這一人，還未來得及審問。樂師和舞娘被帶出來後不久就已經這副模樣死去，應該是事先中了什麼毒。」未翔大略知道事情經過，點了點頭，逕直趕進後庭。

國王夫婦正與問地親王一道出來。問天臉色一沉，問道：「未翔，你已經事先趕來王府戒備，為何又弄出了這等事？」未翔無言以對，只得道：「是，屬下失職，願接受處罰。刀夫王子可還好？」阿曼達道：「刀夫受傷不輕，一直在昏迷中，大夫正在為他診治。」未翔道：「屬下先護送陛下、王后回宮。」問天道：「不，你留在這裡，好好查清楚這件事。若是刀夫醒不過來，你也別回宮來見我，任由親王處置。」問地忙道：「王兄，這其實不關未翔侍衛長的事……」問天厲聲道：「不准為他求情。」狠狠瞪了未翔一眼，攜了妻子的手，拂袖而去。

未翔只得押著被捕的刺客來到王府地牢，問道：「是誰派你來的？」見他神情倨傲，不肯回答，便命人將他吊起來鞭打。那刺客極為倔強，昏死過去好幾次，非但不發一言，連哼也不哼一聲。未翔實在不擅長嚴刑訊問之道，折騰了大半夜，也沒能從刺客口中問出一個字，只好命人放他下來，親手解開繩索，讓出座椅給他，正色勸道：「你是條漢子，我未翔很是佩服，也實在不願意再對你下重手。不過我職責所在，必須要查清楚這件事。你重傷了刀夫王子，肯定是活不成了，只要你肯交代出背後主使，我保證你不會再受任何苦楚，一定親手給你一個痛快。」那刺客仍然不肯吭聲，只挑釁般地看了未翔一眼，便轉過頭去。

正苦無對策之時，問地走了進來，問道：「他招出主使了麼？」未翔搖搖頭，道：「這人很是頑固，怕是酷刑對他全無用處。」問地惱恨刺客傷了愛子，命侍衛將他手指一根根折斷。十指連心，那刺客終於忍不住而大聲慘叫。未翔一時有些不忍心，走出地牢外，問地跟出來問道：「會不會是墨山國做的？我和王兄都是這個看法。」未翔很是驚奇，問道：「為什麼陛下和親王會這樣認為？」問地道：「刺客闖進來時，直奔王兄和刀夫而去，其他人都不放在眼中。王兄是一國之君，刺客首先要行刺於他是情理中的事。但第二個為什麼是刀夫呢？王嫂和我本人都在場，身分豈不比刀夫重要得多？」未翔道：「不錯。」問地道：「所以我猜想他們也許是將刀夫當成了傲文。傲文逼死手印國王，對約藏來說有殺父之仇，他怎麼可能輕易釋懷？如今他當上了國王，一邊假意派信使來修好，一邊真心派刺客行刺，只是他不知道傲文去了中原辦事，早已經不在王都。」未翔道：「嗯，親王推斷得有理。」問地道：「那麼侍衛長還在等什麼？應該立即派兵到驛館將墨山信使一行抓起來嚴刑拷問。」未翔沉吟道：「我適才奉國王命令到驛館見過墨山信使穆賚，他因為一路風塵正在大吃大喝，若是他知道有行刺之事，不可能有如此輕鬆的神態。況且他也算得上是約藏的心腹，若是墨山有心行刺，信使立即會受到牽連，他為何要派心腹來送死？」問地道：「可是除了墨山新國王約藏，我想不出還有第二個主使。」未翔道：「親王說的不錯，我這就派人圍住驛館，先將穆賚一行軟禁起來，待得到這刺客的口供……」不由得躊躇起來，他聽到地牢裡不斷有慘叫傳出，卻無一聲求饒，料想要得到這刺客的口供比登天還難。

問地忽然叫道：「摩訶巫師！」卻見一名披著墨綠斗篷的中年男子緩緩走了過來，道：「刀夫王子已然脫險，親王可以放心了。本座給他服了藥，他已經昏睡過去，要明早才能醒來。」問地大喜過望，忙道：「多謝巫師。」摩訶問道：「刺客還沒有招供麼？」問地道：「這刺客十分強硬，輕易難以折服。巫師神通廣大，可有辦法對付他？」摩訶道：「本座倒可以試上一試。」問地忙引著摩訶進來。那刺客十根手指均已被折斷，正痛得滿地亂滾。摩訶命侍衛將他扶回椅子中坐下，用繩索牢牢縛住，取來一大杯極濃的葡萄酒灌入口中。問地很是不解，道：「這是上好的葡萄酒，豈不是便宜了他？」摩訶微微一笑，也不答話。樓蘭的葡萄酒最是濃郁醇厚，勁力十足，不多大一會兒，那刺客便滿面通紅，像泥一樣癱軟在椅子上。他自己也甚是不解，問道：「你們……想要對我做什麼？」摩訶從懷中掏出一枚藥丸，扔入杯中，藥丸「嗤」的一聲，瞬間化入殘酒中，又命人將那藥酒強迫刺客飲下。片刻後，刺客開始搖頭晃腦起來，一雙陰鷙的大眼睛也神散氣弱，完全失去了光彩。摩訶道：「本座給他服了特製的幻藥，這會兒他腦海中正出現人間所能想像出的各種幻象，再拖延一刻，他就會徹底迷亂，再也無法自主控制意識，你們便可以趁機問話。之前讓他飲下那麼多葡萄酒，也是因為這人意志格外頑強，一開始就用藥會令他身體產生抗力，若是先拿濃酒麻醉他，他渾身酥軟之下，只能完全被藥力控制擺布了。」巫師說得頭頭是道，在場眾人則聽得目瞪口呆。唯有問地一向真心信服摩訶的本事，連聲讚道：「好，好。」

過了一會兒，那刺客開始哼哼哈哈地亂叫，一張臉燥熱得通紅。他本已被拷打折磨得奄奄一息，不知又從哪裡生出了幾分力氣，不斷扭動身子，努力掙扎，想掙脫綁索。問地見摩訶點了點頭，忙搶上前問道：「快說，是誰主使你來行刺的？」刺客迷迷糊糊地道：「國王，是國王陛下。」未翔等人見摩訶這招居然有效，無不暗暗稱奇。問地道：「是墨山約藏國王麼？」刺客道：「不，是希盾，希盾國王。」問地一時駭異得呆住。未翔忙問道：「你叫什麼名字？」刺客道：「菹段。」未翔道：「你們怎麼混進王府的？」菹段道：「我們早前一個月就扮成僕役混進王府，等的就是今日。」未翔道：「阿莎中毒是你們故意弄出來引開侍衛視線的麼？」菹段道：「什麼阿莎？是那舞娘麼？」問地搶上來問道：「說，于闐國王為何要派你們行刺？」菹段道：「這還用問麼？希盾國王要稱霸西域，樓蘭一日不除，國王陛下一日睡不安穩。」問地道：「既然如此，于闐為什麼還要跟樓蘭聯姻結盟？」菹段道：「那不過是暫時的權宜之計。何況希盾國王也喜歡阿曼達王后，想要得到她的女兒。」問地「啊」了一聲，顯然被刺客的供詞驚住了，轉頭望著未翔，不知下面該如何開口。未翔本來還懷疑這刺客菹段是有意假裝被幻藥控制，然後嫁禍給于闐，聽到此處便完全相信了，再無疑慮。他雖然不十分清楚希盾和阿曼達、桑紫姊妹之間的恩恩怨怨，但他長期扈從國王和王后，知道的隱密事件極多，多少能猜到一些。譬如他曾跟隨阿曼達王后祕密到驛館探訪希盾國王，這是連傲文王子、問地親王都不可能知道的私事。這菹段能說出最後一句「希盾國王也喜歡阿曼達王后，想要得到她的女兒」，足見他是希盾國王身邊的親信武士。好半晌，問地才訕訕問道：「侍衛長，你看這……」未翔道：「親王，我得帶刺客進宮，向國王陛下稟告這件事。」問地道：「好，人你帶走吧。」摩訶道：「侍衛長，這幻藥不能持久，藥力一過，刺客怕是不會再開口了。」未翔道：「無妨，我已經得到他的口供。巫師，這次當真要多謝你。」摩訶道：「嗯。」

未翔押著刺客菹段回來三間房王宮。此刻正是凌晨，天光未亮，國王夫婦居然尚未就寢，聽說未翔回來，忙緊急在內室召見。未翔遂將審問結果一一稟告，就連那一句「希盾國王也喜歡阿曼達王后，想要得到她的女兒」也沒有敢隱瞞。阿曼達王后倒不如何驚奇，似乎一切早在她意料之中。問天先是瞪大了眼睛，隨即起身在室內走來走去，不斷搓手跺腳，彷若一頭受傷的野獸，內心顯然憤怒之極。未翔從來見過國王如此神色，也不知該如何相勸，只垂手站在一旁，大氣也不敢出。忽聽得問天叫道：「帶刺客進來，我要親自問他。」未翔猶豫道：「那刺客是為巫師藥力控制才招出了幕後主使，眼下藥力已過，即使陛下親自審問，怕也沒有什麼結果。」忽見國王面色如鐵，眼睛快要冒出火來，心中不由得一凜，不敢再多說一句，忙出去命侍衛押了菹段進來。菹段已然清醒過來，又恢復那副傲慢神態，雖因傷處疼痛難忍不斷皺緊眉頭，卻是緊閉雙唇，堅持不肯下跪。問天道：「你叫菹段？你適才已經在無意識的情況下招出了所有真相。哼哼，我還真想不到希盾會來這一招，我原以為……」轉頭看了阿曼達一眼，這才道，「我也不殺你，你這就回去告訴希盾，我會親自帶兵前去拜訪他，請他做好準備。」菹段只是不住地冷笑。問天道：「我瞧得出你有恃無恐，等到我樓蘭大軍兵臨于闐王都西城城下時，再來看你是什麼表情。未翔，立即派人送他走，當面交給希盾國王。」未翔道：「遵命。」阿曼達叫道：「陛下……」問天決然道：「王后不必再說。未翔，去，緊急召集親王和將軍們上殿！我將下令全國備戰！」未翔不敢有絲毫遲疑，立即出去分派侍衛傳令，忙了一身大汗，稍微停下來喘息時，天色早已大亮。

侍衛忽又趕來道：「侍衛長，王后急召你去。」未翔不得已，只得趕來內宮。他滿以為王后是要讓他出面勸國王不要如此著急向于闐興師問罪，不料阿曼達只簡短而倉促地道：「芙蕖不見了。」未翔心中一直擔心會有這樣的事發生，卻料不到會在這個節骨眼，忙問道：「這是什麼時候的事？」阿曼達道：「昨晚。昨晚刀夫領著芙蕖去挑禮物，半路她忽然說有些內急，刀夫就讓侍女領著她去茅廁，結果半天都沒有出來，茅廁裡人影都沒有，附近也沒有找到。刀夫趕來廳堂，還來不及稟告，刺客突然殺出，後來的事你也知道了。我原以為芙蕖是不喜歡叔叔，自己賭氣回了王宮，但我問過王宮侍衛才知道她根本沒有回來，派人四下找尋，始終沒有發現蹤跡。適才有侍衛來稟告，說南城門兵士記得有名黃衫女子一大早就騎馬出城，模樣身段很像是芙蕖。」未翔道：「公主應該是想去中原找傲文王子，如何會從南城門離開？」阿曼達道：「不，她去了塔克拉瑪干大漠。芙蕖從未出過遠門，又是孤身一人。未翔，你帶上阿庫和大倫，去將芙蕖找回來。如果能及時找回她，還有可能阻止這場戰爭，不然……」未翔道：「可是公主尊貴嬌氣，就算屬下找到她，她未必肯聽我勸。」阿曼達道：「那麼你就用強帶她回來，不必有任何顧忌。」未翔道：「遵命。國王陛下那邊……」阿曼達道：「事情緊急，你須得立即動身出發，我自會跟國王交代。這裡有封信，是寫給傲文的，你見到他就轉交給他。記住，去大漠的事不能讓任何人知道，我也會對外宣稱你是去了中原協助傲文王子。」未翔道：「遵命。」當即出來，命人叫來阿庫和大倫，打好行囊，急速上路。

原以為芙蕖不過是個嬌滴滴不經世事的公主，從沒有出過扜泥，走不多遠應該就能趕上。可是一路急追，居然沒有發現半分蹤跡。向沿途商販店家打聽，均道：「黃衫女子沒有見過，倒是有個年輕貌美的紅衣女子，身邊還跟著兩名年輕男子，都是陌生面孔，買了不少乾糧食物，朝大漠去了。」未翔心道：「莫非紅衣女子就是公主？」忙仔細詢問，卻得知紅衣女子是瓜子臉，跟芙蕖的圓臉迥然不同，身材高矮也有差別，這才明白是另外一個人。未翔懷疑已經錯過，又折返回去，還是沒有公主的蹤跡，徒然耽誤了許多時間。阿庫畢竟年長，經驗要豐富得多，道：「眼下已是秋季，大漠奇寒無比，誰還會冒險往那裡去？這三人一定是有什麼特別的目的。公主雖然嬌氣，卻也不傻，她肯定早猜到國王、王后會派人來追她回去。」未翔眼前一亮，道：「公主很可能換了裝扮，就混在那三人當中。」果然打聽到其中一名年輕男子有張娃娃圓臉，甚是秀氣，應當就是芙蕖公主。只是不知道另外的一男一女是誰。公主自小在深宮中長大，心中只有表哥傲文王子一人，從來沒有過什麼朋友，又臨時從哪裡尋來大漠同伴？未翔雖不知道傲文王子親赴大漠是要去做什麼，但既然國王夫婦竭力掩飾他的行蹤，料來定然身負重大使命。會不會是有什麼人知道了這一點，有意利用公主去尋找王子？一念及此，更是著急，快馬加鞭，但芙蕖三人腳力極快，直到了大漠邊緣，還是未能追上。阿庫道：「以我們的速度都沒能追上，那一男一女肯定不是普通人。看他們買的物品，應該也有著豐富的沙漠生活經驗。侍衛長多少可以放心了，眼下的狀況起碼比公主一個人貿然闖入大漠要好很多。」大倫道：「可是大漠這麼大，茫茫數千里，找三個人豈不是比大海撈針還難？況且目下咱們也不知道傲文王子去了哪裡。」未翔道：「暫時也沒有別的辦法，先走一步算一步吧。」

大漠尋人當真是毫無蹤跡可循，人馬在黃沙上留下的腳印，瞬息又被風沙撫平。昏黃的天壓著起伏的沙浪，迷迷茫茫沒有界線。目力所及之處，除了沙浪，還是沙浪，別說三個人，就是尋找一支軍隊，也難有頭緒。時光和希望就像沙丘上的細沙，慢慢從指縫間滑走。未翔三人一路尋找著，來到阿庫的生長地垓下綠洲，請村長派出人手協助尋找公主。考慮到即將入冬，離開已久的傲文王子一行很可能會重新回來綠洲補給，未翔特意將王后的信留給了村長，請他見到傲文王子後代為轉交。三人在綠洲歇了一宿，次日便又繼續上路。幾日後的一個中午，阿庫忽然留意到前面黃沙中半埋著一個人，忙趕過去將那人挖了出來，翻過來一看，居然是刀郎，衣衫單薄襤褸，黑瘦得不成樣子，呼吸極其微弱，已是命懸一線。大倫忙取過水袋往他枯裂的嘴唇灌了兩口水，問道：「你不是跟傲文王子一道麼？王子人呢？我阿弟呢？」刀郎抬起手來，指著西面道：「王子……馬賊……馬……」手驀然垂了下來，頭無力地歪倒在一邊。他連日經受饑餓乾渴的折磨，早已油盡燈枯，全仗心中一點意念苦苦支撐，此刻乍然見到同伴到來，一口氣鬆下，生命之火也就此熄滅。未翔三人又是惻然又是沉重，刀郎是脫水累死，那麼傲文王子的境況應該也不會很好。他臨死前說了「馬賊」，又是什麼意思？莫非傲文王子一行遭遇到了馬賊？阿庫在刀郎身上摸索一陣，想找件私人物品帶回給他的家人，卻沒有任何發現，只得割下一束頭髮，就此將他草草埋葬在黃沙下。三人疾速上馬往西，希望能發現傲文王子的蹤跡。然而一連走了三、四日，半個人影也沒有看見。

這一日，三人所帶飲水已經用盡，不得不停下來四處尋找水源。阿庫好不容易找了一塊背風之地，拿小鐵鎬挖了數下，見沙子略有濕氣，喜道：「這附近一定有地下河，說不定有綠洲。」塔克拉瑪干的地下河全是崑崙山上的雪水沖刷形成，當即朝西南崑崙山方向馳去。走了大半日，果然見到一片綠洲，有水有林，一旁還有戶人家。三人絕處逢生，大喜過望，然而進來院中，卻是空無一人。阿庫進屋轉了一圈，出來稟道：「看桌上灰塵，應該是很久沒有人住過了。不過廚下有油有麵有乾肉，應該是有主人的。」未翔道：「如此，咱們先在這裡住一夜，明早離開時給主人留些錢便是。」阿庫：「遵命。」大倫牽馬到馬棚中拴好，又去井中打水，阿庫則到院中撇了一些乾馬糞到廚下生火燒飯。未翔獨自出來，四下翹望，血色殘陽，如金沙海，只是不見一個人影。想到芙蕖公主下落不明，傲文王子生死難料，更加憂心忡忡。

忽聽得西北方向有馬蹄聲，登時精神一振，忙聞聲趕去。未翔才剛爬上沙丘，便見到前後三騎正朝這邊馳來，最前面的是個藍衣女子，似受了傷，俯身低伏在馬背上。後面兩名驃悍男子渾身是血，一人舉著一柄重刀，另一人則手持彎刀，大聲叫罵，分明是在追殺那女子。未翔忙伏下身子，拔出匕首和佩刀，等三人馳得近些，驀然起身用力擲出匕首，正中了中間那名男子的脖頸，登時將其射下馬來。馬匹驟然失去負重，長嘶一聲。後面那男子忙生生頓住坐騎，待看清並無伏兵，發一聲喊，便勒轉馬頭，朝未翔衝來。未翔凝神不動，待到對方靠近時，長刀揮出，疾若流星，正斬下那人右手手臂。那人重重跌下馬來，左手捂住斷臂之處，殺豬般嚎叫不止。未翔上前用長刀指住他，問道：「你是馬賊麼？」那人大叫道：「殺了我……快殺了我……」未翔道：「告訴我實話，我就立即給你一刀，幫你了結痛苦。」那人道：「我是馬賊……啊，痛死我了……快些殺了我。」未翔道：「你可有見過傲文王子？」馬賊道：「當然見過。本來頭領捉住了王子，派沙其庫押他去于闐，不過今日出來馬鬃山時遇見押送的人帶著箭傷回來，才聽說王子已經被……被遊龍給救走了……」未翔大奇，問道：「是那個鼎鼎大名的遊龍麼？他如何會來了這裡？」馬賊道：「我不知道……真的不知道……快殺了我……」見未翔沉吟不答，似在凝思，驀然大叫一聲，用盡全身的力氣，側身抓起斷臂上的彎刀，剛及坐起，只覺背心一痛，身子晃了兩晃，便倒了下去，背後猶插著一支羽箭。

卻見那受傷的藍衣女子不知何時下了馬，手中正握著一副弓箭，站在不遠處。未翔道：「哎喲，你怎麼射死了他？我還有許多話沒有問清楚。」那女子道：「我……我見他要殺你……」話音未落，手中弓箭掉落，人也摔倒在地。未翔急忙搶過來，卻見那女子已然昏迷過去，胸腹、大腿、手臂均有刀傷，忙抱了她往石屋而去。大倫和阿庫已聞聲趕出，未翔道：「那邊有兩個被我殺死的馬賊，還有三匹馬，去牽回來。」自己抱了藍衣女子進屋，將她放在床上，到灶下甕缸打來熱水，脫下那女子的上衣，為她擦淨身子，再往創口處敷上金創藥，用布條裹好。他本是豁達之人，不拘小節，當此局面，要救這藍衣女子性命，不得不如此做，他自認心無邪念，是以毫不遲疑。但當他看到女子如絲緞般光滑的皮膚創傷累累之時，心中還是忍不住大起異樣感覺，如此一個柔弱女子，是如何經歷了種種磨難，歷經千辛萬苦，才能從凶惡的馬賊手中逃出？世間的人和事未必盡如表面所顯出的那樣。未翔完全不知情的是，他從馬賊手中救下的這名楚楚可憐、惹人愛惜的受傷女子，就是馬賊的新頭領夢娘。那被他以匕首射中脖頸而死的馬賊，就是為爭權而大動干戈的西術。原來，當日笑笑生冒充波斯人販老財的隨從成功混進了馬鬃山，挑動起馬賊內訌，幾乎所有馬賊都加入了這場莫名其妙的大廝殺大混戰，直到凌晨眾人精疲力竭時才逐漸止歇。重傷的夢娘從血泊中爬起來，看見橫七豎八的死傷者躺在晨霧之中，耳邊除了傷者的呻吟，還有從後山趕來的女人和孩子於血泊中尋找親人的哭叫聲。她忽然感到深深的厭倦，決意離開這個地方，回到綠洲的石屋去。然而她的對手西術也沒死，看到夢娘上馬離去，也緊追出來，意欲親手殺死這名女頭領，永絕後患，卻料不到在最後關頭被未翔殺死，實是冥冥中的離奇巧遇。

夢娘受傷極重，直到次日天亮才醒過來。未翔正在床前徘徊不止，聽見她嚶嚶出聲，忙過來道：「你終於醒了。姑娘，你叫什麼名字？」夢娘輕輕道：「夢娘。」她無力坐起，側頭見到這男子已然裝束停當，腰間掛著佩刀，問道：「公子要走了麼？」未翔道：「是，我還有急事趕著去辦。夢娘，你傷勢沉重，我又分不出人手照顧你，只能將你暫時留在這片綠洲養傷。你……你自己能行麼？」夢娘道：「公子一直在等夢娘醒來，就是為了要跟我說這些話？」未翔道：「是。那兩名馬賊雖然已經被我殺死，可是要將夢娘孤身一人留在這裡，我實在放心不下。」夢娘道：「公子不必管我，請自去忙你的事要緊。」未翔著急尋找傲文王子和芙蕖公主，確實沒有更多心思耗在這裡，微一沉吟，即道：「那好，等我辦完事，再返回這裡來接夢娘。外面屋裡有水有食物。你的短刀和弓箭我放在床邊，伸手就能搆著，留給你以防萬一。金創藥在這邊桌上，我……我昨晚已經替夢娘上過藥了，恕我多有冒昧。」夢娘這才會意過來，羞得滿臉緋紅。未翔見她忸怩，也不好意思再多談，拱手道：「那麼，我先告辭了。只是我此去吉凶難料，也不知道什麼時候能返回這裡，夢娘請多保重。我留了馬在馬棚，若是一個月後還不見有人來，請夢娘騎了馬往西去，只要方向不錯，就能到達樓蘭國。」夢娘道：「公子是樓蘭國人？」未翔道：「不錯，我是樓蘭王宮衛隊侍衛長未翔。」驀然心念一動，想起一件事來，忙問道，「姑娘既是從馬賊手中逃出，可有見過傲文王子？」夢娘低聲道：「我……我不是很清楚傲文王子的事情。」垂下眼簾，不敢再多看未翔的臉，彷彿那上面淨是溝壑縱橫，是歲月的風霜，是塵世的種種艱難。未翔只以為她傷後無力，一時難以問清她來到大漠的詳情經過，心中又著急上路，只得就此告辭。

而比未翔更急於知道傲文下落的，自然是芙蕖公主。確實如老侍衛阿庫所料，她一出扜泥城就換了套男子衣衫。原來，正當她莽莽撞撞地打聽大漠方向時，忽有名男子認出了她，稱她為公主。那男子是樓蘭的專職嚮導阿飛，身邊的紅衣少女則是車師女子古麗。芙蕖並不認得這二人，也毫不關心，但當她得知阿飛是要陪伴古麗到大漠尋找傳說中的遊龍時，登時喜上心來，是以決定與二人結伴同行。阿飛得知芙蕖公主是偷偷溜出來尋找傲文王子，本有心送公主回去，可是公主堅決不肯，古麗更與公主一拍即合，因為二人都是為了尋訪心中的愛人不惜涉險大漠，很是惺惺相惜，不到半日便情若姊妹，無話不談。阿飛也想早日找到師父遊龍，只得倚仗自己多年嚮導經驗，冒險帶著二女上路。一進入大漠，三人便明顯感到無所適從。芙蕖只是偷聽得知表哥來了大漠，卻不知他要前往何處；而遊龍更是行蹤難覓，雖有不少人聲稱見過身材模樣像遊龍的人，但到底是不是他本人，卻無人能夠肯定。按照阿飛的本意，該往北方去尋找，因為塔克拉瑪干北面有一塊大漠與白龍堆沙漠相連，若遊龍果真出現，定是為追蹤馬賊而至，那一帶才該是馬賊出沒的地方。芙蕖卻不肯，非要往南方尋找；她也沒有什麼特別的想法，只是簡單地認為既然遊龍去了北方，表哥一定是去了南方。阿飛當然不能讓公主一人上路，只得勸動古麗一路往南而來。

這一日，沙海忽然變成了戈壁，褐色的沙石延伸到天邊，前進顯得越發艱難。三人累得精疲力竭、心中越來越失望時，忽然遠遠見到前面有朦朧的山影，走得近些，才發覺那不是山巒，而是一大片濃翠得發黑的森林，周遭籠罩著蒼莽深沉的霧靄，給人一種既神祕又狐魅的感覺。那一刻，幾乎懷疑這是看見了海市蜃樓，使勁眨了眨眼，才能肯定不是幻景，一時激動不已，拚命朝前趕去。到得森林邊緣，天色已經暗了下來，夜幕輕輕閉闔，正有數名波斯人在林邊生火。阿飛微一遲疑，隨即上前打了聲招呼。領頭的波斯人原本很是冷淡，可是當他看到後面的古麗時，當即換上了笑容，熱情邀請三人過去，問道：「三位來大漠做什麼？」阿飛不知對方身分，見其目光總有意無意地往古麗身上瞟，便不敢直接提及名字，只道：「來找兩位朋友，一位是這位姑娘的表哥，另一位是我的師父。」波斯人居然也不多問，笑道：「原來如此。」阿飛道：「那麼幾位來大漠做什麼？」幾名波斯人交換了一下眼色，一齊笑道：「尋寶。」芙蕖忍不住問道：「尋什麼寶？寶貝是在這片森林中麼？」她一身男子裝扮，暮色中，波斯人並未發現她是女扮男裝，此刻聽到她嬌聲發問，才知她是女子。一名波斯人笑道：「要尋到才能知道是什麼寶。不過，這片森林可是萬萬進不得的。」芙蕖道：「為什麼進不得？」波斯人道：「姑娘是初來大漠麼？傳說這是一處有魔力的幽密森林，只有法術高強的巫師才能進去，尋常人若擅自闖入，必死無疑。」芙蕖聽了不免半信半疑，還待再問，忽見阿飛朝自己連使眼色，這才作罷。

當晚雙方吃了各自帶的乾糧，在火堆附近舖了毛氈睡下。負責放哨的波斯人忽聽見細碎腳步聲，忙拔出刀來，喝問道：「是誰？」四名男子從黑暗中冒了出來，各自手扶刀柄。其中一人道：「我們不是故意來驚擾閣下的好夢，只要將那女子交出來，我們立即便走。」波斯人遲疑道：「什麼女子？」那男子冷笑道：「何必裝傻充愣？與我們為敵，任你是誰，也討不了好去。」這夥波斯人的頭領正是販賣肉奴為生的老財，他信了刀郎的話，折返回來尋找傲文王子大漠之行的目標，哪知刀郎不日即在半夜悄悄溜走。幸虧老財也沒有完全相信他，有所防備，刀郎未能盜走馬匹、食物和水，料想他此去也走不了多遠便會餓死渴死，是以也不加以理會。但他堅信刀郎的話不全然是假，傲文以王儲之尊到大漠涉險，所尋的東西必然是非同尋常的寶貝，所以仍心存僥倖，留在大漠中繼續尋找。一行人今日意外在幽密的森林邊緣遇上阿飛三人，雖不知芙蕖就是樓蘭國的公主，但老財卻看上了古麗的美貌，當得知芙蕖也是女子時更是驚喜交加，心中早已將這一男二女當作天上白白掉下來的肉奴，男肉奴自然是要賣掉，女肉奴則要等自己玩夠以後再行處置，就算這次找不到寶貝，有了這兩個女肉奴，也足以彌補風塵勞累。老財盤算得極美，連做夢都滿是古麗那細腰豐胸的身影晃來晃去，忽被人聲驚醒，忙起身問道：「什麼事？」放哨的波斯人過來道：「有四名男子守在外面，要帶走那姑娘，該怎麼辦？」老財一呆，隨即罵道：「奶奶的，這你還來問我？別人要搶咱們的肉奴，你還乾等著讓他搶？都起來，抄傢伙！」話音剛落，那四名男子已然拔出兵刃，急朝眾人衝來。老財本來只是賭氣之語，兼有嚇唬的意思，萬料不到對方登時動了手，見人就砍，

「媽呀」一聲立即滾到一邊。

阿飛對波斯人有所警覺，一直沒有入睡，凝神靜聽。起初聽到有人闖來營地，大模大樣地向波斯人索要「女子」，以為是來尋芙蕖公主的王宮侍衛，忙推醒芙蕖，悄聲道：「公主，捉你回去的人到了。」芙蕖嚇了一跳，忙問道：「是父王派來的侍衛麼？咱們要往哪裡逃？」古麗也醒了過來，指著後面的幽密森林道：「那邊如何？」阿飛不及回答，變故陡起，四名全副武裝的男子已然衝進營地，刀光霍霍，轉眼間即有一名波斯人倒地。芙蕖驚叫一聲，起身就往幽密森林跑去。古麗和阿飛微一遲疑，也跟了上去。剛進密林，背後馬嘶聲、叫喊聲、慘呼聲、金刃交接聲此起彼伏。旋即有人大聲叫道：「公主進森林了！快去追！」芙蕖更是高一腳、低一腳沒命地往前奔跑。深邃的森林中到處是盲人般的黑暗，無半點微光。她不顧前面，不顧腳下，幾次撞上樹幹，又幾次被腳下藤草絆倒，弄出不少傷痛來，這才不得已慢了下來。忽聽得古麗在不遠處輕輕叫道：「公主！公主！」芙蕖正要應聲，阿飛道：「噓，他們來了！誰也別出聲，我們看不見他們，他們也看不見我們，只要蹲下來藏好不說話，他們就找不到我們。」一切都混沌了下來，似乎只能清晰聽見自己的呼吸聲。樹林中彌漫著一股奇特的氣味，陰森中夾雜著腐爛枝葉和動物屍首，彷若深入死亡異境。雖然什麼也看不見，卻總感覺到死亡的陰影無處不在，死屍的幽靈正在四周遊蕩。人待在這裡，如芒刺在背，不由自主地生出一種恐懼來。

過了一會兒，傳來幾名男子的腳步聲和說話聲。一人道：「你看到她逃去了哪裡？」另一人道：「就是這邊。不過漆黑一片，要怎麼找？不如咱們先……」先前那人厲聲道：「不行，不除掉公主，誰也別想活著回去。」有人道：「她應該是穿過森林了，咱們還是繼續追吧。」那幾人所站之處離阿飛不遠，一字一句清晰盡入耳中，他幾乎忍不住要驚叫出聲。原來，這些人並不是國王派來尋找公主的侍衛，而是殺手。他和古麗離開王都打泥是在芙蕖公主之前，尚不知樓蘭和于闐已經開戰的消息，一時想不通會有誰想殺芙蕖公主，畢竟這位樓蘭公主已是于闐國名義上的王妃，誰又有那麼大的膽量不惜冒得罪西域兩大強國的危險，派出殺手趕來大漠追殺？況且她雖是位金枝玉葉的公主，終究只是個弱女子呀。正百思不得其解時，忽覺耳邊吹氣如雲，轉過頭去，才發現古麗正靠在自己肩頭，渾身顫抖不止，顯然也極為震驚害怕。這一夜，極度漫長，極度難熬。阿飛甚至不知道殺手們是什麼時候離開的，總感覺周圍籠罩著鬼魂、死屍般的冰冷。他的手心開始發冷，渾身冒出冷汗，幾次想出聲叫古麗，卻又怕被她恥笑，好不容易才忍住。直到一縷細碎的陽光透過層層枝葉，飄灑在眼前之地，阿飛才恍若大夢初醒，恢復了因恐懼而游離的神志，誰教這幽密森林當真詭異無比，土地也呈現出了異樣的絳色，像鮮血染過一般。古麗已靠在他肩頭睡著，長長的睫毛上還帶著晶瑩的水珠，阿飛忙推醒她，兩人相扶著站起身，才發覺腿早已麻木得沒有任何知覺。

古麗問道：「公主人呢？」阿飛道：「咱們四處找找，輕點。」古麗應道：「好。」轉身欲走，卻被阿飛一把拉住，道：「拉住我的手，不要分開，我可不想連你也弄丟了。」不知怎的，古麗心中登時湧起一股暖流，輕輕應道：「是。」二人藉著亮光找尋一陣，卻無公主蹤跡，後來索性叫喊起來，也無人應聲。古麗驚道：「呀，公主會不會已經被……被……」始終不敢說出下面那個字來。阿飛道：「昨夜那麼黑，殺手不可能就這麼發現公主，更不可能無聲無息地殺了她，咱們再找找看，實在找不到就到外面等，公主如果人還在森林裡，終究是要順著亮光出來的。」又摸索著找了小半個時辰，還是沒有發現公主，阿飛見越往森林深處越是幽深詭密，便牽著古麗的手出來。卻見昨夜宿營處橫七豎八地躺著數具屍首，那些波斯人已盡數被殺手殺死。阿飛忙捂住古麗的眼睛，道：「別看！」拉著她遠遠離開營地才放開手。馬匹、行囊都還在原處，阿飛遂全收拾了過來。想了想，又取了波斯人的部分補給，將多餘的馬匹放了。那些馬一脫韁繩，立即往東北方奔馳而去，似也急切地想離開這片幽密森林。等到中午，古麗忍不住站起身來，道：「這樣乾等也不是辦法……」話音未落，便聽到阿飛歡聲叫道：「公主！公主！」果見芙蕖從森林中鑽了出來，披頭散髮，圓臉蛋上劃破了好幾道血口子，模樣很是狼狽，恍恍惚惚地逕直朝阿飛奔過來，連營地的波斯人死屍都未停下來瞧上一眼。古麗忙迎上前去，問道：「公主昨夜去了哪裡？」芙蕖喘息未定，遍體顫慄，含含糊糊地道：「我很害怕，又不敢叫出聲，後來就暈了過去。再後來我看見了一名黑袍巫師，跟著他去了迷宮……密林裡面有座好大好大的迷宮……」古麗見公主表情古怪之極，神志似乎不是很清醒，有些癡癡呆呆，想到森林之中伸手不見五指，根本見不到周遭情形，知道她所言不過是昨晚昏睡過去後所做的噩夢，正要安慰幾句，忽見四名殺手跌跌撞撞地從林中追了出來，忙道：「快，快上馬。」見阿飛伸手去拔腰刀，知道他惱恨這些殺手凶殘成性，想要放手一搏，忙道，「保護公主脫離險境要緊。」阿飛一想也對，便扶公主上馬，三人策馬急行，瞬間將殺手甩在後面。殺手氣得嘰哇大叫，卻再無多餘馬匹，只能眼睜睜看著三人離去。

阿飛三人離奇擺脫殺手之後，一直馳向北方，直到馳出戈壁，再次進入沙漠地帶，看不到幽密森林的一點痕跡，這才停下來喝水歇息。回想起昨晚驚心動魄的經歷，不由得心有餘悸，再看看頭頂光燦燦的太陽，大有劫後重生之感。古麗問道：「阿飛哥哥，你說那片森林裡是不是真有什麼巫術魔法？」阿飛道：「我也不知道……」驀然站起身來，驚喜地叫道，「遊龍師父！快看！那不是遊龍師父和笑先生麼？」卻見遠處沙丘上立著兩人兩騎，其中一人一騎也是全身土黃，與大漠近乎一體，若非身邊有另外一匹棗紅大馬相襯，實在難以分辨出來。古麗歡聲笑道：「真的是遊龍哥哥！啊，我終於找到他了！」一時捂住臉龐，喜極而泣。阿飛也同樣興奮地大呼大叫，使勁招手示意。只有芙蕖悶悶不樂，不知何時才能像古麗一樣撞見心愛的表哥。那遊龍正是蕭揚。他與傲文王子一行從馬鬃山脫險、順利到達綠洲垓下村後，傲文接到王后阿曼達委託侍衛長未翔帶來的信件，得知于闐派人在問地親王壽宴上刺殺問天國王和刀夫王子，國王被深深激怒，意欲以此為由攻打于闐，藉機奪回車爾臣河源頭的控制權，來緩和蒲昌海日益枯竭、樓蘭乾旱的危機。傲文身負更重要的使命，自然不可能因此返回樓蘭或分心去尋表妹芙蕖公主，他只留了一封信在村長處，預備等未翔於返途帶回樓蘭交給王后，自己則準備繼續上路。蕭揚則完全是另一番想法，他曾答應過真的遊龍要設法化解于闐和樓蘭的宿怨，之前他本來一直不明白內中原因，但後來意外在樓蘭王都打泥撞見于闐國王希盾領軍出城回國時，他驀然明白了過來，心中越發堅定要替遊龍完成最後的遺願──要阻止兩國相爭，要阻止西域內戰。他本來希望傲文王子暫且放下尋找神物之事，返回樓蘭阻止這場將牽動整個西域的戰爭，但傲文卻態度堅決地道：「于闐欺人太甚，我樓蘭與希盾勢不兩立，若是我人在國內，一定親自帶領先鋒前軍攻打于闐王都西城。」又開始懷疑蕭揚的立場和用意，道，「你是中原人，卻在關鍵時候偏袒于闐一方，莫非是因為中原懷玉公主嫁給了于闐永丹王子？」蕭揚道：「當然不是。」傲文見他神色有異，更加起疑，道：「你是不是認得懷玉公主？」蕭揚道：「我和懷玉公主的確是舊識，不過卻與我想要阻止兩國開戰無干。王子，你有沒有想過，戰火一起，多少家園良田將要無辜被毀，多少將士再也不能返回故鄉？」傲文道：「你不懂，只有打贏這場戰爭，我們樓蘭奪回水源，才能長治久安，少數的犧牲能換來更多人的幸福，」頓了頓，又冷笑道，「話說回來，若不是你們中原始祖黃帝的詛咒，我們樓蘭根本就不會乾旱缺水，也許當真用不著打這場仗了。」蕭揚再也無言以對，只得決定與傲文分手，獨自去阻止戰爭。離開垓下村不久，笑笑生追上來主動表示要與他一起去，並建議他再次化身遊龍，方便行事。

這一日，二人遇到幾名從樓蘭返回綠洲的垓下村民，得知問天國王不但在樓蘭國境之內徵召大軍，而且預備聯兵墨山、車師兩國，更派了人前去聯絡早前被于闐強力征服的莎車、精絕、且末等國貴族，意欲內外聯合各方勢力，徹底擊敗于闐。笑笑生一聽就道：「呀，看來這次問天國王是徹底著惱了，預備大動干戈。照這種情況，就算你是遊龍，也難以扭轉局面。」蕭揚也深以為憂，苦無計策。笑笑生道：「人力不行，只有靠神力。」建議蕭揚折返回去與傲文王子會合，再次一起尋找軒轅之丘，若是找到天女，或許她有辦法阻止。蕭揚雖覺這主意離奇，但居然鬼使神差地同意了。只是等二人再次返回垓下村時，傲文早已帶了小倫等人上路，就連小菊也跟著王子去了。蕭揚只得一路追尋，昨晚笑笑生忽然說南方有妖魅之氣出現，吵著要往這邊趕來，居然湊巧遇上了阿飛三人。蕭揚策馬馳將過來，剛翻身下馬，古麗便撲了上來，叫道：「遊龍哥哥，我終於找到你了！」蕭揚一聽便知道她少女情懷，心中暗暗迷戀遊龍，頗覺尷尬，輕輕將她推開，問道：「這位姑娘是誰？」阿飛忙道：「師父，她是我們樓蘭國的芙蕖公主，是來大漠尋找傲文王子的。」蕭揚聞言不免吃了一驚。

芙蕖道：「你就是遊龍？我總聽說你的名字。喂，你見過我表哥傲文王子麼？」蕭揚道：「當然見過，我們不久前才在垓下村分手。」笑笑生笑道：「我們也正要去追趕傲文王子，公主，你就跟著我們一道上路吧。」芙蕖大喜過望，道：「好。」蕭揚將笑笑生拉到一邊，道：「我們不能帶著公主上路。」笑笑生愕然道：「這是為什麼？她要找王子，咱們也要找王子，不過是順路的事。」蕭揚道：「此去凶險難料，我不能讓公主冒險。她本已經是于闐兒媳，出嫁在即，卻突然逃婚跑來大漠，不是給于闐國開戰的藉口麼？」笑笑生道：「哈哈，還需要什麼開戰的藉口，于闐派人行刺問天國王，樓蘭不正要全力進攻于闐麼？」蕭揚道：「樓蘭說于闐派人行刺，理虧在于闐。那麼，于闐也可以說樓蘭背約、公主逃婚，理虧在樓蘭。雙方各自以為自己心存正義，軍民拚死力戰，死傷豈不是更多？」笑笑生連連搖頭道：「這是什麼道理，先生我也是個聰明人，完全不明白你在說什麼。」蕭揚道：「不管如何，我們得先送公主回綠洲，阿飛和古麗也不能跟著我們。」笑笑生道：「這是根本不可能辦到的事，不信你試試看。」蕭揚便過來告訴阿飛三人說要先送他們去垓下村，承諾一找到傲文王子就會儘快返回綠洲。芙蕖居然應道：「這樣也好。」古麗只是默不作聲，望著自己的腳尖發呆。蕭揚道：「既然都不反對，咱們這就上路吧。」

當晚宿營，蕭揚當值第一輪。阿飛走過來道：「師父，我有話要跟你說。」蕭揚道：「好，你坐。」阿飛道：「師父當年從馬賊手中救了古麗，她一直對你念念不忘，師父你知道麼？」蕭揚道：「嗯。」阿飛道：「師父既然知道，為何還對古麗這麼冷淡？她為了尋你，從車師來到樓蘭，又從樓蘭來到大漠。她只是一個弱女子，她容易麼？她只想尋到師父後跟在你身邊，陪你說說話，為你做做飯，可是你……你……」他越說越激動，聲音陡然高亢了起來。蕭揚不動聲色地道：「你喜歡古麗，是也不是？」阿飛一怔，好半晌才道：「我……我只是欽佩她的勇氣和決心，才願意護送她一路來尋找師父。師父，你雖然是我師父，可是你不能這樣對待古麗。」蕭揚道：「那你想要我怎麼做？」阿飛道：「請師父讓我和古麗都跟在你身邊，我們陪你一起去尋找傲文王子。」蕭揚道：「不行。」阿飛「噌」地站了起來，道：「你……」蕭揚道：「你既然叫我師父，就該聽我的話，護送公主和古麗回去。」阿飛梗著脖子道：「不行，師父做得不對我可不能聽。」笑笑生忙趕過來道：「哎呀，你們吵得那麼大聲，還讓人睡不睡覺？你們師徒也別大眼瞪小眼了，我有個法子解決，阿飛，你跟你師父比武，如果你輸了，無論如何都要聽他的話。如果你贏了，那麼他就要聽你的話。」阿飛道：「好。」氣急之下，居然立即拔出了彎刀。蕭揚道：「我不想跟你動手。」阿飛道：「我知道師父武藝高強，可是為了古麗，阿飛要冒犯了。」舉刀便朝蕭揚斬來。蕭揚料不到他當真動手，只得就地滾開，爬起身來，舉刀接招。阿飛連連進逼，問道：「師父為何不拔刀？」蕭揚道：「割玉刀是用來對付敵人的。阿飛，你看清楚了。」

身形一晃，舉刀橫掃，出手迅捷之極。阿飛退避不及，被刀鞘尖掃過膝蓋，腳下踉蹌一下，心神稍分。蕭揚已經乘隙搶上，右手刀鞘一擺，封住彎刀，左手探出，往刀身上一彈，阿飛虎口一震，手勁頓鬆，一驚之下，躍身退開。割玉刀彷若活物一般，如影隨形，緊追而至，已從其額頭掠過。若不是蕭揚收力，只怕要擊中他太陽穴。阿飛還是第一次親眼見到蕭揚展現武功，見他一招之內便擊退自己，立時驚得呆了。蕭揚叫道：「別發愣，看清楚了。」揚刀出鞘，展開身形。只見月光下人影閃動，招式奇絕，割玉刀閃映著紅光，彷彿傍晚天際夕陽最後一抹紅光，盡情噴吐著絢爛的輝豔。一套刀法舞畢，蕭揚自己也出了身大汗，收刀入鞘，走過去拍拍阿飛的肩膀，道：「你總叫我師父，我卻沒有教過你一招半式。適才那套刀法你可看清楚了？有空時須得勤加練習。」阿飛得師父指點武藝，可謂得償平生所願，但心中並無喜悅之情，只點點頭，顯然仍為古麗之事耿耿於懷。蕭揚道：「師父既然贏了，你也該履行諾言。現在我要你聽我的話，保護愛惜古麗一輩子。」阿飛一呆，道：「什麼？」蕭揚道：「我看得出你喜歡她……」

忽見古麗從荊棘叢後奔了出來，淚流滿面，泣聲道：「遊龍哥哥，你好狠……我這般愛你，你卻拿我當衣服一樣送人！我恨不得你當初沒有在大漠救過我，我恨不得……」再也說不下去，跺腳轉身就走。蕭揚萬料不到事情會發展到如此局面，見她傷心欲絕，只得追去拉住她，道：「古麗姑娘，我……我不是你認得的那個遊龍哥哥。」古麗道：「你說什麼？」蕭揚只能取下面具，道：「我不是真正的遊龍。」古麗道：「你……那你是誰？」阿飛趕過來將古麗拉開，舉刀對準蕭揚胸膛，怒道：「我認得你，你就是那個中原逃犯蕭揚。快說，你把遊龍怎麼了？」笑笑生忙道：「阿飛，先把刀放下來！」阿飛道：「我不放，這人是個歹毒惡人。」笑笑生道：「他若是歹毒惡人，你還有命在麼？他會任由你拿刀制住他？」阿飛卻無論如何都不肯放下刀，問道：「真的遊龍師父呢？是不是已經被你……被你……」蕭揚道：「真的遊龍確實已經去世，不過並不是我下的手。當日你在大漠見到我和遊龍離去時，他已經身中致命弩箭。」阿飛暴喝道：「胡說！遊龍是山神的兒子，是不死之身，怎麼可能身中弩箭而死？」挺出彎刀，刀鋒登時割破了蕭揚的肌膚。笑笑生道：「別動手，別動手！蕭揚說的是真的。我們在大漠見到遊龍時，是他留在人世間最後的背影。在車師的遊龍，其實是你眼前的蕭揚，你親眼見他做了那麼些事，拯救了一個國家，該相信他不是什麼壞人了吧。」阿飛額頭青筋暴出，激動之極，連聲道：「我不信，我不信，遊龍明明是不死之身。」蕭揚道：「遊龍不死，是因為不斷有人繼承他的事業。遊龍一個人的名聲，實際上是許多人用生命和鮮血換來的。現在，我就是遊龍。而你，阿飛，也許就是下一任遊龍。」阿飛的手臂無力地墜落下來，一屁股坐到黃沙上。古麗愣在一旁，一個字也說不出來。忽聽得笑笑生驚叫道：「呀，公主人呢？」蕭揚心知不妙，忙搶進營地，不僅芙蕖公主不見了人影，還少了一匹馬。笑笑生道：「壞了，公主表面答應要跟你回綠洲，其實早就打算自己去找傲文王子。」蕭揚摸黑上馬，四下追了一陣，卻是不見人影，只得作罷。

次日清晨，古麗來向蕭揚辭別，道：「遊龍哥哥，我和阿飛要走了，他要回去樓蘭，我要回去車師。」蕭揚見她眼睛紅腫，知道她哭了一夜，也不知該如何安慰，只得道：「現下，你已經知道我不是那個救過你的遊龍……」古麗道：「但你現在就是遊龍，是不是？遊龍不能死，古麗知道的。遊龍哥哥放心，昨晚的話我和阿飛絕不會對任何人說，死也不會說的。只是……只是，我心裡好難過……好難過……」忍不住又流下眼淚來。阿飛心中芥蒂未解，不肯過來與蕭揚招呼，只遠遠鞠了一躬，對他傳授武功表示謝意，便默默上馬，頭也不回地護著古麗離去。走出老遠，古麗驀然回過頭來，大聲叫道：「遊龍哥哥，你多保重啊！為了西域，為了絲路，你要好好保重！」不知怎的，蕭揚又回想起那個寂寥的夜晚。威震大漠的遊龍躺在他懷中漸漸冷去，漫天星光帶著透明的哀傷，廢墟般的龍城彌漫著刻骨的迷惘。他默默凝視著遊龍臉上凝固的悲情，那是一種源於生命深處非自己能力所能控制的徹骨悲意。雖然所有的苦難已經、正在、即將發生，雖然每個人的生命都不可避免地包含著死亡，但他們才剛剛相識，便已經永久分離，他才剛剛知道他的名字，便要繼續傳承遊龍的不死之軀。驀然間，鼻子一酸，兩行熱淚奪眶而出。那一瞬間，他透過淚眼彷彿看到天空中有一雙眸子，像一泓潭水，又深，又清澈。偏偏笑笑生不識趣地湊過來道：「我剛剛卜了一卦，已經能準確知道我們該往哪個方向去尋軒轅之丘，傲文王子和芙蕖公主肯定也會往那裡去。」蕭揚舉袖拂乾眼淚，道：「那好，咱們也上路吧。」

走了三天，依舊是一眼往望不到邊際的黃沙，就連太陽也總被薄雲遮掩，周圍環繞著黃色的暈圈。蕭揚很是疑惑，道：「先生一會兒要往東，一會兒要往西，一會兒要往北，咱們到底該往哪個方向去？」笑笑生掐指算了半天，道：「西南邊，往西南，這次絕對不會錯的。」往東走了幾個時辰，二人意外遇到一處泉水，四周的沙子居然也是青灰色，頗為稀奇。笑笑生笑道：「瞧，我就說是往西南了，這次肯定是對的。」蕭揚便將馬牽到泉水邊，將水袋灌滿水。驀然之間，黃馬忽然抬起了頭，露出警覺不安的神情來。蕭揚與此馬相處日久，知牠極有靈性，立即伸手抓起兵刃，俯耳到地上聆聽，卻沒有聽見任何聲音。另一匹棗紅馬也騷動起來，與黃馬各自尋找地方蹲下，將鼻子深深埋入沙中。蕭揚意識到什麼，抬頭望向天際，一幕駭人的景象正出現在西方，只見遠方的地平線上浮起了一層深褐色沙霧，旋轉著，升騰著，彷彿衝出魔瓶正在顯形的巨人，越來越高，越來越大，越來越近，顏色也越來越深。片刻後，形成了一道高大的黑色霾牆，翻騰著滾滾向前，速度極快，如風掃落葉，一路捲揚起更多沙塵，沙霧越發強悍厚重。此時正是晌午時分，正是日光最強的時候，適才還晴朗無比的天空，像被蒙上一層面紗，驟然黯淡了下來，呈現出駭人的暗黑色，黑暗得近乎慘淡，令人壓抑。笑笑生身子一抖，脫口叫道：「黑風暴！黑風暴來了！快，快躲到低窪處！」即使是見多識廣的西域人，也只聽上輩提過黑風暴，據說這黑風暴百年難遇，所過之處，塵霾蔽天，不見天日。蕭揚畢竟到西域日久，略有耳聞，立即蹲下身，開始用隨身的匕首就地挖坑，預備躲入沙坑中。又過了片刻，腳下的黃沙如篩糠般顫抖不止，好似決了堤的河水開始潺潺流動起來。空中到處是塵土和腥風的味道，人的呼吸都要為之窒息，完全透不過氣來。沙子抽打在臉上，如銼刀一般疼痛。黃馬突然發出一聲嘶鳴，頭頂上狂嘯聲大作，沙牆鋪天蓋地，遽然撲來，剎時天昏地暗。蕭揚道：「它來了！低下頭！」在狂風呼嘯中，這聲音正如孤舟淹沒於海洋，霎時消失。幸好他已觸到笑笑生的手臂，不由分說，將他拉入坑中緊緊抱住。世界立即陷入了黑暗之中，整個大地都在顫慄著。大風捲起了整片整片的沙塵，風沙互相挾裹著，拖著長長的尾巴從沙丘上掃蕩而過。適才仍高大的沙丘一段段被狂飆削去，片刻便被夷為平地……再張開雙眼時，又是晴空一片。笑笑生吐出幾口沙子，又往鼻孔中挖了幾下，只覺喉嚨渴得像在冒火，呻吟一聲，問道：「我還活著麼？」旁邊有人接話道：「活得好好的呢。」

笑笑生爬起身來，卻見幾名西域人正在一旁往口袋中鏟沙子，不禁大奇，問道：「黑風暴呢？你們怎麼都沒事？」一人笑道：「哪有什麼黑風暴？我活了幾十歲都沒見過呢。」蕭揚也醒了過來，嘴裡、鼻子裡、領口盡皆灌滿了沙子，臉上蒙著厚厚的塵土，只有兩隻眼睛在轉動，見周遭景物如舊，不覺大奇，問道：「幾位裝這些灰色的沙子做什麼用？這……這不是沙子麼？」一人笑道：「沙子對你們是沒用，但我們幾個是于闐的玉工，這些沙子比普通黃沙要重許多，可以用來打磨玉石，不但能琢磨玉器，而且不會傷了玉的表面，因此磨玉的人都會來這裡取沙。」蕭揚道：「原來如此，受教了。」見這些玉工悠閒從容，絕口不提樓蘭和于闐的戰事，料來他們並不知情，心中猶豫了很久，還是忍不住問道，「幾位既然是于闐人，可知道懷玉公主的消息？」一名玉工道：

「公子是中原人？」蕭揚道：「是。」玉工道：「懷玉公主來自中原大國，本來很受于闐國民愛戴，可是她在宮裡偷偷飼養了許多小蛇，被莣秋王后發現，認為她居心不軌，所以將她驅逐到冷宮中囚禁，不准她跟永丹王子再見面。後來希盾國王回來西城，調查清楚才知道那些小蛇就是能吐出絲綢的蠶種，可惜都被王后燒死了。」蕭揚道：「那麼懷玉公主人呢？」玉工道：「當然是被希盾國王放出了冷宮，與永丹王子重新團聚。聽說公主已經懷孕，國王很快就會有長孫了。」

蕭揚聽說，一時心頭湧上各種複雜滋味，也不知道該喜該憂。忽聽得笑笑生催道：「發什麼呆呢？咱們該上路了。」蕭揚道：「去哪裡？」笑笑生道：「繼續往西南方向走啊。玉工說了，前面六十里處有道山谷，谷中有座奇怪的黑色石林。」蕭揚這才回過神來，道：「這裡不是無邊沙海，就是茫茫戈壁，哪來的石林？」笑笑生道：「所以才說奇怪。聽說裡面有說話的石頭、飛翔的猛獸、唱歌的沙丘、發笑的花苣，離奇得很，從來沒有人敢進去，說不定正是我們要找的地方。不過聽說那石林有時在那裡，有時又不在那裡，好像自己會走路一般，所以被人稱為『迷城』。咱們這次能不能找到，就要靠運氣了。」蕭揚心道：「哪裡有石林會走路，一定是跟海市蜃樓一樣的道理，出於光線的緣故時隱時現罷了。既是如此神祕，說不定軒轅之丘就在迷城裡。」

二人便辭別那些辛苦趕來大漠運沙的玉工，繼續前行。走了幾十里，居然真的見到前面平地冒出了兩座巨大黃色土堆，恍若山峰，情狀類似之前蕭揚見過的龍城。山峰中間夾著一道溝壑，遠遠望去，黝黑一片，倒像個幽深不見底的山洞。馳近山谷，卻見谷中橫七豎八布滿了黑石，二人只得下馬步行進去。卻見那些黑色石頭帶著一道道紋路彷若黑玉一般，隱隱透出光澤來，神祕詭異之極。笑笑生瞪視半晌，驀然省悟，道：「呀，這些不是石頭，而是千萬年前的樹幹。」蕭揚仔細觀察，果見那些紋路像極了樹木的年輪。原來，這些石頭當真是千萬年前的樹木，在大風暴中倒塌後，被沙子磨得如鏡光滑，歲月荏苒中，又變成了化石。笑笑生只聽人說過樹幹在合適的條件下會變成化石，但還是第一次親眼見到，一想到形成這些化石需要數千年、甚至上萬年的時間，連聲嚷道：「了不得！了不得！」激動不已，忍不住伸手去摸身邊最大的一塊黑石。手指剛觸及石面，便立即縮了回來，彷彿遭了火燙一般，人也呆在那裡。蕭揚道：「怎麼了？」笑笑生結結巴巴地道：「它……它在跟我說話。」蕭揚道：「它？先生是指這塊石頭麼？」感到有些好笑，也伸手去摸那塊石頭。笑笑生大叫道：「別摸！它叫你別摸！不然後果自負！」蕭揚笑道：「我可沒聽到它說不要摸它。」當即重重撫摸了那塊石頭一下，又道，「瞧，它還是沒說不讓我摸。」笑笑生道：「這些化石都是有靈性的神物，你不過是個普通的凡夫俗子，如何能聽得到它們說話？先生我可不同……」這時候，山谷上方一直呼嘯盤旋的風忽然停了，彷彿有股陰冷的氣息從山谷深處竄了出來，令人一陣哆嗦，不由自主地毛骨悚然起來。蕭揚有所感覺，警惕地環顧四周，卻什麼都沒有發現。四周是死一般的沉寂，更有一種無聲無息的驚悸。

驀然，山谷深處有一股「嗡嗡」怪音傳來，那聲音先是沉悶，隨後變得尖細，像一把鋒利的刀子從耳邊劃過，越來越近。笑笑生神色緊張之極，忍不住埋怨道：「都叫你不要亂摸了。這次是你惹的禍，不管來的是什麼，你得好好擋住。」蕭揚目光敏銳，已看到一片黑雲正朝這邊快速飄來。過得片刻，「嗡嗡」聲越來越大，即辨認出那不是雲，而是一大群飛得極快的鳥。笑笑生道：「哎喲，先是說話的石頭，接下來該是飛翔的猛獸。」蕭揚道：「不是猛獸，是巨蜂！先生快跑！」原來那是一群巨大的黃蜂，黑、黃、棕三色相間，大若鸚鵡。牠們飛翔得如此迅速，風馳電掣，蕭揚話音剛落不久，便能清晰看到領頭黃蜂觸角下一雙鼓起的眼睛，以及腹部尾端挺出的毒蜂針。他已來不及轉身奔逃，只得就地蹲下，用披風捂住頭。那群巨蜂卻停也不停，迅疾去追正往谷外逃去的笑笑生。笑笑生大叫道：「哎喲，別追我，不是我惹的禍！是蕭揚，快，快去追他。啊，救命！救命！」口中亂叫，腳下卻絲毫不停，一口氣奔出谷去。那些巨蜂似被下了禁令一般，到谷口便又主動折返。蕭揚已經站了起來，巨蜂卻當他是隱形人，看也未多看他一眼，一團黑雲滾滾湧過，瞬間沒入谷中。過了好半晌，蕭揚見再無動靜，這才到谷外叫笑笑生進來。笑笑生抱頭縮在堅如鋼鐵的土壁上，猶自驚魂未定，道：「咱們還要再進去麼？」蕭揚微一沉吟，即道：「要不先生先留在谷口，等我先進去打探清楚再說。」笑笑生連連搖頭道：「我可不敢一個人留在這裡，谷口也不是什麼安全的地方，你看咱們的馬都自個兒掙脫韁繩跑了。」蕭揚四下一看，果然不見了坐騎，一時也顧不上尋馬，道：「那好，咱們還是一道進去，相互也好有個照應。」笑笑生道：「可以是可以，但不准你再亂摸亂動，知道麼？」蕭揚道：「是，蕭揚遵命。」笑笑生道：「那些巨蜂為什麼不追你？」蕭揚道：「我也不知道。興許是我穿著遊龍的衣服，這衣服有些奇異之處，又接近大漠的本色，它們不容易發現。」笑笑生一聽就不願意了，道：「這可不公平……」

正巧一陣寒風穿出山谷，風聲中隱隱夾雜著金刃交接之聲。蕭揚道：「山谷中有人在交手！」忙循聲往谷中尋去。好不容易穿越布滿黑石的谷口，又經過一道一里長、窄得僅容人側身通過的脊溝便聞呼喝聲、打鬥聲越來越大。轉過一道高崁，眼前豁然開朗，出現了一塊空闊之地。傲文王子正與一名黑衣男子交手，小菊則縮在一旁目不轉睛地觀戰。另外一邊還躺著四具屍首，其中三人跟那黑衣男子一般的裝束，另一人則是垓下村民阿勇。原來，蕭揚和笑笑生先後離開垓下村後，傲文帶足補給，決意再次踏上尋找神物之路。他本想將小菊留在綠洲，但她堅決要跟在王子身邊。湊巧侍衛小倫患了急病，無法隨行，傲文又不欲更多人知道神物之事，因而便帶了阿勇和小菊二人上路。出發不久後即看到海市蜃樓，三人遂沿著蜃景方向趕來，找到了這處石林。才剛進山谷，便有四名殺手追來，不問青紅皂白地進攻。一場血戰，阿勇已不幸身死。蕭揚見傲文已有力拙之勢，難以支撐，忙叫道：「王子，我來助你一臂之力。」那黑衣男子武藝十分了得，傲文為保護小菊手臂已受了刀傷，正力窮智竭之際，忽得大援到來，大喜過望，叫道：「蕭揚，你來得正好。」

蕭揚拔出割玉刀，但見紅光一閃，尚不及上前相助，腳底忽然猛烈地晃動顛簸起來，難以站穩。轉眼間，整座山谷地動山搖。傲文情知不妙，急忙捨了對手，奔過去護住小菊。地面驀地塌陷了下去，谷中的所有人不論敵友都隨著地陷跌入了地底深處。僅有的光明消失了，世界重新陷入一片混沌黑暗中……

第六章　驚鴻一瞥

巨大的黑暗猶如波濤般無聲無息地湧動著，覆蓋了所有的一切。世人往往本能地討厭它，其實有時拯救人們的恰恰是這寂寂無邊的黑暗。看不見旁人，看不見自己，反而有了溫馨與安全的感覺。傳聞那些隱士高人也都是在無盡的黑暗中思考，夢想著涅槃。

黑暗的沉寂陡然被打破了，只聽得笑笑生大聲叫道：「蕭揚！蕭揚！」蕭揚呻吟一聲，應道：「我在這裡。」笑笑生罵道：「又是你小子惹禍！早叫你不要亂摸亂動了。」蕭揚心道：「我不過是拔刀想相助王子，什麼都來不及做，怎麼地陷也跟我有關了？」因為眼前一片黑暗，不見四物，不知道身在何處，也不知道身邊還有什麼人，只得悶不作聲，任憑笑笑生數落。笑笑生又叫道：「傲文王子！王子！」不遠處傲文低聲應道：「我和小菊在這裡。」笑笑生道：「好，都還活著就好。」小菊顫聲問道：「這……這裡是什麼地方？怎麼什麼都看不見？我好怕……」笑笑生道：「這是間密室，是伏羲密室！我有感應，有感應！」往地上窸窸窣窣摸索了一陣，叫道，「蕭揚，你到我這邊來。」蕭揚不明所以，只得爬起來循聲摸過去，問道：「先生要我做什麼？」笑笑生道：「這裡有處禁制，你拿你的割玉刀來打開它。」蕭揚往地上一摸，全是硬邦邦的石面，哪有什麼機關禁制？一時遲疑起來，心道：「割玉刀雖是神兵利器，但也不能胡亂拿來砍石頭，萬一有所損傷，我如何對得起遊龍？」便道：「這裡沒有什麼機關，先生是不是弄錯了。」

笑笑生道：「哎呀，你怎麼那麼笨啊，這是禁制，不是機關。這密室是按伏羲八卦來布置，你站的這處地就是離卦所在地，離為火卦象，主光明絢麗，你只要打開禁制，咱們就不用黑燈瞎火地瞎子摸象了。」蕭揚還是不懂，道：「可是這裡明明都是石面。」笑笑生罵道：「笨，笨到姥姥家了！我有要你去削石面麼？割玉刀是世間罕見的神器，有打開禁制的靈力，適才就是它無意間解開了密室入口的禁制，你現在只需要用你的氣、用意念去引導它。」蕭揚還是半懂不懂，但事已至此，少不得要試上一試，當即將割玉刀杵在腳下，凝神靜氣。驀然間，割玉刀通體發出紅光，眾人不及驚訝出聲，周遭已然亮堂了起來。果然是身處在一間巨大的石室之中，石室四周封閉，無門無窗，中央有座巨大的石缸，裡面盛滿石脂，正燃起熊熊大火，紅色的光暈溢滿全室，亮如白晝。石室的一端還聳立著一條石雕青龍，高大約三丈，長八丈，大半身匍匐在一塊一丈高的大基石上，只有龍頭高高昂起，虬鬚盡張，栩栩如生，彷彿就要凌空飛起。笑笑生喜不自勝，手舞足蹈地道：「哈哈，伏羲密室甦醒了！我喚醒了它，是我喚醒了它！」蕭揚與傲文、小菊面面相覷，簡直不能相信眼前的一切。

蕭揚四下打量了半天，才道：「外面的土丘、山谷、黑石等看起來都是風力的鬼斧神工所為，但這條青龍……」他說到這裡，沒有再說下去。傲文接口道：「這青龍確實像是人力所為。但有誰能雕刻如此巨大的青龍，又將它運來這人跡罕至的沙漠腹地呢？」他忽然想起一事，嘴角撇了一撇。蕭揚道：「王子可是想起了什麼？」傲文道：「我曾聽侍衛刀郎提過，沙漠中一直有個奇怪的流言，據說當青龍的眼睛變紅的時候，就會有大批金銀珠寶從地底湧現，不過……這只是個傳說。我想只不過是那些來大漠尋寶的人，抑或是馬賊編出來的故事。」忽見不久前要殺他的男子尚躺在一旁呻吟，搶過去拔刀便要捅下。蕭揚忙趕過來擋住，道：「王子，請先留著他性命。我遇到過芙蕖公主，聽說有四名殺手也在追殺她，就算不是同一批人，至少他們也應該是一夥的。」遂解下那男子的腰帶，將其雙手拉到背後，牢牢反縛住，抄起他的兵刃丟入了石缸大火中。

傲文忙問道：「居然有殺手追殺芙蕖，她可有受傷？她現下人在哪裡？」蕭揚歉然道：「我也不知道公主下落。」當即說了遇到公主後的經歷。傲文聽說芙蕖寧可獨自上路也要來尋找自己，半晌無語，驀然轉身揪住那殺手的衣領，喝問道：「是誰派你來的？追殺我無非因為我是樓蘭王儲，但你們為何還要追殺我表妹？」那殺手低頭不語。傲文冷笑道：「我有許多法子能令你生不如死。」抓住那殺手頭髮，強迫他仰起頭，拔刀往他臉頰上割了一道又長又深的口子，登時鮮血淋漓，血流滿面。正要舉刀再往另半邊臉割下，殺手連聲叫道：「我說，我說實話，請王子放手。」喘了幾口大氣，這才道，「是希盾國王派我們來的，我們四人一直藏身在扜泥城中，本來是要接應萑段他們，後來萑段到親王府行刺失敗，我們知道不能樓蘭久待，打算就此回國。但出城時正好遇到芙蕖公主，心想殺不了樓蘭國王和王子，殺了公主也是好的，就一路跟隨。但公主約了幫手，腳力極快，竟甩開了我們。後來終於在幽密森林邊緣追上了公主，幾個波斯人卻強行阻攔，我們便跟他們動了手，結果公主趁機跑進森林中。我們殺了波斯人後，往森林中搜尋一夜，正發現公主蹤跡時，又被她和她的幫手給跑了。好不容易尋回馬匹，卻不知道公主去向，後來看到海市蜃樓，我們心想公主可能來了這邊，便趕過來，意外在山谷遇到傲文王子。殺了王子，自然比殺死公主的價值更大，後來的事王子都已經知道了。」

他說得雖然簡略，卻相當清晰。蕭揚已經聽阿飛、古麗講過部分情形，完全能對得上。傲文卻道：「你在撒謊！你是墨山新國王約藏派來的，是也不是？」殺手道：「不，我沒有撒謊，我是于闐人，是希盾國王派我來的。」傲文道：「你騙不過我。」正要上前再割破殺手的另半邊臉頰。蕭揚忙道：「等一等！王子，你不是說阿曼達王后寫信告訴你墨山已與樓蘭修好麼？而且我聽說這次樓蘭出兵于闐，墨山也是極力支持的。在目前局面下，確實只有于闐才最可能派出殺手來追殺你。」傲文搖頭道：「你不懂。」原來，阿曼達王后給傲文的信裡提到了那句深深觸怒問天國王的話——「希盾國王也喜歡阿曼達王后，想要得到她的女兒。」傲文看完後即燒毀了密信，未對任何人提過這句話，但他心中很清楚，于闐國王希盾派人殺問天國王、殺樓蘭王子並不奇怪，但決計不會派人追殺芙蕖。只是這其中緣由他不便說出來，只好再次強調：「他決計不是于闐殺手，我有十足把握。當日約藏在大殿行刺，他用那雙充滿仇恨的眼睛死死瞪著我，那代表著不解深仇，我永遠都不會忘記，也能肯定他永遠不會忘記。」蕭揚道：「我信得過王子的判斷。」轉過頭來，問那殺手道，「當真是墨山約藏國王派你來的麼？這可實在太陰險了，表面聯盟，暗中刺殺。」傲文道：「我原也佩服約藏的勇氣，千里迢迢追來樓蘭，闖入王宮大殿向我行刺，想不到他當了國王之後，反倒成了個陰謀小人。」小菊原本一直靜靜站在一旁，忽然插口道：「不會，決計不會。」傲文道：「不會什麼？」隨即安慰道，「你別害怕，我也是不得已才用刑拷問他。你先過去陪著笑先生，免得一會兒這殺手的髒血濺到你身上。」忽聽得笑笑生指著青龍基石叫道：「你們快過來，這裡有一道咒語！」傲文便捨了那殺手，搶過去一看，失聲道：「我見過類似的文字，樓蘭鎮國之寶玉鏡上也有這種古怪的文字。笑先生，這咒語說的什麼？可是跟我要尋找的神物有關？」他本來一向瞧不起笑笑生，認為他不過是個插科打諢的小丑，然而適才親眼見到他喚醒了伏羲密室，這才信服這瘋瘋癲癲的道士其實是個深藏不露的高人。

笑笑生道：「這上面寫的是『赤赤陽陽，日出東方。天道將畢，日月俱霜』，我也不知道做何解。要解開咒語，得靠有緣人。王子，勞煩你站過來，將雙手放在咒語上，跟剛才我教蕭揚的方法一樣，用你的意念去解讀它，開啟它，如果它真的跟樓蘭的命運有關，自然會起感應。」傲文道：「是，多謝指教。」當即上前將雙手按在基石咒語上，閉上眼睛。一時間，又想起當初在玉鏡中看到的各種景象，只見蚩尤和黃帝在涿鹿原野上大戰，雙方出盡全力，各有神仙助戰，鮮血染紅了大地；黃帝在軒轅臺上擂起大鼓，用自己的鮮血發出了憤怒的詛咒；樓蘭水乾，樹木枯萎，百姓感染瘟疫，屍橫遍野……忽聽得一旁有人大聲歡笑，傲文陡然從幻覺中驚醒，睜眼望去，基石前側不知如何滑開了一塊，露出一個方孔來。他慌忙伸手進去，捧出一方石匣來。石匣中央整整齊齊疊放著一件五彩色的裙裾，非布非絲，非羽非毛，卻是光彩奪目。蕭揚道：「不錯，這正是我在幻象中見過的那件裙裾。」笑笑生在旁看了半天，最終還是忍不住問道：「這件彩裙當真能解除樓蘭的詛咒？」傲文道：「應該是這樣。」蕭揚道：「那麼這個地方應該就是軒轅之丘了，軒轅劍也應該在這裡。」傲文道：「不錯。」將石匣交給小菊，道，「我們一起來幫你找劍。」笑笑生嘻嘻笑道：「這可當真是踏破鐵鞋無覓處，得來全不費功夫。你二人今日都得償所願，可要好好謝謝先生我了。」傲文道：「這是當然。」

忽聽到「叮噹」一聲巨響，轉過頭去，小菊正扔掉了石匣，舉起彩裙往石缸大火中投去。傲文大叫一聲：「你做什麼！」飛奔過去搶奪，卻還是遲了一步，那件彩裙沾到火苗，瞬間便化成了灰燼。傲文又急又氣，伸手將小菊重重一推，登時將她推坐到地上，喝道：「你瘋了麼？」小菊卻甚是冷靜，慢慢爬起來，道：「我沒瘋。我就是要燒掉這件彩裙，好讓你們樓蘭被詛咒，這是我一直跟在你身邊的目的。」傲文大怒，揚手打了小菊一耳光。他出手極重，她的臉登時腫了半邊，嘴角沁出一絲血跡來。她見傲文滿臉黑氣，目光中淨是寒意，自認識他以來，還沒見過他這麼可怕的表情，心中登時驚懼異常，淚珠在眼睛裡打轉。傲文氣急敗壞之下，還想伸手拔刀傷人，只覺胸口一熱，口中發甜，一口鮮血噴出，接著猛烈地咳嗽了起來。蕭揚忙過來扶傲文到一邊坐下，檢視一番傷口，道：「王子身上有兩處刀傷，失血不少，之前與殺手力搏耗盡了氣力，須得好好養息才行。」傲文道：「不，你扶我起來，我要親手殺了她！」蕭揚道：「殺她不急一時，讓笑先生去問清楚，我先給王子上藥。」笑笑生忙過來問道：「小菊，你一向溫柔體貼，大家都很喜歡你。你一直跟在傲文王子身邊，明知道彩裙是神物，對樓蘭意義非凡，為什麼還要這麼做？」小菊擦了擦眼淚，昂然道：「我本名叫約素，是墨山公主。傲文帶兵攻入王宮，逼死我父王，這個理由夠充分麼？」

原來，小菊就是墨山國王手印的女兒，她和哥哥約藏一起到樓蘭行刺傲文未果，約藏被樓蘭國王問天派侍衛未翔強行送出王都打泥。約藏決意回國繼承王位後再謀復仇，找到妹妹約素之後預備一起回去墨山。哪知道半途約藏發現有人跟蹤追殺，逃跑時，兄妹失散。約素背後有兩名殺手緊追不捨，驚慌之下不辨方向，誤打誤撞闖入了大漠。殺手追擊了一陣，見她單身一人一騎深入大漠，料來她難以活命，遂折返了過去。約素貴為公主，從未單獨出過遠門，更沒有大漠生存經驗，很快就水盡糧絕，馬也跑了，她自己則昏倒在大漠中。至於後來她被馬賊西術發現後帶回馬鬃山，又被夢娘救下成為女奴，更與殺父仇人傲文同為階下囚，甚至不得不奉命服侍傲文，為他做許多親昵的事，則完全是機緣巧合了。傲文聽說小菊就是約素公主，這才恍然大悟，恨恨道：「原來你堅持留在我身邊，就是要報仇。」約素道：「不錯。殺父之仇，不共戴天，我豈能不報？本來離開馬鬃山後，我就要用從夢娘那裡偷來的迷藥迷倒你後再殺了你。但又意外聽到你和蕭揚的談話，提到什麼樓蘭詛咒，我想這是天賜良機，只要我一路跟隨你，等你找到神物時再把它毀掉，不但可以毀了你，還可以毀了你們樓蘭，豈不是比一刀殺死你更妙？」傲文怒氣沖天，扶著石壁站起來，拔出佩刀，嚷道：「我殺了你。」蕭揚忙道：「王子，彩裙已毀，殺死約素公主於事無補，你先冷靜些。」傲文本就發號施令慣了，當此情形如何還能冷靜得下來，怒道：「滾開！」蕭揚本可以出手強行攔阻，可是這對男女恩恩怨怨、愛愛恨恨難解難分，非旁人所能圓緩，見傲文伸手來推，便順勢避讓到一邊。傲文舉刀直衝過來，約素卻不躲不閃，只閉上眼睛，靜靜站在那裡。正要揮刀斬下的一剎那，他看到她緊閉的眼皮下沁出了眼淚，不知為何，他的心開始生生作痛，手臂勁道鬆了下來，再也斬不下那一刀。

蕭揚見狀忙扶傲文到牆邊重新坐下，收了約素身上的匕首，命她遠遠坐到石缸另一邊，避開王子的視線，這才過去問笑笑生道：「眼下神物已毀，又找不到軒轅劍，咱們沒有水沒有食物，得趕緊設法離開這裡才行。」笑笑生一直望著石缸中的火苗發呆，忽然得到了提示，道：「這件彩裙應該不是真的神物。」傲文本已絕望，聽到此話，彷佛溺水之人抓到了一根救命稻草，起身上前問道：「此話當真？」笑笑生道：「神物在軒轅之丘，這沒錯吧？軒轅劍也在軒轅之丘，這也沒錯吧？既然這裡只有彩裙，沒有軒轅劍，那麼就不是真正的軒轅之丘。若是不信，我可以立即證明給你們看。」遂奔到青龍基石，將雙手擱放在那道咒語上，片刻後，基石的前側緩緩滑開一道小門，又露出了方孔來。笑笑生道：「看，我是中原人，跟樓蘭毫無干係，也照樣能解開禁制，說明這孔裡的彩裙不過是個幌子。」傲文大喜過望，連聲問道：「那麼真的神物在哪裡？還請笑先生指點。」笑笑生道：

「咱們現下所在是個封閉的密室，它只是看起來封閉，一定還有出口，找到出口，就能找到真的神物。」傲文不顧傷痛，忙四下找尋，卻始終一無所獲。他甚至一度懷疑出口就在裝盛石脂的石缸下，然而用兵刃在缸上敲擊，卻並無空曠回音。笑笑生道：「這裡面有伏羲氏的光明之力，是密室氣脈根源所在，決計不可能是出口。」一折騰了一通，眾人疲累異常，遂決意先休息幾個時辰再說，各自尋了塊地方去睡覺。傲文卻根本睡不著，他走到那座青龍面前，前後左右反覆查看。適才他跟笑笑生一道檢視過青龍，但並沒有發現什麼禁制機關。只是當他的手偶然撫摸到青龍身體時，他似乎聽到了一聲歎息，那聲音深沉之極，彷若從地底深處傳出，無悲無歡，卻凝結了上千年的風霜雨露，聽過的人再也不會忘記。然而當他問笑笑生和蕭揚時，二人卻什麼也沒有聽見。傲文總覺得這應該不是他的幻聽，不過當他再次撫摸青龍的軀幹時，便再也沒聽到過那種浩渺的歎息聲。又查了一遍，還是沒有發現端倪，只得悻悻罷手。轉過身來，卻見約素抱膝坐在一邊，正炯炯注視著他。他先是一怔，隨即哼了一聲，別轉臉去，自行走到另一邊睡下。

身心如此疲憊不堪，卻還是輾轉反側，難以入眠，是因為她麼？傲文早已記起當日去蒲昌海探望母親時，那披著黑色羃䍦的侍女就是約素，她當時就已經見過殺父仇人的樣子了，那麼後來在馬鬃山她為他做的那些事又是為什麼？她明明有許多機會可以不動聲色地羞辱他，令他失去王子的最後一點尊嚴，而不必忍受臭氣服侍他拉屎撒尿，僅僅是因為夢娘的命令麼？還是她當時已經想到要盡力贏得他的信任，好利用他回來營救她，再於脫險之後殺掉他報仇？他恨死這個女人，他曾經在心中發誓要保護愛惜她一輩子，然而他現在卻恨不得將她千刀萬剮。她欺騙了他的理智，玩弄了他的情感，利用了他的信任，還毀掉他千辛萬苦找到的神物，若不是彩裙湊巧是假的，他早已是樓蘭的千古罪人。可是為何他舉刀的那一刻，又狠不下手來殺她？他可是冷酷的傲文王子呀。那一湯一勺的餵食，那因替他解繫褲帶而漲得通紅的俏臉，一點一滴，當真那麼難以忘記麼？他心中情感如波濤洶湧澎湃，正愛恨交織時，突然覺得地面在抖動，他一個激靈跳了起來。蕭揚和笑笑生也瞬間驚醒，起身怔怔地望著那座青龍石雕。原來約素不知何時爬到了青龍身上，正以牙齒咬破手指，往青龍的眼睛塗抹上自己的指血。傲文喝道：「你又要做什麼？」正待搶上前去拖約素下來，蕭揚忙拉住他道：「等一等！王子說過，傳聞青龍眼睛變紅的時候，就會有大批金銀珠寶從地底湧現。說不定，這正是打開禁制的法子。」話音未落，地面又劇烈震了一下，青龍的眼睛陡然變成一種詭異的紅色，濃濃的紅色液體沿著青龍的眼睛往下流，彷彿血淚一般。片刻後，青龍的全身開始一片片滲出殷紅色的液體，越滲越多、越積越濃，像一道道細細的殷紅色泉水。眾人一時間無不目瞪口呆，渾然不知接下來將要發生什麼事情。青龍的雙眼閃耀了一下星芒，接著又黯淡了下去，全身軀幹「啪啪」作響，開始一點一點地慢慢裂開。傲文一個箭步搶上前去，翻越上基石，將約素抱了下來。她的臉色蒼蒼白白，額頭滿是密密汗珠，手腳不停地發抖，一刻之間彷彿已蒼老了許多。

青龍終於一塊塊裂開，完全塌陷了下來，基石上緩緩浮現出一個巨大門廊，慢慢地從中央分開，往外打開，直到兩扇門都完全張開為止。笑笑生看得瞠目結舌，半天合不攏嘴，這時才反應過來，嚷道：「原來傳說是真的！想不到要讓青龍的眼睛變紅是這麼個變法！枉費了那麼多聰明人的智慧，竟然還不如一個女子！這一定就是二級密室了！」狂喜之下，忙不迭地朝地道口奔去。步下十餘級臺階，果然又是另外一間巨大石室，內中卻只有和上一間石室一模一樣的石缸，再無他物。蕭揚和傲文緊跟了下來，見並無神物和軒轅劍，問道：「是不是又有什麼別的禁制？」笑笑生搖頭道：「我感應不到。」忽然想到什麼，道，「王子，你快去請約素公主下來，她是女子，興許能發現我們看不到的細處。」傲文只是沉默，既不應也不動。蕭揚道：「還是我去吧。」上去叫了約素下來。笑笑生道：「公主，你和傲文王子的恩怨得暫且放一放，一切等咱們到了外面再說，到時你要殺他也好，他要砍你也好，那是你們自己的事，我和蕭揚老弟絕不會干涉。現在呢，我要請你幫個小忙，你是個細心人，來看看這間石室跟上一間有什麼不同。」約素遲疑道：「笑先生是個高人，你都看不出來，我不過一個普通女子，如何能看出不同來？」笑笑生笑道：「這不一樣，世事奇妙得很，有時候普通人的智慧就是要比智者的智慧更靈光。你看，青龍的祕密不就是你這麼個普通女子發現的麼？」

約素默默地點點頭，四下沿石壁轉了一圈，重新回到石缸前，朝上指了指。眾人仰頭一看，卻見頭頂石壁正中繪著一幅巨大的伏羲先天八卦圖，圖的周圍還有一些奇怪的符號。傲文問道：「這是什麼意思？」笑笑生道：「似乎是指向另一個地方的暗語。你們都先去一邊等著，讓我好好看看。」幾人聞言便退到一旁。傲文有意繞到蕭揚另一邊，好離約素遠些。約素瞧在眼中，使勁咬緊嘴唇，大滴淚珠還是抑制不住地滾落下來。她不願意讓人看見，尤其不願讓傲文看見，舉袖遮住面孔，又重新往上一層石室而去。蕭揚見傲文一副欲叫又止的樣子，忍不住低聲歎道：「王子，你難道現在還不明白麼？約素公主並不想要你死。不然的話，她大可以隱瞞打開青龍禁制的祕密，那麼咱們都會被渴死餓死在上一層房間裡。」傲文冷笑道：「哼，她有這麼好心麼？她不過是想自己脫險罷了。當初在馬鬃山，我被馬賊鎖住動彈不得，她有無數機會可以殺我報仇，為何不立即動手？不過是因為她知道馬賊不會殺我，想利用我逃出馬鬃山罷了。」蕭揚道：「當時是當時，現在是現在，這期間你們共同經歷了不少事。我看得出來，王子對約素很好，她也對你很好。」傲文道：「她分明是有意討好我，好跟在我身邊毀掉神物。難道她燒毀彩裙之事有假麼？她親口說跟在我身邊就是為了報仇，是我冤枉她了麼？總之，我恨死了她。你若再替她說話，我可要跟你翻臉。」蕭揚道：「那麼我再多問一句，王子恨約素入骨，適才為何又要上去抱她脫險？」傲文明顯無法回答這個問題，一下子判若兩人，全然沒有了剛才的桀驁和冷漠，只能尷尬地哼了一聲，別轉臉去，不再理會。

忽見約素又從地道下來，只是手臂被反擰在後，背後多了一人。竟是那殺手不知如何掙脫了綁索，手中拿著一塊尖銳的青龍碎石，對準約素的脖頸，喝道：「都放下兵刃，不然我就殺了她！」笑笑生道：「這可有意思了，你不是墨山國王約藏派來的殺手麼？約素是墨山國公主，是你們新國王的親妹妹，你拿她來要挾我們，到底是怎麼回事？」殺手冷笑道：「我可不會再說第二遍。」手上加勁，約素嚶嚶叫了一聲，一道血線沿著白玉般的脖子流了下來。蕭揚歎道：「我們都看走眼了，他不是墨山人。」解下割玉刀，正要放在地上，傲文阻止道：「做什麼？就算他不是墨山殺手，約素可是我的仇家，讓他殺了她好了。」蕭揚向那殺手道：「你也聽到王子的話了，約素公主跟我們是敵非友，你不可能拿她來威脅我們。」殺手冷笑道：「我才不信呢。我在一旁看得清清楚楚，這女人一雙眼睛柔情密意，半刻沒有離開過傲文王子，而王子口中喊打喊殺的，卻連看都不敢正眼看她一眼。天底下有這樣的仇家麼？分明是一對冤家。」笑笑生嘿嘿兩聲，道：「瞧不出你還是個明眼人，比他們二位當事者都明白，當殺手實在可惜。何不棄暗投明，就此投靠傲文王子？他是樓蘭王儲，你要當官還是要發財，隨你挑選。」殺手道：「少廢話，放下兵刃，都給我站牆邊去。」

蕭揚道：「你想要什麼？你該知道，眼下我們都被困在伏羲密室中，憑你一人之力，是走不出這裡的。」殺手道：「你們中原人不是總說『士為知己者死』麼？我本來也沒打算活著出去。傲文王子，我要你，只要你肯走過來束手就擒，我立即放了約素公主。」傲文冷笑道：「笑話，你當我是……」忽聽得約素慘叫一聲，那尖石已然陷入她頸中半分，心中一震，竟不由自主地改口叫道，「好，我答應你，你放了她。」約素哭道：「不要，王子，求求你不要過來。」傲文漠然不應，還是一步步走了過來。蕭揚知道那殺手受雇於人，想要的是傲文的命。他是未來的樓蘭國王，若是死在這裡，就算能找到神物，也難以挽回樓蘭的厄運。雖有心阻攔，但也知攔不住王子的心意，一時腦海中轉過無數解救的法子，卻沒有一個可行，握住割玉刀的手滿是冷汗。殺手待傲文走近，笑道：「很好，請王子就站在那裡，轉過身去，跪下來，將你的兵刃拔出來擱在右肩上，刃鋒朝內，刀柄對著我。」傲文毫不遲疑，一一照做。殺手用力將約素推倒在一旁，扔了石頭，搶過來執住刀柄，獰笑道：「自古英雄難過美人關，傲文王子也不能例外。抱歉了，王子。不過你有我陪葬，黃泉路上，也不會寂寞。」正要用力一拉長刀，就此割斷王子的脖子，一了百了，忽聽得笑笑生軟語叫道：「喂，年輕人，自古英雄難過美人關，你不也是英雄麼？」

殺手一愣，問道：「你說什麼？」笑笑生道：「士可不一定要為知己者死，更應該幫助知己者成就大業。難道你不想幫助你的主人做樓蘭國王、稱霸西域麼？只要得到神物和軒轅劍，別說西域，整個中原都會被你們踩在腳下，到時你可就是大大的英雄了。」那殺手的臉忽然起了奇異的變化，一股淡淡的黑氣在他臉上氤氳。正當蕭揚伺機而動、預備從後頭接近他時，石缸的火焰陡然升騰得老高，一道白光射出，正穿過了殺手的腦門，他鬆了手，直挺挺地倒了下去。蕭揚搶過來拉起傲文，舉刀對準殺手胸膛，卻見他早已氣絕死去，只是臉上籠罩著濃重的黑色，恍如當初在大漠見過的、那于闐左大相萓木侍從艾弟死後的模樣。蕭揚驚道：「這到底是怎麼回事？」笑笑生道：「這殺手身上有濃重的魔氣，我只是用話語誘發出他魔氣中最邪惡的一面。這裡有伏羲氏的光明之力，自會對邪惡之氣有所反應。邪氣越是霸道，反應越是強烈。」幾人聞言均覺匪夷所思，然而親眼所見，不得不信。約素撲過來哭道：「王子，你已經是樓蘭王儲，怎可為了約素而以身涉險？」傲文卻冷冷地將她推開。約素知道他還是不肯原諒自己，噬人心骨的疼痛開始細細密密滲透進她的心房，一點一點咬噬。她忍受不了這種感覺，背轉身子，飲泣不止。

笑笑生道：「王子，有件事，我一直沒有來得及告訴你，公主身上……噢，不是這位約素公主，是你表妹芙蕖公主身上也有魔氣。」傲文一驚，道：「此話當真？」笑笑生露出罕見的嚴肅之色來，沉聲道：「千真萬確！聽阿飛說，他們三人，包括那些殺手都進去過一片所謂的幽密森林，也許就是在那裡沾染了魔氣，不過他們三人中只有芙蕖公主染上。」傲文道：「芙蕖會不會有生命危險？」笑笑生道：「倒不會有生命危險，只是公主的性情可能會有變化，也許會變得邪惡。當然也不盡然，這全在個人內心。譬如剛才這殺手若是根本沒有野心，我的話就對他起不了任何作用。」傲文道：「芙蕖雖然有些蠻橫，可是天真單純，別說害人，就連防人之心都沒有，我不信她會變成什麼邪惡之人。」笑笑生心道：「我擔心的可不是芙蕖公主的性情，她滿懷情思都在王子你身上，不惜孤身步入大漠找尋你。可是王子卻偏偏愛上了另一位公主，還有什麼比心愛的男人琵琶別抱更容易改變一個女人呢？」但因約素在場，他不便公然說出這些話來，便轉移話題道，「好了，先不提這些，咱們還是先想辦法出去吧。」蕭揚問道：「上面的八卦圖沒有指明密室的出口在哪裡麼？」笑笑生頹然道：「沒有。這裡面應該有一處出口的禁制，可是我感應不到它。」拍拍肚皮，頹然歎道，「若是再出不去，先生我可就要餓死在這裡了。」蕭揚道：「先生不是說這裡有伏羲氏的光明之力麼？」笑笑生道：「是啊，光明之力是這處軒轅之丘的根本。」蕭揚道：「那麼光明之力一定能打開所有禁制了。我有個不是辦法的辦法，這殺手面色如墨，可見魔氣未散，若是將他的屍首投入火中，也許會激發出光明之力，引導我們出去也說不準。」笑笑生眼前一亮，道：「值得一試！」當即上前，與蕭揚各抬了那殺手的手腳，往石缸裡丟去。驀然一道光柱射出，整個石室籠罩在一片耀眼的亮光之中，這光實在太亮，令人暈眩，眾人不得不緊緊閉上眼睛……再張眼時，石室消失不見了，卻是站在一片沙丘之上，沒有太陽，沒有月亮，沒有星星，只有無數塵埃在頭頂閃爍，發出陰慘慘的灰色光芒。時光徹底在這裡停頓，好像又回到了開闢鴻蒙之初。腳下的沙丘也格外不同，雖然表面看起來跟其他沙漠沒有什麼兩樣，沙面上卻有一股荒涼安靜的氣韻來回飛速流動，帶著濃厚的原始氣息，攝人心魄。一切都凝固在這裡，人站在其中，彷若到了天地玄黃、萬古洪荒的隔絕之地，弱小得像隻螻蟻。

笑笑生滿腹狐疑，道：「這是什麼鬼地方？」走出幾步，卻聽見腳下發出「呱呱」的聲音，彷若夏日蛙鳴一般，不禁嚇了一跳。俯下身往沙中刨了幾下，除了「呱呱」鳴聲，什麼也沒有。蕭揚道：「不是說山谷中有唱歌的沙丘麼？會不會就是這裡？」抬腳踩了幾踩，果然聽見地下有聲音傳出，彷若松濤陣陣，煞是好聽。笑笑生不解地道：「為何我踩腳就是青蛙叫？」蕭揚道：「大概跟人有關。」果然，傲文走動時會有駿馬奔騰嘶鳴聲，約素跺腳則是蜂鳴般的「嗡嗡」聲。傲文道：「這裡沒有日光，沒有月影，要如何分辨方向，才好走出這裡？」笑笑生道：「這裡一樣下有禁制，只是不知道在哪裡，又要如何解開。」傲文道：「最初是蕭揚的割玉刀引我們進去伏羲密室，或許它也是我們離開的法寶。蕭揚，請你試一下。」蕭揚依言拔出長刀，剛將刀尖杵在沙地上，便有一道閃電從空而降，正劈在他身上。等旁人定睛一看，蕭揚已經不見了人影，原地除了兩隻腳印，什麼也沒有留下，他就這麼憑空消失了。笑笑生嚷道：「糟了，割玉刀打開了禁制，卻只出去了蕭揚一個人。」

蕭揚卻是被那道閃電擊得昏了過去，醒過來時發現正身處一個明淨的大湖旁，湖水像翡翠般幽綠，湖邊長滿青草鮮花，正是他在夢中反覆夢到過的那個地方。他驀然意識到什麼，回過頭去，果然見那雪衣女子驚鴻站在他背後，倩影如夢，纖手弄舞。她是那麼的美，美得不可方物，帶著一點淡淡的憂傷，正凝視著他。蕭揚忙爬起身，叫道：「驚鴻……不，天女！」驚鴻道：「你忘記你對遊龍的承諾了麼？」蕭揚愕然道：「什麼？」轉念便會意過來，道，「抱歉。」轉開割玉刀刀柄，取出遊龍面具，重新戴上。驚鴻道：「你既然戴上了它，就已經是真正的遊龍，絕不能再輕易取下來。」蕭揚道：「是。」驚鴻道：「那麼，你現在可以說實話了，你到底是什麼人？」蕭揚道：「我是遊龍。」驚鴻道：「我不是指這個。這個地方是我的住處，設有禁制，凡人是進不來的。」蕭揚道：「噢，應該是割玉刀的靈力。」當即說了如何在遇到傲文王子後，被割玉刀帶入伏羲密室等事。驚鴻道：「還是不對，割玉刀確實有靈力，但還是要看它的主人。當初遊龍……是那個遊龍，他有割玉刀在手，一樣進不來這裡。這地方只有神的後人才能進來。你到底是什麼人？嗯，你來西域是要找軒轅劍，也許你就是軒轅劍故主的後人。」蕭揚道：「是。」驚鴻道：「這就對了。」蕭揚擔心傲文幾人的安危，忙道：「我的幾位朋友還困在外面，他們已經很長時間沒有飲水進食，我想冒昧請天女出手相助。」驚鴻道：「你願意全心全意幫傲文王子取得神物、解除樓蘭的千年詛咒麼？」蕭揚道：「當然，即使要我付出生命的代價，我也在所不辭。」驚鴻道：「好，我跟你一起去。」走過來握住蕭揚的手，道，「咱們走吧。」蕭揚只覺白光一閃，便又回到了原來的沙丘。

約素見到憑空忽然冒出兩個陌生人，大為驚奇，問道：「你們……你們是誰？」傲文和笑笑生早已明白蕭揚又重新化身成了遊龍，然而見到他身邊的驚鴻時，還是目瞪口呆。蕭揚道：「這位是天女。」又將幾人一一介紹給驚鴻。傲文結結巴巴地問道：「你……你是神仙？」驚鴻道：「我是遠古天女的後人，可以說是神仙。」笑笑生道：「那麼你身上是否還有神力？」驚鴻道：「神力還有，不過已經所剩無幾，所以現在的我更像一個凡人。」她轉過頭來，饒有意味地看了蕭揚一眼，這才道，「幾位都餓了吧，我先帶你們離開這裡。」舉起衣袖揮了揮，周圍的沙丘瞬息消失，山谷的景象重新呈現在眾人面前，老木寒雲，充斥著暮氣沉沉的衰颯。驚鴻不知從哪裡變出幾個桃子般大小的奇果，分給每人一個。蕭揚等人早餓得發昏，接過來便啃。那果子鮮甜多汁，美味無比，入腹後饑渴感頓時消解。驚鴻道：「王子殿下，我們這就去軒轅之丘取回神物吧。」傲文欣喜萬分，應道：「是，謹聽天女吩咐。」緊跟了上去。約素見傲文一直不理睬自己，又是懊悔又是神傷，腳下只是不動。蕭揚轉過身叫道：「約素公主，咱們該走了。」約素搖頭道：「我不想去。」蕭揚也不知該如何勸解，只得道：「這裡很危險，況且公主也不知道怎麼出去。」約素道：「你……你不是蕭……」蕭揚道：「我就是遊龍。」過來牽了約素的手，強拉著她去追趕驚鴻幾人。

在狹長的山谷走了大約半個時辰，眼前驀然出現一個山洞，洞口有石門擋住不說，前面還長有一大片通體紫色的花朵。一株上只開一朵花，不但碩大如人首，就連形狀也跟人臉極為相似，中心花蕊狀似人鼻，上下則有眼睛、嘴巴形狀的黑色花紋。放眼一看，真的好像有無數張紫色的人臉，紫氣騰騰，妖豔詭氣，在風中搖擺晃動，捍衛著背後祕密的王國。驚鴻道：「這裡就是軒轅之丘了。不過大家最好站得遠些，這些紫面郎君四周有劇毒瘴氣，近前三步立死。」蕭揚道：「我來試試。」從靴中拔出匕首，揚手擲出，匕首一連削斷數根花枝，撞上石門才重重落下。然而奇怪的是，那數根花莖的斷處卻又立即生出新花來，比之前的還要大，顏色也更深，毒性顯然也更深。驚鴻道：「看來不能用武力強行解決。」笑笑生道：「笨人才會用武力解決！發笑的花荳，你不記得了麼？」乾笑了幾聲，見那些花全無反應，又叫道，「你們大夥全都一起笑，快笑，這是解決掉這些紫面郎君的唯一法子。」眾人見他說得煞有其事，只得一齊放聲大笑了起來。本沒有什麼可笑之事，忽有幾人強作歡笑，情形倒真是可笑。笑了一陣，紫面郎君還是沒有反應。幾人停下來，面面相看，都不知該如何是好。約素忽道：「既然是發笑的花荳，會不會是要它們自己笑才行？」笑笑生一經提醒，頓時省悟，道：「不錯，正是這個意思，還是約素公主聰明。嗯，我先來。」

蕭揚見他盤膝面朝洞口坐下，問道：「先生要做什麼？」笑笑生道：「當然是要給這些紫面郎君講個笑話啦。」咳嗽了一聲，道，「開講了啊。在敦煌，有個男人很怕自己的老婆。有一天，他趁老婆不在家的時候偷吃了一盒年糕。晚上被老婆發現，狠狠罵了他一通，罰他跪在堂前，三更才准他上床睡覺。這男人當然越想越不是滋味，不明白為什麼別人家妻和子孝，自己的命卻這樣不好，於是就來到街上找先生我給他算算命。我問他：『請問今年貴庚多少？』他趕忙回答：『沒有跪多久，只跪到三更。』我見他會錯了意，忙道：『我不是問這個，我是問你年高幾何？』他說：『我還敢偷吃幾盒？我只吃了一盒。』哈哈哈……」自己一邊說著，一邊忍不住哈哈大笑起來。傲文本來覺得極為荒誕無趣，卻突然發現那些紫面郎君停止擺動，個個爭相將花面朝向這邊，真似在凝神靜聽一般，不由得大為稱奇，忙道：「有用，有用，它們在聽呢。不過這個笑話不好笑，笑先生再換一個。」笑笑生道：「不好笑麼？我怎麼覺得很好笑啊。那我再想一個。」蕭揚便道：「我先來試試。我在中原有個馬大哈朋友，一次出門時穿錯了靴子，一隻底厚，一隻底薄，走起路來一腳高，一腳低，很不像樣。他很是詫異，自言自語道：『為什麼我的腳今兒個一條長、一條短？想來是道路不平的緣故。』路上有人好心告訴他：『你是穿錯靴子了吧。』朋友這才恍然大悟，趕忙叫僕人回家去拿。僕人去了好久，空手而回，對主人說道：『不必換了，家裡那兩隻靴子，也是一隻底厚，一隻底薄。』」他一講完，驚鴻先抿嘴而笑，那些紫面郎君還是靜靜佇立。

傲文道：「你們講的這兩個都沒引我發笑，我來講一個吧，是我從一名侍衛那裡聽來的。有個執政官員坐在堂上翻閱公文，堂下兩側站滿僕從吏卒。忽然有人放了個響屁，左右相看，都不肯承認是自己放的。官員大怒，

是重傷，忙就地滾開。火焰擦著他的小腿而過，直射到地上，劈啪亂響，將地面都燒焦了。傲文肩頭受傷，劇痛深入骨髓，一時難以緩解，再也無力舉刀反擊。那麒麟瞬間噴火擊退蕭揚，又再次撲向傲文，昂起頭上獨角直刺過來。忽有一條人影從旁撲了過來，卻是約素用自己的身子遮住了傲文。麒麟極有靈性，只主動攻擊那些對牠帶有威脅的人，獨角一觸到約素的背心，居然張翼退開，未傷她分毫。驚鴻和笑笑生奔過來將蕭揚拖到一邊，助他撲滅褲腳上燃起的火苗，所幸只是輕微燒傷。然而傲文和約素卻處在麒麟雙翼的籠罩下，無論如何是來不及營救了。

驚鴻道：「麒麟太過厲害，雖然牠是神獸，但為了救出王子，取到神物，我只能用僅存的神力來封印牠了。」笑笑生道：「決計不行。天女，你神力剩餘不多，須得到最要緊關頭才能使用。」驚鴻道：「麒麟是黃帝指定的神物守護者，不封印牠，無論如何都取不到神物。沒有神物，就無法解除樓蘭的詛咒。笑先生，我意已決，請你讓開。」走上前數步，雙目微閉，食指朝天，正待使出最後的神力，那聰明的麒麟已感應到致命威脅，張翅直撲過來，迅疾如電，驚鴻張開雙眼時，已全然來不及閃避。正當那隻獨角要刺到她胸膛時，蕭揚從斜側飛身過來，及時將她撲倒，自己卻悶哼一聲，背心被麒麟的獨角劃破了長長一道口子。驚鴻正好被蕭揚壓在身下，雙臉相距不及寸餘，那張熟悉得不能再熟悉的臉近在咫尺，美好的往事瞬間一一再現，如在眼前，一時心旌蕩漾，忍不住伸手去撫摸愛人的臉，喃喃道：「遊龍，我好想念你。」蕭揚道：「抱歉，是我……我不是有意要冒犯天女……我……我受了傷，動不了……」笑笑生趕了過來，將蕭揚扶起，問道：「你是不是姓姬？」蕭揚一呆，道：「先生如何能猜到？」笑笑生道：「你看看那麒麟。」蕭揚轉過頭去，麒麟正趴在一旁，搖頭擺尾，溫順之極，再無絲毫攻擊之意。笑笑生道：「麒麟的舊主是黃帝，牠用獨角刺中了你，從你的血中認出你是黃帝直系後人，才會如此馴服。」傲文正讓約素扶著走了過來，聞言驚道：「你……你真的是黃帝後人？」蕭揚道：「是。我本姓姬，是軒轅氏黃帝的後人。」傲文道：「你……你瞞得我好苦。」蕭揚道：「抱歉，王子，我並非有意想要隱瞞。尤其知道樓蘭詛咒一事跟先祖有關之後，更是不知道該如何開口，抱歉。」前一句「抱歉」是為他隱瞞了真姓，後一句「抱歉」則是為他的先祖黃帝。笑笑生道：「行啦，是黃帝後人不正好麼，不然誰能制伏這隻會飛會噴火的麒麟？傲文王子，你也別耿耿於懷，黃帝後人來助你解除樓蘭詛咒，這是天意，這就去取神物吧。」

幾人遂來到神龕前，那上面擺著一具石匣，紋理分明，小巧精緻，上面刻著三行奇怪的偈語：「彩裙新娘，合二為一，收攝不祥。神鏡軒轅，天女神力，共鎮魔王。三物俱盡，日食之夜，蚩尤轉陽。」打開匣蓋，正是一件五彩的裙裾。傲文並不識得那些字，問道：「這上面寫的是什麼？」笑笑生道：「前一句跟你們樓蘭有關，我猜應該是找到一位合適的女子穿上彩裙做為新娘，彩裙和新娘合二為一，就能激發出神物的法力，收攝不祥之氣，破除詛咒。是也不是，天女？」驚鴻道：「嗯，先生解釋得不錯。」傲文道：「那後面兩句呢？」笑笑生便將偈語念了一遍給眾人聽，道：「後面兩句似乎跟樓蘭無關。天女，你的神力都用在鎮壓蚩尤的幽靈上，所以才會所剩無幾，對不對？」驚鴻道：「的確是這樣。可是眼下幽靈的魔氣越來越重，我的神力已經快要鎮不住了。」蕭揚道：「這上面不是說除了天女的神力，還有軒轅劍和神鏡兩樣神物麼？」驚鴻道：「是的，軒轅劍的故主就是黃帝，這你已經知道了。神鏡就是樓蘭的鎮國之寶瑞獸銘帶玉鏡，是炎帝的遺物。這兩樣東西是天地間最有法力的神器，然而軒轅劍遺失已有上千年，一直以來，只靠神鏡和我的神力來鎮壓住魔王。」傲文道：「這偈語是說三物俱盡，魔王才會重新轉世。神鏡既是我樓蘭國的鎮國之寶，被收藏在王宮最隱密之處，那裡戒備森嚴，外人絕難靠近，大家盡可放心。」驚鴻道：「如此甚好。」望了蕭揚一眼，道，「只是，還是要想個法子找到軒轅劍才好。」

傲文道：「請教天女，我要如何找到那位新娘？」驚鴻道：「這件彩裙是具有法力的神物，不是天底下所有女子都能穿上，王子須得找到一位合適的女子，娶她為妻，讓她以樓蘭王后的身分穿上彩裙，新娘和彩裙才能真正合二為一。」傲文聞言大吃一驚，道：「什麼？怎麼會是我的新娘？」竟不自覺地轉頭看了一下約素。驚鴻點頭道：「傲文王子是王儲身分，也是未來的樓蘭國王，當然須得是你的新娘。」傲文結結巴巴地道：「可是……可是我要怎樣才能找到她？」笑笑生重重拍了拍王子的肩膀，歎道：「這就要靠緣分了。詛咒因情而生，也該因情而亡。」又道，「你要不要把彩裙給約素公主試試？說不定她就能穿上。」傲文瞪視著那件神物，漠然不應，然而胸口劇烈起伏不定，旁人均看得出他心中矛盾，情緒激蕩。沉默許久，他還是將裙裾放回石匣蓋好，仔細收入懷中，道：「我們走吧。」眾人剛及轉身，麒麟遽然站了起來，發出嗚嗚叫聲。驚鴻道：「遊龍，牠在叫你。」蕭揚便走過去，伸手輕輕撫摸麒麟的圓頭。麒麟歡喜無限，長尾巴不停地搖來擺去。蕭揚道：「你已經完成了先祖交給你的使命，你自由了。不過，你是神獸，我希望你能留下來，幫助天女鎮壓魔王，好麼？」麒麟「嗚嗚」一聲，重新伏了下來，似是答應了他。蕭揚道：「那好，我們要先走了，等我解決完外面的事情，再回來看你。」麒麟便戀戀不捨地跟在他背後，直送到洞口處才止步。

驚鴻低聲道：「謝謝你。」蕭揚不解地問道：「明明是我該謝謝天女，怎麼反倒謝起我來了？」驚鴻道：「謝謝你要麒麟助我一臂之力，還有……」蒼白的臉上浮起一抹紅暈，彷若天邊一抹朝霞，續道，「還有在山洞裡的時候，你捨身救了我。」蕭揚也不知該說什麼才好，忽聽得前面傲文與笑笑生爭吵起來，忙趕上前問道：「出了什麼事？」笑笑生道：「我要傲文王子趕緊回去樓蘭阻止戰爭，他卻蠻不講理，要重新趕去大漠尋找芙蕖公主。」傲文道：「芙蕖不過是個嬌弱女子，孤身一人在大漠中漂泊，我如何能放心得下？」笑笑生道：「我告訴過王子，芙蕖公主在幽密森林中沾染了魔氣，已經不是原來那個人了，她肯定有法子生存下去。」傲文甚是倔強，道：「越是如此，我越要儘快找到她。」笑笑生訝然道：「哎呀，王子該不會認為芙蕖公主就是樓蘭新娘吧？」傲文怒道：「你胡說什麼？」驚鴻忙趕過來道：「王子殿下，你須得立即回國，阻止樓蘭和于闐的戰爭，對於你們樓蘭來說，還有更大更強的敵人。」傲文道：「更大更強的敵人？是誰？」驚鴻道：「眼下我還不能說，但王子自己很快就會知道。王子，我希望你鄭重考慮我的建議，我不敢多說那些為兩國百姓著想的話，就當是幫我個人一個忙。」她是天女的身分，又助樓蘭取得神物、解開偈語，可以說是樓蘭的大恩人，傲文微一思慮，不得不應道：「天女有命，傲文不敢不遵。」驚鴻大喜道：「多謝王子。我願意出盡神力助王子一臂之力。」轉頭見蕭揚正用一種奇怪的目光凝視著自己，不覺臉一紅，走過去低聲問道：「你已經知道他是誰了，對麼？」蕭揚道：「嗯，我在樓蘭王都打泥看到過須沙王子出城，那時我就已經明白了。你放心，我一定會竭盡所能完成遊龍最後的心願，他希望樓蘭和于闐化解宿怨，我也會盡全力去做。」驚鴻微微歎了口氣，道：「為什麼塵世間會有這麼多恩怨情仇？」逕直出來山谷，驚鴻不知用什麼法子召回了眾人驚散的坐騎，五人遂上馬直往西面而來。

幾日後到達綠洲垓下村，小倫的病情已經好轉，正想招募村民出去尋訪王子，見到傲文一行歸來，大喜過望。傲文更意外得知，侍衛長未翔已經找到芙蕖公主，幾日前曾將她帶回綠洲。只是，公主變得瘋瘋癲癲，經常狂性大發，見人又打又咬。不知怎的，她力大無窮，尋常男子都不是她的對手，未翔不得已，只得強行捉住她綁住雙手，命大倫和阿庫帶了幾個健壯村民護送公主回去王都打泥。傲文道：「未翔人呢？他為何不親自護送芙蕖回去？」小倫道：「侍衛長獨自返回大漠去了，說是要去找個人。」忽然壓低聲音，道：「王子，我有要緊話要私下稟告。」傲文便請村長先帶蕭揚幾人去歇息。蕭揚道：「阿峰和阿勇先後為保護王子不幸身死，我想去看看他們的家人。」村長已知道他就是鼎鼎有名的遊龍，聞言很是感動，連聲道：「我帶你去，他們見到遊龍君親臨慰問，一定很高興。」

小倫待幾人走出屋外，掩好房門，才納悶地問道：「遊龍君的聲音聽起來怎麼跟蕭揚公子那麼像？而且，那把割玉刀……」傲文打斷話頭道：「嗯，不要去管他。你到底要跟我說什麼，這麼神祕？」小倫道：「我懷疑未翔侍衛長回去大漠是要去找馬賊。」傲文驚道：「什麼？上次馬賊內訌雖然大傷元氣，但畢竟還是人多勢眾，未翔怎可孤身一人前去？他也太沒有頭腦了，怎麼當的侍衛長。」小倫道：「王子誤會了。我是說，未翔侍衛長要去找那個馬賊頭領夢娘。侍衛長帶著公主回來這裡後，我聽我哥哥說他們到過一片有座石屋的綠洲，侍衛長在那裡擊殺了兩名馬賊，問到一些王子的消息，還救了一名受傷的女子。」傲文問道：「那女子就是夢娘麼？」小倫道：「不錯，那女子親口告訴未翔侍衛長她叫夢娘，不過侍衛長當時並不知道她是馬賊頭領，只以為她是從馬賊手中逃走的良家女子，還留給了她金創藥、食物、馬匹等，說等尋到公主就回去接她。」傲文道：「難道你沒有告訴未翔，夢娘就是馬賊的新頭領麼？」小倫道：「我從哥哥那裡一聽到綠洲石屋幾個字，就立即跑去告訴侍衛長了。但他什麼也沒說，只是下令我哥哥和阿庫送公主離開，他自己要去大漠找人。我問他要找什麼人，他也不肯說。」傲文道：「胡鬧，你們就任由他去麼？」小倫道：「他是侍衛長，我們名義上都是他的下屬，敢攔他麼？就算想攔，他武功那麼強，也未必攔得住。」未翔此番回去，也許能成功殺死夢娘，但更大的可能是陷入馬賊的重重包圍中，不被殺死也要淪為俘虜。先前傲文和小倫等人落入了馬賊手中，遭受種種非人的折磨，屈辱滋味難以言表。傲文與未翔情若兄弟，一想到他可能面臨的可怕命運，不免憂心如焚。忽聽得有人敲了敲門，蕭揚在門外叫道：「王子！」傲文便命小倫去開門，蕭揚進來道：「情況相當緊急，王子，你得立即出發了。」

原來，適才蕭揚幾人遇到從樓蘭回來的村民，得知問天國王親率大軍擊破于闐邊軍，挺進原本且末的國境，于闐也正往東面集結大軍，與樓蘭在且末境內的燕山峽谷一帶對峙。雙方總共動員了超過十五萬以上人數的兵力，西域有史以來的最大一場戰事即將爆發。傲文道：「想不到戰事已經發展到如此局面，怕是我回去也難以阻止。」蕭揚道：「不錯，此刻樓蘭、于闐雙方都是箭在弦上，不得不發，憑人力已經難以挽回。笑先生想了個法子，我認為可行，不過還需要王子努力促成這件事。」上前附到傲文耳邊低語了一陣。傲文再也顧不上未翔之事，毫不遲疑道：「好，我這就趕赴前線，你們留在綠洲相機行事。」命小倫立即去準備馬匹和行囊上路。走出門外，又想起了什麼，卻是欲言又止。驚鴻道：「王子是想問約素公主麼？王子請放心，湊巧有村民要去墨山購買鐵器，公主預備跟他們一道，她離開家鄉已久，很想回去看望哥哥。」傲文微微歎了口氣，道：「這樣再好不過。」嘴裡雖如此說，心中卻是蠢蠢然，有一種說不出的感覺。想了一想，又從懷中取出石匣交給驚鴻保管，道，「神物事關重大，請天女先代為保管。若是傲文一個月內沒回來綠洲，就請天女帶著神物前往樓蘭王都扜泥。」驚鴻道：「是，請王子放心，我一定保得神物周全。」

且末在綠洲之南面，傲文著急趕路，也不先回樓蘭，而是逕直往南，他預備抄近道直接穿越大漠。這一日已遠遠可以望見崑崙山的輪廓，再過半日，便可走出沙漠，到達樓蘭和且末的交界。二人正坐下歇息時，忽聽得馬蹄聲隆隆，走到沙丘高處一看，一隊黑甲騎兵正朝北邊馳來，人數有幾百人之多。小倫道：「呀，是于闐人！」傲文道：「好個狡詐的希盾，這一定是他派去襲擊擾亂我樓蘭後方的精兵。」雖惱恨希盾奸詐，卻還是對這一出其不意智計很是佩服。正苦思對策時，王子的坐騎不知如何受了驚嚇，揚起前蹄長嘶一聲。那隊騎兵登時驚覺沙丘後伏有他人，呼嘯一聲，一大群人策馬朝這邊趕來。小倫道：「他們發現我們了！王子，要怎麼辦？」傲文站起身來，拔出兵刃，道：「當然是要力戰到底。小倫，你快去卸下馬鞍、行囊，放成一堆點燃，好給我們的人報烽火信。」小倫道：「遵命。」飛奔近坐騎，取下馬鞍行囊，舉起火石剛要打火，一支弩箭飛來，射穿了他的手腕。傲文腳下剛動，幾支弩箭亦破空而至，釘入他靴前的黃沙中。微一遲疑間，于闐騎兵已然馳到，將他和小倫團團圍住。領頭的于闐將軍正是曾將傲文圍困在墨山王宮的苣鷹，提馬上前，笑道：「人生何處不相逢。傲文王子，想不到能在這裡遇到你。聽聞王子去了中原辦事，如何又來了大漠荒野之地？」傲文只冷然凝視著他，也不答話。苣鷹道：「這就請王子放下兵器，跟我走吧。希盾國王見到你，一定很開心。」見傲文不動聲色，揮一揮手，一名武士一張弓弩，又一箭洞穿了小倫的腳踝，小倫痛得高聲怒罵。苣鷹道：「傲文王子，我雖不忍心用弩箭傷你，但就算你拚死奮戰，最終還是要耗盡氣力，被我們擒住，何必讓你手下人替你多受苦楚？」傲文見幾名武士手持弓弩均對準了小倫要害之處，迫不得已，只得拋下兵刃。數名于闐武士翻身下馬，取出繩索，將他和小倫縛住。苣鷹命人扶他們上馬，立即押送回于闐軍營。一名武士道：「將軍，我們還要繼續深入樓蘭國境麼？」萓鷹道：「不必，捉到樓蘭王儲，可比放火燒掉樓蘭軍隊的補給有用多了。這次大夥都立下大功，這就回去吧。」

往北走了二、三個時辰，逐漸出了大漠，慢慢看見衰草樹木，以及成片成片枯萎的蘆葦，顯然已進入且末故境。且末原是西域有名的澤國，其南面即是莽莽崑崙，夏季山上的雪水消融後順著山溝沖刷而下，形成了縱橫的河流，除了車爾臣河是西域東南部逕流量最大的河流，還有塔什薩依河、喀拉米蘭河、莫勒切河、米特河、博斯坦托格拉克河、安迪爾河等，盡情滋潤灌溉著這片土地。這裡風調雨順，稼穡殷盛，水草肥美，四季瓜果飄香。然而自被于闐占領，百姓大多被遷往于闐供役屬，土地則被強徵為軍隊牧場，城郭巋然，人煙斷絕。昔日富饒的土地上，修起了一座座軍營堡壘。夕陽時分，縱馬翻過一個山坡，便看見一大片平原以及玉帶般的喀拉米蘭河，坐落在河東的一座座圓頂營帳錯落有致，往北延伸出去，也不知伸到了多遠，無數的高頭大馬和無數的于闐兵士在其間奔馳，人馬精悍，很是威武。西域自古產良馬，最好的馬當數產自大宛國的汗血寶馬。大宛位於蔥嶺之西，國境之內有高山，山上有天馬，人力不可得，於是大宛人將五色母馬放在山下，五色母馬與天馬相交，生下的馬駒就是汗血馬，因此汗血寶馬又稱為天馬子。這種馬能夠日行千里，是世間最好的馬。大宛則是于闐最大的盟國，兩國王公貴族大批聯姻，于闐希盾國王自己的兩個女兒、三個姪女均嫁給了大宛權貴，據稱他如此刻意籠絡大宛，就是為了得到最精良的寶馬。于闐軍營中駿馬馬蹄輕快，奔馳如風，大約正是從大宛國得來的寶馬。

一行人穿越了幾排高高的木柵欄，進來軍營，天色已然黑了下來。無數火炬點燃，替這森森寒夜增添微不足道的暖意。萓鷹大聲下令，命部屬散去，自己帶了數人押著傲文來到國王的金帳。金帳中燃有數盆油脂，亮似白晝，溫暖如春。希盾正伏在案桌的燈火下，瞪視地圖凝思。四周武士環布，須沙王子、官員、將領們站在一旁，大氣也不敢出。忽見萓鷹進來稟告說捕到了樓蘭王儲傲文，無不驚訝。希盾問明經過，道：「萓鷹，這是老天爺賞你的恩賜，你小子運氣實在是好，堪稱我于闐的一員福將。不過你不遵軍令，未完成任務即擅自返回軍營，本該責打軍棍，姑念你捉到傲文，功過相抵，你可心服？」菹鷹道：「心服。」希盾道：「嗯，那你先下去歇息。來人，帶傲文進來。」傲文被推了進來，武士還要強按他跪下，希盾揮手道：「不必勉強王儲。」走下案臺，道，「傲文，我們又見面了。你母親桑紫還好麼？」傲文此次趕來邊境本是應驚鴻之請阻止戰爭，撞上于闐騎兵完全是個意外。被押送來于闐軍營的路上，他已暗暗打定主意，要對希盾好言相勸，即使不能脫身，也要設法按照與蕭揚的約定行事，便道：「家母很好，多謝陛下掛念。」希盾「咦」了一聲，道：「這可不像你傲文的回答，你如此低聲下氣，是想求本王看在你母親分上放了你麼？也可以，王儲只須當著我于闐全軍將士的面，向本王規規矩矩地下跪投降，聲明你從此以後永遠臣服於我們于闐，本王立即放你回去。」傲文本可一口答應，就此脫身回去樓蘭軍營，好按蕭揚的計畫行事。可是他生性驕傲，要他向這個害得母親一輩子鬱鬱寡歡的野蠻國王下跪求饒，還要永遠臣服於他，無論如何也做不到。轉頭見到希盾臉上淨是得色，心頭更是有氣，當即大聲道：「休想。」希盾也不意外，道：「那麼你該知道本王要如何對付你了。」傲文道：「少廢話，你想怎樣？」

希盾道：「嗯，明日一早本王就派人押你到前線，當著問天的面用盡酷刑拷打你，再將你的肉一條條割下來烤著吃，直到他肯退兵為止。你覺得這個法子怎麼樣？問天國王會為了你退兵麼？還是寧可你血盡而死，他也要跟我這個老對手決一死戰？那麼你們樓蘭可就沒有王儲了。接下來，問天只能立刀夫王子當王儲，都怪菹段辦事不力，若是上次刺死了刀夫，少不得問天還會為保全你的性命多考慮一些。」傲文恨恨道：「果然是你派人到親王府行刺。」希盾笑道：「本王這可完全是為了你好。問天死了，你就是新的樓蘭國王；刀夫死了，就再也沒人跟你爭奪王位。」傲文傲然道：「我才不要聽你胡說八道。既然落入你手，要殺要剮，悉聽尊便。」希盾終於被他的桀驁深深激怒了，拍案怒道：「好，明日就綁你到陣前，當問天的面活剮了你。」命武士押走傲文，仍是餘怒未消，揮手道，「你們都下去，本王要一個人靜一靜。」將領們不敢多說，躬身退出。須沙退出帳外，想了一想，招手問了一名武士，摸黑趕來關押傲文的營帳。

傲文被縛了手腳，丟進一座空營帳的木籠中。他孤零零地困坐在籠中，心中多少有些懊悔，不該魯莽拒絕向希盾下跪，暗道：「而今我已尋到神物，可是偏偏需要我的新娘才能破除樓蘭詛咒。個人生死事小，樓蘭存亡事大，若我就此被希盾處死，樓蘭的千年詛咒豈不就要降臨？可是我若就此向希盾臣服，就算解除了詛咒，樓蘭日後總也抬不起頭來。我……我到底該如何做才好？」正反覆思量、矛盾不已時，忽見須沙王子走了進來，來到木籠邊，蹲下叫道：「傲文王子，你還記得我麼？我是須沙。」傲文冷冷道：「你來做什麼？」須沙道：「我……我已經知道你是我同母異父的弟弟。」傲文不願意承認，卻又無法否認，只能沉默不應。須沙道：「永丹一向不理睬我，我……我想來找你說說話，可以麼？」傲文道：「你想說什麼？」須沙道：「你……還好麼？芙蕖公主她……還好麼？」傲文心道：「我這個哥哥傻裡傻氣的，我明日就要被希盾用酷刑處死，他居然還問我好不好。嗯，其實他想問的是芙蕖，看來他真的很喜歡她。只是他不知道，他父王是個人面獸心的傢伙。」

須沙見傲文不睬自己，便自顧自地道：「我真是不明白，我們于闐、樓蘭兩國明明已經議和結盟，為什麼這麼快又要打仗？」傲文道：「這就要去問你的父王了。」須沙道：「我問過他的，他說英雄人物就該是這樣。但我總覺得一個人並非要在戰場廝殺，以勇猛取勝才能成為英雄。那些詩人能夠寫出動人的詩句，那些僧人能夠領悟修行的奧妙，還有那些龜茲樂師能夠從弦樂中獲取純淨的愉悅，他們都是些了不起的人物呀。」傲文心中一動，心道：「他說的不錯，真正的英雄不一定是戰場的英雄。須沙是個有大智慧的人，當真與希盾全然不同，芙蕖若能嫁給他，也是一種福分。」忽覺被縛在背後的雙手一鬆，轉過頭去，竟是須沙拔出匕首，伸進木籠割斷了綁索。傲文道：「你……」須沙道：「你先拿著這柄匕首，我去安排一下，看看能不能設法放你出去，再幫你混出軍營。」不待傲文答應，起身揭開簾子出帳去了。傲文便用匕首割斷自己腳上的繩索，他手足早已被綑得發麻，失去知覺，活動了好多下才恢復靈活。又去撬那木籠的鐵鎖，卻怎麼也打不開，反而弄出聲響，引進來看守的武士。傲文忙背過手去，假意歪倒在欄杆上睡覺。武士進來略掃了一眼，見傲文仍然坐在木籠中，便又放下簾子出去了。

傲文不敢再動，只能乾等著。過了半個時辰，只聽得外面武士叫道：「須沙王子。」須沙「嗯」了一聲，問道：「怎麼只有你一個人？」武士答道：「天氣實在太冷，我和波巴說好輪著烤火暖暖身子，他剛過去那邊營帳了。」話音剛落，便是一聲悶哼。須沙將那名被打暈的武士拖了進來，從他身上摸出鑰匙，打開木籠鐵鎖，放傲文出來，道：「快，跟他對換衣服。」傲文立即會意，飛快地脫下衣衫，換上那武士的戎裝盔甲，再將自己的衣服套在他身上，反綁住雙手，撕下一片衣襟塞入口中，與須沙一道將他抬入木籠，重新鎖好籠門。須沙領傲文出來營帳，低聲道：「我已經備好了馬匹，你偽裝成我的侍衛，我帶你出營。」傲文遲疑道：「你放走了我，會不會惹禍上身？」須沙道：「你放心，我是父王最寵愛的孩子，虎毒不食子，他決計不會拿我怎樣，頂多挨一頓罵。」傲文道：「我還有個侍衛，名叫小倫……」須沙道：「來不及打聽營救了，你自己逃命要緊。你是樓蘭王儲，而你的侍衛不過是名普通的俘虜，父王不會拿他怎樣。」傲文一想也對，忙拉低甲帽，低著頭跟在須沙背後。來到營門前，值守的將領見須沙王子深夜出行，背後只跟著一名侍衛，很是詫異，忙上前問道：「王子要去哪裡？要屬下多派人護送麼？」須沙道：「不必，快開門！」將領見王子不似往日那般和顏悅色，不敢再多問，揮手命兵士開門放行。

疾馳出數里，須沙勒馬停了下來，道：「我就送你到這裡了。前面尚有不少遊哨和關卡，不過你穿著黑甲武士的衣服，又有腰牌，料來無人敢攔你。」傲文道：「多謝。」須沙點點頭，道：「阿弟，你多保重。我盼你回去之後能說服問天國王，請他息兵止戈，我也會如此勸說父王的。」傲文道：「傲文一定盡力而為。」不再遲疑，夾馬離去。須沙見傲文瞬間便沒入黑暗中，頭也沒有再回一下，頗覺心情落寞。意興闌珊地回來軍營，卻見父王正扶刀站在營門前，目光炯炯，注視著他。須沙早有心理準備，倒也不如何驚慌，無論要面臨什麼樣的懲罰，他都能坦然面對。只是他並沒有從父王的目光看到驚訝和憤怒，而是殷殷切切的擔心和關愛，這倒讓他奇怪了。然而，只在那一瞬間，他便明白了過來，父王是有意縱他放走傲文，不然以傲文樓蘭王儲的身分，看守何以會如此鬆弛？剎那間，他的眼睛竟有些發潮了。所有人都瞭解于闐國王希盾是個強硬的鐵腕人物，他的妻子、孩子更是深知此點，均如臣民般敬畏他，須沙也不例外。這還是第一次，須沙發現自己的父王原來也是個有血有肉的人物。只是，希盾既有意放過傲文，為什麼又要當眾用性命來威脅他呢？傲文兩次從希盾手中逃掉性命，是僥倖還是天意？

傲文一路摸黑北行，遇到關卡便亮出腰牌，稱奉希盾國王命令到樓蘭軍營送信，居然一路暢行無阻，無人多問半句。天濛濛亮之時，終於過了燕山峽谷。傲文正回頭仔細觀察這塊形勝之地，忽聽見前面有弓弦之聲，有人厲聲喝道：「立即下馬！不然休怪弓弩無情。」傲文依言下馬，高聲應道：「我是來給問天國王送信的于闐黑甲武士。」數名騎士馳過來圍住傲文，領頭將領厲聲喝道：「黑甲武士，拋下你的兵刃！」傲文笑道：「我就不拋兵刃，你敢射死我麼？」領頭將領名叫泉川，是傲文的堂兄，聞聲立即認了出來，慌忙下馬拜倒，道：「泉川不知道是王儲到來，多有冒犯，請殿下恕罪。」傲文脫下于闐戎衣甩到一旁，道：「起來，這不能怪你。國王在哪裡？快帶我去見他。」泉川道：「國王在北面三十里的播仙，泉川職責在身，不能親自護送王儲前去，抱歉。」招手叫過一名小校，命他帶十名騎兵送傲文前去播仙。到達播仙時天早已經大亮。這座城並不是真正意義上的城池，沒有城門、城牆，它原本只是且末國北邊的一個大市集，因出產毛氈，且與富庶的樓蘭交界，人來人往，也很是繁華。于闐滅了且末後，將貴族、富人、工匠等都強行遷到于闐國境內居住，播仙也就慢慢衰微了，幾成荒蕪，再也不見人語喧鬧、炊煙裊裊。但主街道兩旁一間間的土屋鱗次櫛比，依稀留有昔日商旅繁密如煙的影子。

國王的金帳設在城中心的旗亭中，原是管理市場的市令辦公之處，蛛網四面盤結，角落裡還有一副鏽跡斑斑的犁鏵。問天正為車師和墨山的援兵遲遲不至而煩惱，忽聽得傲文到來，又驚又喜，忙命人迎他進來。傲文一進來便拜倒在地，問天親手扶起外甥，歎道：「半年未見，你可黑瘦憔悴了不少。」傲文不及寒暄，匆忙道：「姨父，傲文有要事稟告。」問天料來是關於神物之事，忙命將領和侍衛退了出去。傲文便簡略稟告已取得了神物和偈語，正委託可靠的心腹送往王都扜泥，他自己則趕來前線助戰，昨日在大漠意外撞上于闐騎兵遭俘，幸虧須沙王子出力營救，私自放走了他。問天長吁了一口氣，道：「多虧天女保佑，你和神物都安然無恙。若不是大戰在即，我被絆在這裡，真想立即趕回抒泥，親眼見到神物。」傲文道：「希盾詭計多端，令人防不勝防。我們樓蘭乾旱已久，軍中糧草補給並不充裕，不宜長久與他對峙。」問天道：「我也期待能速戰速決，可是于闐軍力極強，非一日能瓦解。原先車師和墨山均同意派精騎從兩側夾擊于闐。你昨日被俘的大漠之地，按照計畫該是車師人的防線。但不知道為什麼，車師援兵遲遲未到。」

傲文道：「墨山按兵不動倒能理解，約藏並未真正對我釋懷，所謂結盟不過是表面說說，他只想坐山觀虎鬥。可是車師素來與我樓蘭同氣連枝，如何也會袖手旁觀？」問天道：「這也是我覺得奇怪的地方。就算力比國王病情加重，一時無暇顧及，但大王子昌意掌管車師軍隊，他為人豪邁，既已答應要發兵相助，又怎會輕易失信？」傲文道：「也許車師國內發生了什麼事也說不準。如此，不能再指望車師援兵。姨父，不如我們直接向于闐下戰書，約希盾正大光明地較量一場。」問天道：「噢？希盾歷來花樣百出，愛出奇計，你認為他會同意公開較量麼？」傲文道：「我昨日在于闐軍營，發現士兵的士氣並不高，一是不久前于闐才剛剛動用精銳騎兵千里奔襲車師，軍士還沒有得到好的休養便又要再上戰場，二是天寒地凍，士兵的體力耐力消耗殆盡，這點對我們樓蘭也是一樣。昨晚希盾已被我當眾激怒，他的愛子又偷偷放我逃走，必然更加怒火沖天，因而想藉一戰來提高軍中士氣也說不準。我們先下戰書，約定十五日這天在燕山峽谷和于闐決一死戰，希盾必然同意。」問天心念神物，也想早日解決掉眼前的拉鋸局面，微一思索，即點頭道：「好。」召喚官員進來，授意文書大臣阿里寫了封信給希盾，蓋上封印，派人送去于闐軍營。一日後，信使返回，帶來了于闐國王希盾的親筆信，同意以一場痛快的決戰來算清以往所有恩怨。十五日，遂成了一個令人矚目的大日子。

到了十五日這一天，于闐和樓蘭兩軍在燕山峽谷相遇。陽光下旗鼓蔽天，短刀如雪，長槍如戟。兩股巨大的怒潮均凝勢待發，時時刻刻準備以雷霆萬鈞之力席捲向對方。大軍未動，峽谷內外已然彌漫著濃厚的血腥之氣，令人窒息。軍士們都是第一次見到如此陣仗，個個握緊兵器，緊張得全身發抖。希盾一身鎧甲，提馬來到陣前，高聲道：「叫問天和傲文出來！」傲文護著問天上前，問道：「你還有什麼話說？」希盾道：「問天，本王與你簽定城下之盟，約為兒女親家，你為何要背叛盟約，不但不肯將芙蕖出嫁，還要出兵攻打我于闐？」問天道：「你自己難道不清楚原因麼？既然已是盟國，你為何還要派刺客行刺？」希盾道：「我這樣做，完全是為了傲文好。」問天道：「什麼？」希盾哈哈笑道：「本王已將原因告知傲文，你回去可以好好問他。問天，咱們今日先好好算算舊帳吧。」一舉手一揮，登時鼓聲擂起，于闐盾牌兵和數排弓箭手搶在陣前，擺開架勢；後面騎兵則左右穿梭，開始佈陣。傲文料不到對方說打就打，忙叫道：「等一下！希盾國王，我還有話說！」希盾轉過身來，問道：「王儲還想說什麼？」傲文道：「嗯，這個……」希盾笑道：「婆婆媽媽可不是你傲文的作派，莫非你心中並不願意打這場仗？還是你有什麼難言之隱？問天，你何不現在就問問傲文，本王為何要派人刺殺你和刀夫？」問天見他說得煞有其事，不由得轉過頭去，狐疑地望著傲文，問道：「到底是為什麼？」傲文道：「姨父……」

驚人的事情就在一剎那發生了，光線陡然暗了下來。人們不由自主地仰望天空，適才還光芒四射的太陽突然產生了缺口，光色也暗淡下來。空中出現了兩個巨大的女子頭像，竟是樓蘭、于闐兩國分別供奉的天女和嫘祖像，「妄動干戈，天地不容」八個大字飄浮在頭像下，閃爍不止。太陽的缺口越來越大，終於完全變成了黑色，只有外面一圈日冕發出慘白色的光芒。天空群星閃耀，大地一片黑暗，寒氣越來越重，而比寒意更侵蝕人心的則是莫名的恐懼。當一股漩渦般的風開始滾來滾去之時，雙方陣勢開始莫名鬆動，人群也騷亂起來。軍士們的手臣服於冥冥中的某種神祕力量，慢慢離開了兵器。

傲文大聲道：「妄動干戈，天地不容，這是天意。退兵！」舉手一揮，登時發出「嘩」的一聲巨響，樓蘭、于闐兩軍竟均奉為號令，不約而同轉身，爭相往自己的軍營跑去。希盾與問天對視了一眼，也各自勒轉馬頭，默默離去。在雙方驚退中，日食逐漸消失，太陽又恢復了光明。再抬頭望去，頭像和字樣早已消失不見。適才所發生的一切，彷若一個輕靈奇幻的夢。

第七章 真假王儲

在燕山峽谷上空出現的神奇異象，直到很久以後仍然是西域人街談巷議的話題，不僅因為它於關鍵時刻消弭了一場大戰，更寓有神示的厭惡干戈，這令人們開始思索起戰爭的意義。當然，只有極少數人知道日食和異象其實並非上蒼的神示，而是笑笑生為阻止兩國大戰想出來的一點小把戲。

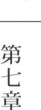

他從驚鴻那裡知道十五日這一天將會出現最大的海市蜃樓，南疆的綠洲國家如于闐東部地區，和已經亡國的精絕、且末故地均能看到，於是便在貝葉上繪出天女、嫘祖的畫像，寫下字樣，請驚鴻事先放置在軒轅之丘的湖畔。當蜃景出現時，便將畫像和八個大字折射到空中，看起來就跟神示一樣。日食則是驚鴻以神力所為，她也極願將所餘不多的神力用來阻止戰事。只是當神力用盡時，她便暈了過去，陷入昏迷中，再也沒有醒過來，綠洲會治病的村民看過之後也束手無策。蕭揚在驚鴻身邊守護許久，只覺她的身子不冷不溫，極為怪異，便預備帶她去樓蘭王都扜泥尋找更高明的大夫。笑笑生道：「天女雖然神力用盡，但終究還是神仙，尋常大夫如何治得好她？你真想救她麼？」蕭揚道：「當然。」笑笑生道：「你自己就能救她。」蕭揚大喜，連聲問道：「先生快說，我要如何做才能救她？」笑笑生道：「你這麼聰明，怎麼會想不到？」蕭揚道：「到底要怎麼做？即便要我用命來換，我也願意。」笑笑生道：「昔日黃帝以鮮血詛咒，導致幾千年來一個國家被厄運籠罩，可見他的血不僅尊貴無比，而且蘊含了巨大的魔力。你是黃帝後人，你有他的血統……」

蕭揚已然明白過來，當即從靴中拔出匕首，割開左手手腕，撐開驚鴻的嘴唇，將自己的血滴入她口中。等到

麼？是來殺我麼？」未翔不能回答，他甚至不敢去看她那張冷靜從容的臉，他寧可她依舊是他記憶中受傷後楚楚可憐的模樣，或者是剛才奔出來時笑容明媚、顏如舜華的樣子。他們就這樣佇立了許久。夢娘忽然走近他，柔聲道：「我不做馬賊了，你也不做侍衛長，我們一起留在這裡，或是去更遠的地方，別人永遠找不到我們，好不好？」未翔一時呆住，他料不到她會說出這樣的話，半晌才問道：「你……你為什麼要騙我？」夢娘道：「我沒有騙你，我告訴你，我的名字叫夢娘，並沒有說我不是馬賊。」未翔心想不錯，她確實沒有對自己說過一句謊話，又問道：「那你為什麼要做馬賊？」夢娘道：「不是我想做馬賊，我阿爹是馬賊，我生下來就是馬賊，沒得選擇，也沒有能力改變。可是現在不同了，我終於有勇氣選擇自己的路。」她牽起未翔的手，低聲道，「是你給了我勇氣。你回答我，願意讓我陪你麼？」未翔不及回答，馬蹄得得聲中擁來一大群馬賊，翻身下馬，將二人團團圍住。他本能地擋在夢娘面前，拔出佩刀來。馬賊見他反抗，紛紛拔出兵刃，嚷道：「放開我們頭領，饒你不死。」未翔這才會意過來，牽著夢娘的手鬆開了。他本可以立即挾持她做為人質衝離馬賊的包圍，但他根本沒動過這個心思，內心一會兒被酸甜苦辣各種人生滋味漲得實實的，一會兒又被無情的事實勾勒得空空的，來回往復，折騰得他疲憊不堪。領頭的一名彪形大漢搶過來將夢娘拉開，大聲道：「鐵匠特意來迎夢娘回馬鬃山，替我們大夥做主。」夢娘沒有回答，只靜靜凝視著未翔。鐵匠側頭一看，即下令道：「捉住這男人，帶回馬鬃山給夢娘當男奴。」馬賊發一聲喊，一齊圍了上來。夢娘喝道：「住手！」重新走回到未翔面前，道，「你還沒有回答我。」

未翔心意已定，只冷冷反問道：「是不是我不肯答應跟你走，你就要命手下捉住我，強迫我做你的男奴？」

夢娘睜大了眼睛，眼波流轉中，期盼變成了失望，忽地揚起手來，狠狠扇在未翔臉上，隨即轉身喝道：「我們走！」決然率馬賊離去，再也沒有回過頭來。這片綠洲位於大漠腹心，馬賊帶走了所有的馬匹，未翔無法靠腳力離開，不得不滯留下來。他懷疑夢娘是有意要將他困在這裡，一時心中憤恨，寧可徒步上路，哪怕累死在大漠中，也絕不令她如願。離開石屋後三日，鐵匠率領數名馬賊追上了精疲力竭的未翔，將馬匹和行囊還給了他，他這才得以返回樓蘭。

傲文自然不知道未翔有此番奇遇，見他身上並無傷痕，料來他未曾遭遇馬賊，夢娘也應該早已離開了那間石屋，便安慰道：「人回來就好，日後總有機會殺光那群馬賊。等我解決了眼前的問題，便立即著手安排這件事，到時派你領兵，去鏟平馬鬃山。」未翔道：「是。」傲文道：「走，我帶你去見幾位朋友。」領著未翔來到蕭揚幾人居住的別苑，鄭重其事地做了介紹。笑笑生笑道：「不用介紹啦，我在玉門關就見過侍衛長了。」未翔道：「笑先生我確實早已見過。遊龍君，久仰大名，實在是幸會。」蕭揚曾被未翔下令捉拿軟禁在驛館中，畏他精明，生怕被識破真實身分，只淡淡點了點頭，不敢開口接話。傲文不見驚鴻，問道：「天女呢？」笑笑生道：「被阿曼達王后派人接去後宮了。」傲文猜想是表妹的瘋病又犯了，王后請驚鴻前去協助治療。芙蕖從大漠回來之後，就變得癲狂，經常無故發瘋，抓人打人甚至咬人，令王宮中所有人提心吊膽。阿曼達王后讓她戴上了辟邪寶玉後才有所好轉，只是人有些癡癡呆呆。驚鴻斷定芙蕖公主是中了暗黑魔氣，然而她自己神力已盡，無法施展法力為公主袪除魔障，只能配合辟邪寶玉勉強壓制。笑笑生更是歎道：「心生種種魔生，心滅種種魔滅。」斷言芙蕖公主癡戀表哥傲文，入魔已深，還會惹出更大的亂子來。

傲文想到表妹只有在見到自己時才會神志清醒，重新展露笑顏，正想去看望芙蕖公主，忽見侍衛扶著小倫進來，不免大喜，道：「小倫，于闐人放你回來了。」小倫道：「是。王子，我有重要話要問你。」傲文見他渾身是傷，很是憤然，道：「他們拷打你了麼？」小倫道：「于闐人想知道王子到塔克拉瑪干去做什麼，我不肯說，他們就動重刑拷問。後來黑甲武士也打得累了，就坐在一旁歇息。他們以為我昏死了過去，其實我能聽得見他們談話。我聽到他們議論，說傲文王子跟須沙王子其實是親兄弟，是麼？」傲文和須沙是同母異父兄弟之事，只有問天國王夫婦等極少數人知情，即便是蕭揚、未翔亦從未聽過，聞言均大吃一驚，一齊望向傲文。傲文萬料不到這件事會在這樣的場合下被揭破，他不願當面欺騙自己最好的朋友，微一遲疑，即點了點頭。小倫道：「難怪，難怪希盾兩次放過了王子。」傲文肅色道：「墨山營盤那次，我們被圍困在墨山王宮，希盾起初並沒有打算放過我，小倫你當時在場，應該很清楚這一點。虧得遊龍阻擋了攻入車師的墨山軍隊，破壞了希盾的全盤計畫，局面對于闐十分不利，他才選擇與樓蘭議和，這不過是出於利益考慮。至於上一次在于闐軍營，希盾已經宣布次日要當眾處死我，是須沙不忍心，偷偷放了我逃走，跟他沒有任何干係。小倫，你這類的話，我再也不想聽到。」未翔見傲文面色不善，忙命侍衛先帶小倫下去歇息。傲文猶自餘怒未消，道：「希盾從始至終都知道我和須沙是同母異父的兄弟，卻有意在最近散布開去，根本是別有用心。」蕭揚道：「王子，請借一步說話。」傲文便跟他走到一邊，問道：「什麼事？」蕭揚道：「尊母可曾對王子說過你的身世？」傲文此刻正不願別人提及這件事，聞言相當不快，反問道：「你問這個做什麼？你我已是莫逆之交，連你也要懷疑我跟希盾有所勾結麼？」蕭揚道：「當然不是。有一件事，我一直想告訴王子……」正待說出遊龍臨死前那番話，忽有侍衛趕來稟告道：「國王和王后召傲文王子速去書房，有要緊事商議。遊龍君、笑先生，國王也請你們與王子同去。」幾人遂趕來書房，國王夫婦和驚鴻都在場。

問天命所有侍衛退出，請眾人坐下，才道：「今日請幾位來，是想正式商議樓蘭新娘一事。傲文，你無須尷尬，你的婚事關係到未來樓蘭的命運，早已經不是你自己的私事。況且這幾位都與你是生死之交，還有什麼話說不開？」傲文只得應道：「是。」阿曼達道：「我們詳細請教過天女，你的新娘應該是跟你有過機緣的。你自小在宮中長大，認識的女子除了侍女，就只有少數權貴的女兒。在你心目中，可有覺得跟誰最有緣分？」傲文乾脆地道：「沒有。」阿曼達道：「那麼芙蕖呢？你們是表兄妹，自小一起長大，不是一向很合得來麼？」傲文終於聽到這句他最怕聽到的話，儘管之前心中早想過千百個應對的法子，還是愣了一下，才訕訕道：「我對表妹一向只有兄妹之情，況且她與須沙已有婚約。」問天拍了一下桌子，沉聲道：「不准再提芙蕖和須沙王子的婚約。」若不是有貴客在場，只怕已要厲聲呵斥。傲文「霍」地站了起來，大聲道：「不是說，新娘必須得跟我本人有機緣麼？我心中早有了喜歡的女子。」阿曼達大奇，問道：「是誰？」蕭揚早上也聽聞了墨山公主約素要嫁給車師新國王昌邁的消息，料到傲文此刻的失態必然與得知約素即將出嫁有關，忙叫道：「王子……」傲文卻已不顧一切地說了出來，道：「約素。」問天臉上肌肉牽動了一下，皺眉道：「約素這名字聽起來怎麼這麼耳熟？」驚鴻道：「約素是墨山約藏國王的親妹妹。」阿曼達訝然道：「傲文如何會認得約素公主？」傲文便原原本本說了與約素的相識經過，甚至連約素曾經燒毀假彩裙也沒有隱瞞。問天大為動容，道：「你已經知道約素居心叵測，之前對你好，只是刻意逢迎你，目的就是要殺你。」傲文道：「不錯，就算她想殺我，就算她想毀去神物，我還是情不自禁地喜歡她，這不是你們所說的緣分是什麼？」問天從未對傲文發過脾氣，此刻卻忍不住怒髮衝冠，喝道：「胡鬧！我絕不會允准你娶約素公主。」傲文道：「那麼我也沒有什麼可說了。」欠身行了一禮，昂然走了出去。問天氣得全身發抖，連聲叫道：「來人，快來人，派侍衛看住王儲，不准他出宮。」

傲文賭氣出來書房，卻見芙蕖正站在門前的廊廡下發呆，臉上掛著兩行清淚。她明顯削瘦了許多，黑色的眼圈下還有青腫的眼泡，衣衫鬆垂地掛在她身形上，越發顯得瘦骨嶙峋。傲文怔得一怔，不得已上前叫道：「表妹！」芙蕖問道：「原來你喜歡的是墨山公主。」傲文道：「你都聽見了？」芙蕖點點頭，道：「表哥，你跟我來，我有話對你說。」傲文心事重重，本不欲再跟表妹糾纏，但見芙蕖臉上黑氣極重，料來若一口拒絕她，定然惹得她瘋病復發，只得跟著她來到後苑中。芙蕖道：「表哥還記得麼？我們小時候就是在這裡玩耍打鬧。」傲文不忍見到她如此感傷，正色道：「表妹，是我對不起你，可是我心中有了別的女子。往事都已經成為記憶，就讓它們過去吧。」芙蕖喃喃道：「我知道，我知道。可是為什麼我常有一種心酸得像要被消融的感覺？為什麼我會對你如此地割捨不下？」傲文只能道：「一切都會過去的。」芙蕖驀然轉身，抓住傲文的肩頭，俯身往他頸間咬去。跟在傲文背後的大倫吃了一驚，忙搶過來，想拉開公主，卻被芙蕖推了個趔趄，險些摔倒。傲文心道：「表妹是因為到大漠尋我，才沾染了幽密森林的魔氣，我有負於她，被她咬上幾口出氣又有什麼打緊？」揮手止住侍衛，強忍疼痛，一聲不吭。芙蕖鬆開嘴，卻見傲文左頸間留下一個清晰的齒痕，血印宛然，不由得大為心疼，哭道：「表哥，你為什麼不抵擋？為什麼不推開我？」傲文搖了搖頭，道：「表妹，我心亂得很，你先回房好好養病，我再來看你。」命侍衛送芙蕖回去，自己往宮門趕來，卻在東門前被侍衛攔住，告道：「國王陛下有令，傲文王子不得離開王宮。」傲文大怒道：「你敢攔我？」那侍衛被他一喝，即遲疑著退到一旁。傲文命道：「大倫，快去牽我的馬來，我要出城。」

未翔疾步趕來阻止道：「王子，國王有令……」傲文哪裡肯聽人說，伸手一推，喝道：「讓開！」未翔右手突然伸出，已拿住傲文手腕，手上加勁，往後擰去。傲文側身相避，反手拿住未翔手腕，兩人同時拉扯，片刻間相持不下。傲文道：「未翔，你敢對我動手？」未翔不動聲色地道：「等王子將來當了國王，大可以不敬之罪處死未翔，可是我現在必須執行問天國王的命令，不得放王子離開宮門半步。」傲文怒不可遏，抬腿猛擊未翔小腹，迫得他鬆手退開一步。然而未翔旋即又撲了上來，二人徒手相搏，各使擒拿方法捉住對方手臂，勾結絆住小腿，欲使背力摔倒對手。一旁侍衛見王子與侍衛長拳打腳踢，大打出手，各不相讓，無不面面相覷，都不知該如何是好。正僵持之時，二人忽覺腋窩下有異物來回撓動。腋窩是人體最敏感的地帶，一被觸碰就容易發笑。傲文、未翔當此局面自然笑不出來，卻是半身痠軟，不由自主鬆了力，各自退開。定睛一看，原來是笑笑生不知如何靠近了纏鬥中的二人，各往他們腋窩胳肢幾下，化開了這場搏鬥。未翔哭笑不得，傲文卻是餘怒未消。蕭揚趕過來勸道：「王子，我請你飲酒。走，去我住處。」上前挽了傲文手臂，半拉半拽地將他拖走。未翔見遊龍出面，料來傲文不至於再衝動。他自大漠歸來後還未曾回過家，掛念祖父，當即交代了侍衛幾句，自己出宮回去東里的家。

天光已暗，暮色蒼茫。路過一處大宅邸時，正見兩人在門前下馬。前面是一名披著紫色羃䍦的婦人，身形極像傲文王子的母親桑紫夫人。後面一人則裹著一件墨綠色的大斗篷，似是在親王府見過的摩訶巫師。未翔不由得一愣，心道：「桑紫夫人不是一直隱居在蒲昌海麼？如何又進城來了？她又如何跟摩訶巫師攪在了一起？」忽見商人甘奇從宅邸中迎了出來，這才想到這裡是桑紫父親阿胡在樓蘭的住處。心中釋然，見對方已轉身進屋，也沒有上前招呼，逕直策馬往家中趕去。僕人正在門前挑燈，見少主人歸來，忙上前挽馬，喜孜孜地告道：「老主人正要派人去王宮尋侍衛長，有貴客來。」未翔的父母均已去世，只有他和祖父相依為命，聞言不免一愣，問道：「貴客是誰？」僕人道：「是個漂亮姑娘，正跟老主人在花廳談天呢。」未翔急忙搶進廳來，卻見一名藍衣女子席坐在堂側，與祖父白慶交談甚歡，那女子不是旁人，正是馬賊頭領夢娘。未翔上前抓住她手腕，一把將她從錦褥上拉了起來，喝問道：「你來這裡做什麼？」夢娘手腕被握得生疼，仍然面帶微笑，道：「我是特意來看你的。」白慶不悅地斥道：「未翔，哪有你這樣子待客的？還不快放手。」未翔道：「祖父，你不知道，她是馬賊……」白慶道：「我知道，她是你從馬賊手中救下的夢娘。人家為感激你救命之恩，千里迢迢來此登門拜謝。你一進來不打招呼，就握住人家的手做什麼？」

未翔卻是不肯鬆手，道：「我有話跟她說。」扯著夢娘來到自己房間，掩上房門，問道，「你帶了多少馬賊混來扜泥？想要做什麼？我警告你，你敢動我祖父一根頭髮，我一定親手殺了你。」夢娘正色道：「就我一個人，不信你自己到外面看。未翔，我是真心來看你，想看看你平安回來沒有。」未翔道：「你是馬賊頭領，我是王宮衛隊侍衛長，你我是敵非友，我不想再見到你，你這就走吧，免得我管不住自己，要親手捉你去官署。」夢娘笑道：「你不想再見到我，如何還穿著我親手為你縫製的衣服？」未翔臉色一紅，半晌才道：「這是我行囊中的衣服。」夢娘道：「但你明明知道是我放進你行囊中的，這可是我夢娘第一次為別人做衣服。」未翔道：「好，衣服還你。」正要伸手去解衣帶，夢娘卻撲了過來，伏在他肩上，低聲道：「我要留下來服侍你。」未翔一呆，道：「什麼？」夢娘道：「上次你不願意跟我走，可是我心裡還是放不下你，我不想再當馬賊了，只想跟你在一起。我想留在這裡，天天陪著你，為你做飯洗衣。」她附在耳邊低語，吹氣如蘭，呢喃似鶯，未翔只覺緒如盤絲，意亂情迷，勉強剛硬起來的心腸終於軟了下去，舉手撫摸她的秀髮，道：「你不能留在這裡，我家時常有王宮侍衛出入，萬一被傲文王子知道，他絕不會放過你，非殺了你不可。」夢娘道：「就算傲文王子要殺我，那也是我應得的，不是麼？我做過那麼多壞事，害過那麼多人，還那樣侮辱過王子，如果老天爺要讓我死在他手裡，我也絕無怨言。」未翔見她真心悔悟，又是驚喜又是焦慮。

忽聽得僕人在門外叫道：「侍衛長，傲文王子的侍衛來了，請你立即出去。」未翔吃了一驚，道：「我今日得罪了傲文王子，還跟他動了手，怕是免不了要挨一頓處罰。你暫時留在這裡，不要亂走。」夢娘應道：「是，我等你回來。」未翔聽她軟語柔聲，心中一漾，忍不住俯身往她額頭親了一下，這才轉身出來。卻見傲文的心腹侍衛良子站在院中，一見面便道：「侍衛長，傲文王子召你立即進宮，這就走吧。」未翔只得匆匆辭別祖父，跟著良子摸黑回來三間房王宮。傲文正在別苑蕭揚房中飲酒，半醉不醉，一見未翔進來便道：「未翔，來，坐下來一起喝酒。」未翔躬身道：「王子不怪罪今日未翔失禮，我十分感激。可是我王宮侍衛長，不能在王宮中飲酒，職責所在，還請王子諒解。」傲文聞言不免有些掃興，揮手道：「那你去吧。」等未翔退出，蕭揚才道：「未翔倒真是個恪盡職守的人，為守職責既敢冒犯王子，又敢拒絕王子美意。」傲文道：「嗯，他就是這麼個人，我最讚賞他的也是這一點。這王宮中，除了他，再沒有第二個人敢跟我動手打架。」他酒意已濃，舉手敲敲桌案，道：「遊龍，我有句話要告訴你。」蕭揚道：「什麼？」傲文道：「你……只要你戴上遊龍的面具，我就覺得跟你格外親切。如果有機會，你一定要帶真的遊龍到樓蘭來，我很想認識他。」

蕭揚又想起遊龍臨終前最後一句話來——「我本來的名字叫傲文。如果你日後有機會遇見另一個傲文，請你在合適的時機轉告他，我已經完成了他應當承擔的使命，他也要去接受本來該是我去承擔的命運。」自己已在機緣巧合下跟這個傲文成為了最好的朋友，是不是到了將真相告知的時候？可是這個傲文身分非同一般，他是樓蘭王儲，是未來的樓蘭國王，肩負著破除千年詛咒的使命，真相一旦揭露，樓蘭又會是怎樣的局面？傲文見蕭揚不應，問道：「你醉了麼？」蕭揚心中激蕩，還是默不作聲。傲文嘟囔地道：「嗯，其實我也醉了，酒不醉人心自醉……」慢慢伏倒在桌案上。蕭揚歎了口氣，起身叫了侍衛進來，一道攙扶傲文到床上躺下。他自己卻沒有絲毫睡意，來到院中，發現驚鴻正倚靠在一株老葡萄藤上，仰望天空發呆。蕭揚見她臉上深有憂色，問道：「有什麼不好的事麼？」驚鴻點點頭，道：「我感到很快就要發生許多很不好的事，我沒有能力阻止，我很怕……」蕭揚牽起她的手，道：「不要怕，該來的總會來的，我會一直守在你身邊保護你。」他雖武藝超群，終究不過是個凡人，驀然說出要保護神仙的話，分明有些可笑，驚鴻卻很是感動，道：「好。」

夜色溫柔，二人正要相擁在一起，傲文卻忽然不合時宜地衝出屋來，也不知道酒到底醒了沒有，上前莽撞地扯開蕭揚，捉住驚鴻的手，嚷道：「天女，我有個問題想請教你。」驚鴻道：「王子不是醉了麼？」傲文道：「我沒醉，甚至比以往任何時刻都清醒。天女，你說過樓蘭新娘是將來的樓蘭王后，使命落在我身上僅僅因為我是王儲，如果我不做王儲了呢？我不做王儲，不是就不用娶樓蘭新娘了麼？」蕭揚道：「難道王子要為了約素公主而放棄樓蘭王儲的位置？」傲文道：「不是為了她……不全是為了她，我才不想再當王儲。我是不想為了破除詛咒而去娶一個我不愛的新娘。而且，我可以非常肯定地告訴你們，這些話絕不是醉話。」驚鴻溫言道：「王子，樓蘭國的百姓需要一個偉大的國王來引領他們走出困境。你認為刀夫王子比你更有能力擔當這份責任麼？你不能拋棄樓蘭的子民，這是上天交給你的使命。」傲文滿臉熱切的期盼登時黯然了下去，彷若一盞油燈在風雨中飄搖，竭盡全力躲過了狂風無情的魔掌，然終於還是自己燃盡了燈芯，「撲哧」一聲熄滅了。

驚鴻道：「王子已然經歷了許多，該知道任何使命都是有代價的，甚至有時候就是無端的奉獻和犧牲。就算你不是傲文王子，是另外一個人，你的處境一樣會很艱難，未必會比現在要好。」她絞著雙手，聲音開始發顫，眼角沁出了晶瑩的眼淚，明顯沉浸於對往事的追憶中，彷彿剛才這番話勾起了自己蒙塵已久的思緒。傲文不明白天女為何突然變得如此哀傷，直至不能自持，當面落淚，然而他已徹底明白自己再無退路，也再無一句話可說，只默默欠了欠身，蹣跚地走了出去。門外侍衛問道：「王子要回寢宮麼？良子，傲文王子要走了，快叫幾個人過來扶住王子。」蕭揚知道驚鴻又想起了那個被埋在龍城下的遊龍，那個本該是樓蘭王子的男子，而今卻已經籍籍無名地消失在黃沙裡，一時間也不曉得該如何安慰，只走過去扶住她肩頭，她順勢倒在他懷中，輕輕飲泣起來。一切陡然變得深沉了起來。沉沉的天幕，沉沉的王宮，沉沉的大樹，沉沉的人的面目，無一不暗，無一不空。

次日一早，傲文尚在夢中，未翔直闖入室，將他從床上拉起來，道：「王子，我有件事要問你。如果一個人以前做了很多壞事，但他後來省悟了，想改過向善，你覺得是不是應該再給他一次機會？」傲文不耐煩地道：「這種事你該去問問地親王，問我做什麼？」推開未翔的手，倒頭繼續睡下。未翔卻是不依，又將他強拉起來，道：「我就是想問問王子你。」傲文怒道：「未翔，你越來越放肆了，昨日跟我動手，今日又隨意闖進來吵我睡覺。」未翔賠笑道：「王子，算我欠你一個大大的人情。」傲文道：「好了，放手！」轉過身來坐在床沿上，問道，「是不是有什麼人犯下重罪，你拐著彎想救他？」未翔道：「是。」傲文道：「是誰？」未翔道：「我不能說，除非王子先答應幫忙。」傲文道：「你好大膽，居然公然要我助你庇護重犯，這可不像你未翔的作派。算了，我心煩得很，也不想多管你的閒事。等問地親王回來，你自己求他去，你是王宮侍衛長，他不是一向都很巴結你麼？」未翔吞吞吐吐地道：「可是這件事只有王子你才能幫上忙……」忽有侍衛趕來稟告道：「問地親王和刀夫王子回來了，國王有令，請傲文王子速去議事廳。」傲文便磨磨蹭蹭地穿好衣服，見未翔仍守在一邊不肯走，便道：「你跟我一起去議事廳，得閒再說你的事。」未翔道：「遵命。」

傲文又有意拖延了一會兒，這才往議事廳而來。除了國王夫婦，還有幾名重臣也被召來議事廳。問天見傲文姍姍來遲，狠狠瞪了他一眼。傲文便站在門邊，一聲不吭。問地正在稟告車師國的情形，稱力比國王已經下葬在王室陵園，與故王后莎曼合葬。車師大王子昌意不知如何患了瘋病，癱臥在床，如此當然不適宜繼位為王，所以車師臣民一致推舉二王子昌邁為新國王。問天問道：「王弟可有見過大王子昌意？」問地道：「見過。大王子人倒是還好，只是既不能下地行走，也不能開口說話，生活難以自理。不過，昌邁對他阿兄照顧得很好，召集了最好的大夫來為他診治。」問天本來一直懷疑是二王子昌邁用武力奪取了王位，此刻聽說車師國內風平浪靜、昌邁也對兄長不錯，這才略略放下心來。當即招手叫過傲文，道：「今日還有一件重大事情要宣布，傲文尋回了能夠解脫我樓蘭乾旱危機的神物。只是這件神物需要一位新娘穿上，才能激發出神力，接下來的事，是要為傲文娶一位王妃。」傲文道：「姨父……」問天厲聲道：「王子公主的婚姻大事，歷來都是國王做主，輪不到你自己發話。」問地道：「娶親本來就是件大喜事，況且還能解除樓蘭乾旱，可謂喜上加喜。王兄心目中可有合適的王妃人選？」問天道：「根據神示，新娘應該是跟王儲有緣分的女子，我打算將傲文所認識的女子都召集起來，讓她們一個個試穿神物，能穿上的人自然就是傲文的新娘。」

刀夫忽插口道：「父王，咱們這次回來的路上曾救過一名奄奄一息的女子，她昏迷中不是不停地喊叫傲文的名字麼？」傲文心中有所感應，神色登時緊張起來，問道：「你們在哪裡遇見她？」刀夫道：「就在墨山和樓蘭的邊境處。」傲文道：「她叫什麼名字？」刀夫道：「小菊。」傲文「啊」的驚呼一聲，問道：「她現在人在哪裡？」問地道：「就在親王府中養傷。傲文當真認得她麼？」傲文道：「認得，她就是墨山國公主約素。」抬腳就走，阿曼達叫道：「傲文站住！未翔，你帶人去親王府接約素公主來這裡，千萬別怠慢了墨山公主。」未翔道：「遵命。」問天見忽起風雲，便命大臣先退出，只留下問地父子和傲文，這才詳細問及如何遇到約素。問地道：「我們過了邊境不久就看見一名女子倒在路邊，衣衫破爛，赤著雙足，淨是血痕，似是吃了不少苦頭。本來我們以為她是出逃的奴婢，預備將她交給當地州縣，再設法送還給原主。但她昏迷中不斷叫傲文的名字，我以為她認識傲文，但等她醒過來盤問時，她只說她叫小菊，不認得什麼傲文王子。我覺得她言行可疑，就一路帶回王都了。王兄、王嫂，這件事怕是要糟。」阿曼達道：「是不是因為墨山約藏國王已經將約素公主許嫁給車師的干係？」問地道：「正是。約素公主是未來的車師王后，我卻在不知情的情況下將她帶回樓蘭，萬一被墨山和車師知道，很可能要跟我們翻臉。不如這就派人立即將約素公主送回墨山，說明經過……」傲文道：「不行！」刀夫道：「為什麼不行？難道要因為這女子而得罪車師、墨山兩國麼？」傲文道：「我說不行就是不行。」刀夫冷笑道：「你倒真有幾分王儲的口氣了。」傲文針鋒相對地道：「你心中有當我是王儲麼？我來問你，我在大漠時，那些殺手是誰派去的？」問地聞言嚇了一跳，忙道：「請王儲慎言！刀夫可跟刺客什麼的沒有干係。說實話，我們一直以為你去了中原，就像王兄說的那樣，哪裡會知道你去了大漠？」傲文道：「你們本來是不知道，可是你們派人跟蹤芙蕖……」問天怒喝道：「傲文！」阿曼達也道：「傲文，你越來越放肆了，你沒有證據，竟敢憑空指控親王和刀夫王子。」

傲文被迫住了口，氣鼓鼓地站在一邊，若不是要等約素到來，只怕早已拂袖而去。等了大半個時辰，傲文憋屈得幾近窒息，當他覺得自己真的再也無法忍受這種難言的沉悶折磨時，未翔居然真的帶著約素出現在議事廳門前。她一身碧衣，越發顯得清瘦憔悴，溫柔的眼睛中滿是憂鬱悲戚之色。儘管她早料到被帶來三間房王宮後會遇見傲文，但當她一眼見到他時，還是忍不住驚呼出聲，飛快越過擋在她面前的未翔，跑過來撲入情郎懷中，泣聲道：「王子，自從我們在綠洲分手，我無時不刻不在想念你。」說著眼淚撲簌簌而下。傲文見她不顧矜持當眾撲過來，欣喜之情溢於言表，不禁大為感動，自己也是心神激蕩，柔聲道：「我也很想你，真沒想到能在這裡見到你。」阿曼達咳嗽了一聲，走過來牽起約素的手，道：「約素公主，稀客。」約素料到她就是樓蘭王后，面色一紅，行禮道：「王后。」阿曼達道：「公主，請跟我來。」牽著約素往後殿去了。傲文有心跟進去，卻見國王一雙虎目瞪視著自己，只得垂首不動。議事廳中就此沉默下來。不知過了多久，問地輕輕咳嗽了一聲，先道：「看來約素公主是特意到樓蘭來尋傲文。王兄，這大約是天意，既然他們兩情相悅，何不讓約素公主先試神物？若是她能穿上彩裙，不正好可以嫁給傲文做王妃麼？」傲文料不到問地親王會在自己眾叛親離的時候站出來支持他，既感詫異，又深感困惑，隨即心道：「是了，他是怕我揭穿他父子二人派殺手到大漠追殺我和芙蕖之事，所以刻意討好我。」

問天道：「約素的父王因傲文而死，她豈能不報父仇？她之前曾有毀壞神物的舉動，這次尋來樓蘭，說不定正是一個陰謀。」傲文道：「不，約素不會的。姨父若是不信，可以去問天女，天女說約素一直是真心待我。她本來早有機會殺我，但她不忍心下手，所以她告訴自己要等尋到神物再動手。她燒掉彩裙，不過是將它當成了我，預備就此了結恩怨。」問天對這番言論甚是不解，也對傲文如此癡情於約素很是惱怒，不過他心底深處究竟還是愛惜傲文，便招手叫道：「未翔，派人去請天女、遊龍君、笑先生三位來這裡。」未翔躬身道：「遵命。」剛出去便又進來稟告道，「陛下，桑紫夫人在門外求見。」問天皺了皺眉，勉強道：「請夫人進來。」卻見桑紫領著甘奇進來，見到傲文也在場，很是驚奇，先拜見了國王，隨即趕過來愛子身邊，歎道：「傲文，你可瘦多了。」傲文不免煩上加煩，問道：「母親來王宮做什麼？」他知道母親從來絕跡於扜泥城，上次出現在王宮是要刺殺于闐國王希盾，此刻突然又在這個節骨眼出現，必有蹊蹺。桑紫道：「阿母有件事來求懇國王陛下，既然你和刀夫王子都在這裡，我也就挑明說了。姊夫，請你廢去傲文的王儲位置，改立刀夫王子為王儲。」在場之人除了桑紫和甘奇，所有人都大吃一驚，就連問地和刀夫也不例外。

過了好半晌，問天才道：「立傲文為王儲是君臣多次商議的結果。桑紫，傲文雖然是你的孩子，但他也是泉蘇大將軍的骨血。你素來不問政事，這件事還是不要多管了吧。」桑紫正要說話，阿曼達領著約素重新走了出來。傲文見約素淚流滿面，忍不住上前問道：「出了什麼事？」阿曼達卻不回答，只將約素的手交回傲文手中，便回到座上低聲對丈夫說了幾句。問天點點頭，道：「好，既然傲文堅持認為約素公主是跟他最有緣分的人，就請出神物，讓公主試上一試，如果你能穿上，那麼你就是傲文的新娘。」傲文又驚又喜，簡直不敢相信自己的耳朵，旋即深深鞠了一躬，道：「多謝姨父，多謝姨母。」阿曼達命侍女取出神物，親自捧到約素面前，道：「公主，你一直跟在傲文身邊，該知道這件彩裙的意義，一旦你穿上了它，你就是未來的樓蘭王后，生生死死都是樓蘭人，你可有想清楚？」約素含淚微笑道：「從我逃離墨山王宮的那一天起，我就已經決定，無論是生是死都要跟傲文在一起。」阿曼達便舉起彩裙往約素腰間圍去，那裙裾立即生出一股奇妙的反應，手往前時裙片便往後，彷若有隻無形的手在抵擋一般。約素和傲文相視一眼，臉色同時變得煞白。問地道：「呀，果然是有魔力的神物，看來約素公主並不是真正的樓蘭新娘。」傲文大聲道：「這不可能！不可能！」阿曼達又試了幾次，終於失望地放棄，命侍女將神物收好，歎了口氣，道：「傲文，看來約素公主確實不是你的新娘。這是神示，任誰也無法改變。」

問天道：「來人，先帶約素公主下去歇息，去叫芙蕖來。」傲文卻死活不肯放開約素的手。問天重重一拍桌子，喝道：「傲文，你是想要造反麼？來人，抓住王儲，帶約素公主走。」未翔便帶侍衛上前強行分開二人，將約素帶了出去，她已然泣不成聲，卻連一句話也說不出來。傲文被侍衛強行拉住手臂，追趕不成，眼睜睜地看著約素從眼前消失，心中登時又空空蕩蕩地失落起來。桑紫走過來，斥退侍衛，柔聲安慰道：「傲文，你不要難過，你跟約素公主也許是真有緣分。」傲文道：「可是她的確穿不上神物。」桑紫歎道：「問題不出在約素公主，而是因為你，因為你並不是真正的樓蘭王儲。」阿曼達道：「桑紫，你說什麼？」桑紫回過身來，昂然道：「姊姊、姊夫，既然王儲和神物都關係著樓蘭生死存亡的命運，我也不能再隱瞞了。傲文其實不是泉蘇的孩子，他和須沙是一胞同生的孿生兄弟，都是希盾的兒子，整個事情經過甘奇最是清楚。」她的語氣極為平靜，猶如一陣清風吹過積塵百年歲月之久的街道，露出來的真面貌卻完全不是原來的樣子，嚇了眾人一跳。所有人的目光一齊望向縮在門邊默不作聲的甘奇。甘奇不得已，只得道：「傲文王子確實是希盾國王的兒子。」

原來，昔日桑紫年輕時曾熱戀希盾，不顧他是被放逐的落魄王子、又已有妻室的事實，二人在一起待過一陣，然而最終希盾還是返回結髮妻子菃秋的身邊，只不過他不知道桑紫當時已經懷孕。桑紫後來在父親阿胡家中生下一對雙胞胎兄弟，她思念情人，不顧父親阻撓，抱著其中一個孩子偷偷去找希盾。希盾接納了她們母子，但並不知道桑紫生了兩個兒子。不久後，阿胡派手下人追來，將桑紫母子重新奪了回去。再後來，希盾如得神助，成功復國，登上了于闐王的寶座。當時，桑紫已經嫁給樓蘭大將軍泉蘇為妻，希盾卻沒有忘記她手中還有自己的骨血，便派出精幹人手從泉蘇府中奪走了孩子，那被武力搶回于闐的孩子就是須沙，而另一個孩子則被當作泉蘇將軍的親生子撫養長大，即是傲文。桑紫愛傲文卻又不願意撫養他，只因他其實是希盾的孩子。這一事實只有死去的泉蘇大將軍，以及阿胡、桑紫、甘奇知道，本打算永遠隱瞞下去，可是當傲文被圍困在墨山王宮時，阿胡愛惜外孫心切，派甘奇到于闐軍營將實情告訴了希盾，這才及時阻止父子相殘的人間慘劇發生。

桑紫道：「我原本打算永遠隱瞞下去，甘奇在墨山將傲文的身世告訴希盾之後也沒敢告訴我，我一直以為希盾並不知道真相，直到幾日前他派人送信給我，說他已經知道傲文是他的孩子，他很開心他的一個兒子將成為于闐國王，另一個兒子則將成為樓蘭國王。我不能讓他得逞，我寧可傲文不當王儲，也不能讓他得意。」問天聽完經過，喃喃道：「難怪，難怪。」國王不停地絞著雙手，呼吸明顯變得凝滯粗重起來。他現下終於明白了，難怪傲文能兩次從希盾手中脫險，原來他們是父子關係。問地也恍然大悟地道：「難怪希盾國王要趁傲文不在王都時派人來親王府行刺，除掉王兄和刀夫，他的親生兒子就是新一任的樓蘭國王了，這一招夠毒！夠狠！」問天轉過頭來，狠狠瞪著傲文。傲文也如五雷轟頂般失去了以往所有的自信與驕傲，高貴王子的翩翩風采蕩然無存，露出惶然不知所措的神態。他有心要為自己辯解幾句，然而嘴唇動了幾下，卻什麼也說不出，似被一雙無形的手扼住了咽喉。議事廳中靜穆可怕，連一根針掉在地上都能聽得見，人人彷若被鎮住心神。光陰陡然停下，這短短一刻彷若成了長年累月的煎熬。也不知道過了多久，問天才一字一句地道：「來人，繳了傲文的兵刃，先押去冷宮軟禁起來，等候發落。」未翔早驚得瞠目結舌，國王又說了一遍，他這才反應過來，上前親手摘下傲文的佩刀。傲文呆板木訥得彷若石頭一般，也沒有絲毫要反抗的意圖，任憑侍衛將自己帶了出去。桑紫對傲文終究還是母子情深，不依不饒地道：「姊夫，我是因為憂懼樓蘭的未來才主動告訴你真相，你怎能下令關押傲文？若不是傲文歷盡千辛萬苦，你能尋回神物麼？」

問天對這位每次一出現、就要弄出一番驚天動地大事的小姨子極為頭疼，剛要回答，忽聽得外面喧譁聲大起，不斷有人高叫奔跑。未翔正要出去查看究竟，一名侍衛已急奔進來叫道：「陛下，遊龍君遇刺了。」問天大吃一驚，忙親自趕出議事廳。穿過甬道，側庭的月門旁圍了一堆侍衛，卻見蕭揚仰天躺在花叢邊，腹部插著一柄短刀，深沒至柄，鮮血染紅大半個身子，氣息奄奄。驚鴻正抱著他的頭垂淚不止。蕭揚道：「陛下……」問天忙蹲下來道：「遊龍君！」蕭揚道：「傲文王子……他……他不是……」問天道：「不是什麼？」隨即省悟，道，「你放心，我已經知道了傲文的身分。」蕭揚卻再也沒有力氣說完下面的真相，眨了兩下眼皮，就此暈了過去。問天道：「快召大夫！」又問道，「到底是怎麼回事？」侍衛阿庫道：「我奉命去別苑請遊龍君三位來議事廳，走到這裡的時候，忽然看到芙蕖公主閃身而過，直朝宮門衝去。笑先生說她臉上黑氣極重，肯定是魔障發作，得追上去看看。我們還沒有明白怎麼回事，又過來一名侍衛，說是國王只召遊龍君一個人，我便陪著天女去追笑先生，看能不能幫上忙。走不多遠，忽然聽到背後遊龍君大叫了一聲，等我們回來就發現他這副樣子了。」問天道：「那行刺的侍衛是誰？」阿庫道：「我以前沒有見過，很年輕的樣子，應當是新來的。」問天轉頭見未翔愣在當地，叫道：「未翔，還不快去追捕刺客！」未翔渾然沒有反應。阿庫推了他一下，道：「侍衛長，快下令封鎖宮門！」

忽見一名只穿著貼身內衣的侍衛跑了過來，尚不知道宮中發生了大事，不知所措地叫道：「侍衛長，你交給我看管的那名女子剛才打暈了我，不知道跑哪裡去了。她……她好像還拿走了我的戎衣和兵刃。」未翔再無疑慮，上前單膝跪地，稟告道：「陛下，刺客名叫夢娘，原是馬賊頭領，是我帶進宮來的。」問天道：「是你？你為什麼要這麼做？」未翔道：「我不知道夢娘要行刺遊龍。而今大錯既已鑄成，我不願再多做辯解，請陛下從重治我的罪便是。」原來，未翔昨夜跟夢娘一夜纏綿，極盡風流旖旎。他反覆思量，不能讓夢娘從此過著不見天日的生活。恨馬賊的人成千上萬，但只要傲文王子能高抬貴手，不再追究前怨，那麼夢娘在扜泥城中就是安全的。他知道傲文為人外冷內熱，是以定了一個計畫，帶著夢娘進宮，先安置在自己的值班房中，預備先用話套住傲文，再讓她當面賠罪，說不定能就此有所轉機，哪怕要他辭去侍衛長之職，解甲歸田，他也願意。哪知道，今日一早宮中事情連連不斷，他竟再沒能顧得上回房去看夢娘一眼。然而此刻他已經明白過來，夢娘所說一切悔悟的話都是謊言，她事先早布下陷阱，主動投懷送抱，不惜以身體引誘他上鉤，表示要當面向傲文王子謝罪，最終目的只是要利用他帶她進宮，好讓她有機會殺掉馬賊最大的敵人遊龍，好為她的阿爹復仇。一想到那些綿綿情話原來都是謊言，他既懊悔又神傷，只是一切都已於事無補。本來還有心自請領兵去追捕夢娘，然而微一遲疑，即打消了這個念頭。問天見未翔自認罪名，一時不及盤問更多，叫道：「來人，拿下未翔。」未翔不等侍衛動手，主動摘下腰間佩刀，雙手奉過頭頂。王宮侍衛俱是他下屬，然而他親口承認勾結馬賊刺殺遊龍，擾亂宮室已是不爭的事實，又有國王親自下令，只得上前收其兵器，押往王宮地牢囚禁。

等了一刻工夫，王宮中的酋大夫終於趕到。他是個鬚髮皆白的老醫師，在西域享有盛名，見蕭揚傷在要害之處，入刀又深，人只剩下最後一口氣，若稍微挪動就會立即送了性命。也不命侍衛抬走，就地在他身子底下挖了一個灶，在灶裡升起文火，慢慢焙烤。折騰了大半個時辰，蕭揚身子烘熱，元氣略復，血脈恢復流動，漸漸有黑色淤血從腹部傷口滲出。酋大夫命侍衛按住他肩膀和四肢，驀然拔出了短刀。蕭揚大叫一聲，身子因劇痛而弓起，隨即跌落在地，重新昏死過去。酋大夫早熬好一帖熱膏藥，趁熱糊到傷處，流血頓止。他擦擦額頭的大汗，道：「抬他走吧，能不能活過來就全看他自己的毅力和造化了。」侍衛弄來一塊門板，將蕭揚搬放上去抬走。驚鴻心中掛念，不及與國王等人招呼，匆匆跟著去了。刀夫的目光一直落在驚鴻身上，直到她離開才回過神來，問道：「伯母，那女子是誰？」阿曼達道：「她就是天女。」心中有太多疑問，轉身道，「桑紫、甘奇，你們跟我來。」忽見笑笑生急奔了過來，嚷道：「我沒有追上芙蕖公主，她跑得實在太快了。」阿曼達忙問道：「芙蕖人往哪裡去了？」笑笑生道：「抱歉，我追出宮就不見了她人影。王后，請你過來一下，我有幾句話得私下對你說。」阿曼達便隨笑笑生走到一邊，急問道：「到底什麼事？」笑笑生肅色道：「王后，芙蕖公主是在大漠幽密森林中沾染的魔氣，她此刻舊病復發，心中再次受到黑暗力量的誘惑，多半有可能重新往幽密森林去了。請王后速速派人往大漠方向去追。」阿曼達回頭叫道：「未翔！」話一出口，才記起未翔已被捕下獄，一時想不到合適的得力人選，便走過去與丈夫商議道，「夫君，芙蕖再次失蹤，不如先放未翔出來，命他戴罪立功，去找芙蕖回來。」問天決然道：「不行！王后，芙蕖是我們唯一的女兒，我跟你一樣愛惜她。可是未翔身為王宮侍衛長，公然帶領刺客進宮行刺遊龍，我已經有愧絲路上那些仰仗遊龍保護的商旅，如何還能因私廢公？」驀然得到了某種提示，想到未翔擔任侍衛長幾年，甚得人心，難保王宮中不會有與他交好的侍衛暗中縱他逃走，忙叫道，「來人，立即將未翔鎖去軍營，交給泉川將軍看管。」笑笑生這才得知蕭揚在宮中遇刺，大為意外，顧不上更多，匆忙趕去別苑查看究竟。問地道：「王兄，王宮中接連出了這麼多大事，人手難免不濟，不如由我和刀夫帶兵去追捕馬賊，順便還可以尋找芙蕖。」問天道：「好，有勞王弟，王都的精兵盡歸你差遣。」又叮囑道，「今日之事，包括約素公主和傲文的身世均不可洩露出去。」問地一愣，隨即應道：「王兄有命，不敢不遵。」當即領著刀夫去了。

問天和阿曼達回來廳中坐下，反覆詢問桑紫和甘奇，確認傲文是希盾之子無疑。桑紫道：「姊夫，該說的我都說了，這就請你將傲文還給我，我要帶他回去蒲昌海。」問天默不作聲，只轉頭看了王后一眼。阿曼達忙道：「出了這麼多事，你不能再回蒲昌海了，你還是先留在王都才好。」上前牽了桑紫的手，領著她和甘奇一道走了出去。問天悶悶坐了好大一會兒，這才起身往冷宮而來。看守的侍衛忙開門領國王進去。卻見傲文坐在牆角，將頭深深埋入雙膝中，一副極為沮喪的樣子。侍衛叫道：「王子，國王陛下到了。」傲文卻恍若未聞，既不起身行禮，頭也不抬一下。問天揮手命侍衛退出，自己也靠牆坐下，一時間，又想起傲文小時候便常常領著他這般坐在王宮臺階上看星星，百感交集，又如往常那樣去撫摸他的背，道：「好男兒要永遠昂著頭，挺著胸，難道你忘記了麼？」傲文抬起頭來，卻是滿面淚痕，不知該說什麼才好。問天溫言道：「姨父今日不該那樣對你，不該當眾下令繳了你的兵刃，傷了你的自尊。就算你是希盾的兒子，但你也是桑紫的孩子，依舊是我們樓蘭的王子。你尋回了神物，為樓蘭立下大功，姨父本該滿足你的任何要求，可是……可是……」傲文道：「可是我終究還是希盾的兒子，對麼？」問天歎了口氣，道：「傲文，姨父要廢除你的王儲名號，這是無可奈何之事。你依舊是樓蘭王子，但不能再留在王都了。你在北邊本來就有一大片封地，這就回去你的封地吧。你也可以選擇離開樓蘭，去于闐找你的生父，我絕不會阻攔。」

傲文翻身爬起來，單膝跪下，道：「傲文生是樓蘭人，死也是樓蘭鬼。請國王陛下下令，派我去南部邊境領兵，我將竭盡全力抵禦于闐的入侵。」問天大奇，道：「你當真願意這麼做？」傲文道：「不錯，傲文敢在神殿天女神像前以鮮血起誓，絕不背叛樓蘭。」問天扶起了他，道：「如果這麼做能令你心裡好受些，你就去吧。但你不能帶走約素公主。你該知道，眼下的局面，須得派人聯絡了墨山國王之後，才能決定如何處置她。」頓了頓，又道，「不過姨父會盡力幫你，我會派人去車師找昌邁談上一談。你想見約素公主，這就去吧，她被軟禁在後宮裡。」傲文沉默片刻，搖頭道：「我現在不想見約素，不想見任何人。」問天道：「那好，你這就去取兵符，帶著你的侍衛們動身趕去邊境。」傲文欠身道：「傲文遵命。」昂然出去，沒有絲毫遲疑。問天望著傲文的背影，心中陡然升起一股強烈的孤立感。一日之內，被寄予厚望的王儲被揭發出原來是對頭希盾之子，穩重精幹的侍衛長則引領刺客進宮、刺傷了深孚眾望的遊龍，當真是匪夷所思，恍若做夢一般，卻又是真的不能再真的事實。他悄立許久，直到侍衛催促，才回過神來，又趕來別苑探望遊龍。蕭揚猶在昏迷之中，彷彿石化人般躺在床上一動不動。驚鴻和笑笑生守在一旁，均束手無策。笑笑生見國王進來，憤憤不平地質問道：「遊龍武藝高強，若不是事先毫無防範，怎麼可能遭人暗算？未翔這小子平日看著不錯，他為什麼突然跟馬賊勾結起來了？」問天歉然道：「實在抱歉，本王也不清楚。眼下未翔人關押在軍營塔獄中，任由幾位審問處置。」笑笑生道：「審什麼審，還是等遊龍醒過來再說。」問天道：「好。幾位有任何需要，隨時告知本王。」笑笑生見國王沒有絲毫要離開的意思，眼睛只盯著驚鴻不放，驀然省悟，叫道：「天女，國王有話問你。」驚鴻滿心悲傷，不欲再管其他事，笑笑生又叫了一聲，她才不得不放開蕭揚的手，隨二人走到外面。

問天道：「實在抱歉，本來不該在這種時候打擾天女，可是事關我樓蘭的命運，本王不得不冒昧詢問。」驚鴻道：「陛下是想問王儲人選之事麼？」問天道：「是。想必二位已經知道，傲文不是泉蘇大將軍的骨肉，而是于闐王希盾之子，本王已經下令廢除他的王儲位置，派去邊境領兵。」笑笑生道：「那麼陛下是打算立刀夫王子為王儲了？」問天道：「本王實在不能下這個決心。天女，你是神仙，請你告訴我，神示的王儲到底是誰？」驚鴻道：「我雖是神仙，然而上次為了阻止你們樓蘭、于闐兩國交戰，我用盡神力引發了日食，而今已跟普通人沒什麼區別，只能眼睜睜看著遊龍受苦而無力相助。即便我知道未來的國王是誰，我也不能洩露天機，不然只會給樓蘭帶來更大的災難。陛下，王儲就在你心中，你需要做的只是捫心自問到底誰有資格做樓蘭的王儲。」她的話饒有深意，令人回味。問天有心再問，卻見驚鴻已轉身步進內室去了，他不由得又將徵詢的目光轉向笑笑生。笑笑生忙擺手道：「我可不知道什麼天機。陛下，你的煩惱在於你下定不了決心，你的徬徨困惑只能靠自己解決，神仙也幫不了你。」問天再無話說，只得默默去了。

過了數日，問地親王來報，未能追捕到夢娘和馬賊，但刀夫卻在城中找到了芙蕖公主。問天很是詫異，道：「是在王都找到芙蕖的麼？」問地道：「是，不久前有人發現公主興高采烈地在大街上蹦來跳去，刀夫上前叫她時，還被她狠狠打了一下。」問天牽掛愛女，忙親自出殿來看，卻見芙蕖立在階下，正呵呵傻笑著，忙上前問道：「芙蕖，你去哪裡了？有沒有事？」芙蕖笑道：「我很好，好得不得了。」推開父王的手，逕自往後宮去了。正詫異間，有侍衛來報道：「遊龍君終於醒了。」問天忙親自趕去探視。刀夫一心惦記美麗驚人的天女，道：「我們也去看看。」話音剛落，便覺有異物驀然鑽入了體內，忙伸手去撓，卻什麼都沒有摸到。問地見兒子臉色有異，問道：「怎麼了？」刀夫又摸索一遍，還是沒有異樣，這才道：「沒事。」急追上國王，跟著來到別苑。蕭揚雖清醒了過來，身子卻相當虛弱，無力說話。問天略略一看，便讓眾人退了出來，命侍衛去召酋大夫來為遊龍開藥安養。侍衛道：「酋大夫今日一早已經在家中去世了。」問天道：「什麼？」侍衛遲疑了一下，道：「他們全家都莫名死在家中，不僅死狀嚇人，身體還冒出膿水，似乎是中了什麼劇毒。」問地忙道：「酋大夫是王宮大夫，若是有人對他全家下毒，怕不是針對他個人，而是整個樓蘭王室。王兄，臣弟請命去調查這件怪案。」問天道：「好，有勞王弟。」

問地遂領著刀夫出來王宮，正遇到桑紫和甘奇。問地笑道：「桑紫夫人，你可是咱們樓蘭的巾幗英雄，不惜大義滅親，揭露了傲文的身世。」桑紫哼了一聲，也不理睬他，昂然離去。刀夫低聲問道：「父王是真的喜歡桑紫麼？」問地一驚，斥道：「胡說什麼？」刀夫笑道：「父王喜歡她直說便是，我有法子能令她主動對父王獻媚。」問地道：「你知道桑紫是什麼人麼？那可是昔日的西域第一美女。她這些年雖然過得並不如意，可是要她對什麼人主動投懷送抱，那可是天下最難的事。」刀夫道：「父王去官署辦公事吧，我也去辦我的事。」高深莫測地一笑，招手叫了幾名侍衛，上馬跟蹤桑紫而去。

問地不知一向魯莽的愛子為何突然變得深沉起來，料來是因為傲文被廢王儲而受到鼓舞，也不知該高興還是擔心，搖了搖頭，逕直來到官署。卻見官署前人湧如潮，許多百姓爭相報告自己的親人鄰里得了可怕的怪病，居然全是眼睛充血，面部腫脹發黑，咽喉不適。問地見這些症狀與侍衛描述的酋大夫死狀甚是相符，不由得吃了一驚，心道：「如此看來，酋大夫全家暴斃就不是下毒那麼簡單了，似乎是染上了一種疫病，也許是瘟疫，也許就是西方傳說中的黑死病。」一念及此，當然不敢再去酋大夫家中察看，命吏卒將報官的百姓驅散。

問地進來官署，正好遇到幾名吏卒推攘著一名戴著手銬的年輕男子過來。那男子一見問地便大聲叫道：「親王，快救救我！」問地奇道：「咦，你不是那個嚮導麼？」那男子正是嚮導阿飛，樓蘭嚮導是世襲職位，他私下離開王都已有數個月，今日突然歸來官署，隨即被當值官吏以擅離職守罪下獄。阿飛急道：「親王，我有急事要進王宮，請你通融一下，暫且放了我，我辦完事自會回來自首。」問地哪有心情去理會一個小小的嚮導，揮手命人將他押入大牢，等候處置。阿飛大叫道：「我知道瘟疫是誰帶來的！」

第八章　夢碎西城

災難再次降臨到樓蘭身上。一日之內，王都扜泥成了人間地獄，街上到處遊蕩著紅眼病人，像夏天的蚊蟲般亂衝亂撞。他們的身體因經受著難以忍受的痛苦而情緒失控，高喊著，呻吟著，四處亂跑。有的人跑著跑著便驟然倒在地上死去，張開的嘴巴如洪流般噴出陣陣膿水，腹部腫脹，內臟都流了出來。無形的瘟疫毫不留情蹂躪著樓蘭百姓，整座城市恍若死神降臨一般，雖然還有不少活人，但整座城市已如消亡一般停滯，沒有半分生氣，屍臭與恐懼飄蕩在上空，經久不散。

問地回親王府的路上也親眼見到幾名倒斃的百姓，不禁心驚膽寒，一進來王府坐下，便命人去請住在後園的巫師摩訶。摩訶匆匆趕來，道：「本座正在等親王回來，扜泥城中有濃重的戾氣。」問地道：「嗯。」摩訶道：「親王有事瞞著本座，你我早已同榮共辱，有話不妨直說。」問地道：「好，我聽一名叫阿飛的嚮導說，他認為城中的瘟疫是芙蕖公主帶來的。芙蕖不過是個嬌弱的女子，自然沒有法力，但他看見一個披著墨綠袍子的人跟芙蕖講過話，芙蕖還曾經向他下跪。」摩訶道：「親王認為那人就是本座？」問地道：「似乎不大可能。因為阿飛是幾日前在大漠邊緣撞見芙蕖，而這些日子巫師一直在我親王府中。我想那人會不會是摩訶巫師的師弟？巫師，你一直在暗中助我父子，我很感激，但我不想刀夫繼承的是一個死氣沉沉的國家。」摩訶道：「親王，你誤會了。芙蕖公主遇到的神祕人是誰我不知道，但我師弟無計正在墨山國中擔任國師，怎會有空去大漠？芙蕖一向瘋瘋癲癲，一名嚮導的話又怎能相信？實話告訴親王，樓蘭的瘟疫跟神物有關。」問地道：「難道神物是假的麼？」摩訶道：「不，神物是真的，可是國王不該隨意讓一名女子來試穿。那女子對樓蘭心懷不軌，神物受到褻瀆，神靈憤怒，所以降下戾氣來懲罰樓蘭。」

問地道：「巫師是指禍端就是約素公主麼？」摩訶道：「不錯，只要燒死約素，瘟疫自然能平息。」問地道：「但約素並非普通女子，她是墨山公主，燒死了她，墨山豈肯善罷甘休？」摩訶笑道：「我從師弟無計的書信中得到一個好消息，正要告訴親王。先前約素公主歸國，已經告知約藏國王她愛上了傲文王子，約藏憤怒之下幽禁了約素，還要將她嫁去車師，斬斷她想嫁傲文的念頭。然而當約藏去邊境與車師結盟時，約素設法逃了出來，而且留下書信給兄長，表示今生非傲文不嫁，此舉徹底激怒了約藏。約藏已公然宣稱與約素斷絕兄妹之情，取消她公主名號，不准她再回墨山王宮。如此一來，約素已經不是公主，燒死她並不會因此得罪墨山國。」問地曾親眼見到傲文對約素用情至深，不免有所猶豫。摩訶道：「國王雖然廢了傲文的王儲名號，可是並沒有立即立刀夫為王儲，可見他內心深處仍然有所猶豫。傲文從小在他身邊長大，他戀戀不捨也情有可原。要徹底轉變國王的心意，除非立下一場大功勞，眼下就是大好機會。如果能平息瘟疫，親王殿下和刀夫王子就是樓蘭的英雄，刀夫眾望所歸，自然要被立為王儲。」問地聞聽此言，心中再無遲疑，道：「好，我這就立即進宮，請王兄燒死約素。」當即摸黑趕來王宮。

問天夫婦正因王都內發生子民大規模患病死亡的慘事而憂心如焚，難有睡意，連夜和笑笑生商議對策。笑笑生道：「瘟疫其實是戾氣作怪，戾氣無影無形，最利於蔓延，能在呼吸之間趁虛而入。人感染戾氣之後，是否發病則決定於戾氣毒性輕重和人本身的抗力。感之深者，中而即發，感之淺者，則不會立即發作。但那些正氣浩然的人因為本氣充滿，邪不易入，能輕易避過毒氣。」問天道：「那麼先生可有什麼好的解決法子？」笑笑生道：「石膏能解熱毒壅盛，中原大夫也常用冷水調劑石膏來解砒霜劇毒，目下只能暫且試試用它緩解毒性，要找到能完全治癒的解藥，還得費些時日。」正好問地進來，立時稟明巫師摩訶所言，道：「王兄，眼下城中死去的人越來越多，事不宜遲，請這就立即燒死約素，拯救黎民百姓於水火之中。」問天夫婦見問地語出驚人，說得煞有其事，不禁一呆，逕直朝笑笑生望去，問道：「笑先生怎麼看這件事？」笑笑生「啊」地大叫一聲，伸出三個手指晃了幾下，匆匆起身出門去了。問天夫婦目瞪口呆，問地也是不解，問道：「笑先生是什麼意思？」問天搖搖頭，忙命侍衛追出去問清楚究竟。過了一刻，侍衛飛奔回來稟告道：「笑先生出宮去了，什麼都沒說。」問天更是不解。

問地催促道：「王兄，約素正是帶來瘟疫的罪魁禍首，而今她已經不是墨山公主，不必再有顧慮。」問天沉吟半晌，道：「燒死一名女子非同小可，這件事還要從長計議。」轉頭問道，「傲文已經到邊關了麼？」當值的侍衛正是阿庫，忙躬身應道：「是，邊關軍營有飛信傳來，傲文王子前日便已經到達軍營了。」他跟隨國王日久，深知國王心意，又追問道，「要立即召傲文王子回王都麼？」問天沒有回答，許久才揮了揮手，道，「回頭再說。」問地道：「王兄，當斷不斷，反受其亂。燒死約素一個人，就能拯救我們樓蘭數萬條性命。王兄歷來愛民如子，難道願意眼睜睜看著樓蘭的百姓受苦受難麼？」問天頗為心動，便轉眼去看王后，徵詢她的意見。阿曼達道：「親王，摩訶巫師可有證據？」問地道：「約素之前曾經燒毀過一件彩裙，雖然是假的，終究還是褻瀆了神物，這是傲文自己親口說的，難道不是證據麼？」阿曼達道：「這樣，約素一直被軟禁在後宮，我再多派人看守，她跑也跑不了。如果過了三天還找不到解決的辦法，再燒死她不遲。」問地素來忌憚這位王嫂精明，不敢再多說，只得道：「是。」欠身退了出來。

問地表面無事，內心卻是憤憤難平。回來王府，刀夫正在庭前等候。問地進來摒退侍從，關好房門，歎道：「刀夫，你這個王儲怕是難當上了。國王前幾日才將傲文外放去邊關，今日便又有要召他回來的意思。」刀夫道：「父王既然對此早心知肚明，難道還要坐以待斃麼？」問地道：「你這話是什麼意思？」刀夫道：「而今傲文被貶去邊關；侍衛長未翔被關在塔獄中，進那裡的人都是九死一生，怕是他再也沒命活著出來；遊龍重傷未癒，動都動不了，國王身邊已經沒有任何得力的幫手，王都的兵權又盡在父王之手，我們何不充分利用這些？」問地聽愛子竟有武力謀反的意思，嚇了一跳，急忙壓低聲音，斥道：「這種話可不能隨便說，想都不能想。」刀夫道：「那好，我請父王見一個人。」拍了拍手，叫道，「出來吧。」一名紫紗婦人款款而出，欠身行禮。問地瞪大眼睛，問道：「桑紫夫人，你如何會在這裡？」桑紫道：「我特意來服侍親王。」刀夫喝道：「桑紫，還不快扶親王進去，好好侍寢。」桑紫柔聲應道：「是。」上前攙住問地，曲曲折折地扶來內室，為他解帶寬衣，又脫光自己的衣服，主動躺在床上。問地暗地愛了慕桑紫幾十年，雖然心中也曾幻想有一天能得到這名絕色美人，與她肆意交歡，但當她完美成熟的胴體真的出現在眼前時，他還是迷茫了，渾然不知是幻是真。

忽見桑紫招手叫道：「親王，快來呀。」他望著那雕塑般雪白如玉的軀體，再也按捺不住，當即撲了上去……一場瘋狂的雲雨後，問地累得癱倒在一邊，大口喘氣。桑紫意猶未足，側頭過來，輕輕咬嚙他肩頭，哪有半分平日的高貴優雅，竟是比街邊的流鶯還要浪蕩風流。問地結結巴巴地問道：「夫人為什麼要這麼做？」桑紫道：「因為我要當王后。」問地道：「什麼？」桑紫道：「搞垮我姊姊、姊夫，你就是樓蘭國王，我不就是樓蘭王后麼？」問地「啊」了一聲，他自生下來起就是二王子，當兄長大王子問天成了國王，他便成了親王。他知道兄長比自己能幹，因而從來沒有想過要當國王，若是問天有親生兒子，他大概也不會挑動想讓刀夫當上王儲的念頭。此刻，突然聽到桑紫點破他原來也可以成為國王，不禁恍恍惚惚起來。桑紫道：「怎麼，你不願意封我做王后麼？」語氣中已渾然將問地當成了國王。問地道：「當然願意，只要我是國王，你就是王后。」桑紫便附到他耳邊，道：「那好，咱們合力來做國王、王后。」一邊說著，一邊將嘴唇湊了上來，含住他的耳朵，用力吮吸起來。這一夜當然是問地一生中最難忘的一夜。次日醒來，桑紫服侍他穿衣洗漱，柔順得就像王府中的普通侍女。問地雖然答應了她要做樓蘭國王，終究不過是枕邊之言，況且他心中疑慮極重，即使是得到了夢寐以求的女人、暈眩在美色下，卻還是有著本能的清醒，當即讓桑紫留在內室，自己趕來廳堂。

刀夫正與摩訶在堂中交談，一見問地出來，便笑了起來，問道：「父王昨晚可還滿意？」問地道：「我正要問你，你是不是請巫師對桑紫施了什麼邪術？」刀夫道：「當然沒有。」摩訶也道：「本座天性不能近婦人，如何會對桑紫夫人施法？」問地道：「那麼你到底對桑紫做了什麼？」刀夫笑道：「總之不是什麼邪術。我曾聽摩訶巫師說過，那些執著鍾情於某人或某物的女子最容易被旁人操縱，比如芙蕖，再比如桑紫。芙蕖熱戀傲文，桑紫對希盾又愛又恨，都是那種盲目到心智失常的女子。我只用了希盾的一些事情稍加引導，就順順當當控制了桑紫的意志和心神，她不過是在做我要她做的事。父王放心，她現在徹底是我們一方的人了。」問地聞言又驚又喜，但心中多少也有幾分恐懼，總感到這個突然變得精明能幹起來的兒子身上多了幾分可怕。刀夫道：「昨晚跟父王提到之事……」問地咳嗽了一聲，有意打斷話頭。摩訶立即會意親王不欲自己聽見，稱故退了出去。問地這才堅決地道：「不行。刀夫，我知道你想當國王，父王也希望你能當上國王，可是當今國王在位已久，在臣民之中威信很高，若是用武力謀取王位，就算勉強得到，也贏不了人心。咱們可以想個別的法子，譬如用釜底抽薪之計除掉傲文，這樣你就是唯一的王儲候選人，正大光明地得到王位，難道不是更好麼？」

刀夫笑道：「我早知道父王心軟，不會忍心對你的王兄、王嫂下手，所以我也贊成除掉傲文，而且已經想到一個極好的法子。眼下瘟疫橫行，我們派人到邊關告訴傲文，說國王認定約素就是瘟疫的禍根，預備當眾燒死她，他愛這個女人愛得發狂，定會不計後果地趕回來相救。于闐覬覦我樓蘭已久，勢必趁虛而入，我們甚至可以提前通知希盾國王，告訴他傲文將領軍離開邊境，他盡可以趁機發兵。這樣，我們就可以說他們父子二人聯兵謀反，那麼傲文就是樓蘭的叛徒，就算有命活著，卻再也不能回來王都與我爭奪王儲之位。」問地道：「這計策是不錯。但王兄對於是否要燒死約素還有所猶豫。萬一傲文只單身一人趕回王都，謀反的罪名還是難以坐實。王兄視他如子，沒有鐵證，絕不會輕易動他。」刀夫笑道：「我早有奇計。」叫了一聲，便有兩名心腹侍衛從側室押出一名遭到五花大綁的男子，卻是商人甘奇，他顯已受過不少苦刑，渾身上下血跡斑斑。刀夫道：「現在連傲文的親生母親都在我們的掌握之中，對付傲文，還有什麼辦不到的呢？摩訶巫師也會助我們一臂之力。」附到父親耳邊，低語了一陣。問地思索一陣，覺得此計果然大妙，當即拍手道：「好，你這就去辦吧。只是有一點，萬事小心。」囑咐完刀夫，又交代侍衛看好桑紫，這才往官署而來。

一路上人煙蕭條，只見到將軍泉川指揮武裝軍士以板車沿途收斂死屍，數輛大車上堆滿屍首，壘成一疊一疊的，觸目驚心。問地不敢多看，匆忙進來官署，到堂上坐下，招手叫過當值官吏，問道：「那嚮導阿飛呢？」官吏忙應道：「還在大牢裡。按照親王的囑咐，特意將他單獨關押在一間牢房裡。」問地道：「帶他出來。」阿飛一被帶上堂就急急問道：「親王可有將我的話稟告國王陛下？」問地面色一沉，重重一拍桌子，喝道：「阿飛，你可知罪？你身為世襲嚮導，未經官署批准便擅離職守數個月，而且返回王都後還四處散布瘟疫流言，本該當眾斬首示眾，姑念你自小就是嚮導，多年來還算勤懇，免去死罪，判罰十石地、兩匹馬，再鞭打六十。」石是樓蘭耕地計算單位，一石耕地就是一石種子撒下去的面積。阿飛聞判，抗辯道：「我只是擅離職守，不該受如此重罰。我也沒有散布瘟疫流言，我昨日告訴親王的話都是真的，我要見國王陛下。」問地冷笑道：「國王日理萬機，是你想見就見的麼？」將手指往案桌敲了兩下，道，「立即行刑。」吏卒登時明白，親王的手勢是示意最好將犯人當場打死，當即將阿飛扯往行刑室高吊起來。剛要舉鞭時，一名王宮侍衛趕進來制止道：「遊龍君要見阿飛。」吏卒道：「阿飛犯了法，還沒有行刑，不能輕易釋放。」侍衛道：「遊龍君有急事召阿飛進宮，等問完話我再押送他回來官署受刑不遲。」吏卒終究不敢得罪王宮侍衛，只得將阿飛解了下來。

阿飛尚不清楚自己這次是死裡逃生，撫摸著被繩索勒得生疼的手腕，問道：「遊龍找我做什麼？」侍衛見他言語中對威名卓著的遊龍並不如何尊敬，大為驚奇，道：「遊龍君召你是何等榮幸，你小子是怎麼認識他的？」阿飛也不吭聲，跟著侍衛進來王宮別苑。蕭揚已經好轉了很多，倚靠在床上，驚鴻正在餵他服藥。房內還有一名紅衣女子，卻是古麗。阿飛登時吃了一驚，問道：「你怎麼來了這裡？」古麗低聲道：「你昨日去了官署後就被的那些商販一模一樣，心中狐疑。古麗卻訕訕說出了他想問而不敢問的話，道：「會不會跟芙蕖公主有關？」阿飛不願相信，可是他的確親眼看見那些商販倒斃在芙蕖面前，又不得不這麼想。

回到扜泥城中，在北城門處看到通緝告示，這才知道夢娘不但是馬賊頭領，而且正是將遊龍刺成重傷的元兇。二人又驚又悔，忙進城趕來官署，但城中發生了大規模瘟疫，一時之間官署擠滿了人。阿飛不及說話，便被當值官吏下令關押，容後再審其擅離職守之罪。出來時正好遇到問地親王，阿飛慌忙求救，將路遇芙蕖之事稟告了親王。他救下罪大惡極的夢娘，即使是事先不知情，也等同於庇護凶手，犯下死罪，因而絲毫不敢提及半句。問地聽聞城中瘟疫跟芙蕖公主有關，半信半疑，只是下令將他單獨關押。從今早的判決看來，親王明顯不相信他的話了。蕭揚道：「指控芙蕖公主帶來瘟疫是十分嚴重的事，問地親王不相信也情有可原。而今公主已經回宮，安安靜靜，似乎沒有什麼異樣。」阿飛道：「莫非師父也不相信我的話？」蕭揚道：「我當然信得過你，只是在沒有確鑿證據前，不能隨便對人說這件事，不然只會給你自己惹禍。一會兒我請天女去看看公主，她身上若有疫氣，天女是能看出來的。這件事交給我來處理，你不用再管了。」阿飛道：「是。」蕭揚又問道，「我教你的刀法，你可有練過？」阿飛道：「有。」古麗插口道：「阿飛哥哥每天都要練上好幾個時辰呢，他總說將來有一天非打敗師父不可。」蕭揚道：「好啊，扶我起來。」阿飛正待上前攙扶，古麗已然搶過來，小心扶著蕭揚坐在床沿，蹲身為他穿好靴子。阿飛瞧在眼中，心中頗不是滋味。

蕭揚讓古麗扶著來到院中，將割玉刀拋給阿飛，道：「讓我看看你的本事長進了多少。」阿飛撫摸著這把名刀，又驚又喜，當即揚刀出鞘，在院中舞了起來。蕭揚不斷從旁提示身法要領，接連練了三遍才讓他停下來。阿飛滿身熱汗，卻是欣喜無比，將刀還給蕭揚時，心中頗為戀戀不捨。蕭揚道：「你的刀法進步很大，但還是要勤加練習。說不定將來有一天，這把割玉刀就是你的。」阿飛一愣，問道：「什麼？」蕭揚道：「你該明白我的意思。我是中原人，將來終究要回去中原，遊龍的事業還是要由你們西域人自己來繼承。阿飛，我眼下受了傷，行動不便，有件私事想託你去辦，不知你是否願意？」阿飛點點頭，道：「師父有事儘管交代。」蕭揚道：「我想請你送一封信去于闐，借懷玉公主的聖物一用。」阿飛一呆，問道：「聖物，是指中原朝廷賜給懷玉公主的那顆夜明珠麼？」蕭揚道：「正是。你之前也曾經因為聖物失竊吃過許多苦頭，我不妨告訴你，這顆夜明珠是件神器，但只有在神仙手中才能有用。而今天女神力已盡，難以阻止樓蘭的連連災禍，我想借夜明珠來彌補天女失去的神力。」阿飛道：「我們樓蘭跟于闐是對頭，夜明珠又如此珍貴，懷玉公主怎麼可能借給我？」蕭揚道：「我跟懷玉公主是舊識，只要你設法見到她，她看了信後自會全力相助。」阿飛再無疑慮，點頭道：「好。這就請師父寫信吧。」古麗道：「我要跟阿飛哥哥一起去。」阿飛道：「這一趟吉凶難料，你還是留在這裡照顧遊龍師父。」古麗微一遲疑，即道：「也好。」

當時中原早已經發明了造紙，但紙張在西域仍屬不易見到的貴重物品。西域人寫字的工具也不同於中原的毛筆，用的是粗管鵝毛，因而中原人喜愛的薄如絹絲的蔡侯紙在西域人眼中毫無用處，鵝毛筆一戳便破，反倒是厚實粗糙的草紙在西域大行其便。但蕭揚實在用不慣草紙，最後還是按照樓蘭習俗寫在貝葉上。他將封好的貝葉信交給阿飛，叮囑道：「這封信一定不能落入于闐國王手中，不然他定會設法用夜明珠來對付樓蘭。」阿飛道：「師父放心，阿飛知道輕重。」蕭揚道：「還有幾句話，你替我到邊關轉達給傲文王子知道。」他知道阿飛有罪名在身，不欲另生風波，請王宮侍衛準備了行囊馬匹，悄悄送出城去。

阿飛一身嚮導打扮，一路往南。這日到達樓蘭邊境關卡時，正遇到傲文王子帶兵過來巡查，忙揮手叫道：「王子，傲文王子！」傲文依稀覺得阿飛面熟，命人帶他過來，問道：「你是從打泥來的麼？王都可有什麼消息？」阿飛道：「回稟王子，王都現在情況不怎麼好，瘟疫橫行，死了很多人。」傲文聞言，一時陷入沉思中。阿飛道：「遊龍有幾句話要我帶給王子。」傲文道：「你認識遊龍？他傷好了麼？」阿飛道：「還沒有痊癒。」傲文便下馬走過來，低聲問道：「遊龍有什麼話？」阿飛道：「遊龍說，王子尊母桑紫夫人恨于闐國王希盾入古麗還是第一次來到于闐，忽然看到這種奇事，驚奇得咋舌不已。阿飛笑道：「這些都是于闐的神鼠，跟白牛一樣動不得，不然會被砍掉雙手。」原來，當年有數十萬匈奴兵寇掠于闐，于闐國王親率數萬人馬抵擋。當夜，國王夢見金鼠，稱願助一臂之力，但日後須得修祀祭拜，國王答應。次日，于闐國王揮軍直衝敵營，匈奴人倉促迎戰，發覺衣帶、鞋子、馬韁、弓弦等物均被金鼠咬斷，遂大敗而逃，以為于闐有神靈庇護，而後不敢再來相犯。于闐從此上自君王，下至黎庶，均祭拜金鼠如天神，或衣服弓矢，或香花肴膳。古麗聽說了其中緣由，這才恍然大悟，道：「原來金鼠是于闐的功臣，這可是件奇聞。」阿飛道：「還更奇的呢！你看見城門上懸掛的那面大鼓了麼？據說那是來自龍宮的龍鼓。」原來，從不枯竭的玉龍喀什河有一天突然斷流。當時的于闐國王不知所措，親自到拉瓦克寺去向羅漢僧請教。羅漢僧說這是因為河神龍女的丈夫死了，她很不開心。於是于闐國王自貴族子弟中選了一名最年輕英俊的男子帶到河邊祭祀，承諾要將他許配給龍女為夫君。河面陡然有水流蠢蠢欲動，被選中的男子遂跳入河中，登時波浪洶湧，水流如舊。片刻後，有一匹白馬背負一面大鼓和一封書信浮出河面。國王拆信一看，原來是龍女寫的，大概意思是說：「多謝國王為我選夫。請將此大鼓懸掛在城東，如果有敵寇來犯，鼓會事先震動。」

古麗道：「當真有這回事麼？如果有敵人來到城外，龍鼓真的會響麼？」阿飛道：「我也不知道。你看看現任于闐國王，只有他打別人的分，哪裡有人能打到西城來？」話音剛落，便聽見幾聲鼓響。古麗大叫道：「啊，它真的響了，敵人在哪裡？」阿飛笑道：「不是龍鼓自己響，是河邊官吏在敲鼓計數，你看那邊。」只見十餘名男子正手拉著手，排成一排橫隊，在玉龍喀什河中慢慢逆流行走，這是專門尋找玉石的採玉工。他們一邊走，一邊用腳在河床上摸索，以赤腳分辨所踩踏的是玉還是石，所以採玉又叫「踏玉」。岸上站著兩名穿著官服的男子，其中一人舉著棒槌站在大鼓前，另有一人拿著貝葉紙和墨筆。採玉工每彎腰一次，一名官吏就擊鼓一次，另一人則記錄下擊鼓次數，等採玉人上岸後，便按擊鼓次數繳納玉石，以此防止採玉工私藏玉石。當地有一則廣為流傳的故事，一名農夫用毛驢馱著兩筐葡萄到西城售賣，度過玉龍喀什河時，毛驢一時沒有踩穩，歪倒在河中，一筐葡萄被水沖走，農夫又急又氣，卻又無可奈何，只得摸了兩塊石頭扔進空筐中，好讓毛驢平衡。結果到了市集，兩塊石頭被王宮的玉工斷定為美玉，出高價買下，農夫由此一夜暴富。古麗見那河水湍急，直沒至腰，稍有不慎，即可能被河水沖走，而且河水淨是崑崙山的萬年冰川雪水融化，冰冷刺骨，不禁對那些冒著生命危險尋找美玉的採玉工頗感同情。摩挲著自己腰間的寶玉，心頭更是多所感觸。

西城是一座雄偉的城市，繁華熱鬧程度不亞於樓蘭王都扜泥。家家戶戶的房子上都繪有彩圖，頗為豔麗耀眼。本地居民時興穿著絲綢和棉布衣服，而不像車師國那樣穿毛褐氈裘。古麗正看得目不轉睛，忽聽得阿飛叫道：「快看！快看那個人！」古麗順著他的手指望去，卻看見一名披著墨綠斗篷的人正走在前面。古麗道：「呀，那不是跟芙蕖在樹林中說話的那個神祕巫師麼？」阿飛道：「不是，這巫師比樹林裡那個人要高出一個頭，但這兩個人肯定是一夥的。走，我們跟去看看他搞什麼鬼。」那人絲毫沒有留意到背後有人跟蹤，逕直朝位於王都東南邊的王宮走去。王宮上下煥然一新，正張燈結綵，鼓樂喧天，慶賀二王子須沙新娶烏孫公主。那人到得宮門前，對黑甲武士說了一句什麼，武士便立即恭恭敬敬地領了他進去。古麗道：「啊，該不會是于闐國王請了巫師施法，在樓蘭釋放瘟疫吧？這裡守衛這麼森嚴，我們要怎樣才能見到懷玉公主啊？」阿飛也想不到什麼好辦法，見天色不早，只得道：「我們找家客棧住下，明日送了這幾封于闐軍士的家信，順便打聽一下再說。」進了好幾家客棧，均是人滿為患。原來于闐二王子須沙新娶烏孫公主為王妃，來了不少道賀的使者，加上大批的從人和藝人，官方的驛館難以住下，便徵用了民間客棧。好不容易找到一家偏僻些的客棧，看起來住客也不多，進去一問，卻也被官署徵用。好在阿飛以前曾經領商隊來過這裡，店家還記得他，勉強答應道：「本來官署交代不准接待外人，你既是熟客，住進來也無妨，不過千萬不要惹事。」阿飛滿口答應，牽馬到馬棚，卸下馬鞍，取了行囊，正要叫古麗進房時，卻見她在堂中與幾名住客談得正歡。這些人居然都是龜茲國[2]的樂人，這次是跟隨龜麼？」忙送完家信，見天色還早，便帶著古麗去市集購買乾果。

于闐飲食以甜食為主，進食粳沃以蜜，粟沃以酪，果品諸如當地盛產的葡萄、桃、杏、梨、桑椹、石榴、棗、榲桲等在食譜中占了很大比重，民間晾製乾果的技術十分高超。古麗買了一大口袋，預備帶回去分給親朋好友。雖然中原早已經用銅錢、銀兩做為貨幣，但西域仍舊一直採用糧食和布匹，糧食包括穀物和高粱、玉米等，布匹包括棉布和絲綢。不過，絲綢之路興盛後，東西方的各種貨幣也開始在西域流通，尤其以中原的五銖錢最受歡迎，金銀反而還在其次。而西域人得到金銀後，往往不是將其做為貨幣流通，而是打造成各種器皿，如酒壺之類，這點尤其令中原人驚訝。二人買完于闐特產物品便回客棧好好休息了一晚。次日一早，雙雙趕來拉瓦克寺，裝成香客混進寺內。

拉瓦克寺位在西城西十里處，原是于闐開國國王為羅漢僧所建，主殿是一座巨大的方形建築，正中央築有圓塔，塔周圍環繞有圓形步廊，供香客禮拜。廊道周壁塑有八十餘軀立佛像，像與像之間又穿插有佛、菩薩、天王像及乘鵝車的月天像。圓塔的正北方新立了一方石碑，上面刻著幾行中原漢字。阿飛問過僧侶才知道，這是懷玉公主親書題寫的誓約，約定于闐國人不得殺蠶，要待蛾飛盡才可以抽絲。古麗道：「看來那些稱于闐已經生產出絲綢的說法是真的。阿飛，以後那些波斯商人都不用再去中原購買絲綢，再也不會經過樓蘭，你怕是當不成嚮導了。」阿飛道：「是啊，我改去放羊放牛好了。」口中雖然說笑，也不免為母國憂心。樓蘭經濟富庶，很大一部分原因是緣於它做為西域東邊的門戶，是絲綢之路的必經之路，對過往商人抽實物稅是國家賦稅的重要來源。若于闐當真生產出堪與中原媲美的絲綢，那麼西方商人自會來于闐大量購買絲綢，再也不用冒穿越沙漠戈壁的風險，而東邊的中原本身就是絲綢大國；如此，樓蘭將會損失一筆數目巨大的稅收。古麗卻沒有他想得這般深遠，笑道：「不用去放羊放牛啦，我家有的是錢，阿爹又只有我一個女兒，你可以到我家當女婿。」阿飛一愣，卻見古麗已經紅了臉，低下頭去，無限嬌羞的樣子。正望著她發怔，忽聽得有人叫道：「懷玉公主到了！閒人快些讓開！」回過神來，忙拉著古麗讓到甬道邊。只聽見環珮聲響，一名雲鬢女子讓侍女扶著往石碑方向而來，數名黑甲武士跟在背後。那女子挽著高髻，珠圍翠繞，華冠麗服，美豔無比，腹部已高高隆起，顯是有了身孕，只是神情落落寡歡，臉上不見一絲笑容。阿飛料到她就是懷玉公主，忙叫道：「懷玉公主！」于闐是個實行一夫一妻制的國家，婦女地位很高，可以跟男子一樣拋頭露面。懷玉公主早已習慣街邊百姓的歡呼，只微微點點頭，便繼續往前走去。阿飛道：「公主！公主！小妹！」懷玉公主身子一震，立即停了下來，轉頭問道：「誰在叫我？」

阿飛忙從人群中擠過來，卻被黑甲武士攔住。阿飛叫道：「是我，公主，是我叫你，我有要事要稟告公主。」懷玉公主道：「讓他過來。」黑甲武士取走阿飛身上的彎刀，這才帶著他到公主面前。懷玉公主問道：「你怎麼會知道我的小名？」阿飛道：「這裡人多眼雜，請公主換處安靜的地方說話。」懷玉公主微一沉思，招手叫過住持，道：「勞煩住持安排一間靜室。」住持道：「這邊就有現成的靜室，請隨貧僧來。」領著眾人來到自己打坐的靜室。懷玉公主命侍從退出，問道：「你到底是誰？」阿飛忙從帽中取出貝葉信奉上，道：「我是送信的信使，公主讀過後便會知曉。」懷玉公主拆開信皮，一見字跡便「啊」了一聲，雙手顫抖了起來，顯是內心激動之極。阿飛在旁站了半天，見公主拿著信讀了一遍又一遍，彷彿永遠沒有休止，忍不住催問道：「公主，你可願意幫忙？」懷玉公主正要回答，忽然「哇」的一聲往地上吐起酸水來。阿飛忙上前扶住，叫道：「公主！」懷玉公主吐了一陣，慢慢平復下來，道：「我沒事。他……他還好麼？」阿飛猜公主口中的「他」就是蕭揚，不敢提他遇刺受傷的事，只道：「還好。他現在正在樓蘭王宮中等我回去。」懷玉公主道：「好，聖物就在我房間裡，你等在這裡，我這就回王宮拿給你。」阿飛料不到事情辦得如此順利，大喜過望，深深鞠了一躬，道：「多謝公主！」懷玉公主點點頭，開門叫道：「我忘了東西，要先回去王宮一趟。」又特意交代住持讓阿飛留在靜室中休息，這才領著侍從離去。古麗一腳跨進來，問道：「事情這麼快就辦妥啦？」阿飛笑道：「我也想不到……」忽有幾名黑甲武士闖了進來，一人捉住古麗，反擰住她雙臂，另兩人上來一左一右包圍住阿飛。阿飛喝道：「做什麼？」

領頭的黑甲武士阿涇道：「我認得你，你是樓蘭嚮導阿飛。在大漠的時候，我奉左大相之命親手鞭打過你，你不記得了麼？」阿飛道：「你們黑甲武士全是一個模樣，我哪裡會記得你？我告訴你，我們是懷玉公主的貴客，快些放開我同伴。」阿涇道：「你跟懷玉公主在裡面鬼鬼祟祟說了半天話，說的是什麼？你留在這裡不走，是不是在等公主回來？」見阿飛不答，便示意武士將刀擱在古麗臉上。古麗淚水「唰」地流了下來，卻猶自叫道：「阿飛哥哥，你自己快些衝出去逃走，不用管我。」阿涇道：「哼，能逃到哪兒去，你當這裡是樓蘭麼？阿飛，快些跪下束手就擒，不然我就下令剝光這女人的衣服。」阿飛道：「這裡是佛寺，你們不能胡來。」阿涇使個眼色，武士一腳踢上房門，捂住古麗的嘴，一手扯開她的外衣。阿飛道：「停手！」當真跪了下來，道，「我只是受人之託來送信給懷玉公主，其他事我一概不知，你再逼問我也沒有用。」阿涇道：「誰派你來給公主送信的？」阿飛微一遲疑，即道：「蕭揚。」阿涇道：「原來是漢人公子。難怪，他跟懷玉公主是舊識，派你送封信來也不足為奇。」阿飛驚道：「你怎麼知道蕭揚跟懷玉公主是舊識？」阿涇笑道：「你不是早就知道是我們左大相帶蕭揚出玉門關的麼？我們于闐為何要冒險救他，還不是因為懷玉公主。這是公主答應帶蠶種和桑樹給于闐的條件。」上前扶起阿飛，道，「原來你只是信使，我還以為是樓蘭派來的奸細。」又命武士放開古麗，道，「一場誤會，多有得罪。」哈哈一笑，領著武士出去了。阿飛忙上前扶住古麗，幫她理好衣服，問道：「有沒有傷到你？」古麗驚魂未定，臉上猶自掛著晶瑩的淚珠，搖了搖頭，顫聲問道：「他們走了麼？」阿飛往外看了看，道：「走了。不過這件事怕是沒完，他們已經猜到我們是在等懷玉公主回來，應該會暗中監視，我們又不能就此離開，這可要如何是好？」這裡是于闐王都，處處受制於人，也沒有想出良策，只能繼續苦等懷玉公主回來。

拉瓦克寺雖在西城外，卻並不算遠，懷玉公主直到正午時分才匆匆返回，獨自進來靜室，從懷中掏出一黑色絲質錦袋交給阿飛，道：「聖物就在裡面，你們最好趕快離開西城。我回王宮時正好遇到國王陛下，他也向我借取夜明珠，被我搪塞了過去。希盾國王從來不在意金銀珍寶，這次他主動開口，很不尋常。」阿飛苦笑道：「我人離開容易，若要帶著聖物平安離開，怕是難上加難。」當即說了自己已經被扈從公主的黑甲武士認出之事。懷玉公主聞言也甚是焦急，道：「于闐雖對我禮敬，可是我行動一樣不得自由，走到哪裡都有黑甲武士跟著，難以幫助你們。」又想到自己將蠶種藏在髮髻中帶出玉門關的往事，道，「你們是來送信的信使，按理他們不會為難你們，只是多半要搜過才放你們走。我有個法子，應該可以蒙混過關。」當即親手將古麗一頭烏黑長髮盤起來，將錦袋仔細纏在髮絲中，用髮簪固住，外表竟瞧不出絲毫破綻。阿飛問道：「公主沒有信帶回去麼？」懷玉公主躊躇片刻，低頭看了看自己挺起的大肚子，才道：「沒有。你告訴他，我過得很好，請他不必掛念。」古麗道：「可是我們千里迢迢來給公主送信，公主卻沒有任何回信，豈不是讓人起疑？」懷玉公主道：「嗯，你說的不錯。」從手上褪下一串佛珠，道，「這個就當作是回信好了。」阿飛擔心夜長夢多，便收了佛珠，辭別公主出來。出寺不遠，即被等候在道旁的黑甲武士攔下。阿涇命武士仔細搜過二人，並沒有發現異物。阿飛道：「懷玉公主還有回禮命我儘快帶回去，耽誤了行程可要怪到你們頭上。」懷玉公主是于闐與中原的紐帶，希盾國王還有許多事需要仰仗公主，阿涇自是很清楚這一點，當即笑道：「不過是例行公事而已。」揮手命人讓開。

阿飛和古麗重新上馬，馳出老遠，見黑甲武士已往拉瓦克寺方向而去，這才鬆了口氣。古麗不自覺地去摸髮髻，想確認聖物還在那裡。她從沒有盤過這樣的高髮，覺得新鮮好玩，反覆摸個不停，不小心拔掉了髮簪，頭髮頓時散了開來。她「哎喲」一聲，慌忙扶住錦袋，努力想恢復原狀。阿飛見又有一隊黑甲武士馳過來，忙道：「先收好聖物。」古麗只得從頭髮中取出錦袋，收入懷中。所幸那隊武士只是往拉瓦克寺趕去，看都沒有多看二人一眼。二人馳回客棧，古麗總也弄不出懷玉公主挽出的那種髮髻，自然也不能再將錦袋藏在頭髮裡，不免十分著急。阿飛安慰道：「不要緊，你藏在身上就好。反正我們已經過了最危險的一關，後面都是普通關卡，應該沒有人會再仔細盤問搜查。」遂取了行囊，逕直往東門趕去，預備就此離開西城。卻見東門除了尋常的守城衛士，還多了不少黑甲武士，正挨個搜查出城的行人。城樓上更是站滿武士，手持弓弩，虎視眈眈，氣氛煞是緊張。阿飛沒有料到會有這種局面，心中不能肯定這些黑甲武士到底是不是在搜夜明珠，然而東門是出西城的唯一通道，不從這裡出去，就不可能回去樓蘭。他見那些武士不但翻檢行囊十分仔細，還強迫行人脫下靴子外衣，連身上也要一寸寸摸過，料來這次絕難蒙混過關，不覺手心淨是冷汗。但此刻他後面已經排了許多要出城的人，那些不耐煩等候掉頭的人也一樣會被武士拉到一旁強行檢查。正不知該如何是好時，古麗忽然靠了上來，低聲道：「你放心，我已經藏妥了聖物。只要咱們自己別露出破綻，他們就不會發現。」阿飛隨口應道：「嗯。」古麗道：「阿飛哥哥，以前我只愛遊龍哥哥，我願意為他做一切事情，後來知道了真相，我傷心得不得了，總覺得我的心從此死了，再也不會愛上別人了。可是這些日子，我跟阿飛哥哥在一起，你陪著我，陪我在大漠裡瞎逛，陪我難過，陪我開心，陪我哭，陪我笑，我……我是真的離不開你了。」陽光投射到她玲瓏剔透的雙眸，瞳孔裡泛著光亮。阿飛心中感動，道：「你放心，我永遠都不會離開你，等回到樓蘭，我就要立即娶你做妻子。」古麗道：「嗯，我也不想離開你，我是真心想對阿飛哥哥好一輩子。將來我死了，你一定要挖出我的心來看。」阿飛道：「你胡說些什麼？」轉過頭去，見古麗正溫柔地望著自己，似是很開心很欣慰的樣子，不覺一愣，但四周武士環伺，他連詢問的機會都沒有。

終於輪到了二人，阿飛強作鎮定，緊緊握住古麗的手。武士細細搜過一遍，連一大口袋的乾果都全數倒出來，散了一地，見並無可疑，便放二人通過。出來城門，阿飛如釋重負，問道：「你是怎麼做到的？」忽見古麗臉色煞白，手捂肚腹，表情很是痛苦，大吃一驚，問道：「你怎麼了？」古麗道：「我沒事，快走，我們快走。」阿飛便去扶她上馬，剎那間頭頂驀然一聲巨響，喧鬧吵嚷的城門頓時安靜了下來。阿飛不自覺地仰起頭來，那面傳說中來自龍宮的懸鼓竟在微微顫動，適才的巨響正是從它發出。尚在驚愕間，一隊黑甲武士擁出城門，不由分說地執住阿飛和古麗，重新帶回西城，押上城樓。阿飛昨日見過的那名墨綠斗篷巫師正站在城頭，身邊一名五十歲的男子氣宇軒昂，威嚴犀利，一望即能猜到他就是于闐國王希盾。武士將阿飛和古麗押到國王面前。希盾「咦」了一聲，問道：「你不是前晚在王宮中獻舞的舞伎麼？」古麗臉色蒼白，額頭淨是冷汗，身子顫抖不止，也答不出來話。希盾以為她害怕，也不在意。左大相菹木正跟在國王旁邊，一眼認出阿飛，忙道：「這男子就是臣提過的樓蘭嚮導。」希盾點點頭，問道：「你是來給懷玉公主送信的嚮導？」阿飛道：「是。」希盾道：「公主是不是把聖物給了你？」阿飛道：「我不知道陛下所說的聖物是什麼。」菹木笑道：「你這謊話也說得太大了。當初在玉門關，不正是你自己承認盜取了聖物麼？」阿飛一時理屈詞窮，只得道：「我真的不知道。」菹木道：「聖物到底是聖物，它被帶來西城時，龍鼓曾經震動自鳴，若是它被帶出城去，龍鼓一樣也會感應。偏偏龍鼓只在你們二人經過城門時作響，聖物一定在你們身上。」揮揮手，幾名武士便上前往二人身上亂摸，連靴子底都挖開查驗，還是沒有發現聖物痕跡。希盾道轉頭問道：「摩訶巫師，依你看，他們將聖物藏在了哪裡？」

那一身墨綠斗篷的人正是巫師摩訶，他昨日來到西城王宮，求見希盾國王。王宮武士聽過他大名，不敢怠慢，立即引領進宮。希盾正忙著宴請烏孫使者，到今日才得閒召見，一見面就直截了當地道：「本王早聽聞摩訶巫師的大名。不過無事不登三寶殿，巫師來西城有何貴幹？」摩訶道：「陛下當真是個爽快人。本座特來賀喜二王子新婚。烏孫是西北強國，恭賀國王陛下娶得烏孫公主為媳，又得一強援。」從斗篷下取出一柄劍，道，「這是本座送給國王陛下的賀禮。」希盾見那劍長不過兩尺，只算得上是一柄短劍，心中不免有所輕視，然而拔出來一看，雪光四射，寒氣森森，這才動容道：「這是當年周穆王佩戴的錕鋙劍麼？」摩訶道：「國王陛下眼力過人，這正是錕鋙劍，是能工巧匠用昆吾山所產的純鋼經過七七四十九天鍛造而成，鋒利無比，削鐵如泥，是世間罕見的神兵利器。」希盾試了一試，很是趁手，當即喜道：「好，這份厚禮本王收下了。摩訶巫師遠道而來，應該不只是為了送一份賀禮吧？有話不妨直說。」摩訶道：「不只一份賀禮，本座這次來，還要為國王陛下獻上樓蘭。」從懷中掏出一份地圖展開，道，「只要陛下及時出兵，樓蘭的土地子民盡歸陛下所有。」希盾搖頭道：「巫師該知道不久前燕山峽谷的神示──妄動干戈，天地不容。」摩訶笑道：「那不過是遊龍、笑笑生那幾個人的小把戲，哪有什麼神示？陛下，你上當了。」舉手一揮，眼前乍現蜃景般的雲霧，裡面出現了笑笑生畫下天女、嫘祖圖像的情形。摩訶又道：「陛下，你素來志向遠大，難道要因為笑笑生幾人的可笑伎倆放棄宏圖大業麼？」希盾道：「不錯，本王一生縱橫天下，也算是所向無敵，但還有兩件事我沒有辦到，一是稱霸西域，另一件是……」摩訶道：「是阿曼達王后。本座願助一臂之力，幫陛下達成這兩個心願，機會就在眼前。」

希盾沉吟許久，問道：「巫師有什麼條件？」摩訶道：「聽說，中原朝廷曾賜給陛下的長媳懷玉公主一件聖物。」希盾道：「你想要夜明珠？」摩訶道：「不錯。對陛下來說，夜明珠不過是顆會發光的珠子，雖然稀奇，與天下相比實在算不了什麼。但對我主人來說，卻需要靠它來點亮心火。只要陛下肯奉送聖物，本座願意施展法力，以濃霧掩護于闐大軍進入樓蘭境內，一路到達扜泥城下。樓蘭重兵均布置在南部邊境，王都空虛，只要陛下一鼓作氣攻下扜泥，擒住問天國王夫婦，樓蘭就算有大軍在外，也就此亡國了。滅掉樓蘭，誰還能與陛下爭鋒？西域盡會臣服在于闐腳下。」希盾道：「好，一言為定。本王這就親自去向懷玉公主索要聖物。」他趕來後宮，正遇到懷玉公主出來，便說了想借聖物一用，哪知道公主說要多考慮一下，便行色匆匆地去了。此刻他才從黑甲武士口中得知蕭揚派了一名嚮導來給公主送信，覺得事有蹊蹺，多派了武士去跟著公主。回來偏殿，正想告訴巫師還要多等一陣時，摩訶忽然道：「聖物今日就會離開西城，龍鼓會響起。」希盾聞言半信半疑，也想就此看看摩訶的法力，便與他一道前往東門等候。當真等到了龍鼓震響，捕到了阿飛，這才清楚懷玉公主已經將聖物交給信使，要讓他帶回樓蘭，心中又氣又恨。可是又沒能從信使身上搜出聖物，不免又疑惑起來。摩訶道：「陛下稍安勿躁。」走到阿飛、古麗面前，深吸一口氣，閉上眼睛一會兒，隨即指著滿頭冷汗的古麗道：「聖物就在她的肚子裡。」所有人都吃了一驚。阿飛這才明白過來，古麗為了不被發現，事先將夜明珠吞入了肚子，之前她那些話就是在暗示一旦她死了需對她開膛破肚，才能取出聖物。

希盾打個眼色，兩名武士執住古麗手臂，將她扯到一邊跪下，一名武士走到她背後，橫刀往她頸中一拉，頓時血濺珠玉。執住古麗手臂的武士鬆開手，她便像洩氣的皮囊一樣，軟軟癱了下去。阿飛大叫一聲，掙脫了武士的掌握，奔近古麗，扶起她的頭，大聲叫道：「古麗！古麗！」古麗臉色灰白，幾成半透明色，彷若寶玉一般，滲出些晶瑩溫潤的光來。她瞪大了眼睛，努力想回應阿飛，卻始終說不出話來，抽搐了兩下，便垂首死去。阿飛渾身發熱，身體中的所有血液彷彿化成了點燃的火焰，握緊雙拳，怒吼道：「我要殺了你們！」正待起身，卻被什麼東西重重砸在頭上，登時暈了過去。再醒來時，他雙手已被反縛住，側躺在地上。古麗就躺在離他不遠的地方，仰面朝天，袒露著上半身，肚子已被剖開，一名武士正伸手往她腹中掏著。阿飛想要上前阻止，身子剛動就被一名武士踩住，再也無力動彈。他就那麼看著她被人當場開膛破腹，心口疼得如被撕裂一半，滿口酸苦，眼淚怔怔流了下來。過了好大一會兒，武士站起身來，叫道：「找到了。」血淋淋的手中握著一顆珠子。左大相萓木從懷中掏出手帕，上前接過珠子，擦淨血跡，這才奉到希盾面前。希盾接過夜明珠看了看，轉身交給摩訶道：「巫師，聖物現在是你的了。」摩訶躬身道：「多謝陛下大恩。」希盾點點頭，命萓木帶摩訶去歇息，自己則走到阿飛面前，道：「你兩次盜取公主聖物，本該千刀萬剮處死。不過看在傲文的分上，本王這次暫且放過你，你得替我帶件東西給傲文。」阿飛嘴唇歙合了兩下，想提出帶走古麗的屍首。因為于闐時興火葬，死者都會被焚燒成灰，而樓蘭和車師的習俗則是土葬，他想讓古麗返回家鄉，入土為安，可是一想到要向大仇人求懇，他又實在難以張口。希盾見阿飛不應，便俯身往他懷裡塞了一件什麼物事，命道，「派人押他去邊關，當面交給傲文。」武士大聲應命，上前提起阿飛，往城下拖去。他努力掙扎著回頭去看古麗，她就那麼血肉模糊地躺在血泊中，失去了所有鮮活的生氣，她依舊俏麗，卻黯淡無光，永遠不再活潑伶俐。當她徹底從他眼中消失的時候，他心頭的微光熄滅了，再次昏死過去。

之後的日子阿飛不知是怎麼過來的，他只記得被人橫綁在馬上，身子不停顛簸，眼前的景物不斷旁側移動著。有一日，他忽然被人從馬上解了下來，重重摜在地上，挨了一頓暴打。不知在陽光下曝曬了多久，直至有人趕過來拔刀割斷了綁索，扶起他叫道：「阿飛！阿飛！阿飛！」阿飛覺得眼前的面孔很是熟悉，問道：「你是傲文王子？」傲文道：「是我。阿飛，你不是信使麼？于闐人為什麼要這麼對你？」阿飛大喊一聲，道：「我要殺了你！」驀然起身，緊緊扼住了傲文的脖子。一旁親信侍衛大驚失色，搶上來相救，卻怎麼也拉不開阿飛的雙手。侍衛大倫見王子已然雙眼翻白，當即倒轉刀背，狠狠砸在阿飛背上，將他得打暈了過去。傲文起身咳嗽了數聲，這才喘過氣來。侍衛小倫道：「這小子發了瘋，是不是被于闐人控制了心智？」傲文搖搖頭，道：「先帶他回營再說。」剛到軍營門口，一名兵士過來稟道：「王子有客到訪，是從王都來的。」傲文忙趕來營廳，客人卻是甘奇，不免很是奇怪，問道：「你來這裡做什麼？」甘奇四下看了一眼，欲言又止。傲文冷冷道：「事無不可對人言，況且他們都是我心腹侍衛，你有話就直說。」甘奇道：「桑紫夫人要我來告訴王子，國王陛下就快要立刀夫王子為王儲。」傲文沉默片刻，道：「這一天早晚會到來的，我也沒有什麼可說的，你回去王都見到刀夫，替我恭喜他。」甘奇道：「如果刀夫當上國王，王子你還活得了麼？」傲文厲聲道：「這是我跟刀夫的恩怨，輪不到你來插手。」甘奇道：「是，是我多嘴。不過還有一件事，國王已經決定在立王儲的那一天，用約素公主的性命來祭神物。」

傲文吃了一驚，道：「笑先生已經找到『清瘟敗毒飲』的解藥，瘟疫一事不是已經平息了麼？」甘奇道：「可是臣民公議，王子冒充王儲，約素冒充新娘，褻瀆了神物。約素之前曾有燒毀神物的舉動，必須得燒死她，才能喚回神物的神力，徹底平息上天對樓蘭的怒氣。」傲文道：「約素不過是個弱女子，無端被我捲了進來。如果她不是堅持來樓蘭找我，至今還好好地在墨山做她的公主，燒死她有什麼意義？」甘奇道：「這是國王的決定，任何人不能改變。」傲文微一思索，即叫道：「來人，備馬，我要回去王都。」大倫忙上前攔住，勸道：

「王子，你這是被放逐出來，不得國王親召，絕不能返回王都，不然要以謀反論處。」小倫也道：「是啊，王子還是先上書國王，得到國王允准後再回去。」傲文恨恨道：「我可以等，約素她能等我麼？都給我讓開！」忽見一名兵士領著阿飛進來，躬身稟道：「這嚮導非要立即見到王子不可。」傲文問道：「到底發生了什麼事？」阿飛咬牙切齒地道：「王子的親生父親當著我的面，殺死了我的未婚妻子古麗，我非報此仇不可。」傲文一聽就很生氣，道：「希盾是希盾，我是我，你要將希盾的仇算到我頭上，這可辦不到。來人，趕他出去。」阿飛道：「等一下，不勞動手，我自己會走。王子，這是你父親叫我帶給你的東西。」從懷中掏出一個錦袋，丟在地上，朝傲文「呸」了一口，這才恨恨出去。大倫見阿飛如此無禮，正待追趕出去，抓住好好教訓一頓。傲文道：「讓他去吧。那是什麼東西？」小倫揀起錦袋，打開一看，卻是一方金印，不禁驚道：「這是樓蘭的王印。」傲文搶過來一看即冷笑道：「希盾如何能得到我樓蘭的王印，這一定是他命工匠仿做的，故意拿來給我，好讓我被國人猜忌。」大倫道：「是啊，如果被人知道王子有這樣一方王印，王子可就人頭難保了。」小倫訕訕道：「可是希盾國王不是王子的親生父親麼？他為什麼還要一再陷害王子？」轉過頭去，終於問出了心中一直想確認的話，道，「傲文王子真的是希盾的親生兒子？」

甘奇點點頭，道：「千真萬確。是我親手接生了兩個孩子，又是我奉主人之命親自從希盾那裡奪回了桑紫夫人和孩子。後來希盾派人來搶孩子時，我也在場，桑紫夫人抱著須沙，泉蘇將軍抱著傲文，我親眼看見那些于闐人奪走了須沙。傲文王子，你真的是希盾國王的孩子。我猜他有意激怒桑紫夫人說出真相，又派人送你這枚樓蘭王印，只是要讓你在樓蘭無法立足，逼你回去于闐。」大倫道：「可是希盾不是一向深謀遠慮麼？傲文王子本來已經被立為王儲，如果不是被揭破身世，他就是未來的樓蘭國王。到那時再說出真相，豈不是對于闐更有利？」甘奇道：「希盾國王的心機比蒲昌海還要深，他做每一件事都有目的。他這麼做，必然是認為沒有把握能完全控制住傲文王子，刀夫當上樓蘭國王比傲文當上國王對于闐更有利，具體理由我不說你們也知道。」

傲文一字一句地道：「那麼我一定不能讓希盾如願。」小倫嚇了一跳，結結巴巴地道：「王子是打算回王都，重新奪回王儲之位麼？」

1 今新疆和闐一帶。
2 今新疆庫車一帶。

第九章　風蕭夜漫

扜泥城中到處飄蕩著香味，有艾葉、菖蒲、乳香、肉豆蔻、沉香、檀香、月桂、紫蘇鼠尾草、玫瑰花等。之前莫名降臨在樓蘭人頭上的瘟疫襲擊了每一個角落，唯有香料坊一帶沒有一人染病，笑笑生也是由此得到提示，設法研製出了解藥。消息傳開，人們瘋狂地點燃各種芳香物，用以驅逐穢氣。

瘟疫雖然平息，但還是對這座城市造成了巨大傷害。家家戶戶都有親人在這場瘟疫中死去，哀傷悲慟充斥著每一個人，驚懼久久揮之不去。荊棘密布的不是荒野，而是人們的心靈。問天國王相信這是繼乾旱之後上蒼對樓蘭的另一個詛咒，終於決定要立刀夫為王儲，為他娶一位合適的新娘。但他對於要不要燒死約素以祭祀神物還是有所猶豫，倒不是他如何喜歡約素，而是他知道約素對傲文的重要性，一旦燒死了她，他將永遠地失去傲文。如果她不是傲文深愛的女子，就算有一百個約素，他也會毫不猶豫地燒死她們，以拯救樓蘭的黎民百姓。可是為何傲文偏偏愛上她？阿曼達輕輕走了過來，將一件斗篷披在丈夫身上。問天道：「芙蕖還好麼？」阿曼達歎了口氣，道：「還是那樣。傲文……他有信來麼？」問天搖了搖頭。阿曼達道：「傲文的身世已經慢慢傳開，他一到軍營就斬了不聽號令的蘇皮將軍，那些將士還會服他麼？」問天道：「傲文做得很好，每天都親自領兵巡視，還設法挖開了一條源自阿爾金山脈的暗河，引入了被于闐截斷上游的車爾臣河。大家慢慢會明白他的。」侍衛進來稟告道：「問地親王帶著嚮導阿飛在書房外求見，說是有傲文王子的消息。」問天忙命放他們進來。問地告道：「阿飛是官署的嚮導……」問天道：「你就是阿飛？我聽未翔講過你在玉門關的事情，你為人忠義，為救商隊自己主動承擔盜竊罪名，受了于闐人不少折磨。」阿飛道：「阿飛是樓蘭人，這不過是我應該做的。」問地忙道：「阿飛剛從邊關回來，帶來一些關於傲文的消息，臣弟不敢擅處，所以帶他來見王兄。」問天問道：「你有什麼消息？」阿飛道：「我受人之託，前去于闐送信，在西城時被于闐國王希盾下令逮捕，派人一路押送到邊境。希盾國王往我懷裡塞了一個錦袋，說是要我帶給傲文王子。在軍營時，我偷偷打開錦袋看了一眼，裡面是一方金印，就跟陛下案頭的這方一模一樣。」問天的神色頓時凝重起來，問道：「傲文王子接到錦袋後，說過什麼？」阿飛道：「不知道，我將錦袋丟到地上就走了。」阿曼達道：「傲文終究是王子，你怎敢如此無禮？」阿飛道：「希盾當面殺了我心愛的女子，王后還要我對仇人的兒子客氣麼？」一想到古麗的無辜慘死，眼淚忍不住又流了下來。問天道：「阿飛，你說的事本王已經知道了，你先下去休息，好好養傷。」

阿飛出來書房，抹一把眼淚，逕直來到別苑中。蕭揚正在練劍，依舊用他那柄自中原帶來的鈍劍，身手雖然遲滯，遠不及往日靈活，但究竟身子已經復原了大半，見阿飛進來，很是欣喜，道：「你這麼快就回來了。」阿飛上前跪下道：「師父，阿飛沒用，沒有能帶回夜明珠。這是懷玉公主要我交給你的佛珠。」蕭揚道：「起來，你怎麼全身是傷？古麗人呢？」阿飛再也按捺不住，失聲痛哭起來。他連日辛苦趕路，又被于闐人狠狠揍了一頓，傷痛之下，又暈了過去。蕭揚忙抱他進屋，請笑笑生診治。笑笑生一看就道：「他沒事，只受了點皮肉傷。不過看他這樣子，于闐人多半已經知道夜明珠之事了。」蕭揚站起身來，道：「我得去趟西城。」笑笑生嚇了一跳，道：「你去西城做什麼？那可是于闐王都，就憑你一個人就想奪取夜明珠？」蕭揚道：「不是。」笑笑生見他忐忑不安、欲言又止的樣子，頓時明白過來，道：「啊，你是擔心于闐王對懷玉公主不利。你傻啊，她本來沒事，你去她才有事呢。」蕭揚道：「這話怎麼說？」笑笑生道：「懷玉是中原公主，于闐王不會拿她怎樣，況且夜明珠是公主之物，她愛給誰就給誰。你現在突然跑去，不是授人口實，說公主跟外人勾搭麼？」蕭揚一想也對，只得按笑笑生的吩咐去煎湯藥，餵阿飛服下。等了大半天，他終於甦醒過來，問明經過，這才知道西城發生的事情，不禁為古麗難過。笑笑生拉著蕭揚到外室，道：「夜明珠落入巫師手中，怕是跟魔王復活有關，你得趕緊再去找軒轅劍。」蕭揚道：「好，等驚鴻回來，我跟她商量一下。」正說著，驚鴻急匆匆奔了進來，道：「我適才陪芙蕖公主在花園散步，聽到侍衛議論，說國王決定立刀夫為王儲，還要在今晚月圓時分燒死約素，正派人在明光塔前搭建刑場。」蕭揚吃了一驚，忙與驚鴻一道趕來大殿求見問天。問天正與群臣議事，勉強讓侍衛放二人進來。蕭揚問道：「瘟疫一事已經平息，國王陛下為何突然決定要燒死約素？」問天心意已決，道：「這是我樓蘭內部事務，還請遊龍君和天女不要過問。」蕭揚道：「可是約素是無辜的。」問天卻不願再聽，命侍衛強行將二人趕出大殿。

蕭揚無奈，只得跟驚鴻趕來求見王后。阿曼達歎道：「上書要求燒死約素以消天災的人極多，國王一直壓著不辦，全是為了傲文，而今傲文謀反，國王就再沒有什麼顧慮了。」蕭揚道：「傲文王子怎麼會謀反？」阿曼達道：「我本來也不信，可是人證物證俱在。」原來阿飛剛剛離開國王書房，桑紫就領著甘奇趕來求見，手中拿著一封書信。那信是傲文親筆寫給將軍泉川的，約定與泉川裡應外合，同時舉兵，等傲文當上國王，就封泉川為大將軍兼任親王。桑紫的出現彷若晴天霹靂，再次震撼了所有人。問天思索了好半晌，才問道：「這信如何會在你手裡？」桑紫道：「我派甘奇到軍營探望傲文，傲文便託甘奇帶信給泉川。他一直不肯寫信給母親，卻寫信給堂兄，這讓我很是好奇，所以從甘奇手中要過來，偷偷拆開看了。幸虧如此，不然如何能發現傲文如此大逆不道的陰謀？」問天和阿曼達都對桑紫的為人不怎麼信得過，不敢也不願相信傲文會有謀反的念頭，但那信是傲文筆跡，卻是毫無疑問的事。問地道：「傲文在邊關統領著樓蘭國一半以上的軍隊，泉川則掌管著王都中除了王宮衛隊以外的所有軍隊，二人若當真有所勾結，局面就十分可怕了。」問大道：「親王說的不錯，這件事寧可信其有，不可信其無。來人，立即召泉川到王宮，先軟禁在宮中，等找到更有力的證據再下獄法辦，王都軍隊暫由親王代掌。」前去逮捕泉川的侍衛在其書房搜出了一方金印，正是阿飛提過的那方于闐國王希盾帶給傲文的王印。

不是國王一人的決定，眾意難違。」

驚鴻道：「瘟疫跟約素無關，其實……其實是芙蕖公主帶來的。」天女的聲音很柔很輕，彷彿游絲一般，從萬山深谷穿隙越澗，卻又沉重得如同萬千斤重的岩石，傳到阿曼達的耳中，壓上她的心頭。她先是一驚，隨即露出了明顯的憤怒之色，不悅地道：「天女，我一向敬你為貴客，你明知道芙蕖已經神智不清，如何還能說出這種話來？」驚鴻道：「王后……」忽有侍衛來叫道：「國王陛下請王后速去大殿。」阿曼達也不知道出了什麼事，便帶著驚鴻和蕭揚往大殿趕來。國王已經摒退群臣，只有桑紫靜靜站在一邊，表情略顯木訥呆滯。芙蕖正匍匐在問天腳下苦苦哀求道：「父王，求你不要派侍衛去軍營殺表哥。」原來她不知如何知道了國王派出大隊侍衛趕去邊關，特意趕來為表哥求情。問天道：「父王只是派侍衛去軍營逮傲文回王都論罪，沒有非要殺他。」芙蕖道：「父王只要派一名侍衛前去邊關傳令，表哥就會立即應召回來。可是你為什麼非要派兩百名侍衛？還說若是表哥反抗，就要立即處死。表哥的性子受不得絲毫委屈，還有他身邊那些侍衛，會任憑表哥被捉麼？父王，你下這道命令，就是想要表哥死。我求你，求你放過他，快些召那些侍衛回來。」問天怒道：「是你表哥自己忤逆犯上，虧我那麼信任他，他現在就要帶兵打進王都了，你還想讓我放過他？」芙蕖道：「不，不會的，表哥絕對不會謀反。」問天道：「難道你阿姨會誣陷自己的親生兒子麼？」芙蕖失落無著，只得又轉向桑紫，哭道：「阿姨，你快告訴父王，表哥沒有謀反，他可是你的親生兒子呀。」桑紫神色冷冷地道：「我也很愛傲文，可是他現在要背叛樓蘭，我幫不了他。」芙蕖還要再說，問天不耐煩地道：「好了，你跟母后和阿姨回後宮去，父王還有事要去明光塔。」驚鴻忙上前道：「陛下，約素是無辜的，你不能就這樣燒死她。」問天道：「來人，送遊龍君和天女回去歇息。」他的話鏗鏘有力，顯示出不再猶豫的決心。

驚鴻歎了口氣，道：「芙蕖，事到如今，你還不肯承認你才是製造瘟疫的罪魁禍首麼？」問天勃然大怒，叫道：「來人……」阿曼達上前挽住了夫君臂膀，搖了搖頭，示意侍衛退下。問天道：「她說是芙蕖……」阿曼達道：「先聽芙藻自己怎麼說。」驚鴻道：「公主，你要救傲文王子，就得先說出真相，救下約素公主。」芙藻驚疑不定，半晌才道：「你有法子能救我表哥？」驚鴻點點頭，道：「只要你說出真相，我就能證明傲文王子是無辜的。我是天女，你可以完全相信我的話。」芙藻狂熱地癡戀表哥傲文，已成心魔，以致幽密森林的魔氣趁虛而入，後來更是在忿恨之下將靈魂出賣給巫師，內心的黑暗勢力越發強大。矛盾複雜的感情在她臉上急遽翻滾著，然而愛的力量最終還是戰勝了邪惡，她的眼淚流了下來，飲泣道：「是我，是我帶來了瘟疫，但這並不是我的本意，我只是想用巫術殺死我恨的人，我不知道它會傳染，會害死這麼多人。」原來，之前約素因穿不上彩裙而被侍衛帶離議事廳時，正巧遇上芙藻。芙藻聽說她就是表哥深愛的約素，登時惱恨萬分，瘋病大發，撲上來就要廝打，所幸被侍衛拉開。她又惱又恨，心中忽然得到某種力量的召喚，便一意衝出宮去，預備回到大漠中的幽密森林，結果在大漠邊緣的一片樹林中遇到一個披著墨綠斗篷的人。她記起了他的身形，便翻身下馬，上前搭話道：「你不是巫師麼？我在幽密森林中見過你，你那時穿著一身黑袍……」那人正是墨山國國師無計，他在于闐派殺手追殺約藏時救下了他，與他一道返回墨山，又因發動吞噬黑霧對付王后衛師師派來的軍隊而大損功力，一度不得不返回幽密森林休養，見芙藻認出了自己，便笑道：「是呀，公主，當時我施展法術耗費了許多功力，必須回幽密森林療傷。眼下我法術更高，已經穿上墨綠袍服了。」

芙藻聞言大喜過望，忙懇求道：「巫師，你法術高明，能幫助我懲罰那些拋棄我的壞人麼？」無計道：「可以呀，可是公主打算拿什麼跟我交換？」芙藻咬牙切齒地道：「只要能讓我如願以償，讓我恨的人都死，巫師想要什麼都可以。」無計道：「好呀，那就用公主的靈魂來做交換吧。」芙藻滿口答應道：「好。這就請巫師賜予我法術吧。」無計命芙藻跪在面前，雙手合抱，放在自己頭頂上。那一瞬間，她只覺得身體中似乎有什麼東西被抽了出去，當真像是靈魂出了竅，可是又沒有疼痛的感覺。無計笑道：「好了，公主這就起來吧，我在你身上種下了疫癘，你只要朝你所恨的人揮揮手，他們就會立即倒下。」芙藻喜道：「就這麼簡單？」無計道：「就這麼簡單。不過，這疫癘並不是無限制使用的，一開始戾氣會很濃，沾上者立即倒地而死，後來使用次數越多，就會越來越淡，慢慢就沒有效了。公主只要回去樓蘭，朝你恨的人揮揮衣袖，大仇就可以得報了。」他沒有說明所有染上瘟疫的人包括死屍在內也會相互感染，芙蕖也不明白疫癘到底是什麼，只欣喜地道：「好，我這就回去試上一試。」無計道：「公主別急。」從懷中掏出一只黑色石瓶，道，「這是我主人的部分元神，我要暫時寄存在公主體內，它會大大增強公主的法術，並在合適的時候出來助公主一臂之力。」芙蕖不問他主人是誰，也不管元神是什麼，滿口應道：「好。」無計便打開石瓶，伸手撫摸她的頭頂。剎那間，芙蕖胸前的辟邪寶玉發出一道白光。無計彷若被什麼東西咬到，立即將手縮了回來。芙蕖道：「怎麼啦？」無計道：「沒事，公主可以走啦。」他見芙蕖身懷寶物，難以強行侵入，只得放出元神，讓它自行尾隨公主，伺機尋找合適的身體進入。

芙蕖興高采烈地出來胡楊林，正遇到一直在沙漠中漫遊的阿飛和古麗。古麗道：「公主，我們看到你跟一個全身著墨綠袍服的怪人在那邊說話，那個人是誰？你怎麼又來了這裡？」芙蕖著急試驗自己的法術，早有心朝最先遇到的人揮揮手，可是想到阿飛和古麗幫過自己，便打消了念頭。她無暇理睬二人，一陣風般地往前衝，停也不停，絲毫不覺疲憊。走不多遠，便遇見一群行商打扮的騎士，領頭的是一名藍衣女子，芙蕖並不認得她是報了父仇後逃出王都打泥的馬賊頭領夢娘。但夢娘卻在王宮中見過公主，大喜過望，立即命手下上前捕捉芙蕖，預備用她來交換身陷囹圄的未翔。不料芙蕖只是揮了幾下手，圍上去的馬賊登時像中了邪般眼睛充滿血絲，紅得好像即將噴射出的火焰，喉嚨蠕動不止，發出咕咕怪響，隨即便仰天倒了下去。眾人尚目瞪口呆之時，芙蕖已大笑著衝了上來，繼續揮舞雙手，夢娘似被劇烈的熱浪打了一下，便從馬背上掉了下來。芙蕖見巫術有效，分外開心，一路馳回打泥，碰到什麼不順眼的人就揮一下手臂。看到那些人紛紛倒下，她感受到從所未有的快感。她最想殺的人當然是約素，不過約素被軟禁在王宮中，跑也跑不了，遂決意先去殺掉那些住在宮外、得罪過自己的人，首大夫便是她最先想到的仇人，她趕去用疫癘殺了他全家。此刻她已經徹底迷失了自我，不光是仇人，她還要殺更多的人，她瘋狂地在城中奔跑揮手，甚至連戾氣已逐漸消耗殆盡都沒有留意到，直到後來被刀夫尋到帶回王宮。她的巫術用盡，人也累了，便安靜了下來。後來，蕭揚從阿飛和古麗口中得知瘟疫跟芙蕖有關，讓驚鴻前去觀察，卻未發現有戾氣殘餘。笑笑生隨即帶著解藥趕回，瘟疫遂逐漸平息。幾人擔心國王夫婦會遭受更大的打擊，也就沒有揭破真相。若非問天國王決定今晚燒死約素，驚鴻也不會說出實情。問天聽愛女親口承認自己是製造瘟疫的人，腳下一軟，幸虧阿曼達一直扶著他的手臂，才沒有跌坐在地。蕭揚聽見外面叫聲大起，知道執行火刑的時刻就要到來，忙叫道：「陛下……」問天滿額是汗，癱坐在王座上一動不動。阿曼達便取過夫君手中的權杖，道：「遊龍君，你持王杖去救下約素公主。」

明光塔前圍滿了官吏、侍衛，若非這裡是王宮禁地，平民進不來，只怕早已經人山人海。約素被逼著換上了一身鮮紅的長袍，站在臨時搭建的木臺上，手腳被鐵鏈緊緊綑縛在背後的木柱上。腳下堆滿了柴薪，為了讓她儘快被燒成灰燼，上面還淋了不少石脂。按照樓蘭慣例，死者均要蒙面。一大塊紅布自下顎到頭頂包裹住她的臉，四角在腦後交叉打結，她的腦袋看上去就像個巨大的紅色鴨蛋。她淚流滿面，卻沒有人看見，嘴中塞滿了核桃，無法喊叫，連耳朵也被蠟封住，聽不到周圍的聲音。她知道死亡就要來臨，就要在她看不見、說不出、聽不到的時候降臨，這是人生中最大的夢魘。她在無邊的恐懼中驚慄著，無助而無奈，思緒迅疾減退，徹底迷失在朦朦的混沌中。她突然想抓住某種正要逝去的東西，開始使勁掙扎，想掙脫束縛，但只是徒然無功。驀然覺得眼前一團紅光，她知道那是有人舉火走來，將要點燃她腳下的柴薪。她驚懼異常，不知怎的突然很想活下去，更加努力掙扎，弄得鐵鏈嘩嘩作響，背後的木柱也跟著晃動了起來。眼見那團紅光越來越近，她害怕得大聲叫了起來：「傲文，快來救我！」然而她發出來的只是含糊不清的嗚咽聲。就在那團火光往她腳下飄來的時候，似有什麼東西伸過來，將那火把挑得飛了出去。約素道：「傲文，你終於還是來了。」頭一垂，便暈了過去。那及時挑飛火把、救下約素的人正是蕭揚。他一揚權杖，道：「王杖在此，奉國王命令，立即釋放約素公主。」場中諸人登時一片譁然，倒不是這些人毫無同情之心，非得燒死一個弱女子，而是眾人真心認為約素是給樓蘭帶來災害的禍端，不燒死她，後患無窮。蕭揚瞭解眾人心思，高聲道：「瘟疫一事跟約素無關，日後國王陛下自會親自向大家解釋。這就請大家先散去。」眾人卻是不動，還是問地親王道：「既是國王有命，就先散了吧，有事明日上朝再說。」官吏這才悻悻散去，各有不滿之意。

蕭揚命侍衛解下約素，先送去別苑交給笑笑生看護，自己和驚鴻重新趕來大殿，將權杖交回。芙蕖已不知去向，只有問天夫婦和桑紫在場。驚鴻道：「桑紫夫人，我有一件事要告訴你。」桑紫一見她走過來便露出警惕之色，道：「天女又要說傲文是冤枉的麼？我可沒有興趣再聽。」驚鴻道：「我答應了芙蕖公主，要證明傲文王子無辜，說到就要做到。夫人，我知道你已經不是原來的你，可是你有沒有想過，那些壞人要你做的事，是要對付你的親生兒子。你難道不愛傲文麼？他是你的孩子，是你的未來。」她看出桑紫被魔力控制了心神，便試圖以母子感情喚回其神智。桑紫果然挺了一下，有所觸動，但隨即又眨了眨眼，道：「我不知道你在說什麼。」驚鴻與蕭揚交換了一下眼色，二人均是一般的心思——傲文究竟不是桑紫親生的，又不在她身邊長大，沒有多少可以真正打動她的記憶。驚鴻歎了口氣，道：「那麼我就不得不說實話了。夫人，你的孩子傲文……真正的傲文早已經死在大漠中，他是你的親生骨肉，與你血脈相連，你難道感應不到麼？」桑紫渾身一顫，道：「你說什麼？」驚鴻便將蕭揚對阿曼達講過的真假傲文之事又複述了一遍。桑紫花容失色，連聲叫道：「你騙人！我不信！我才不信！」驚鴻道：「我雖然沒有法力為夫人再現當日情形，但我是天女，你該知道我是絕對不會說謊的。」忽然換了一副沉穩的口氣，叫道，「桑紫，回來，快些回來！你的親生孩子傲文被希盾的手下用弩箭殺死，你不能阻止父子相殘的慘劇發生，難道還要再去陷害一個無辜的孩子麼？」桑紫顫聲道：「他……希盾殺了我的傲文？」蕭揚道：「正是，我親眼所見。夫人，你的孩子就死在我懷中。」桑紫「啊」了一聲，登時暈了過去。蕭揚眼疾手快，忙扶住她，攙到一旁椅子中坐下。

問天在一旁靜靜聽著，雖然並未全然明白，但多少有些會意過來，轉頭問道：「傲文……活著的傲文真的是無辜的麼？」蕭揚道：「我敢以性命向國王擔保，傲文王子絕不會背叛樓蘭。」問天怔了一怔，招手叫過一名叫圖濟的侍衛，道：「立即派快馬去召侍衛回來，不准動傲文一根毫毛。」圖濟躬身道：「遵命。」飛一般地出殿去了。桑紫已悠悠醒轉，哭道：「我苦命的孩子，苦命的傲文。」驚鴻勸慰道：「夫人雖然失去了真正的骨肉，可是你還有一個傲文，只要你說出真相，就能救下他的性命。」桑紫終於在得知兒子早被希盾手下殺死的劇痛之下，受到感化，嗚咽道：「傲文沒有謀反，那信……信是我偽造的……」原來桑紫派甘奇到軍營，名義上是去探訪傲文，其實是故意將國王要立刀夫為王儲和燒死約素的事透露給傲文，而當時，問天國王還沒有做決定。傲文果然受激上當，欲立即返回王都營救約素。湊巧阿飛帶來了樓蘭王印，傲文反而因此冷靜了下來，思慮後決定先派心腹侍衛良子、阿道帶著金印和書信回扜泥面見問天國王，請求暫緩燒死約素，並允准自己返回王都。甘奇與良子、阿道一道上路，半途在密林中將二人出其不意地殺死，奪了金印和書信，帶回來交給桑紫。桑紫遂模仿傲文的筆跡寫了一封信給掌管王都兵權的將軍泉川，再派人將金印偷偷放入泉川家中，自己則帶著書信進宮，揭發傲文勾結泉川，意圖謀反。問天聞言霍然起身，怒斥道：「你真是個不可理喻的瘋女人！為希盾瘋了一輩子也就罷了，傲文他總算是你的孩子，你為什麼要這麼害他？」桑紫急道：「不是我想這麼做，是……是問地和刀夫要我這麼做的。」問天驚道：「什麼？」桑紫道：「我被刀夫控制了心神，完全是按照他的意志行事，我連自己在做什麼也不知道。」問天頹然倒退兩步，又重新跌回座中。

蕭揚原以為桑紫只是被巫師操縱，聽聞問地父子捲入其中，相當詫異，然而仔細回想也是順理成章之事，難怪問地會先帶著阿飛趕來王宮書房，想來這也是計畫之一。他知道阿飛有忠義之名，只要提到希盾帶金印給傲文，必然能取信於國王。問天顯然也大受打擊，隻手扶著額頭，良久不發一言。蕭揚料想國王今日遭受的打擊實在太多，雖然不忍心，還是忍不住上前催道：「陛下，你將泉川將軍下獄，而今王都兵權都在問地親王手中……」問天登時回過神來，忙命道：「快，去地牢帶泉川出來。」過了一刻工夫，鐵鏈鐺鐺的泉川被侍衛押來。問天眼淚縱橫，要過鑰匙，親手為泉川打開鐐銬，道：「是本王忠奸不分，累將軍受了許多苦。」泉川慌忙下拜道：「臣不過受點委屈，陛下切不可如此。」問天道：「你持本王王杖到軍營取回兵權，再派兵包圍親王府，將問地和刀夫先關入塔獄，聽候處置。」泉川道：「遵命。」正要接過王杖，卻見侍衛圖濟飛奔進來，道：「陛下，王宮被我們自己的軍隊包圍了。剛剛趕去軍營的侍衛也被捉住，刀夫王子親自在東門前砍下了侍衛的首級。」問天劇烈咳嗽起來，阿曼達急忙扶丈夫坐下，往他背上輕輕撫摩，幫助他順氣。過了半晌，問天終於平復下來，悠悠長歎道：「這都怪我自己，怪不得旁人。」國王一下子落寞衰老了許多，像跋涉了萬里的旅人，露出深深的疲倦來。他本就患了病，身子不大舒服，精力又被接踵而至的真相耗乾，連領導眾人還擊反叛的心思也沒有了，當即交代道，「泉川將軍，守衛王宮的責任就交給你了。」泉川躬身道：「遵令。」命侍衛立即徵召王宮中所有人，清點人數，發給武器，自己則趕去宮門查看敵方情形。蕭揚道：「想來問地親王等這一天已經很久，必然是有備而來，僅靠王宮侍衛難以堅守。陛下，你得設法派人召傲文王子領大軍回王都。」問天無奈地搖了搖頭，他派出去逮捕傲文的侍衛早已出發，就算此刻派快馬去追也未必來得及。何況王宮被圍，一隻老鼠也難逃出去，哪裡還能派侍衛出城去召大軍。之前派去邊關的侍衛奉有嚴令，傲文自己都命在旦夕，如何還能領軍回來相救？是他自己被一連串陰謀蒙蔽了眼睛，害了傲文，害了自己，也害了樓蘭。

蕭揚見國王因束手無策而沮喪沉淪，便道：「陛下放心，我會設法出城通知傲文王子。」有許多話尚要對驚鴻說，然而時間再也耽誤不得，只上前握了一下她的手，便匆匆出殿。趕來宮門城牆一看，外面黑壓壓一片。泉川道：「包圍王宮的軍士大約有五千人馬，都是我的舊部，可是他們聽信了問地親王的話，認定國王庇護妖孽，才導致樓蘭災禍連連，他們已經不肯聽我號令。」蕭揚道：「有別的辦法能出宮麼？」泉川道：「王宮裡有一條地道是通向軍營的，然而軍營既已經被問地掌握，這條路不通。也許能從北面的千羽湖浮水出去，但問地不是傻子，一定早就派人持弓弩守在岸邊。況且就算你能出去王宮，也一樣出不去王都。」蕭揚道：「嗯，我自己來想辦法。將軍估計能守住王宮多長時間？」泉川道：「王宮雖然牆高城深，可是王宮中只有五百餘名侍衛，加上僕役、侍女也不過七百人，我估計頂多能守兩日。」樓蘭人均以能加入王宮衛隊為榮，因而侍衛均是百裡挑一的勇士，標準建制是兩千人，分工各有不同，有的負責宿衛，有的負責巡警，有的負責扈從，有的則專門負責在大殿、議事廳、書房等要害之地當值，通常都是分作幾班輪值。因為侍衛絕大多數是貴族或良家子弟，在王都中有家有口，不當值時多回家居住，日常在宮中的侍衛一般只有五、六百人。本來因為問天國王決定在今晚月圓之夜燒死約素，許多換班侍衛留下來看熱鬧，宮中的侍衛原比平常多了許多，然而國王之前臨時派出兩百名侍衛馳赴邊關逮捕傲文，因而算下來，侍衛的人數還是跟平時差不多。蕭揚自是知道以七百人抵擋五千人的難度，但還是不得不嚴肅地告誡道：「將軍至少得守四日。」泉川道：「這大不可能辦到。」蕭揚道：「世間沒有不可能辦到的事，將軍去別苑找笑笑生想想辦法。」不及多說，匆忙到後苑砍了幾根大竹，請侍女幫忙，一起紮了一個巨型風箏，從內庫取出上好的綢緞，當作紙糊在風箏上。隨即舉著風箏登上明光塔，抓住風箏的底架，站到塔邊，深吸一口氣，便從塔頂躍了下去。驀然平地颳起了一陣北風，風箏借著風勢，搖搖晃晃朝南飄去……

笑笑生跟隨泉川趕來城門時，正好見到一隻大鳥掠過夜空，順風往南去了。笑笑生驚道：「深更半夜，哪來這麼大的鳥？」正詫異間，有侍衛匆忙趕來稟告道：「遊龍君乘著風箏從明光塔跳下，逃出王宮去了。」笑笑生很是不滿，嘟囔道：「這小子自己先跑了，倒讓我來守城。」登上城頭一看，見月光下淨是閃亮的槍尖，不知道有多少人馬，登時嚇了一跳。泉川道：「他們現在一定在準備攻城器械，天一亮就要開始攻打王宮。笑先生，遊龍君要我向你請教，說你一定有辦法。」笑笑生連連搖頭道：「要論占卜算命，先生我是行家，守城我可不行。」泉川道：「外面盛傳先生是個高人，上次瘟疫一事，不就是先生製出的解藥麼？」笑笑生道：「我那是瞎貓撞上死耗子……」驀然眼前一亮，道，「你小子倒提醒了我，瘟疫，我們可以再次製造瘟疫。」泉川道：「什麼？」笑笑生道：「不是真的瘟疫啦，只是假裝有瘟疫。你，快派人去尋點什麼腥臭的東西來，越臭越好，越多越好，堆在城頭。我去把約素公主請來。」遂回來別苑。約素已醒了過來，驚鴻正將事情經過告訴她。笑笑生道：「約素公主，這次得靠你幫忙了。」遂說了自己的計畫。約素道：「樓蘭人說我是禍根，給他們帶了瘟疫，險些要燒死我。好不容易天女和遊龍證明了我無辜，先生居然要我站到城頭，告訴城下的士兵我要再次釋放瘟疫，這我可做不到。」笑笑生道：「只有如此，才能拖延時間，等待援兵到來。不然王宮被攻陷，我們都難逃一死。」約素堅決地道：「我寧可被亂兵殺死，也不願意自承是我給樓蘭帶來了瘟疫。」笑笑生知道她雖然表面柔弱，卻極有主見，不然也不會拋兄棄國，千里迢迢趕來樓蘭尋找傲文。一時無計可施，便望向驚鴻，希望她能出面勸勸約素。

驚鴻道：「先生計畫雖妙，但卻是再次陷約素公主於不義。笑先生，咱們還是再想想別的法子。」笑笑生賭氣道：「哪裡還有別的法子？除非你還有神力，除非阿飛帶回了夜明珠……」轉頭見到阿飛正站在門前，忙歉然道，「抱歉，阿飛，我不是有意這麼說。」阿飛道：「先生的話我都聽見了。」約素已然知曉多虧了阿飛和古麗親眼看見芙蕖用瘟疫殺人，自己才能洗脫冤屈，忙上前拜謝，又問道：「古麗姑娘在哪裡？我也要好好謝謝她。」阿飛淚水湧出，哽咽道：「古麗被于闐人殺死了，我連她的屍首都沒能帶回來。」忽然上前朝約素跪下，道，「公主，我知道我們樓蘭對不起你，可是我求求你，救救我們樓蘭，就當你救救我，我要活下去，才好為古麗報仇。」一提到古麗的名字，眼中的淚水再次氾濫。約素道：「你起來，起來。」她自己也是淚水長流，勉強平復了思緒，道，「好，我答應你。笑先生，你要我怎麼做？」笑笑生忙道：「公主不需要做什麼，你只要站在城頭就好。咱們走吧。」當即趕來宮門，遠遠便聞到惡臭熏天。笑笑生捏住鼻子，道：「不好意思啊，這就是約素公主將要釋放的瘟疫。雖然難聞些，其實是無害的，大夥忍著點。」領著約素等人上城頭。城頭牆角堆滿了從馬廄運來的馬糞以及一桶桶便溺之物，還有王宮膳食房中沒來得及運出去的各種內臟等垃圾。約素一見就噁心得要嘔吐出來。笑笑生卻是喜道：「泉川將軍能幹得很，先生稍加提示，他就能辨得妥妥當當。」

月圓之夜，王都發生兵變，自然驚醒了全城大多數的人。這還是樓蘭國有史以來第一次發生內訌事件，人們驚惶地縮在家中，惘然不知所措，只能在暗黑的夜裡等待一切平息。天光大亮時，只聽見王宮外鼓聲敲響，廣場上的兵士開始湧動，雲梯等攻城器械被搬到前面，進攻很快就要開始了。笑笑生忙道：「快燃火把，丟到這些穢物上。」等到城頭煙霧騰騰時，即指著一旁的約素大叫道，「你們別想妄動，約素公主已經重新釋放了瘟疫，染上瘟疫的人是什麼下場，我不說你們也知道。我們這裡的人都服了我的解藥，但你們一個也跑不掉。哈哈哈！」瘟疫在人們心中留下的陰影還沒有消散，笑笑生這番話說得煞有其事，宮外兵士又親眼見到約素冷冷地站在牆頭，背後濃煙滾滾，各種奇怪嗆鼻的味道撲面而來，一時呆住。忽又聽見笑笑生叫道：「一旦被毒煙沾上，你們就全完了，哈哈哈！」笑聲未落，兵士便爭相轉身，潮水般地往後退去，生怕被煙霧沾上一丁點。泉川見此計大妙，立奏奇效，能不戰而屈人之兵，不禁大喜過望，忙趕來道謝，道：「這下怕是再也沒有人敢靠近宮門半步了。如此一來，守住王宮四日綽綽有餘。」笑笑生搖頭道：「將軍不要高興得太早，這法子確實能令敵人不敢靠近，但卻阻止不了宮裡的人走出去。」

泉川立即省悟，命人召集所有人到宮門前，大聲道：「敵人暫時已經退去，但他們很快會再回來，所用的手段將超過常人能忍受的極限。他們會以住在王宮外的親人來對付你們，包括我自己在內。他們會在廣場上殘酷處死我們的家眷，目的就是要逼迫我們放下武器走出去。走出去，你也許會死，也許可以活下去，可是你將失去樓蘭勇士的榮譽。你們都不是我的下屬，我的下屬都在宮門外，已經成為國王的敵人。你們不一定要聽我的命令，可是你們所有的人在加入王宮衛隊時，都曾經在神殿天女像面前發誓，要永遠效忠國王。我現在要問一句，你們是否還記得自己的誓言？」侍衛哄然應道：「記得。」泉川道：「那麼你們是願意留下來捍衛國王，捍衛自己的榮譽，還是要走出去向敵人投降，苟且地活下去？」短暫的沉默後，高呼聲四起：「留下來！留下來！」泉川道：「好。我們一起保護國王，力戰到底，至死方休！」隨即分派人手，搬取重物來加固宮門。笑笑生歎道：「將軍的激勵固然鼓舞人心，然而事到臨頭，怕是沒有那麼容易跨過那一關。」泉川道：「笑先生可有什麼法子？」笑笑生道：「敵人要用攻心之術，我們可以搶先用這一招，雖然未必管用，但總要試一試。將軍，你立即派人去請桑紫夫人來這裡。」過了一刻工夫，幾名侍女簇擁著阿曼達和桑紫來到城頭。阿曼達朗聲道：「國王身體抱恙，不能親自前來，我將代替國王與你們一道守衛王宮，守住這扇大門。」守城侍衛見王后親至，大受鼓舞。笑笑生遂請桑紫當眾揭破問地、刀夫反叛的陰謀，以此動搖對方軍心。桑紫每說一句，泉川便高聲重複一遍，好讓廣場邊緣的兵士聽得清楚。等到桑紫說完，泉川大聲道：「你們都聽見了，這一切都是問地和刀夫的詭計。你們原本都是我的下屬，不過是暫時受到蒙蔽，現在彌補還來得及，只要你們擒住問地父子，我保證既往不咎，你們圍攻王宮的事就當沒有發生過。」外面的兵士面面相看，頗為心動。

忽見刀夫提馬上前，道：「你們不要聽信桑紫這賤人胡言亂語，她陪侍我父王時可是念念不忘說想當樓蘭王后呢。」走到廣場中央，仰頭問道：「桑紫，前晚你跪在我父王腳下，用你那張小嘴吮吸他的腳趾頭，不是還咬牙切齒地說要讓國王和王后死麼？怎麼這麼快你就忘了！」眾人一片譁然，一齊向城頭望去。桑紫漲紅了臉，道：「那不是我的本意，我是被你控制了心智。」刀夫冷笑道：「那麼你當日領著約藏進宮行刺你自己的親生兒子傲文，也是被我控制了心智麼？你根本就是個瘋婆子。」轉頭高聲道，「大家聽我說，真正被控制心智的不是桑紫，而是問天國王，他完全被王后阿曼達掌握，所以才會行為怪異，庇護妖孽，導致上天不斷降下災禍給樓蘭。你們都還不知道吧，當年阿曼達跟于闐國王希盾本來就是一對戀人，希盾當時還是個被放逐的落魄王子時，便要阿曼達嫁給樓蘭王當上王后，以此來助他復國。我們樓蘭的王后，其實是于闐國王的情人，是希盾安插在樓蘭的奸細。」泉川大怒道：「竟敢當眾誹謗王后！」取過弩箭往下射去，卻正好射不到刀夫所站之處。刀夫笑道：「泉川將軍，你說我誹謗，你可有問過王后自己，她當年是不是跟希盾好過？」阿曼達不知道這些極為隱密的陳年往事如何會被刀夫得知，當即揚聲道：「不錯，我是跟希盾有過舊情，但很早就結束了。自從我嫁給問天國王，就再也沒有跟他聯絡過。」桑紫忽然聽到塵封已久的往事重新被提起，心頭茫然起來，訕訕自責道：「姊姊，都怪我，是我自己想要得到希盾，所以有意破壞你們……」笑笑生驚叫著打斷了她，道：「哎喲，你們幾人的情史怎麼那麼亂？本來請桑紫夫人上來，是要揭破問地父子謀反的真相，干擾對方軍心，這下可全完了，反倒成了刀夫的機會。」果然聽見刀夫又叫道：「還有桑紫跟希盾的關係更是天下盡知，于闐二王子須沙和我們的傲文王子都是她和希盾的私生子，這是大夥早就知道的。大夥不知道的是，這位西域第一美人平日看著高貴得很，其實是個最不知廉恥的女子，她搞過的美男子不計其數，最後都被她沉屍在蒲昌海裡面。」桑紫大叫一聲，仰天便倒。阿曼達忙命侍女扶她下去。

刀夫道：「王宮裡面的侍衛聽著，你們不過是食君之祿，忠君之事，事先全然不知情，不知道你們所保衛的國君被蒙蔽雙眼，不知道阿曼達王后其實是于闐的奸細，只要你們立即放下武器出來投降，我保證不傷你們毫髮。不然，不僅你們性命不保，就連你們的家人也要跟著遭殃。」笑笑生哀聲道：「完了完了，看這副情形，王宮很快就要守不住了。」泉川斥道：「笑先生，你怎可在陣前說出這種長敵人志氣、滅自己威風的話？」笑笑生也不理他，轉身道：「王后，不如學習遊龍逃出王宮的辦法，立即派人去做幾個大風箏，你和國王先逃出再說。」阿曼達道：「不，我是樓蘭王后，怎能在大敵當前時離開王宮？」笑笑生道：「留得青山在，不怕沒柴燒。王宮馬上就要守不住了。」阿曼達道：「就算要死，也要死在這裡。」泉川怒道：「笑先生，你再胡說這種擾亂軍心的話，我可就要下令拿你了。」驚鴻忙道：「將軍息怒，笑先生的顧慮是有道理的。刀夫身上戾氣極重，怕是不簡單。如此，假瘟疫的法子就不靈驗了。」話音剛落，便聽見刀夫高聲道：「還有瘟疫，根本就是芙蕖公主帶來的。她癡戀傲文發狂，用靈魂換來了瘟疫，目的就是要殺光所有人。王后，你當著這麼多人的面老實回答我的話，瘟疫是不是你的寶貝女兒帶來的？」不僅廣場上的兵士，連王宮中的侍衛也一齊好奇地望著牆頭。

阿曼達為難之極，她深知要是點了頭，她將失去民心，失去愛戴，失去擁護，也等於失去了所有。忽聽見有人沉聲道：「不錯，瘟疫是芙蕖帶來的，我已經下令絞死了她。」卻不知問天國王何時走上了城頭。國王的身子顫顫巍巍，臉上掛著風霜和沉痛，然而他畢竟執掌樓蘭超過三十年，當他一出現的時候，一股凜人的王者氣勢還是鎮住了全場。

問天道：「刀夫，我不知道你竟然這樣能幹，會有向伯父舉起刀劍的一天。」刀夫見國王一露面，廣場便安靜了下來，知道多說無益，揮手命道：「帶上來。」卻見許多人被推到陣前跪下，大多是王宮侍衛的家屬，也有一些大臣官吏。泉川的妻兒先被押到廣場中。泉川還不及開口說話，刀夫長刀一揮，便將他妻子的首級砍了下來。又將血淋淋的刀刃放在孩子的後頸上，不斷來回摩挲。那小男孩才七、八歲年紀，當即嚇得大哭起來，不停地叫道：「媽媽！媽媽！」刀夫道：「泉川，我知道你絕不會投降，我現在給你一條出路，你自己從城上跳下來自盡，我就放了你兒子。」泉川含淚道：「我做不到。」刀夫道：「很好。」用力一拉，孩子的哭聲陡止，仆倒在血泊中。廣場安靜了片刻，又重新哭聲一片，那些被抓來當作人質的家屬多是婦孺老幼，料到自己也將是這般命運，恐懼得大哭起來。刀夫卻沒有繼續屠殺，而是命人將人質用繩子反綁在一起，分成幾排，縛在廣場的噴泉旁。殺了這些家屬只會讓王宮侍衛存著必死之心，留他們在這裡哭泣，卻能讓裡面的人心神不安。笑笑生肅然道：「刀夫果然像完全變了一個人，如此富有智計，真是不簡單。」好幾名侍衛認出自己的親眷在那些人質當中，一齊上前請求出宮營救親人。泉川強忍悲慟，道：「這正是刀夫的圈套，那處地方在對方弩箭射程之內，你們衝出去，就會立即跟他們一起被射死。守住王宮，只要援兵及時到來，都還有活的機會。」

刀夫等了一會兒，不見城頭動靜，便揮手道：「攻城！」忽聽得背後一聲巨響，倒讓他嚇了一跳，不由自主地回頭望去，卻見南門的烽燧塔上升起一道粗黑的狼煙，顯是有大敵來襲，心中一驚，暗道：「難道是傲文到了？他這時候應該還在邊關軍營，很快就要死在前去逮捕他的王宮侍衛刀下，如何能這麼快得知消息、領兵趕回王都相救？」正驚疑間，卻見北門、東門方向亦分別有煙升起，竟是來犯敵人數量不少。他知道王宮非一時半刻就能攻下，王都的精銳被他帶來圍攻王宮，各城門守衛力量嚴重不足，當務之急便是要將傲文阻在城外。忙留了兩千人繼續圍困王宮，自己帶領餘人往南門趕去。走不多遠，便迎面遇上自己父親，問地氣急敗壞說道：「于闐人到了！希盾親自領大軍來犯，正在攻打城門，不知道他們是怎麼進來樓蘭國境的。刀夫，這可要如何是好？」刀夫卻甚是冷靜，道：「事到如今，還能有退路麼？當然是要破釜沉舟，拚個魚死網破。」當即分派人手，趕赴各城門增援。刀夫意外退走，問天等人也以為是傲文率軍回來，不喜反怒。阿曼達道：「夫君還是懷疑傲文有反意麼？」問天道：「難道不是麼？他一定是聽甘奇說要燒死約素後，最終決定率大軍回來救她，那些去逮捕他的侍衛半途遇到他，也敵不過他的幾萬大軍，多半已經被他殺了。」泉川道：「陛下，這攻城的鼓聲又急又密，不是我樓蘭軍隊使用的號令，是于闐一方的。」問天更是勃然色變，道：「傲文不知道自己的身世，還當自己是希盾的兒子，當真跟希盾勾結起來了。不然如何邊關沒有示警，便有于闐軍隊進入國境？」阿曼達見他身子搖搖欲墜，命侍女扶他下去歇息。問天卻是不肯，執意要站在城頭，道：「我今日要親眼看看樓蘭的王子是如何忤逆犯上的。」

又過了一會兒，外面攻城聲越急，泉川見包圍王宮的兵士有鬆動之勢，便召集侍衛，密密囑咐一番，命人開了宮門，自己先走出來，直走到妻兒的屍首邊，撫摸愛子頭髮，惻然淚下。兵士本可以當場射死他，不知如何卻沒有發出弩箭。半晌，泉川站起身來，昂然道：「我們都是軍人，奉軍令行事，你們盡可以射死我，但我的妻兒是無辜的，如果死在這裡的是你們的眷屬，你們會怎樣？還有被綁在噴泉那裡的那些人，他們也是無辜的。你們的箭是用來射敵的，不是用來殺死無辜平民百姓。我現在要去救他們，你們若是想扣動弩機，就先看看躺在這裡的我的妻子，我的孩子。」轉身走到人質身邊，拔刀割斷繩索，指引他們朝宮門奔去，數十名侍衛搶出來接應。宮門外那些兵士端著弓弩，卻始終沉默著，沒人發出一箭。泉川救完人質，又與一名侍衛返回抱了自己妻兒屍首，坦然回去宮中，這才關閉宮門。人質被毫髮無傷地救回，王宮頓時一片沸騰，熱鬧了起來。泉川將妻兒屍首放好，重新趕上城頭問道：「陛下，刀夫為了攻打王宮，調來了王都最精銳的弓弩手，估計臣原先的布防也完全被他搞亂。我聽于闐軍三面攻城，動靜不小，北門防守最弱，估計今晚就要城破。不如由臣趁亂護送你和王后出城，召集軍隊擒王。」問天搖了搖頭，道：「樓蘭自立國以來，從來沒有棄城逃走的國君，更不要說王宮了，我絕不能成為第一個。」泉川見國王意不可改，只得應道：「那臣就率眾誓死保護王宮。」

到了天黑時分，果如泉川所料，北面傳來一聲巨響，北門城破，馬蹄聲、廝殺聲隨即潮水般地湧入城中，直奔王宮方向而來。王宮外的兵士一直未得刀夫命令，不敢擅離。過了一刻工夫，于闐軍騎兵先鋒馳近廣場，卻被樓蘭弓弩手一排羽箭掃落馬下。片刻後，于闐的後援趕到，雙方在夜色中接戰，混殺在一起，難解難分，廣場頓時成為一片火熱的熱血戰場。泉川佇立牆頭，憂心如焚，既想率眾出去援助那些兵士，又擔心被他們趁機襲破王宮，心中矛盾不已。王宮是樓蘭的核心之地，占領了它就象徵著征服了樓蘭，于闐人馬源源不斷地湧來。問地和刀夫聽說北門已被攻破，急忙率人趕來阻擋。雙方各有增援，出盡全力拼殺。正膠著之時，忽有一隊勁衣騎士闖過戰圈，直朝宮門奔去。泉川正要下令放箭，一直站在王后身邊的約素尖聲叫道：「不要，是傲文！傲文回來了！」果見領頭騎士奔到宮門下，仰頭叫道：「是我，傲文，快些開門！」問天怒道：「不准開門！」笑笑生勸道：「陛下，你懷疑傲文王子有理有據，不過萬一他沒有跟于闐勾結呢？他只有幾十騎人馬，你先放他進來，綑起來好好審問清楚。他如果想要動手，這城上布滿弓弩手，他也是自尋死路。」問天木然不應，阿曼達便朝泉川點點頭，道：「放他們進來。」泉川下令將宮門拉開，放傲文一行進來。傲文渾身上下濕透，倉促跳下馬便問道：「國王和王后呢？」泉川低聲道：「在城上。王子，請你立即下令你的侍衛放下兵器。」傲文愕然不解，道：「為什麼？」泉川道：「我這是為王子好。邊關到王都有近千里之遙，你回來得太快，不合常理，國王懷疑你跟于闐人勾結謀反。」傲文恍然大悟，默然半晌，轉身命道：「你們都交出兵器，奉泉川將軍命令。」自己主動摘下佩刀丟到一旁，將雙手背在後面，道：「動手吧。」泉川道：「得罪了。」命侍衛上前將王子反手縛住，帶上城牆，躬身稟告道：「傲文王子自己願意束手就擒，沒有絲毫反抗，還命令侍衛放下兵器，奉臣號令。」傲文道：「姨父……」問天怒喝道：「我不是你姨父。」

笑笑生忙搶過來問道：「遊龍人呢？你沒有見過他麼？」傲文道：「見過，遊龍今早乘風箏到達軍營，說問地和刀夫謀反，包圍了王宮，要我帶兵回王都營救，他自己則趕去大漠，說要去找件重要東西。」笑笑生道：「這小子運氣真是好，坐風箏有順風相送，居然一路到達了軍營。嗯，也許他在空中發現了軒轅劍的線索，所以趕去大漠追尋了。」泉川道：「王子如何會來得如此之快？」傲文道：「我派白其將軍帶大隊人馬走陸路，我自己帶了一隊人走水路。」原來陸路路途遙遠，他擔心一時來不及，所以帶一隊精銳人馬乘木筏從車爾臣河順流漂下，直到蒲昌海，取了牧場的馬，趕來王都，正逢于闐軍攻破北門，城頭兩方兵士仍在混戰，夜色中敵我難辨，居然順利闖入城中，一路馳來到王宮。笑笑生笑道：「瞧，我就說了，一審問就清楚了，傲文王子是無辜的。」忽聽到宮外又有人叫門，大約一百來人，卻是乘坐木筏陸續趕到的官兵，個個都渾身濕透。問天心中仍然有所懷疑，問道：「那麼于闐大軍是如何無聲無息地進來國境的？」傲文道：「這我不清楚。邊境一直很太平，也沒有聽過于闐徵發大軍一說。」問天怒氣又生，道：「你還要強辯，難道不是你偷偷放于闐人過境麼？」傲文道：「我不是強辯，而是確實不知道。就算我想要背叛樓蘭，偷放于闐人過境，邊關軍營中有那麼多將士，會看不見麼？會聽之任之麼？總不可能所有人都被我收買，要跟我一道謀反。」這話極為有力，問天當即心頭一凜。驚鴻道：「陛下，有些事人力無法做到，神力卻可以做到，也許有高人在暗中幫助于闐。」笑笑生道：「不錯，阿飛不是說于闐王將神物夜明珠給了摩訶巫師麼？也許就是他在暗中搗鬼，譬如他可以利用濃霧，或是利用隱形罩來掩護于闐軍隊進入樓蘭國境。」問天這才無話可說，卻還是不肯當面撫慰傲文，只背過身去。

阿曼達忙親手為傲文解開綁索，道：「這幾天，王都發生了太多事情，姨父他心裡不好受，你別怨他。」傲文道：「傲文不敢有怨。」上前稟告道，「陛下，大軍最快要明晚才能到達王都，我帶了五百人，不過在牧場沒有尋到足夠的馬匹，大多數可能已被阻在城外。我們人手不夠，只能在王宮堅守，等到白其將軍大隊人馬到時，再裡應外合反擊不遲。」問天道：「嗯。」阿曼達見丈夫倦意極重，勸道：「既然傲文已經回來了，這裡就放心交給他好了。」問天確實感到胸口極不舒服，當即扶了王后的手，步下城牆。傲文這才得空上前握住約素的手，道：「遊龍大致跟我說了經過，你為了我，受了許多誤會和委屈。」約素欣然笑道：「能再見到你，那些都不算什麼。」傲文輕輕將她攬入懷中，莫名的幸福蕩漾全身，外面那些驚天動地的厮殺也彷彿成了虛無。

到清晨時，大規模的激烈戰鬥終於在疲累中停止。初升的朝陽為王都披上了一件光衣，處處一片通紅。不少地方戰火餘煙未燼，正悲涼而無助地升向蒼穹，如同輕風薄霧，繚繞飄散。王宮廣場上血流成河，橫屍遍野，彷佛成了一座活生生的人間地獄。問地父子與數十名兵士被于闐人重重包圍在廣場中心，無數弓弩對準他們，只待最後一聲令下。于闐國王希盾滿臉塵土，提馬來到城下，叫道：「問天，聽說你弟弟和姪子謀反，我替你捉住了他們，你要如何處置？」問天率眾人站在城頭，心頭滋味複雜，雖然痛恨問地和刀夫行徑，導致敵人趁虛而入，平白死了這麼多人，可是要眼睜睜看著親弟弟和姪子被敵人殺死，還是梗塞難言，一時沉默。傲文上前道：「這是我們樓蘭的內政，不敢勞煩希盾國王動手。」希盾笑道：「傲文，天下人都已經知道你是我的兒子，你居然還敢在父王面前自稱『我們樓蘭』，豈不是個天大的笑話？」傲文已經從驚鴻口中得知真相，冷笑道：「哼，我才不是你的兒子。」希盾道：「就算你不肯承認，這也是你無可否認的事實。你母親桑紫難道沒有告訴你，她當年生下的是一對孿生兄弟麼？」桑紫不知道什麼時候爬上了牆頭，怒斥道：「你這個魔鬼，你老早就將傲文調了包，明知道他不是你的孩子，居然還想利用父子關係來折磨他。」希盾聞言大吃一驚，不知當年將孩子暗中調包如此隱密的事如何會被外人得知。他料想傲文已得知真相，再無法拿父子這層關係大作文章，這還是他生平第一次有窘迫之感，乾笑了兩聲，道：「桑紫，這可全怪你，若是你早告訴我，你為我生的是一對孿生兄弟，興許那個孩子我也能找回來！」桑紫更加怒不可遏，道：「我那個被你調包的孩子早被你殺死了！遊龍……你手底下人在大漠射死的遊龍，就是那個孩子！」一邊說著，一邊泣不成聲。希盾先是愕然，隨即笑道：「你這個瘋女人又在胡說八道了。遊龍不是一直在你們樓蘭王宮麼？」他口中雖如此說，卻隱隱有一種不祥之感，覺得桑紫沒有撒謊，定了定神，轉身揮手命道：「來人，替問天國王殺掉這群樓蘭的叛徒。」

登時弩箭齊發，慘叫聲大作，宮門外、廣場上被圍住的樓蘭兵士如稻草般被弩箭割倒。問地的胸口被弩箭射穿，哼也不哼即倒地身亡。刀夫腦門中了一箭，居然從血泊中站了起來，情狀極為詭異。兩名于闐武士搶上前去，將手中銀槍往他胸口扎去。驀然一道白光射出，當即將兩名武士打得倒飛出去，掙動了兩下，便氣絕身亡。卻見刀夫緩緩扭動著身子，個頭似乎長大了不少。城頭笑笑生驚叫道：「不好，刀夫已經徹底妖魔化，他正在變身。」話音剛落，便見一道白光飛向王宮，「啪」的一聲將那扇厚重的宮門擊得粉碎。刀夫一步步走近王宮，城上弩箭齊發，射得他身子如同刺蝟一般，他卻恍然不覺得疼痛，彷彿已經不是血肉之軀。來到城牆下，仰頭望了一眼，叫道：「伯父，傲文。」不待對方回應，舉手一揚，兩道白光直朝問天和傲文射去。兩名女子齊聲慘呼，原來阿曼達撲在問天身上，桑紫撲在了傲文身上。刀夫手一收，白光彷若繩線一般，將阿曼達姊妹二人的屍首帶下了城牆，重重摔落在宮門前。問天大叫道：「王后！」剛一轉身，兩眼一黑，便暈了過去。王宮侍衛從破門中湧出，圍住刀夫，卻彷若以卵擊石，被刀夫隨手抓住，輕易地拋向空中，慘叫聲不絕於耳。于闐人在廣場外看得目瞪口呆。萑鷹上前提醒道：「陛下，這是我們攻占樓蘭王宮的最佳時機。」希盾一生都在奮鬥追求這一天的到來，然而勝利就在眼前時，他居然茫然了。他的目光一直沒有離開過阿曼達，她就那麼靜靜地躺在那裡，不管她生前地位多麼顯赫，而今她只是一具冰冷的死屍。萑鷹催道：「陛下。」希盾驀然拔出長刀，高聲下令道：「殺死刀夫，為阿曼達報仇。」

眾人還沒來得及對這道聽起來十分奇怪的命令有所反應，天空中陡然一聲怒吼，這聲音極為巨大，令人雙耳發震，忍不住要去掩住耳朵。一隻長相怪異的火紅怪獸出現在空中，陡然俯衝下來，一陣大風驀然嘯過，捲起地上無數的沙塵，人們紛紛掩面。笑笑生高聲歡呼道：「遊龍、麒麟，你們趕來得正及時！」那怪獸正是軒轅之地的麒麟，蕭揚騎在牠背上，直衝刀夫而來。刀夫揮手發出道道白光，均被麒麟輕易避開。幾近地面時，蕭揚飛身躍下，挺刀直刺刀夫胸口，刀夫雙手刀身，輕輕一推，便將蕭揚連人帶刀甩了開去。這一甩力道甚大，蕭揚倒退數步，被人扶助才沒有摔倒。回頭一看，接住自己的人居然是于闐國王希盾，一時大奇。希盾道：「普通兵器是殺不死他的，你用割玉刀，我用錕鋙劍，咱們一起上。」蕭揚道：「好。」二人一齊挺刀上前，刀夫正與麒麟纏鬥，不及回身，便被一刀一劍同時刺入背心，發出一聲淒厲的叫聲，身子晃了幾下，終於倒了下去。希盾還劍入鞘，緩緩走近城牆。那裡躺著他生命中極為重要的兩個女人，一個是他深愛的阿曼達，一個是為他生下了須沙、對他又愛又恨的桑紫。這對名聞西域的姊妹花，竟同時香消玉殞於樓蘭王宮下，就當場死在他面前，這是不是命運對他的捉弄？

傲文搶出來，揮手命正要上前圍攻的侍衛退開，跟在希盾背後的于闐武士見狀便也收起兵刃。希盾道：「傲文，桑紫不是你的生母，想來你已經知道了。」傲文道：「她是沒有生育我，但她剛才又給了我一次生命，在我心中，她永遠是我的母親。」希盾道：「你不想知道你的親生父母是誰麼？」傲文道：「我自然想知道。可是你若想以此來利用我、要挾我，那麼我寧可不知道。」希盾點點頭，道：「你長大了，我倒真願意你是我的兒子。」頓了頓，又道，「我想留下來參加阿曼達的葬禮。」傲文道：「可以。不過這裡畢竟是樓蘭王都，還請陛下下令大軍退出城外。」希盾便朝萑鷹點點頭，示意他去傳令。萑鷹大為不解，問道：「我們明明已經控制了扜泥城，突然主動退出豈不是前功盡棄？」希盾道：「阿曼達死了，樓蘭對我也就沒有意義了。去。」萑鷹只得躬身應道：「遵命。」傲文也派出侍衛傳令，命樓蘭兵士停止和于闐軍交戰。

忽聽得麒麟一聲怒吼，眾人回過頭來，卻見刀夫身上冒出一團黑氣，漸漸變成一個人樣形狀。蕭揚道：「這是什麼？」笑笑生道：「似乎是元神一類，也許是刀夫的元神出竅。」蕭揚正要拔刀，希盾大喝道：「你們都退後，本王來對付它！」拔出鋙鋙劍，朝黑氣刺出一劍。那元神扭曲退後了幾下，似是感受到痛苦，又對那柄鋙鋙劍十分畏懼，隨即便朝宮門飄去。希盾急忙去追，那元神一路穿堂入室，居然飄進了問天的書房。傲文忙阻止道：「陛下，這裡是國王書房，你不可擅進。」希盾道：「本王只是要殺死刀夫為阿曼達報仇，難道會稀罕你們國王的書房麼？我若是想要樓蘭，適才就不會下令退兵了。」推開傲文，一腳踢開房門，闖了進去。元神正在書房中遊弋，似在尋找什麼，見希盾進來，便急急飄向屏風後，那裡露出一條黑乎乎的地道，當即閃入其中。希盾一生經歷了無數風浪，從來不知畏懼為何物，今日又鐵心要為愛人復仇，更是顧不了許多，不顧傲文大聲叫喊，抬腳便跟著元神鑽進了地道。鋙鋙劍發有微光，勉強能照亮腳下。他摸黑進來一間巨大的石室，忽聽得前面有「嗤嗤」怪聲，當即凝神靜氣，悄悄走近，用盡全身力氣朝那怪聲之處刺去。驀然一聲脆響，劍尖似抵到了什麼硬物，隨即有碎裂之聲。有人在黑暗中笑道：「多謝希盾國王贈我夜明珠，又毀去炎帝遺物神鏡。等到我復活之後，一定會報答國王大恩。」希盾道：「是誰，是誰在哪裡？」傲文等人正好趕到，石室中燈火大亮，除了希盾，不見其他人影。傲文一眼瞥見桌案上那面瑞獸銘帶玉鏡成了碎片，不由得大驚失色。希盾道：「我剛才刺中的就是這面玉鏡麼？」傲文道：「這不是普通的玉鏡，是樓蘭的鎮國之寶，你闖下大禍了。」希盾從未被人當面呵斥，心頭有氣，哼了一聲，還劍入鞘，轉身走了出去。笑笑生歎道：「神鏡軒轅，天女神力，共鎮魔王。三物俱盡，日食之夜，蚩尤轉陽。而今神鏡已毀，天女神力已盡，軒轅劍又不知道下落，怕是阻止不了蚩尤在下個日食之夜復活了。」

希盾憤憤走出書房之際，一旁驀然搶出一人，大聲喝道：「今日為古麗報仇！」希盾心中有事，一時不及反應，只覺白光閃動，寒氣已逼近腦門，心中一涼，暗道：「這是老天爺的安排，要讓我和阿曼達死在同一日。」短刀的刀鋒劃破了他的額頭，卻在千鈞一髮之際被人拉開。黑甲武士大聲呼喝，搶上來護住國王。希盾定睛一看，刺客是在西城見過樓蘭嚮導阿飛，而在緊要關頭救了他的人正是那乘坐麒麟從空而降的遊龍。阿飛被蕭揚拿住手臂，奪去短刀，一掙未能掙脫，大是不解，反問道：「難道師父不想為古麗報仇麼？」蕭揚道：「希盾國王若死在這裡，于闐、樓蘭兩國將永無寧日。」希盾命武士退下，招手叫道：「遊龍，請你過來。」蕭揚命侍衛帶阿飛回去別苑，軟禁起來，這才過來道：「陛下有何指教？」希盾絲毫不提適才的救命之恩，道：「你……真的是遊龍？」蕭揚已經明白他話外之意，當即道：「陛下，我先送你去驛館安頓，再詳細告訴你這件事。」出來王宮，卻見廣場上來了不少平民百姓，正協助泉川將軍善後，將于闐、樓蘭兵士的屍首分做兩堆。就算是希盾這樣身經百戰的人，乍然見到堆積如山的屍首，還是心中一震。蕭揚知他心有所感，婉轉勸道：「自古以來，沙場征戰後都是白骨累累。這裡面的許多人都是陛下的武士，他們本可以在于闐耕織漁牧，快樂地生活，現在卻命喪他鄉，靈魂亦不得返回故鄉。陛下，是時候停手了，不要再起干戈，這也是你兒子遊龍的心願。」希盾道：「什麼？你不就是遊龍麼？難道你是我的兒子？」蕭揚道：「稍後我會詳細告知陛下。」引希盾逕直來到驛館房中，脫下臉上面具，道，「我就是懷玉公主委託陛下營救出中原的蕭揚，我只是遊龍的替身，你的兒子遊龍……他……他已經故世了。」希盾顫聲道：「難道桑紫說的是真的，遊龍……他是我的兒子？」蕭揚道：「是的，我是最後一個見到遊龍真面目的人，他跟陛下容貌極像，跟須沙王子更是一模一樣。」希盾道：「天哪！」頹然跌坐在椅子中。

他一向以為自己是上天的寵兒，是人世的強者，最終卻還是被命運殘酷地嘲笑與捉弄——他下令不惜一切代價追殺遊龍，射殺的居然是自己的孩子。希盾麻木地坐在那裡，陷入了無法擺脫的深沉的痛苦。那種宿命般的痛苦，像是個徹徹底底的悲劇。

第十章　樓蘭新娘

經歷了接踵而至的瘟疫、內訌和入侵之後，樓蘭王都打泥終於平靜了下來。這座飽經滄桑的城市，在經歷了萬千苦難後，還要在喘息中繼續承受失去親人的痛苦。阿曼達和桑紫在同一天葬入了王陵。跟中原皇帝選取山川秀麗的風水寶地做為身後之地不同的是，樓蘭王陵是選在西部的沙漠中。

墓穴直接開挖在沙丘上，長方形的沙坑四角立有木樁。胡楊木製成的箱式棺木已放入墓穴中，棺木為彩色，以紅、白、黃、綠、黑五色繪有花卉紋和朱雀、玄武圖案。阿曼達和桑紫並排躺在內中，二人仰身直肢，頭枕雞鳴枕，屍首均用毛氈和羊皮仔細包裹住，臉上各遮蓋有一塊羊皮，羊皮上覆蓋有枝條編成的小筐。胸前及左手腕處各放著一件尺寸很小的冥衣，這是樓蘭習俗中專為死者製作的象徵性衣服。身子上則覆蓋滿了蘆葦稈和紅柳枝。樓蘭王室從來不興以貴重物品陪葬，陪葬品甚至不及民間普通平民豐厚，以此徹底杜絕盜墓之患。等到眾人一一躬身告別後，侍衛上前合上棺蓋，在外面覆蓋上一條長方形的彩色獅紋栽絨毛毯，再將棺木周圍以葦草、麥秸等充填結實，最後用沙土掩埋。于闐國王希盾一直等到墓穴完全被填平，才默默轉身，走過來拍了拍樓蘭國王問天的肩膀。問天為王后之死悲不自勝，竟然有些哽咽了，他努力控制自己的情緒，抬起了手，輕輕握了一下希盾的手臂。兩位國王雖然一句話都沒有說，也沒有立下所謂的盟約，但在場所有人都清楚，樓蘭、于闐兩國之間終於開始了真正的和平之旅。

送走希盾，問天招手叫過傲文，命道：「你跪下。」傲文不明所以，還是依言跪了下來。問天道：「今日我當著阿曼達和桑紫的面，傳授樓蘭王杖給傲文。傲文，從今日起，你就是樓蘭王儲，全權代掌國王之責。等你找到樓蘭新娘，你就是正式的樓蘭國王。」傲文本來以為身世揭開，毫無疑問會被剝奪王子名號，不料卻重新得到了王儲位置，大感意外，期期艾艾地道：「但我不是母親的親生兒子，甚至可能連樓蘭人都不是。」問天道：「我知道。不管你是誰的孩子，不管你的身世如何，你就是真正的樓蘭王儲。我錯得太多了，不能再錯下去。傲文接杖！」傲文仍然不知所措，回頭去望蕭揚等人。笑笑生催道：「王子還等什麼？在我們中原，抗旨不遵可是要掉腦袋的。」蕭揚也道：「王子，這是你的使命。」傲文還是遲疑不決。問天歎道：「傲文，你難道要姨父跪下來當面求你麼？」傲文道：「不敢。傲文遵命便是。」雙手接受權杖，高舉過頭頂，場中侍衛齊聲歡呼。問天走到驚鴻身邊，低聲道：「天女，我一直想問你真正的樓蘭王儲到底是誰，你卻要我問自己的內心。而今我總算明白了，真的王儲就是真正能拯救樓蘭的人。」驚鴻欣慰地笑道：「不錯，陛下明白得還不算太遲。」

傲文卻並不如何興奮，轉頭朝約素望去，她也正怔怔望著他，二人均是一般的心思，心頭頓時沉重了起來。返回王宮，傲文跟隨蕭揚幾人一起回來別苑，道：「如果我是真正的樓蘭王儲，那麼樓蘭新娘為何不是約素？她是我愛的女人，按照偈語所言，應該是跟我最有緣分的人才對。」蕭揚道：「王子之前遲遲不肯接過王杖，就是因為怕娶不到約素麼？」傲文反問道：「換做你是我，天女是約素，你要如何做？」蕭揚看了驚鴻一眼，歎了口氣，道：「就當我沒問過王子這話。」笑笑生道：「迄今為止，只有天女和約素試穿過神物。天女是神仙，自然可以穿上，可是約素確實穿不上彩裙，也許其中還有什麼其他的禁制。王子，你派人將神物取來，我再好好看看。」傲文一聽有所希盼，大喜過望，忙道：「我這就取出神物，再派侍衛送過來。」出來別苑，正要趕去密室，心腹侍衛大倫領著一名侍衛阿定趕過來道：「殿下，阿定有要事稟告。」傲文皺眉道：「新的侍衛長還沒有任命麼？」阿定忙道：「有副侍衛長代行侍衛長之職，不過這件事只能向王子殿下稟告。」傲文道：「到底什麼事？」阿定上前一步，低聲道：「事關芙蕖公主。」問天國王早已發布告示，說明瘟疫是由芙蕖公主帶來，公主已經伏法，在宮中被處死，屍首也被燒成了灰燼。傲文聽聞後雖然多少有些傷感，然而瘟疫害死了成千上萬的人，芙蕖死有餘辜，國王若是執法不公，勢必給王室帶來更深重的危機。此刻他一見那侍衛神色，多少有些會意過來，問道：「芙蕖人在哪裡？」阿定道：「奉王后命令，公主被祕密關押在冷宮裡。國王不知道這件事，可是眼下王后故世，公主又不停地大吵大鬧要出來，怕是瞞不過去了。萬一被國王知道，不但公主性命不保，還有我們這些執行王后命令的侍衛，怕都難逃一死。」

原來問天國王得知瘟疫真相後，拔刀要親手殺死芙蕖以謝天下，卻被阿曼達王后攔住，表面說父親殺女兒不祥，要侍衛帶出芙蕖縊死，其實暗中救了她，命人祕密囚禁起來。傲文聞言，只得先趕來冷宮中。卻見芙蕖被關在一個大鐵籠中，披頭散髮，雙手反縛，嘴巴也被麻布堵住，再無半分昔日公主麗色。阿定見傲文面露不豫之色，忙道：「關在鐵籠中是王后的意思。」芙蕖聽見有人進來，立即起身撲來籠邊，認出是傲文後，更是「嗚嗚」怪叫，不停用頭去撞欄杆。傲文慌忙走過去，掏出她口中麻布。芙蕖喜道：「表哥，你終於回來了。我就知道父王喜歡你，最終還是不會殺你。」傲文道：「公主，想來你已經知道，我不是你的表哥。」芙蕖道：「表哥不願意要我了麼？」隨即哭道，「我錯了，我知道我錯了。表哥，求你跟父王和母后說說，不要把我關在這裡，不要讓他們綁我。」傲文聽她提及王后，不禁心頭一酸，命道：「放公主出來。」阿定遲疑道：「王后有令，就算死，也絕不能放公主離開籠子，不然……」傲文厲聲道：「不然怎樣？你敢違抗我的命令麼？」阿定打了寒顫，躬身道：「不敢。」取鑰匙開了鐵籠，放出芙蕖，解開綁繩。芙蕖立即撲入傲文懷中，叫道：「表哥，你真好，就你和母后對我最好。」傲文輕輕推開她，道：「表妹，你不能再露面，不然國王會殺了你。我派人送你去家父……泉蘇大將軍舊宅，你好好待在那裡，千萬不要出來。」芙蕖道：「不，我哪裡都不要去，我要留在這裡陪你。」傲文道：「你乖乖聽話。我答應你，有時間就來看你，好麼？」芙蕖道：「那你得天天來。」傲文也不回答是否，道：「你先留在這裡。」轉頭命道：「阿定，等天黑時，你帶一隊侍衛悄悄護送公主出城，不要讓人看見。」阿定道：「遵命。」又遲疑問道，「王子人在這裡，公主才會清醒些。萬一王子一走，公主又發瘋怎麼辦？」傲文哼了一聲，道：「這還要我教你麼？之前連關帶綁的事你不是都已經做了麼？總之，你給我把公主看好了。若讓別人知道她還活著，我就砍了你的腦袋。」拂袖而去。芙蕖大叫道：「表哥，你別丟下我！」待要追上來，卻被阿定搶上來抱住，半拖半拽地重新關入鐵籠中。

傲文出來冷宮，經歷芙蕖一事，心情越發不好，轉頭問道：「未翔人呢？」一名侍衛忙答道：「侍衛長還被關在塔獄中。他已經承認罪名，國王說他身為王宮侍衛長，卻公然引刺客進宮，該從重處罰，未經公開審訊便親自判他絞死。但遊龍君說怕是另有內情，要等捉到刺客夢娘審問清楚再行刑不遲。國王本來就要將未翔交給遊龍君全權處置，所以同意暫緩處死，但頒下嚴令，不捉到刺客，不准放他離開塔獄。可是刺客早逃回了大漠，一時又怎能抓到，侍衛長等於被判了終身監禁，而且被囚禁在塔獄那種地方，日子應該很不好過。」傲文便取了神物，親自送來別苑交給笑笑生，又將蕭揚叫到一旁，道：「我最好的朋友除了你，就是未翔，他導致你當日在王宮遇刺，罪不可恕。不過你也知道他的為人，不會沒有來由地帶刺客進宮。」蕭揚道：「這我當然知道，未翔為人精明謹慎，他早已經知道夢娘是馬賊頭領，怎麼會平白無故帶如此危險的人物進宮？只是國王派侍衛反覆盤問，甚至我自己也去過監獄，他就是不肯開口說話，只一心求死。」傲文聽說，便決意自己當面問明究竟，遂出宮趕來塔獄。塔獄是軍事監獄，就在軍營塔樓之下。地牢裡不見天日，侍衛先進去將火把一一點燃，這才請傲文進去。未翔聞聲站了起來，他雖未受到刑訊，但樣子著實狼狽，蓬頭垢面，鬍子拉碴。按照塔獄慣例，他手足均戴了重銬，雙腳鐐銬的鐵鏈上還拴著一個徑長尺餘的石球，限制他隨意移動，右腳邁出半步便被扯住，只得就地站定，叫道：「王子殿下。」侍衛道：「傲文王子已經重新被立為王儲，得國王親授王杖，代掌國王事務。」未翔道：「恭喜殿下。」傲文喝道：「未翔，你可知罪？」未翔單膝跪下，低頭道：「是，臣知罪。」傲文素來與他交好，見他如此模樣，既痛心疾首，又怒其不爭，喝道：「起來！告訴我，你為什麼要這麼做？」未翔既不起身，也不肯回答。傲文大怒，上前一腳將他踢翻在地，道：「瞧你這副自暴自棄的樣子！」

他雖然怒氣沖天，終究還是愛惜與未翔的情分，出來軍營，折道來到未翔家中。未翔的祖父白慶臥病在床，聽說傲文王子到來，忙爬起來相迎。白慶原也是王宮侍衛，傲文小時候被他抱過，對他很是尊敬，忙扶他躺回床上。白慶歎道：「王子是為未翔之事而來麼？唉，那個叫夢娘的女子待人實在很好，我萬萬料不到她會是馬賊頭領。未翔不過是受她蒙蔽，一時不察。不過大錯既然鑄下，他也活該受到國法制裁，我不敢妄求王子救他。」幾句話說完，已然喘得上氣不接下氣。傲文見他病得著實不輕，想來未翔被捕下獄之事對他打擊甚大，只得安慰了幾句，命他老人家安心養病，即告辭出來。院子中植有兩棵高大參天的胡楊樹，傲文陡然想到少年時曾與未翔在這裡比賽攀援，心中一動。侍衛小倫曾與傲文一道落入馬賊手中，備受折辱，恨馬賊入骨，當即道：「原來夢娘入宮行刺前就住在未翔家裡，這可是他勾結馬賊的明證了。王子，我知道你跟未翔是好朋友，可是這次他犯下大錯，絕不能放過他。」傲文道：「若果真是未翔有心勾結馬賊作亂，我一定親手殺了他。」但還是想不通堂堂王宮侍衛長為何會突然與馬賊串通。出門時正見到一名黑臉壯漢在向僕人打探未翔情形，小倫大叫一聲，上前扭住那漢子。黑臉漢子吃了一驚，正要掙脫去拔兵刃，卻被數名侍衛團團圍住。小倫取出繩索將他牢牢縛住，押到傲文面前，道：「王子還記得他麼？他是馬鬃山的馬賊。」傲文道：「不錯，我記得見過你好幾次。你好像叫阿色，是也不是？」阿色道：「是又如何。當初在石屋，王子中了夢娘的迷藥，正是我親手綁了你押去馬鬃山。」傲文道：「那咱們今日要好好算算舊帳了。你來這裡做什麼？」阿色甚是桀驁，扭頭不答。傲文便命押他去官署拷問。小倫道：「何須拷問，他一定是夢娘派來打聽未翔下落的，這可是未翔與馬賊勾結的明證。」傲文聞言忙命人帶回阿色，問道：「可是夢娘派你來打聽未翔的消息？」小倫見他不答，喝道：「你冒犯過傲文王子，也該知道自己是什麼下場。只要老老實實回答王子的話，還可以賞你一個痛快。」阿色道：「反正要死，怎麼死都無所謂。」

傲文見他倔強，便命人押他來塔獄，帶來未翔的囚室，問道：「未翔，你可認得他？」未翔看了阿色一眼，便即低下頭去。阿色叫道：「侍衛長不記得我了麼？」見未翔頭也不抬一下，急道：「你被困在大漠中九死一生時，是我和鐵匠奉夢娘之命送還了馬匹，你怎麼不記得了？夢娘很掛念你，要我見到你一定要跟你說聲對不起。」未翔始終只是默然不應。傲文問道：「你是想害未翔，還是想救他？」阿色道：「我怎麼會想害他？夢娘猜想他已經被捕下獄，派我來打探消息，正是要設法營救。」未翔忽然道：「不必。」傲文見阿色神色焦急，不似作偽，而未翔那聲「不必」顯然是指夢娘不必救他，這才恍然大悟，原來未翔愛上了夢娘，他帶她進宮，原本是要為她求情，而夢娘卻不過是在利用他，而且恰到好處地把握機會刺殺了遊龍。想通了其中關節，心中越發憤怒，命人押阿色出去，怒斥未翔道：「你也太不自愛了。你是樓蘭第一勇士，多少女子對你衷心仰慕，你居然愛上一個馬賊。」未翔沉默許久，才道：「未翔第一次見到夢娘時，還不知道她是馬賊頭領，正如王子初識約素時，不知道她是墨山公主一樣。」傲文大怒道：「你竟敢拿約素跟夢娘比。」未翔道：「是，臣有罪，這就請王子下令處死我，以正國法。」傲文再無話說，只得恨恨出來。小倫道：「王子不是恨死馬賊麼？我有個主意，將未翔的罪名張榜公佈，然後在鬧市公開處死他和阿色。那夢娘派手下打探消息，可見對他也很是關心，若真的愛他，必然會趕來營救，咱們事先設下埋伏，便可以一舉擒獲。就算她不來，咱們也沒有什麼損失。」傲文沉吟不語，若在往常，他會毫不遲疑地同意這麼做，可是自從有了約素，他對「情」字多了許多感悟。未翔犯下大錯，不過是為情所困，而今又要利用情來對付夢娘，似乎有些過分。小倫見王子不答，以為他心中矛盾是因為與未翔交好的緣故，忙道：「未翔自甘墮落，死不足惜，若是夢娘趕來營救，他倒也死而無憾。若是夢娘不來，他明白那女人終究是個馬賊，水性楊花，之前對他虛情假意不過是要利用他，不是還可以就此挽回未翔的心麼？」傲文想到，之前落入夢娘之手後所受的種種難言羞辱，因雙手被鎖住，不得不求懇約素為他解開褲子好讓他大小便，約素甚至不得不撕開他的褲襠露出下體，好讓他在內急時自己能解決。雖然比起鐵籠中那些終日赤身裸體的肉奴，他的待遇已經算好了許多，可以他的王子身分，這依舊是他終身難以忘記的奇恥大辱。當即點頭道：「好，你們兄弟專心去辦這件事。再派人祕密將未翔和阿色轉押來王宮地牢囚禁。」

回到王宮，傲文又以王儲身分召見大臣，安排各種重建事宜，忙碌了大半天，直到深夜，才得以離開大殿，來到約素的臨時住處。約素正在燈下縫製衣裳，聞聽傲文到來，欣喜迎上前來，道：「我生怕你會來，所以一直不敢睡。」傲文道：「你睏了？那我看一眼就走。」約素忙挽住他手臂，道：「不，你陪我多坐一會兒。」兩人依偎著坐在床榻上。傲文說了要用未翔來誘捕夢娘一事，本以為約素會很高興，她聽了卻只是悠悠歎了一聲。傲文很是不解，問道：「難道你不恨夢娘麼？」約素道：「本來是恨的，可是仔細想想她也沒有對我做什麼壞事。我被于闐武士追殺，逃入大漠，最終落入馬賊手中，是她幾次救了我，保住了我的清白。雖然她對你做了不可原諒的事，可是未翔……未翔在不知道她馬賊身分的時候愛上她，這實在不是他的錯呀。」傲文道：「你想為未翔求情？」約素搖頭道：「不，傲文，我只想讓你快樂。未翔是你的好朋友，殺他容易，要他活過來就再也不能了，有朝一日回憶起你們一起練武的情形，你能保證你不會後悔麼？」傲文一時心有所感，半晌說不出話來，愣了半天神，才道：「你先睡吧，我走了，明日再來看你。」出來院子，問明未翔已經轉押到王宮，便又朝地牢趕來。未翔手足間的禁錮均已去掉，剃了鬍子，換了一身乾淨衣裳，完全變了一個人。一見傲文進來，便上前跪下。傲文揮手命侍衛退出，道：「我最後來問你一次，你真的寧死也不肯悔改麼？」未翔道：「若是王子說的悔改是要命臣去誘捕夢娘，恕未翔不能從命。」傲文道：「你為了那樣一個作惡多端的女人，就要拋棄你的國家、你的王子、你的兄弟？」未翔道：「不，我沒有拋棄樓蘭，也不敢拋棄王子，只是我也不想拋棄夢娘。王子，你還是殺了我吧，若是你放過我，我怕我還是忍不住會做錯事。」傲文知道他愛慕夢娘太深，森然道：「我已經給了你出路，這可是你自己的選擇。」未翔道：「是，未翔死而無怨。」

隔了幾日，笑笑生、蕭揚、驚鴻幾人攜著神物，約請傲文一道來到神殿，說是也許還有新的偈語未能發現。樓蘭的神殿位於扜泥城西北處，修建在千羽湖的靈光島上。千羽湖因形狀略呈多片羽毛形而得名。湖區內林木青翠，湖水清澈似鏡，湖光樹影，交相映襯，環境優雅，風光極為秀麗，是抒泥城風光最勝之處。湖心則是天然的靈光島，方圓數里，島上有拱橋相連與湖岸。諸人在神殿前被值守官吏攔住，官吏取過一柄拂塵，往各人衣服上拂拭，表示「除穢」之意，除穢完畢，這才放眾人進去。神殿是座高大的廟堂建築，拱形的房頂高達十數丈，不過裝飾極為簡單，除了古樸淡雅的青色，沒有其他色調，但反而因此顯出一種雄壯的美。正中供奉著天女的玉像，天女寬袖大袍，裙裾飄飄，頗似中原服飾，雙目俯視著眾人，大概由於玉質的原因，目光中似乎有一絲哀怨。傲文自官吏手中取過大香，這是特意製作的香，粗如小兒手臂，可以燃燒一天一夜而不熄。取火也不是用普通的火石，而是利用神殿頂部的透明石取日光燃香，象徵「天火」。此時正值晌午，太陽穿透廟堂的透明石，在地上投下了一個光斑。傲文將大香頂部伸到光斑之上，片刻後，大香開始發熱冒煙，又等了片刻，「噗嗤」一聲，終於燃了起來。傲文輕輕吹滅明火，將大香插在神像前面的祭壇中。青煙裊裊，漸漸彌散開來，散發出一股好聞的草木清香。

傲文問道：「要如何從神物中發現新的偈語？」笑笑生道：「我本來是不知道的，但見過王子上香，似乎有些明白了。」取出裝著彩裙的石匣，放在透明石的光斑下。等了一會兒，石匣飄起一陣輕煙般的塵粉，石面上出現了兩個圖案，一枚太陽，一枚如鉤彎月，卻並沒有什麼偈語。傲文道：「日月不可能同時出現，這到底是什麼意思？」驚鴻道：「太陽是生命之源，光明則是神力的根本，也許這個圖案代表神仙。」傲文道：「那麼月亮呢？」驚鴻道：「這我也說不好。」笑笑生道：「也許這並不是彎月，而是代表一個人形。」驚鴻陡然明白了過來，臉色頓時蒼白。傲文道：「到底是什麼意思？」笑笑生歎道：「我們這裡只有天女是神仙，她就是那個太陽，王子就是那個人形，只有你們二人結為夫婦，彩裙穿在天女身上，才能激發出神物的神力。」表面波瀾不驚的話語下，其實洶湧著澎湃的暗流。一陣清風不知如何穿進了神殿，吹得香煙左扭右晃，像個搖擺的舞娘。傲文和驚鴻站在神殿祭壇前，如陌生人般面面相視，一如初見。在美麗與哀愁的生命中，有諸多無法擺脫的無奈，任憑如何掙扎，如何抗爭，都是徒然。這些塵世中的紅男綠女，經歷了淡泊與濃烈、卑微與壯闊，以及許許多多的肝腸寸斷之後，依舊只是個悲情的傳奇。

蕭揚默默回來王宮別苑，開始打點行裝。笑笑生跟進來道：「你當真要離開樓蘭？」蕭揚道：「嗯。」笑笑生道：「就算天女在神殿發誓不再見你，就算她為了大義要嫁給傲文王子，你還是可以留下來的，至少你可以選擇留在西域，繼續尋找軒轅劍。」蕭揚搖了搖頭，道：「我不該再羈留在這裡。我打算先陪阿飛送古麗的遺物去車師國，然後離開西域，返回中原。」笑笑生見他心意已決，只得道：「那你一路小心。」蕭揚道：「笑先生和麒麟暫時先留在這裡，看看能不能助天女一臂之力。」笑笑生道：「這是當然。」蕭揚遂來向問天國王辭別。問天尚不知道驚鴻已被確認是傲文的新娘，以為蕭揚只是要陪阿飛前去車師料理古麗後事，忙道：「車師國王昌邁是我外甥，遊龍君有需要盡可以找他。如果發現車師和墨山有什麼不對勁的地方，也請遊龍君及時告知。」近來樓蘭變故連連，墨山毫無動靜也就罷了，與樓蘭同氣連枝的車師也不見任何使者到來，這沉默的背後必然發生了什麼變故，難怪國王會覺得奇怪了。蕭揚道：「遵命。」出來國王寢宮，便來向傲文告別。傲文自己也是心煩意亂，無奈地問道：「你一定要這樣麼？」蕭揚道：「只有我離開西域，天女才能安心嫁給王子。王子，我衷心祝你們幸福。」祝一對互不相愛的男女幸福，這話聽起來倒像是一種諷刺。傲文卻連發作的力氣都沒有，頹然答道：「幸福……會幸福的……」他就那麼呆呆坐著，也不知道蕭揚是什麼時候離開的。

侍衛進來輕聲稟道：「阿定求見殿下。」傲文猜想又是為芙蕖之事，更加煩悶，卻不得不道：「讓他進來。」阿定一進來就告道：「王子答應了公主要去看她，卻連著幾日沒有露面，公主吵著要上吊自殺。」傲文不耐煩地道：「我有空自然會去看她。這些事你自己就應付得來，何必大老遠跑來稟告？」阿定道：「屬下是將公主綁了起來，不讓她有機會傷害自己。可是公主不吃不喝，以絕食抗議，已經兩天了。」傲文無可奈何，只得起身命道：「備馬，我這就去看她。」一路馳來城外泉蘇大將軍故宅。幾名侍衛正焦急地等在門前，見王子到來，這才長舒一口氣，告道：「公主說見不到王子，寧死不喝一口水。」傲文逕直奔進內室，果見芙蕖躺在床上，雙手被布條綁在床柱上，人已經氣息奄奄，有明顯脫水跡象，忙命人解開綁縛，扶她起來。芙蕖眉尖緊蹙，露出了怯生生的表情，柔聲道：「表哥，你終於來了！」傲文道：「你怎麼又不聽話了。」命侍衛端來一碗熱粥，親手餵她吃下。芙蕖蒼白瘦削的臉上露出一絲血色，道：「表哥，我聽說母后和阿姨都死了，父王也生病了，是也不是？」傲文本想一直瞞著她，想來還是侍衛不經意間露了口風，只得道：「是。」芙蕖道：「我不想再過這種東躲西藏的日子。表哥，你帶我回宮，我要見見父王，就算他要殺我，我也要看看他病好了沒有。」一邊說著，一邊怔怔流下了眼淚。傲文道：「可是國王已經公告天下你被處死，你一旦回宮，非死在國王刀下不可。」芙蕖道：「母后和阿姨都不在了，我就只有父王和表哥了。我寧可死在父王刀下，也不要這般活著。表哥，你若是不答應我，我就絕食而死。」傲文無奈，只得道：「那好。我帶你回去見國王，你一見到他，就將剛才的話再說一遍，說不定還有一線生機，知道麼？」芙蕖淒然道：「死就死吧，反正我也不想活了。」傲文料想王后之死對她打擊極大，也不好再勸，當即往她身上罩了一件斗篷，遮住面孔和身形，扶她出來上馬，往王宮馳來。剛進宮門，便有侍衛過來稟告道：「王子終於回來了！未翔侍衛長有急事想求見殿下。」芙蕖道：「我自己去見父王吧。」傲文道：「那怎麼行？」命侍衛先帶芙蕖到自己的住處，等忙完再帶她去見國王。

剛一踏進地牢，未翔便搶過來跪下，道：「殿下，還請你高抬貴手，手下留情。」傲文冷冷道：「你不是寧死也不肯悔改麼？又找我來做什麼？」未翔道：「不是為我自己。聽說王子要將我公開處死，以此來誘捕夢娘。王子當真要這麼做麼？若是還念往日手足情分，求你……求你放過夢娘。」傲文本來還對當眾處死前王宮侍衛長有所猶豫，忽聽得未翔開口以手足情分為夢娘求情，登時勃然色變，轉身將他一腳踢翻在地，道：「我一定要捉住夢娘，親手將她碎屍萬段，好祭奠死去的阿峰和刀郎。」又連聲叫道，「來人，快來人，是誰告訴你們可以不用給重囚上枷鎖的？因為他以前是你們上司就可以徇私麼？」未翔擔任王宮侍衛長幾年，甚得侍衛愛戴，他被王儲下令從塔獄轉來王宮地牢，人人均以為事情大有轉機，因而未給他上戒具。地牢看守見傲文突然發了大火，忙飛奔趕去取來鐐銬，鎖了未翔手腳。傲文餘怒未消，道：「若是敢徇私放走未翔，你們全部都要處死。」看守戰戰兢兢，躬身應道：「屬下絕不敢徇私枉法。」傲文憤然出來地牢，走不多遠，便遠遠見到驚鴻牽著約素的手坐在花樹下密密交談。他一時愣住，既想上前，又不敢上前，既想知道他們到底說了些什麼，又害怕見到約素臉上的失望表情。正躊躇矛盾時，約素忽然抬起頭來，見到傲文便站起身，匆匆往後宮走去。

傲文急忙追了上去，叫道：「約素！約素！」約素回轉身，勉強微笑道：「有事麼？」傲文道：「你躲著我做什麼？」約素道：「我沒有躲著你呀，我只是趕著去……茅廁……」登時又想起昔日與傲文被囚禁在馬鬃山的種種情形，羞紅了臉。傲文上前握住她的手，道：「想必天女已經告訴了你事情經過，本來我是想親口告訴你的……」約素道：「王子，我是真的內急。」輕輕掙脫了傲文，飛一般地去了。傲文凝視她的背影消失，悄立良久，才叫過一名侍衛，道：「你暗中去盯著約素公主，如果她想離開王宮，立即趕來告訴我。」驀然聽到王宮北面鑼聲響起，那是火警信號。北面是問天國王寢宮和書房所在處，正冒出滾滾濃煙，傲文大驚失色，忙朝北面趕去。失火的正是國王寢宮，所幸千羽湖就在王宮北面，汲水方便，火勢沒有燒旺就被侍衛撲滅。問天披衣站在宮前，顯是被侍衛從床上救出。傲文趕過來一看即道：「這裡暫時不能住了。陛下，不如你先暫時搬去我的住處。」話一出口，才想到芙蕖正藏在那裡。幸得問天搖頭道：「不過是燒了幾扇窗子，我住慣這裡，還是住這裡好。你去忙吧，不用留在這裡陪我。」傲文本有心試探芙蕖之事，見國王病容甚重，只得暫且作罷。回來住處，命看守的侍衛讓開，推門叫道：「表妹，你最好還是……」房中空空一人，根本不見芙蕖人影。傲文忙叫進侍衛，問道：「公主人呢？」侍衛道：「一直在裡面的呀。」傲文見西窗大開，跺腳道：「糟了！你們幾個，快去將公主找回來，千萬別讓國王知道她在宮裡。」一面又分派人手去封鎖宮門，閉門搜捕。

過了好大一會兒，驚鴻匆匆趕來告道：「王子，神物不見了。」傲文大震，忙跟驚鴻趕來別苑。卻見桌案上石匣大開，裡面空空如也，彩裙已經被人取走。笑笑生撫摸著後腦勺坐在一旁哼哼哈哈。傲文怒道：「笑先生，神物歸你看管，你現下弄丟了它，要如何交代？」笑笑生道：「我是被你的侍衛突如其來地打暈了，才弄丟了彩裙，怎麼能全怪我一個人？」傲文道：「我的侍衛？是誰？」笑笑生嘟囔道：「說出來怕你不信。」傲文道：「快說，到底是誰？」笑笑生道：「那人穿著侍衛的衣服，卻是死去的芙蕖的面孔，臉色青得跟鬼魂一樣，我可是嚇了一跳。我昏迷中還聽見她的怪笑聲，說她既然穿不上彩裙，就要徹底毀掉它。」傲文這才知道芙蕖是有意哀求自己帶她入宮，目的就是要盜走彩裙將其毀掉，登時又驚又悔，這才理解未翔鑄下大錯、無可挽回的心情。他料想火災必然也跟芙蕖有關，目的就是要趁亂出宮，急忙派侍衛四處追捕。笑笑生道：「原來芙蕖公主是假死，那麼我見的也就不是鬼了。」驚鴻道：「彩裙是神物，不可能輕易毀掉。芙蕖公主內心魔氣未散，多半往幽密森林去了。」傲文道：「多謝提醒。」忙派大批侍衛往大漠方向追尋。

手忙腳亂地搜了十餘日，沒有任何關於芙蕖的消息傳來。傲文越發絕望，若不是國王無法上殿理政，他就要自己親自帶兵去追尋。這一日，侍衛小倫急奔進來，道：「夢娘手下的馬賊鐵匠來了宮外，指名要見王子。大概已經知道我們十日後要處死未翔和阿色。」傲文沒有心思理會這件事，道：「將他逮捕下獄，十日後與未翔一道處死。」小倫道：「兩國相爭，不斬來使。鐵匠不過是個信使，而且我看他很是有恃無恐的樣子。」傲文心念一動，道：「帶他進來。」一會兒鐵匠被五花大綁押了進來，一進門便嚷道：「夢娘有口信帶給傲文王子。」傲文道：「什麼口信？」鐵匠道：「神物在夢娘手裡。」傲文恍然變色，道：「夢娘怎麼知道神物的事？」鐵匠道：「當然有人主動告訴她，不過不是芙蕖公主，因為公主已經被問天國王下令處死了。」傲文自然聽得懂他話外之音，這才確信芙蕖已經落入夢娘手中，大約是她往大漠去尋幽密森林時，正好遇到趕來王都營救未翔的夢娘，當即沉聲道：「夢娘想怎樣？」鐵匠道：「很簡單，她想用神物換回未翔和阿色。」傲文毫不猶豫地道：「好。只要夢娘交出神物，我立即將未翔和阿色完整無缺地交給她帶走。若是你有一句謊言，你們所有人都要死。」鐵匠道：「好，明日午時，夢娘會親自帶著神物來王宮跟王子交易。」傲文點點頭，命人帶他出去。小倫道：「要派人跟著他麼？」傲文道：「不必。夢娘做事滴水不漏，她必然是握有神物，才敢親自來王宮。」微一沉吟，即趕來地牢。未翔的手足頸均戴了枷鎖，被禁錮得動彈不得，見傲文進來，便低頭道：「恕未翔不便向王子行禮。」傲文冷笑道：「未翔，你的夢娘可對你好得很，而今她意外得到了神物，要拿它換你出去。只要她手中的神物是真的，明日你就自由了。」未翔道：「多謝王子告知。」傲文本想出言大大譏諷挖苦一頓，忽見未翔面容沉重，並無喜色，登時想到自己也曾誤帶芙蕖進宮的事，心頭一軟，問道：「你可有想過夢娘只是在利用你？」未翔道：「想過。她確實只是要利用我混進宮行刺，但她並非對我全無真心。」又想起他返回大漠去殺夢娘時、她聞聲從石屋中奔出迎接他的情形，也許從那一刻起，他心裡再也放不下她，以致頭腦發熱，想到要帶她入宮向傲文求情免罪，甚至在被她利用之後，仍然不惜屈膝下跪懇求王子放過她。傲文也是感慨萬千，芙蕖落到今日的地步，也完全是因為癡戀他卻得不到他的心所致，當即歎了口氣，老老實實地承認道：「未翔，我很高興不用再下令處死你，希望會是一個皆大歡喜的結局。」轉身叫過地牢看守，命道，「除去侍衛長身上的枷鎖。」看守不知王子為何會喜怒無常、朝令夕改，又不敢多問，只得應道：「遵命。」

次日正午，夢娘果然按時出現王宮門前。侍衛見她單身一人，又無兵刃，便帶她來見傲文。傲文道：「夢娘，很久不見，你可是清減了不少。」夢娘笑道：「彼此彼此，王子重新當上了王儲，氣色也沒有好到哪裡去。」傲文哼了一聲，問道：「神物呢？」夢娘爽快地從懷中掏出彩裙，問道：「未翔和阿色人呢？」傲文揮了揮手，幾名侍衛將五花大綁的未翔和阿色推了出來。夢娘道：「咱們就按照約定，一手交人，一手交貨。」傲文道：「好。」轉頭命道，「解開他們兩個。」笑笑生也在一旁，忽然插口道：「小心有詐。」傲文也覺得對方交出神物太過爽快，道：「等一等！」夢娘冷笑一聲，道：「怎麼，王子懷疑這神物是假的？」傲文道：「防人之心不可無。請夢娘先試穿一下神物。」他親眼見過彩裙的魔力，只有真正的新娘才能穿上它，就連約素也不能。夢娘道：「試就試。」抖開彩裙，圍在自己的腰身上，笑道，「如何？」傲文臉色一變，道：「我早說過，你若敢有一句假話，立即讓你們所有人死無葬身之地。來人，將她也拿下了！」夢娘大怒，道：「傲文王子，你如此不守信義，將來如何當一國之君？」傲文冷笑道：「不是我不守信義，而是你失約在先，用假的神物來騙我。」命侍衛執住夢娘手臂，從她腰上解下彩裙，用力一扯，那彩裙薄如棉紙，卻並沒有被撕裂，不由得一愣。驚鴻聞聲趕來，叫道：「王子，那是真的神物。」傲文滿面驚愕，愣得一愣，才問道：「怎麼會是真的？」招手叫過來一名侍女，將神物往她身上套去，那彩裙立即擺動起來，無論如何貼不上侍女的腰身。傲文一時呆住。

笑笑生嚷道：「她……夢娘她穿上了神物！哎呀，王子，我明白了，馬鬃山不是又稱月亮山麼？那月亮不是代表你，而是代表夢娘，太陽則是代表神力，有了夢娘這枚月亮，才能激發出太陽的神力。」傲文臉色一沉，道：「胡說八道！既然天女說是真的神物，那便是真的。夢娘，現在我履行諾言。來人，放未翔和阿色走。」笑笑生忙叫道：「不，不准放走未翔。快，快來人，將夢娘一併拿下。」傲文不願見到最不想見到的事情發生，恨不得立即讓夢娘從眼前消失，呼吸急促了起來，迭聲嚷道：「放他們走，快放他們走。」笑笑生道：「不行，不能放。」傲文大怒，道：「敢不聽我號令者，立斬。」笑笑生道：「斬個屁！夢娘就是未來的樓蘭新娘，如何放得？」一眾侍衛聽二人針鋒相對，笑笑生的話語更是匪夷所思、駭人聽聞，無不目瞪口呆，茫然之下束手無策。傲文霸道慣了，見笑笑生當眾跟自己較勁，越發憤怒，命道：「來人，送笑先生回去別苑！解開未翔，立即放他們三個走。」笑笑生氣得直跳腳，道：「王子不聽人勸，遲早有後悔的一天。」推開來拉扯自己手臂的侍衛，道，「不勞你們動手，我自己會走。」賭氣離去。

夢娘也不明白究竟，叫道：「未翔，咱們走吧。」未翔依言走到她身邊。夢娘柔聲道：「是我害得你到這個地步，你怪不怪我？」未翔搖搖頭，低聲道：「你為我冒險來到王宮，如此待我，我死而無憾。」夢娘微笑道：「你是我愛戀的男子，我自然要好好待你。」未翔道：「我對不起你，請你原諒我。」夢娘愕然道：「怎麼，你不願意跟我走？」未翔不答，退開幾步，猿臂舒展，已搶過近旁侍衛的兵刃，劃過半個圈子，橫刀便朝頸中抹去。刀鋒逼近肌膚時，背後搶出一人，握住他手臂，喝道：「你這是要做什麼？」未翔本可以輕易掙脫，但他聽出是問天的聲音，生怕傷了病重的國王，慌忙拋下兵器，轉身下拜道：「未翔犯了王法，鑄下大錯，求陛下准我以死謝罪。」問天搖搖頭，道：「你是樓蘭第一勇士，死也該死在戰場上。我以國王的身分下令，不准你自殺。夢娘，請你跟我來。你放心，你是我們樓蘭的貴客，我絕不會加害，只是想跟你聊聊。」傲文忙道：「陛下，夢娘是馬賊頭領，是個極度危險的人物。」問天道：「我知道。傲文，你先留在這裡，哪裡也不准去。」招手叫過驚鴻，取了神物，三人一道進了內殿。傲文轉頭狠狠瞪著未翔，若是目光能殺人，早已當場將他殺死上百次。當日約素試穿彩裙時未翔也在議事廳中，知道事情究竟，多少有些明白過來，他也不願看到即將發生的事情，然而也無可奈何，只得乾等在那裡。過了一個多時辰，問天終於領著夢娘和驚鴻出來，當眾宣布道：「夢娘要暫時留在王宮中，她跟天女一樣，都是本王的貴客，誰也不准怠慢。傲文，你進來，我有話對你說。」傲文心亂如麻，悶悶地跟著國王進來內殿。問天開門見山說道：「夢娘交出的神物是真的，她能穿上彩裙也是真的，她和天女都是跟你有緣分的女子，你必須得在她們二人中選一個做你的新娘。」傲文道：「我死也不會娶夢娘。」問天厲聲道：「你現在是王儲，別動不動像小孩子一樣說這種賭氣的話。你自己心中很清楚，天女是神仙，夢娘是凡人，顯然夢娘更合適些。」傲文心中更是不服氣，質問道：「為什麼非得是我？我可以不做王儲麼？」

問天嚴峻的臉上滿是堅毅，沉聲道：「這是你的命！或者說這是死去的遊龍的命！他完成了你的使命，你也必須承擔他的使命！從希盾國王用你換走遊龍的那一天起，就注定有今日的到來。」他歎了口氣，語氣儘量變得婉轉溫和些，道，「你可有想過，與你交換了身分的遊龍對你的殷殷期望？他離開人世前的最後一刻，提到的是你的名字。」一個本該是王子的人，因為機緣巧合下成為了遊俠，孤獨地行走在大漠中，與馬賊進行著生死搏鬥。而一個本該是平民身分、普通人家的孩子，則意外成為了樓蘭王子，擁有無限的富貴與權勢，也擁有無法自主選擇新娘的痛苦。這到底是上天的青睞，還是命運的捉弄？有時候，人以為重要的，其實並不那麼重要；以為已經擁有了很多，其實失去的更多。問天見傲文失魂落魄，再無話說，溫言撫慰道：「我知道你為難，但這也是沒有法子的事。你可以將約素公主留在宮中，我不會阻攔，天女和夢娘也不會阻攔。你這就去吧，跟約素好好一談，再跟天女和夢娘談一談，一日之內，我要知道你選擇的新娘是誰。」傲文無奈而無望，沉默了一會兒，才躬身道：「遵命。」聲音聽起來疲憊而嘶啞，似是走了很長很遠路途的旅客。

一名侍衛正等在殿前，一見傲文出來，忙稟告道：「王子命我監視約素公主，她剛才收拾了行裝，似乎是想離開王宮。」傲文大驚，急忙往宮門趕來，果見約素揹著一個包裹，行色匆匆，正要出門。傲文搶過去拖住她手臂，問道：「你要去哪裡？」約素埋著頭，不敢看他，道：「我……我出宮去逛一逛。」傲文道：「不行，我不准你離開王宮。約素，你抬起頭，看著我，我不准你離開我。」約素仰起頭來，又是淒然又是決然，眼中卻漸有淚光盈轉，道：「可是你很快就要娶天女或是夢娘做妻子呀。」傲文道：「是，我是要娶她們之中的一個做王妃。但無論我的新娘是誰，我只愛你一個人。我向上天發誓，我只愛你約素一個人。如果你離開我，我不知道該怎麼辦才好。」約素撲入他懷中，淚眼婆娑，飲泣道：「我也不想離開你。」傲文道：「我不想孤零零一個人留在這裡，也不想你孤零零一個人上路，你留下來，留在我身邊，讓我天天能看到你，好麼？」約素泣不成聲，無法回答。傲文便摟著她回來住處，溫言安慰，終於勸得她回心轉意，這才戀戀不捨地起身，趕來別苑。夢娘也暫時被安頓在這裡，他一時躊躇，最終還是決定先來見驚鴻。笑笑生與驚鴻正瞪著那只裝過彩裙的石匣發呆。傲文見二人神色凝重，心中登時又燃起一線希望，問道：「是不是還有什麼偈語沒有解開？」笑笑生搖搖頭，道：「就算還有偈語，也一定被禁制鎖住，不知道該如何開啟。」傲文道：「先生一定有辦法的，一定能想出辦法的。」笑笑生歎道：「我什麼法子都試了，還是不行。王子，你就認命吧。天女是神仙，不是你的良配，你只能娶夢娘做妻子。」傲文只覺得無形中有一張綿綿密密的大網向自己籠罩而來，雖然輕輕軟軟，卻始終掙不脫、甩不開，他最終被囚禁在宿命的網底，無所遁形。既然無力抗爭，那便只能接受命運。他想到遊龍、蕭揚那些人的付出和犧牲，終於還是下定了決心，道：「好，我這就去見夢娘。」驚鴻道：「王子先不要進去，未翔在夢娘的屋裡，給他們一點告別的時間。」傲文這才想到，受到情感折磨的不僅有自己和約素，還有未翔和夢娘。他那麼不願意娶夢娘，夢娘又會願意嫁他麼？

傲文趕到別苑的時候，夢娘正將自己要嫁給傲文的消息告訴未翔。儘管未翔早有預感，但聽到話從夢娘口中說出來，還是忍不住一呆，問道：「什麼？你……你要嫁給傲文王子？」夢娘道：「我也不想的。」她的眼睛忽然發亮，上前挽住他的手臂，急切地道，「未翔，我們一起走，好不好？我們離開這裡，我再也不要做馬賊頭領，你也不要當侍衛長，我們離開樓蘭，離開西域。」未翔道：「我……我……」夢娘道：「難道你不喜歡我麼？」未翔道：「我當然喜歡你，可是……可是……」夢娘道：「那你怎麼能忍心看我嫁給別的男子？」未翔道：「難道真的沒有別的法子了麼？」夢娘道：「沒有。是對於你們樓蘭而言，沒有。只有穿上彩裙的女人才能成為樓蘭新娘，破除你們國家的詛咒。」未翔無力回答，只呆呆望著她。夢娘舉起手，溫柔地撫摸著愛人的臉龐，道：「你這麼為難，是既不捨我，又捨不得你的樓蘭國呀。我就是愛你這樣有擔當的男子，我又怎麼能讓我心愛的男子為難呢？我要留下來，嫁給傲文王子，做你們樓蘭的王后，只有消除這千年詛咒，我愛的男人才能好好活著，是也不是？」她的神情有著難以自抑的孤寂和哀傷，她的眼角裡閃耀著晶瑩的光澤，宛如平湖裡的一輪明月。未翔一句話也說不上來，他看到大顆大顆的淚珠從夢娘雙眼滾落而下，她的面目逐漸朦朧起來。這是他頭一次感到他們的心靈這般親近，而身體卻再也無法靠近。他們之間經歷了那麼多的曲折和悲愴，最終卻還是要面對日日相對的分離。

未翔出來夢娘房間時，正見到傲文站在院中。四目相對，彼此都感受到對方難言的痛苦。二人都將要失落至珍至愛的心上人，惆悵，歎惋，心有不甘，而又無可如何。未翔欠了欠身，正要出去。傲文叫道：「你留下來，繼續做你的侍衛長。」未翔搖搖頭，道：「多謝王子美意。只是我犯過大錯，不配再當侍衛長，我這就會離開王宮，回去家中陪伴祖父。未翔不能再侍奉王子，請王子多保重。」深深鞠了一躬，昂然出去，再也沒有回過頭來。傲文百般不願，還是不得不跨入夢娘的房中，命侍衛留在門外。夢娘本坐在窗下發呆，一見王子獨自進來，立即換了一副面容，笑道：「王子是來找我談婚事的麼？」傲文冷冷道：「我來不是要跟你談婚事。我問你，芙蕖人在哪裡？」夢娘道：「芙蕖公主釋放瘟疫，禍害樓蘭，不是早被問天國王下令處死了麼？」傲文道：「你我心知肚明，何必多說這些廢話？直接說吧，你想要我怎麼做，才肯告訴我芙蕖的下落？」夢娘笑道：「當日我捉住王子，王子寧死也不肯向我屈服。若是你對我下跪，我說不定會回心轉意。」傲文沉默片刻，當真單膝跪下，道：「這下你滿意了麼？」夢娘道：「哪有下跪求人還這般凶巴巴的？我可是一點也不滿意。」傲文勉強忍氣吞聲，低聲道：「請你告訴我，芙蕖到底怎麼樣了？」夢娘道：「芙蕖公主用瘟疫殺了我那麼多手下，還險些殺死我，可是她偏偏生得如此花容月貌，我手下人捨不得殺她，只能帶她去個好去處了，那地方王子原也去過的。」傲文驚道：「你派人帶她去了馬鬃山？」夢娘笑道：「不錯，我特別交代手下，要在馬鬃山給公主找個長相英俊的馬賊嫁了，最好是樣貌跟王子差不多的。」傲文憤而起身，上前抓住她胸口衣襟，怒道：「你以為你能穿上神物我就不敢對付你麼？我這就派兵……」忽聽得有人敲了敲門，有侍衛叫道：「王子殿下，甘奇人在外面，有要事求見。」傲文恨恨地放開夢娘，道：「我回頭再來找你算這筆帳。」

出來院中，果見侍衛領著甘奇及兩名僕從站在樹下。侍衛稟告道：「他們幾個說有急事，事關殿下的外祖父，又說一定要立即見到殿下，我只好領他們來這裡。」傲文的臉色頓時陰沉了下來，森然道：「甘奇，你殺死我兩名心腹侍衛，還偽造書信，誣陷我和泉川將軍謀反，你明知道官署正在追捕你，居然還有膽到王宮裡來。」甘奇道：「王子，甘奇所作所為都是奉桑紫夫人之命行事，殿下要打要殺，甘奇絕不敢反抗。不過要先說阿胡主人的事，這裡有一封主人的信，是主人親筆寫給王子的。這兩位都是主人的心腹僕從。」阿胡病重，之前甚至未能趕來樓蘭參加兩個女兒的葬禮。傲文一向仰慕外公的天馬行空生活，雖然身世揭開，並無血緣關係，但他畢竟一直被阿胡當作親外孫對待，感情極深，當即拆開書信。那信在陽光下一照，竟立即著火燃燒了起來，傲文的雙手更是一點點變成了紫黑色。正錯愕間，甘奇已然搶過身邊侍衛的佩刀，直朝傲文刺來，刀風鼓蕩，凶猛之極。一名侍衛高叫道：「有刺客！保護王子！快保護王子！」挺身擋在傲文面前，被一刀刺穿胸口。傲文雙手發麻，連去拔兵刃的力氣都沒有，完全不能抵擋，倒退數步，跌坐在臺階上，大口喘氣。夢娘搶出門來，一看便道：「王子是中了劇毒。」解下腰帶紮住傲文兩條肘部的臂彎處，令血流不暢，阻止毒性蔓延。又從懷中掏出一粒黑色藥丸，強迫他服下。傲文道：「你……你給我吃的什麼？」夢娘笑道：「當然是解毒藥。放心，你暫時死不了，我還要當王子的新娘呢。」

卻見甘奇像發狂的猛獸般凶悍無比，一人力鬥數名侍衛，居然大占上風，片刻間就被他殺死兩人。他帶進來的兩名黑衣僕從，各從懷中掏出一個竹筒般的東西，一拉管線，便有烈焰噴出。那二人並力衝開侍衛的包圍圈，直朝驚鴻房中而去。笑笑生已聞聲趕出，見刺客直衝過來，登時驚覺，叫道：「他們是要來搶神物！」忙將驚鴻推出房外，自己回去抱了石匣，卻已來不及出門，被兩名黑衣刺客堵在房中。笑笑生忙將石匣藏在背後，警告道：「告訴你們，我也是會噴火的。」兩名刺客獰笑一聲，舉起竹筒對準笑笑生，正要拉動管線，搶進來兩名侍衛。刺客便轉身將竹筒對準侍衛，火焰噴出，登時點燃了上半身衣裳。侍衛高聲慘叫，忙不迭地扔下兵刃，奔出房去，撲倒在地上亂滾，試圖撲滅身上的火苗。笑笑生見那竹筒表面不起眼，卻威力巨大，不由得暗暗心驚。眼見兩名刺客一步步進逼過來，笑笑生威脅道：「我真的要噴火了！」話音未落，一道火焰自門外射入，正打在那兩名刺客的背心，瞬間引燃了竹筒，「嘭」的一聲綻開，二人登時成了火人。片刻後，火焰和火人都憑空消失了，彷若從來沒有出現這兩名刺客一般。笑笑生道：「好險！」趕出來一看，卻見麒麟正盤旋在空中，噴出一道火焰射中了甘奇的背心。甘奇全身著火，淒厲地尖叫一聲，搖搖晃晃中變成了一團黑煙，火焰也跟著熄滅了。

笑笑生道：「這三名刺客都不是常人，已經變成半妖半魔。驚鴻，多虧你及時召喚來麒麟，不然後果不堪設想。」驚鴻道：「可是夢娘她……她……」笑笑生這才看到夢娘背心中了一刀，伏在臺階上，忙趕過來查看傷勢。傲文剛被侍衛扶起，叫道：「笑先生，你……你救救她……」笑笑生見那刀既傷在要害，又穿透至前胸，就算神仙也難以挽救，當即搖了搖頭，將夢娘翻過來，頭枕在自己膝蓋上，問道：「夢娘還有什麼未了的心願麼？」夢娘笑道：「那可多了，我……我還沒有當上樓蘭王后呢。」傲文掙開侍衛，走過來蹲下身子，問道：「你為什麼要捨命救我，替我擋下甘奇那一刀？」夢娘道：「我不是要救你……我……我是要救我的未翔……王子，你趕快娶天女做妻子，破除樓蘭的詛咒，我的未翔才能……才能好好地……」她來不及說完最後的話，頭無力地垂了下去。笑笑生長歎一聲，將她放平到地上。她安詳地躺在那裡，就像睡著了一樣。這個原本被傲文刻骨仇恨的馬賊頭領，卻在最要緊的關頭救了他的性命。他原來以為她不過是在利用未翔，而現在看來，她也是個至情至性之人，這讓他除了憐惜和歉意，還憑空多了幾分尊敬。她雖然已經死去，然而她的嘴角卻漾著莫名的微笑，彷彿死亡反倒是她的解脫，更為她平添了一絲耐人尋味的神祕。蒼白的臉上浮起一抹紅暈，那大概是生命中最後一抹戀戀不捨的晚霞。那一刻，傲文徹底下定了決心，道：「好，我答應你，我明日就正式娶天女為妻。」笑笑生道：「王子，夢娘已經去了，她聽不到你的話了。」傲文道：「她聽得到，一定聽得到。」鄭重走到驚鴻面前，道，「天女，請你嫁給我，做我傲文的妻子。你我成親之日，我會正式登基成為樓蘭國王，你就是樓蘭的王后。我今生今世都會敬你重你，絕不違背你的意願。」驚鴻早已淚流滿面，只有點頭的力氣，再也說不出一個字來。淚眼朦朧中，她的眸子中閃耀出新的光芒，彷彿整個心都在飄飄遠去。

月光流瀉大地，天籟悠然而至，久違的清淨悠悠澄澈著心靈。彩裙重新裝入了石匣，送來傲文的住處。明日是王子的婚期，他將在婚禮中親手為天女穿上神物，解除千百年來籠罩在樓蘭頭上的詛咒。約素站在傲文旁邊，二人雙手緊扣，默默凝視著眼前這件決定了他們命運的彩裙，迷茫的臉上寫滿憂傷，宛如闃然的黑夜裡一道最為悲愴的風景。美人如詩，情懷如夢。縱然望斷天涯，他們二人之間依舊隔著難以跨越的鴻溝。也不知過了多久，約素終於開口道：「我該走了。明日是王子的婚禮，你該好好歇息。」傲文卻無論如何不肯放手，將她小小的身子攬入懷中，只覺得心跌在地上，碎了一地，眼淚緩緩流了下來。約素心也是生生的疼，哭道：「不要哭，我不要看見你哭。」驀然一道紅光閃過，二人嚇了一跳，轉頭一看，那件彩裙忽然變得絢爛奪目起來，裙絲中不斷放出奇異的光彩，五光徘徊，十色陸離。傲文「啊」了一聲，忙叫道：「來人，快去請笑先生和天女來這裡。」

笑笑生和驚鴻聞訊趕來時，彩裙光彩流動不息，彷若星辰閃耀，銀光耀眼，寶色映人。石匣上的太陽和彎月標記已經消失不見，替代為彩裙和寶劍。笑笑生又驚又喜，問道：「禁制已經被打開了！你們做過什麼？」傲文道：「什麼也沒有做過，甚至連話也沒有說過。」驚鴻道：「你們哭過，對不對？我明白了，原先的太陽是代表最熱，月亮是代表最冷，只有世間最熱最冷之物才能打開禁制，激發出彩裙的潛力。」傲文道：「這話是什麼意思？」笑笑生笑道：「你們二人共過患難，沒有什麼比你們的愛戀更熾熱；可是你們無法在一起，沒有什麼比心裡的悲苦更冷。所以當你們同時落淚的時候，就是世間最熱最冷之物。王子，恭喜你，約素才是真正的樓蘭新娘。」

原來人的眼睛有神靈精氣，是富有魔力的。眼淚中亦含有自身的元神，所以通常在哭喪時，切記不可將眼淚掉進棺材裡去。傲文簡直不敢相信自己的耳朵，握住笑笑生的手臂，連聲追問道：「先生說什麼？說什麼？」笑笑生道：「你不用娶天女了，改娶約素做妻子吧。」又埋怨道，「你不是中毒了麼？怎麼還這麼大力氣，抓得我臂膀疼。」

傲文大喜過望，轉頭問道：「天女，這是真的麼？」驚鴻笑著點點頭，取過彩裙抖開，果真順利圍上了約素的腰身。傲文歡呼一聲，狂喜之下，上前抱起約素，像個小孩子般又蹦又跳。他的眼睛閃爍著興奮的光彩，如同孩童得到了渴望的糖果一般。約素羞道：「笑先生和天女在這裡，你別胡鬧了。」傲文放下她，道：「走，我帶你去見國王，這就向他稟報清楚。」扯著約素去了。驚鴻指著石匣上新出現的圖案，道：「先生看這柄劍會不會就是代表軒轅劍？」笑笑生呵呵笑道：「一定是的。天女放心，我這就去車師找他回來。」這個「他」，自然是指蕭揚了。

蕭揚離開樓蘭後，與阿飛一路趕來車師。之前他曾以遊龍身分領導車師軍民力抗強敵，他的強弓至今還被隆重供奉在車師王宮的大殿中，許多人認得他的容貌，為避免節外生枝，他特意取下了遊龍的面具。阿飛問道：

「師父既然打算回去中原，那麼遊龍的事業該怎麼辦？」蕭揚道：「我本一直有心將遊龍的衣缽傳給你，近來你武藝大進，也有能力來擔當。但我還是有點擔心，怕你心中放不下古麗的私仇，會利用遊龍的聲名來對付于闐國王希盾。」阿飛沉默許久，才道：「如果我向師父保證我不會這麼做呢？于闐王已經知道上任遊龍是他的親生兒子，他派手下射殺了自己的兒子，這已經是老天爺給他的報應。」蕭揚還是有所猶豫，道：「等我們辦完古麗的事，再好好商議這件事。」來到車師鄴城古麗的家中，報上死訊，其家人自然免不了一番悲慟。二人留下來參加完古麗的衣冠葬禮，這才離開鄴城。當晚夜宿客棧，蕭揚想到馬上就要離開西域，心中百感交集，輾轉難以入眠，折騰到後半夜才沉沉睡去。次日醒來，店家來告知阿飛已在凌晨提前離開，蕭揚這才發現遊龍面具、割玉刀以及汗血馬都不見了，阿飛居然從他枕邊盜走行囊而沒有驚醒他，也可謂十分本事了。他料想阿飛是以遊龍身分去了大漠行俠仗義，既無處尋找，也無從阻止，只得就此作罷。

來到車師與墨山邊境時，蕭揚見到車師的國師無價正站在關卡處，與一墨綠長袍巫師交談。他曾在玉門關前見過無價，當時他還是車師二王子昌邁的私人軍師，後來昌邁當上車師國王，他也跟著一飛沖天，成為國師。蕭揚一直疑心先前于闐武士在白龍堆沙漠被殺之事與無價有關，懷疑是他救走了落入于闐人之手的昌邁王子。只是那幾名武士死狀淒慘，似非人力所為，蕭揚還不能肯定是無價所為，此刻見他與巫師交談甚密，心中才有定論。蕭揚通過關卡時，那墨綠長袍巫師不知如何留意到了他，轉過頭來緊盯他不放。無價本要命軍士攔下蕭揚盤問，卻被巫師阻住。蕭揚見自己被那巫師盯上，對方又是一副有恃無恐的樣子，心知不妙，一路急馳，仍舊在墨山境內被追上。巫師擋在他的馬前，問道：「你是誰？」蕭揚道：「你又是誰？」巫師道：「我是摩訶巫師。年輕人，為何你的身上會有軒轅之氣？」蕭揚道：「我是中原人，當然有軒轅之氣了。」一邊說著，一邊拔出自己的隨身鈍劍，凝神戒備。摩訶「嘿嘿」一笑，道：「除非你手中有軒轅劍，不然你是殺不死我的。」拉開馬步，叫道：「變！」斗篷飛揚開來，竟化身成了一隻魔獸，怒吼一聲，直朝蕭揚衝來。蕭揚急忙躍下馬來，挺劍迎上前去。然而那魔獸力量極大，只輕輕一揮前掌，便將他連人帶劍掄到一邊。蕭揚身子撞上樹幹，重重跌落下來，只覺得百骨盡散，再也爬不起來。魔獸一步步逼到他面前，將鋒利的尖爪按在他胸口，沉聲問道：「說，軒轅劍在哪裡？」蕭揚道：「你殺了我，就永遠不會知道軒轅劍的下落。」魔獸道：「你說的不錯，但殺了你這個體內有軒轅之氣的人，世間再無人能用軒轅劍，有就跟沒有一樣。你受死吧！」正要用力按下利爪，忽聽得背後有人道：「別著急動手，我知道軒轅劍的下落。」

魔獸抬起腳來，轉過身去，卻見一名髒兮兮的道士正站在背後不遠處。蕭揚勉強扶著樹幹站起身來，叫道：「笑先生，你快走，不用管我。」魔獸道：「你就是笑笑生？你幾次三番壞我大事，今日先了結了你。」吼叫一聲，便奮蹄朝笑笑生衝去。蕭揚無力阻止，驚叫道：「先生快跑！」笑笑生「哎喲」一聲，轉身就逃。魔獸高高躍起，從半空直朝他俯衝而下。就在那一瞬間，笑笑生陡然轉身，全身放射出金色光芒，彷若一個八卦形狀，魔獸一沾到金光，便發出一聲慘叫，力道盡消，從半空落了下來，變成一團黑霧散去。蕭揚目睹這一切，瞠目結舌，道：「先生你……你……」笑笑生得意地道：「你當只有你一人來歷非凡麼？我早說過先生我是伏羲氏後人，你們卻都不信。」走過來扶住蕭揚，道，「咱們快些走吧，車師國王和墨山國王都已經被巫師完全控制了心智，軍隊也是一樣，很快就有一場大戰。」蕭揚道：「我……我不想再回去樓蘭。」笑笑生道：「你還對天女要嫁給傲文王子耿耿於懷麼？我告訴你，情況完全變了。」當即說了蕭揚離開樓蘭後所發生的種種事情。蕭揚大出意外，半晌才問道：「傲文王子已經正式娶了約素公主麼？」笑笑生道：「還沒有。問天國王說了，是你、我和天女助樓蘭尋到神物，王子的婚禮，希望我們幾個都在場。天女還在樓蘭王宮等你，你還等什麼？」蕭揚遂不再猶豫，折道往南而來。

墨山國正往南部邊境集結大軍，二人小心避開兵鋒，繞道避過關卡，進入樓蘭境內。卻見處處掛著白幡，就連邊關軍營亦是如此，打聽之下才知道問天國王已經去世了。二人不免大吃一驚，急忙馳回王都扞泥。傲文已正式即位為新一任的樓蘭國王，身上驟然多了許多沉鬱和滄桑，人也變得精幹穩重起來。他正在服國喪中，一段時間內不能迎娶約素，聽說車師和墨山兩國聯軍正趕往樓蘭北部邊境，不由得很是憂心。樓蘭新近才經歷了內訌和于闐入侵的事件，王都一度被攻陷，元氣大傷，阿曼達王后和問天國王又相繼去世，根本無力應付危機。然而既然敵人大舉來襲，傲文還是只得下令全國備戰，更是不顧新登王位，打算親自領軍抗敵，以鼓舞民心士氣。這一日，傲文正要出發前往邊境，王宮中突然來了不速之客，卻是于闐國王希盾，一是來弔唁舊王，賀喜新王，二是表示已經在邊境集結了兩萬大軍，只要傲文同意，隨時可以過境援助樓蘭。傲文大感意外，道：「陛下想來已經知道車師、墨山軍隊已被魔氣感染，對方的統帥巫師可以變身魔獸，厲害無比，常人難以抵擋，此戰凶險異常。」希盾道：「我已經將于闐王位傳給須沙，就算戰死沙場，也沒有什麼遺憾。傲文，我不想說什麼你我並肩作戰的大話，魔軍一旦攻陷樓蘭，下一個目標必然就是于闐，我們都是為了保衛自己的家園而戰。」傲文低聲與蕭揚、泉川幾人商議了幾句，即道：「好，我派蕭揚跟陛下一道。」希盾道：「不必，我跟你一起趕赴前線，你派侍衛和菃鷹一起去我于闐軍中傳令。」他堅持跟傲文一起，自是要表示自己心懷誠意，絕無趁機落井下石之心。傲文道：「也好。」命心腹大倫、小倫帶一隊侍衛前去邊關傳令，南部邊軍只留下少數人，餘眾由白其將軍率領，引領于闐大軍穿越國境，趕赴北部邊境。

傲文到達南部邊境後，立即命軍隊在樓蘭與墨山之間的沙漠地帶布陣，力圖將戰火阻擋在國境之外。這一片土地在十幾年前還是林木蔥翠，而今卻是寸草不生，光禿禿一片，當真是滄海桑田，變幻莫測，令人感慨萬千。一日後，車師國師無價和墨山國師無計統帥大軍到來，也在沙漠擺開長蛇陣仗。塵土飛揚中，旌旗蕩野，金鼓連天，戰馬嘶鳴聲不絕於耳，人數竟有近十萬之多，顯然是傾兩國之力而來。而樓蘭不過倉促集結了四萬人馬，實力對比實在懸殊。無計單騎來到兩軍中間地帶，揚聲叫道：「請傲文國王出來說話。」傲文聞報便要策馬上前。蕭揚道：「無計是巫師，怕是跟摩訶一樣也會變身，陛下還是小心些好。」與笑笑生一左一右護送他來到陣前。

無計道：「傲文國王，我們並非要跟你為敵，我主人是中原人，不過是想從貴國國境借條道路殺回中原，我們即使不是朋友，也絕非敵人，大可不必兵戈相見。」傲文問道：「你主人是誰？」無計道：「蚩尤，在中原有『戰神』之稱，想來國王也該聽過他的名字。其實我們兩方有著共同的敵人，那就是『黃帝』。當年黃帝用詭計殺死我主人的軀體，將他的元神鎮壓在西域大漠之中。又用鮮血詛咒樓蘭的先人，樓蘭的各種天災人禍其實都是因為這個詛咒。而今我主人元神得脫，軀體也即將復活，要回去中原向黃帝的子孫後代復仇，其實也等於是為樓蘭復仇。」傲文一時沉吟不語，樓蘭非但軍隊數量遠遠不及對手，且國內歷經磨難，局勢動盪，他新即帝位，根基尚不穩固，對方的話不能不令他動心。

無計又道：「而今車師和墨山兩國盡在我們掌握之中，我主人請我轉達國王，若是國王肯行方便，等我們重新占據中原，這兩國的領土、人口盡可以送給樓蘭。不過，我還有一個附加條件，請國王將蕭揚和笑笑生這兩個人交出來。」傲文道：「于闐希盾國王也來了此處，等我與他商議一下，再答覆巫師。在這之前，我會先下令扣押蕭揚和笑笑生。」笑笑生大叫道：「傲文國王，你可不能過河拆橋！」傲文理也不理，道：「巫師以為如何？」無計道：「好，我給國王一天的時間。明日正午時分，我們再來這裡相會。」傲文道：「一言為定。」策馬回來軍中，果然下令拿下蕭揚和笑笑生，帶進營帳。

笑笑生道：「你這是有意做給無計看的，對不對？」傲文也不回答是否，只是揮手命侍衛退開，轉頭問希盾道：「陛下怎麼看巫師提出的條件？」希盾道：「蚩尤從前可能是威風凜凜的戰神，而今只是個奸詐小人，他派巫師在西域興風作浪，先後控制了墨山、車師，樓蘭的瘟疫和政變都跟他有關，又騙得我擊毀神鏡，跟這樣的人談判，不會有什麼好結果。」笑笑生插口道：「希盾國王，論奸詐，論陰謀，論詭計，你可絕不在蚩尤之下。」希盾道：「不錯，我曾經是跟蚩尤一類的人，所以我非常瞭解他的野心和為人，雖然巫師強調他只志在中原，然而攻陷中原需要大量的軍力、人力、物力，西域就是他最理想的基地。你認為他控制了車師、墨山後，還會放過樓蘭麼？這裡可是西域通往中原的門戶，他可絕對不是那種受制於人的人。」傲文點點頭，道：「我也是這樣認為。不過，敵眾我寡，對方魔氣極重，我擔心敵人的兵士都已經半妖魔化，會跟當初的甘奇一樣，不要命地瘋打。我們眼下兵力不足，只能勉強裝作考慮對方的條件，拖延時間，等到于闐援兵到來，一鼓作氣出擊。」蕭揚道：「我有個主意，不如利用這個機會來擒賊擒王。國王可以綁了我和笑先生，當面交給巫師，我們趁機動手。只要擊殺了無計和無價，敵軍魔氣自會散去，那些兵士變回普通人，就會容易對付得多。敵軍驟然失去主帥，茫然無措，我們趁機揮軍衝殺，必能殺他個措手不及，出奇制勝。」希盾很是贊成，道：「這是個好主意。」傲文微一沉吟，即道：「好，就這麼辦。」眾人密密計議一番，做了周密部署和安排。傲文見天色不早，便讓大家各自回營歇息，養足精神，明日好放手搏殺。希盾卻徘徊著不肯離開，目光炯炯，凝視著傲文。傲文見他神色有異，問道：「陛下還有事麼？」希盾歎道：「如果當初不是我用農夫的孩子換走遊龍，今日站在我面前的樓蘭國王就是我的親生兒子。」言語中大有悔恨之意。傲文沉默良久，問道：「我的父母……親生父母他們可還好？」他不知道，當年他的親生父母因為弄丟了希盾的孩子，早在希盾狂怒下親手殺死。希盾因大戰在即，不欲他知道此事，答道：「你的父母是我于闐王宮中的園丁，一直都過得很好，不過幾年前已經故世了，安葬在崑崙山下。等這裡的事了，我就帶你去拜祭他們的墳墓。」傲文道：「多謝。」

次日正午，傲文帶著兩名侍衛，押著蕭揚和笑笑生來到陣前。無計和無價早等在那裡，無計見蕭、笑二人雙手反剪，當即笑道：「傲文國王果然是個聰明人。」傲文道：「我這就將他二人交給你們。」命侍衛牽了蕭揚和笑笑生上前，將綁索遞過去。無價正要接過繩索的一剎那，蕭揚陡然脫開雙手，從背心拔出錕鋙短劍，一劍刺中他胸口。無價怪叫一聲，便軟了下去，卻只是個空空的斗篷，並無屍首。蕭揚微感愕然，不及思慮更多，又迅疾挺劍去攻無計，卻彷若被什麼透明的盾牌擋住，始終刺不到無計身上。無計哈哈大笑道：「傲文國王，你上當了。我主人早料到你們會如此，已預先施展法術，將這裡變成絕地。蕭揚，你遞劍刺中無價的幻影，就等於觸發了禁制機關，你們幾個連人帶馬都被無形金剛罩罩住，再也出不去了，就留在這裡看好戲吧。」舉手一揮，背後鼓聲大作，先鋒騎兵登時策馬向前，潮水般向樓蘭陣地湧來。傲文急忙策馬回衝，坐騎卻彷若撞上牆壁一般，生生頓住，嘶鳴聲中，前蹄揚起，將他甩了下來。笑笑生道：「不要亂闖！我們確實被罩住了，這裡方圓二十丈之內都變成了絕地，出不去的。」

樓蘭一方見計畫不順，傲文幾人尚滯留在陣前，敵軍已發起了進攻，當即也擂起大鼓，派出精銳騎兵上前迎戰，營救國王脫險。兩軍片刻間接戰，廝殺聲大起。傲文等人被圈禁在絕地中，只能在二十丈方圓的地帶走動，自己既出不去，外人也進不來。眼見外面瞬間已是血流成河，傲文焦急萬狀，汗下如雨，連聲催道：「笑先生，快想想辦法。」笑笑生道：「只能勉力試上一試了，你們都讓開些。」當即朝東盤膝坐下，雙手食指合十，舉在胸前，口中念念有詞，驀然間全身發出金光，直射東方，卻在前面二、三丈處被什麼看不見的東西阻擋住。過了好大一會兒，金光被擋住之處漸有輕煙冒出，似是罩壁正被金光灼燒。煙霧漸濃，有一處更是冒出火星來。傲文喜道：「快了，快了，先生再加點力。」卻見笑笑生身子一歪，脫力昏了過去，渾身濕透，如在水中浸泡過一般。蕭揚忙扶起他，叫道：「笑先生！」笑笑生睜開眼睛，歉然道：「我功力已經耗盡，再也沒有辦法啦。」忽聽得空中一聲怒吼，麒麟從天而降，張口噴出一道赤焰，正打在笑笑生適才的發力處，登時響起「嘩啦啦」一片分崩離析之聲，彷若瓷器碎裂一般。蕭揚猜想無形金剛罩已經被笑笑生和麒麟合力攻破，忙扶笑笑生上馬，叫道：「走，快走！」金剛罩一碎，敵方士兵立即如蝗蟲般包圍了上來。幸虧麒麟大發神威，用火焰衝破包圍圈，終於護著傲文幾人回到陣營。

將軍枭川忙上前稟告道：「希盾國王適才親自帶人去救國王，正陷在敵人重圍中。」傲文見戰場上人影晃動，黃沙滾滾，一時間難以分辨希盾人在哪裡，當即揮手道：「召集人馬，跟我去救希盾國王。」忽見幾名侍衛護著約素到來，不由得一愣，問道：「你怎麼來了這裡？」約素道：「我們早上就到了軍中，正好遇到笑先生。

他說你們正午要發動攻擊，讓我先安頓下來，暫時不要露面，怕影響了你的計畫。」傲文埋怨道：「這裡太危險，你不該來這裡。」驚鴻忙過來道：「是我讓約素來的。陛下，此戰生死難卜，你應該儘快娶約素做王后，才能破除樓蘭的詛咒，我特意帶來了神物。」傲文微一躊躇，即道：「不錯，這樣即使我戰死在沙場，也再沒有任何遺憾。」蕭揚道：「國王就在陣前與約素公主成親，我和麒麟領軍去救希盾國王。」傲文道：「好，有勞。」蕭揚便上前握了一下驚鴻的手，即轉身上馬，招呼麒麟，一人一獸，朝戰場上沙塵最濃重之處衝去。

按照樓蘭習俗，國王、王子大婚要在神殿天女玉像前起誓，但此刻既然身在前線，也只能一切從簡，讓驚鴻暫時充當天女玉像。二人正要下跪，忽有兵士來稟告道：「陛下的心腹侍衛小倫到了。」傲文道：「那麼援兵也快要到了。」忙命人帶小倫過來。小倫受了傷，滿臉血污，一見傲文就哭道：「巫師無價帶著一大隊人馬從沙漠繞到樓蘭境內，重新施放瘟疫，阻擋了于闐援軍，還截斷了國王的後路。我方死傷無數，是萑鷹將軍拚死力戰，才保護我衝過了封鎖線，趕來向陛下報信。可是阿兄和萑鷹將軍他們都死了。」傲文不及反應，陡然聽到麒麟一聲怒吼，天空驀地暗了下來。笑笑生驚叫道：「壞了，日食出現，蚩尤馬上就要重生。我們這些人都難逃大劫，王子，不要再猶豫了，立即娶約素公主做王后吧。」傲文再無遲疑，拉起約素在驚鴻面前跪下，發誓終身相護相守，隨即起身，深深吻過自己的新娘後，自驚鴻手中取出彩裙，親手圍上約素的腰身。就在那一刻，彩裙發出燦爛綺麗的亮澤，流光溢彩，照耀四周。日全食同時出現，天空一片漆黑，如同黑夜驟然蒞臨，戰場上的拚死廝殺也在混沌蒼茫中驟然歇止。

正當眾人驚奇不已、貪享人間的瞬息繁華時，約素忽道：「我的臉……我的臉……」她的全身籠罩在彩光下，傲文一時看不清她的面孔，問道：「你的臉怎麼了？」忽聽得戰場上一聲淒厲的慘叫，火球般的麒麟驀地從半空中墜了下來，隔得這麼遠，還是能聽見它重重墜地的聲音。一條亮煙升上半空，漸漸幻化作一條人形。驚鴻道：「麒麟的神力擋不住蚩尤元神，日食一旦結束，他就要復活。」笑笑生急得滿頭是汗，連聲叫道：「怎麼辦？該怎麼辦？」驚鴻道：「現在唯一能對抗蚩尤元神的就只有軒轅劍……」驀然得到提示，忙命軍士舉火，卻見石匣上的裙裾圖案輪廓越發鮮明，軒轅劍則在慢慢變淡，不由得大吃一驚，道，「笑先生，你快來看，軒轅劍的圖案就快要消失了。」恰好蕭揚帶著受傷的希盾馳回軍中，跳下馬急問道：「麒麟突然從半空跌落，受了重傷，動不了，現在還困在敵陣中。笑先生，要怎樣才能救牠？」笑笑生道：「麒麟是自己從天上掉下來的麼？」蕭揚道：「嗯，也許是敵人用什麼無形的利器傷了牠也說不準。」笑笑生道：「啊，我已經明白了，你看這石匣上的圖案，它就是最後的禁制，只要打開它，軒轅劍就會出現。」蕭揚追尋軒轅劍多日，從無頭緒，忽聽得石匣禁制打開就會找回寶劍，忙問道：「要如何才能打開禁制？」笑笑生歎了口氣，道：「你們看約素王后的臉。」

眾人轉過身去，這才發現約素的容貌起了巨大變化，明媚靚麗的臉變得奇醜無比。傲文見剛才還完好無缺的新婚妻子忽然變成了一個完全陌生的女人，驚愕無比。笑笑生道：「這件彩裙是無上的神物，法力巨大，能阻止一切神聖的力量，所以它能破解黃帝的千年詛咒。麒麟不是受傷，而是神力被彩裙的法力所削弱。只有除下彩裙，軒轅劍才會出現，才能阻止蚩尤復活。難怪之前巫師派甘奇來王宮奪取彩裙，目的原來是為了阻止軒轅劍的出現。」傲文忙道：「那麼還等什麼，趕快解下彩裙就是了。」正伸手圈住約素的腰身，笑笑生道：「等一等！國王，你可要想清楚了，彩裙的神力正被樓蘭新娘完全激發出來，若是你此刻解它下來，就可能再也沒有機會破除黃帝詛咒了。而若是不解彩裙，詛咒被破除，就算蚩尤重生，他一心對付中原，不會將兵力消耗在西域征戰上，樓蘭還是有很大的存活機會，頂多只會淪為他的傀儡和奴隸。但如果就此放棄彩裙，黃帝的詛咒就會應驗，就算沒有戰爭和瘟疫，乾旱和風沙也會徹底吞噬樓蘭全境。傲文國王，你是要放棄樓蘭，還是要拯救中原？」天空露出了一絲光亮，日全食變成了日偏食。麒麟又發出一聲狂吼，充滿了悲憤與絕望。所有人靜靜望著傲文，等著他做出最後的決定。傲文一動不動地呆站在那裡，彷彿化成了石像。

在巨大的危機面前，人類終於團結在一起，包括曾是宿敵的樓蘭、于闐，包括西域人民的公敵馬賊。在許多

尾聲　滄海陳跡

許多年後，西域的人們仍在談論在墨山和樓蘭邊境發生的一場大戰。在那場慘烈殘酷的戰役中，樓蘭國王傲文和于闐國王希盾並肩作戰，兩位國王最終均戰死沙場；魔王蚩尤的元神，被凡人和神仙，以及神獸麒麟聯手打得灰飛煙滅，他的大軍就此潰敗。而樓蘭自身的損失亦極為慘重，不僅國王陣亡，且只有極少數兵士生還。

樓蘭國人終於知道了事情的真相，原來自己祖祖輩輩生活的土地受到了中原黃帝詛咒，而且詛咒已經來臨。雖然傲文國王最終放棄了破除詛咒的機會，但卻沒有人怨恨他，相反更加肅然起敬。在莊嚴地埋葬了國王傲文和王后約素之後，活著的樓蘭人選擇放棄家園，從此離開故土，向南遷移，融入了茫茫的人世。

當災難結束，當淚水流盡，尚留在人間的便是一個個關於信念與勇氣、犧牲與奉獻的動人故事，盪氣迴腸，耐人尋味。再也沒有人見過那些不知所終的風雲人物，西域人寧可相信那些拯救了世界的英雄並沒有在戰場上死去，而是隱居在世間的某個角落，不僅僅只是活在人們心裡。據說，曾有人在中原軒轅黃帝陵前見過一對年輕男女，容貌身形很像傳聞中的蕭揚和天女，身邊還跟著一隻頭上有角的火紅怪獸。還有人稱，在敦煌見過一個算命總也算不準的邋遢道士，自稱自己是伏羲氏後人，卻從來沒有人相信他的話。世異時移，光陰流逝中，歷史成了傳說，傳說成了碎語，漸漸消散在無邊紅塵裡。但遊龍的名字卻重新在大漠上響起，他用鮮血和生命保護著過往商隊不受馬賊侵犯，續寫著絲路上的不朽傳奇。

狂沙終於鋪天蓋地而來，徹底吞噬了樓蘭王國。從前濃蔭匝地、春色永駐的土地變成了沙漠，城郭荒蕪，人煙斷絕，黃沙滿途，行旅裹足；煙水朦朧的蒲昌海則乾涸成一個巨大的鹽澤鹼地。據說，最初鹽鹼地的裂縫裡到處是長著雙腳的怪魚，悲鳴聲震耳欲聾，驚天動地，然而到最後所有的聲音消失了，徹底淪為生命絕跡的死亡地帶，這就是後人所稱的「羅布泊」。鹽鹼長期曝曬在陽光下，遠遠看去亮晶晶一片，像鋒利的鋼刀般翹立著，人獸在上面行走如履薄冰，稍不小心就會穿透雙腿。一個匯集了東西方燦爛文明的國度，最終灰飛煙滅，被完全湮沒在黃沙之下，寂然無聲，這是何等的遺憾，何等的蒼涼，又是何等的悲壯！

大漠流沙，瀚海戈壁。浩莽蒼穹，滄海陳跡。夢語已逝，唯餘歎息。驍勇善戰的武士，容顏絕代的美人，繁茂如煙的城池，豪情壯志的功業，都化作了塵埃。唯有在風刀霜劍中殘存下來的城牆和烽火臺凝住了遠去的時光，凜凜佇立於天地之間，無聲地訴說著那一段崢嶸歲月，在現實和虛幻之間，超越歷史，超越時空，展示著千古失落的夢想與輝煌。狂風時不時飛旋著從殘垣斷壁中掠過，猶自嗚咽，猶自感喟。

很久很久以前，在西域曾經存在過一個古老悠遠的綠洲國家，這個國家出了一位偉大英勇的國王，他與命運苦苦抗爭搏鬥，千方百計地要破除威脅國家生存的詛咒。然而來到解除危機的最後關頭，國王毅然選擇承擔被詛咒的命運，以廣闊的胸襟和亡國的代價，拯救了曾經血脈相連的中原王朝。

這位國王的名字叫傲文，這個國家的名字叫樓蘭。

（全文完）

附錄

樓蘭百年探險史

一九〇一年——瑞典探險家「斯文・赫定」在沙漠中找到了消失近兩千年的樓蘭古城，一時間，舉世震驚。赫定挖掘了扜泥城內十三個點，獲取大批漢魏和羅馬古錢幣、具中亞希臘化風格的建築木雕、兩枚木簡，以及大量的魏晉木簡、精美的中原絲織品等一百五十餘件。

一九〇六和一九一四年——英國考古學家「斯坦因」（Aurel Stein）兩次到樓蘭進行大規模考古，將樓蘭遺址逐一編號，初次揭開樓蘭古文明全貌。並挖掘出兩具樓蘭男性頭骨。

一九〇八和一九一〇年——日本大谷光瑞考察隊「橘瑞超」兩次到樓蘭考察，考察隊中沒有任何一名考古專業人士，經過破壞性挖掘後，發現「李柏文書」。

一九二七年——斯文．赫定組織中瑞西北考察團再次光顧樓蘭，挖掘出一具女性木乃伊，因其衣著華貴，被稱為「樓蘭女王」。考察團裡的中國籍考古學家黃文弼因孔雀河水擋道，未能到達樓蘭。

一九三四年——中國學者陳宗器，跟隨中國西北科學考察團前往考察樓蘭古城。

一九三四年夏天——瑞典考古學家貝格曼（Folke Bergman）考察樓蘭，找到一具被認為是「世界上保存最完好的木乃伊」，並發現了一座最靠近西邊的漢代烽火臺。

一九六四年十月十六日——中國第一顆原子彈在羅布泊爆炸成功，樓蘭成為軍事禁區。

一九七九年——藉著中國與日本合拍《絲綢之路》紀錄片的機緣，中國考古學家搭乘直升機第一次到達樓蘭，中國學者在樓蘭被發現了半個多世紀後，才實現了到樓蘭考古的夢想。

一九七九年十二月廿二日——由新疆考古學家王炳華帶領的考古隊發現了古墓溝墓地。這次發現具有劃時代意義，將樓蘭文明推溯至三千八百年前的青銅時代。

一九八〇年——新疆女考古學家穆舜英發現了一具保存完好的女性乾屍，被稱為「樓蘭美女」。

一九八〇年至一九八八年——新疆文物考古研究所對樓蘭地區古遺址進行大規模普查，發現許多新石器遺存。

一九九五年——新疆文物考古研究所組織，針對位於樓蘭西北邊的營盤古墓進行挖掘，出土採集文物四百件，並出土完好男屍一具。

一九九八年——新疆文物考古研究所在古樓蘭的一處墓葬中，發現了兩具時代不同、人種不同的乾屍，一具是六個月大左右的嬰孩，一具是老年男性。

二〇〇三年——新疆探險家趙子允先生率隊進樓蘭，發現了樓蘭彩棺和精美的墓中壁畫，震驚了全國。經隨後趕到的考古專家鑒定，此處是一個重要遺址，墓主人身分很高，但是否是樓蘭王陵還很難判定。

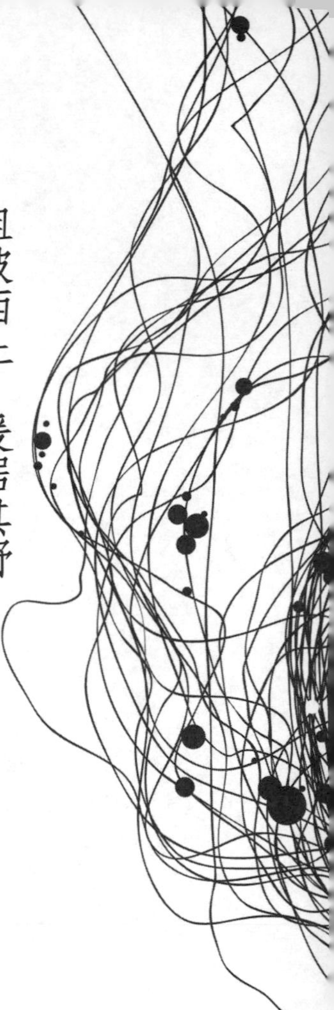

徂彼西土，爰居其野

吳蔚

首先要說明的是，《樓蘭情咒》（原書名為《樓蘭》）與我個人之前構築於真實歷史上寫就的歷史探案小說如《韓熙載夜宴》《孔雀膽》《大唐遊俠》《璇璣圖》等完全不同，它是一個帶有魔幻色彩的傳奇故事。儘管讀者可以在書中讀到不少熟悉的歷史痕跡，甚至我也習慣性地參考了古代典籍，以及大量出土文物和考古資料來還原古代西域真實風貌，令多數細節有據可依，但從根本上來說，這部小說的主體仍是一個虛構的神話故事。

樓蘭的遠古歷史基本上是一片空白，這是由於它突然消失所帶來的缺憾。按照民族歷史的劃分，有文字記載的被稱為「歷史時代」，沒有文字記載的則被稱為「神話時代」。然而，樓蘭的「神話時代」並不同於中國的「神話時代」意義，這是因為樓蘭文明神祕消失，導致它從「歷史時代」演變成沒有紀錄的「神話時代」。照這樣看來，我所創作的《樓蘭情咒》雖然跨了兩個時代，但更多的還是在神話時代。

神話其實並不是異想天開，記得有人說過：「正史之外有野史，野史過後有傳說，傳說之前是神話，而神話的盡頭，是歷史的開始，重回神話的懷抱，往往隱藏著顛覆歷史的野心。」因此，真正意義上的神話時代顯然更接近民族文化的根源，人類與生俱來的本能就有著尋根的願望。為了安排樓蘭民族歷史與文化的源頭，我引入黃帝與蚩尤爭霸的故事做為樓蘭故事的基本起源和背景，並基於這種源遠流長的聯繫，為樓蘭最後的消亡安排了一個全新的解釋。這樣，《樓蘭情咒》就不僅僅是一個魔幻故事，不但能傳承中國古老的神話，而且包含了悠長深厚的華夏文明歷史內涵，打上了中華文明特有的質素。

有朋友對於我在寫歷史小說日趨成熟時，突然改寫一本神話小說感到不可理解，其實《樓蘭情咒》是十多年前偶然的靈感，當時我還只是一個普通的ＩＴ從業人員，朋友們都很喜歡這個創意，希望日後能把它變成一部傳奇。而今，我實現了這個夢想，這就是本小說的來歷。只要有夢想，只要有信念，只要有毅力，就有夢想成真的一天。但必須得承認，我對魔幻題材的寫作並不能得心應手，常常困惑於神力跟人力的界定，就像我小時候就堅定地認為《西遊記》有邏輯錯誤一樣，因而《樓蘭情咒》將是我個人唯一一部這類題材的小說。但是我真的熱愛它，我愛這個故事，我愛裡面的人物，當主角不得不死去的時候，我一度心寒了很久。之前曾經有許多讀者指出《大唐遊俠》等小說中的感情描寫太淡，而《樓蘭情咒》正好有我歷史小說中所沒有的纏綿悱惻、令人心碎的愛情。我的觀點是——在魔幻小說中，歷史是點綴，作者可以將愛情升級為重點。但在歷史小說中，歷史是主體，一切故事的發生必須符合歷史環境，那些牽強的、不可能發生的愛情不會在我的歷史小說中出現。需要說明的是，本小說中有極個別的句子摘自我年輕時以別名信手胡寫的網路小說，而那是本著一點緬懷青春歲月的心願。

要特別感謝楊瑞雪女士，是她一手發掘了我寫作小說的潛力。感謝馮曉輝、李永宏、秦燕萍、武敏諸位，在我十年前開始構思創作本書的時候，他們都曾給出有益的建議和貢獻。感謝喻宏文同學，不厭其煩地列印彩色西域地圖做為參考資料，還給予許多溫暖的關懷。另外，本小說中引用了冰河所做的兩首五言詩，在此一併致謝。當然，最應該感謝的當數讀者，你們是我努力前行的最大動力。謹以此書獻給那些為解開樓蘭之謎奉獻了寶貴生命的科學家、探險家，他們是真正的人生勇士，讓我們永遠記住他們的名字——彭加木、余純順。

國家圖書館出版品預行編目資料

樓蘭情咒／吳蔚著；── 初版．── 臺中市：好讀，
2013.06

面：　公分，──（吳蔚作品集；08）（真小說；29）

ISBN 978-986-178-279-9（平裝）

857.7　　　　　　　　　　　　　　　102005861

好讀出版

真小說 29

樓蘭情咒

作　　者／吳　蔚
總 編 輯／鄧茵茵
文字編輯／簡伊婕
美術編輯／鄭年亨
地圖繪製／尤淑瑜
行銷企畫／陳昶文
發 行 所／好讀出版有限公司
台中市 407 西屯區何厝里 19 鄰大有街 13 號
TEL:04-23157795　FAX:04-23144188
http://howdo.morningstar.com.tw
（如對本書編輯或內容有意見，請來電或上網告訴我們）
法律顧問／甘龍強律師
承製／知己圖書股份有限公司　TEL:04-23581803

總經銷／知己圖書股份有限公司
http://www.morningstar.com.tw
e-mail:service@morningstar.com.tw
郵政劃撥：15060393 知己圖書股份有限公司
台北公司：106 台北市大安區辛亥路一段 30 號 9 樓
TEL:02-23672044　FAX:02-23635741
台中公司：台中市 407 工業區 30 路 1 號
TEL:04-23595820　FAX:04-23597123

初版／西元 2013 年 6 月 1 日
定價／280 元
如有破損或裝訂錯誤，請寄回知己圖書台中公司更換

Published by How-Do Publishing Co., Ltd.
2013 Printed in Taiwan

ISBN 978-986-178-279-9

情感小說 · 專屬讀者回函

書名：樓蘭情咒

姓名：________________ 性別：□男 □女 生日：______年______月_____日

教育程度：________________________

職業：□學生 □教師 □一般職員 □企業主管

□家庭主婦 □自由業 □醫護 □軍警 □其他________________________

電子郵件信箱（e-mail）：______________________ 電話：__________________

聯絡地址：□□□____

您怎麼發現這本書的？

□書店 □___________網路書店 □朋友推薦 □___________網站／網友推薦

□其他____

買這本書的原因是

□內容題材深得我心 □價格便宜 □封面與內頁設計很優 □其他____________

您閱讀此本小說的原因：□喜愛作者 □喜歡情感小說 □值得收藏 □想收繁體版

□其他____

您喜歡閱讀情感小說的原因

□打發時間 □滿足想像 □欣賞作者文采 □抒解心情 □其他________________

您不喜歡哪類情感小說的情節設定

□人人都愛女主角 □女主角萬能 □劇情太俗套 □太狗血 □虐戀 □黑幫

□其他____

最無法忍受的主角人物關係

□父女 □師生 □兄妹 □姊弟戀 □人獸 □ BL □其他____________________

您最常接觸情感小說的方式

□購買實體書 □租書店 □在實體書店閱讀 □圖書館借閱 □在______________

網站瀏覽 □其他____

您喜歡的情感小說種類（可複選）

□宮廷 □武俠 □架空 □歷史 □奇幻 □種田 □校園 □都會 □穿越 □修仙

□台灣言情 □其他____

推薦你喜歡的情感小說作者或作品（多多益善喔）

____

您這對本書還有其他想法嗎？請通通告訴我們：

____

請填妥後對折黏貼，直接投郵即可，無須貼郵票。

廣告回函
台灣中區郵政管理局
登記證第 3877 號
免貼郵票

好讀出版有限公司　編輯部收

407 台中市西屯區何厝里大有街 13 號
電話：04-23157795-6　傳真：04-23144188

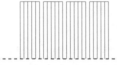

沿虛線對折